장기현 수상집
담고 싶고 버리고 싶은 것들

국립중앙도서관 출판시도서목록(CIP)

담고 싶고 버리고 싶은 것들 : 장기현 수상집 / 지은이 : 장기현. -- 서울 :
한누리미디어, 2015
     p. ;   cm

ISBN 978-89-7969-505-2 03810 : ₩15000

한국 현대 수필[韓國現代隨筆]

814.7-KDC6
895.745-DDC23   CIP2015016139

장기현 수상집

담고 싶고
버리고 싶은 것들

한누리미디어

머리말

　어젯밤엔 메말랐던 대지를 촉촉이 적셔주는 단비가 내렸다.

　온누리의 생명체들은 저마다 목마름에서 해갈되어 생기를 찾아가고 이른 아침 화단의 꽃봉오리들은 지금이라도 퍽하고 터트려서 사람들의 시각을 화려하게 수놓으려 준비하고 있다.

　따사로운 햇살이 내리쬐는 정오쯤일까 아니면 해질 무렵일까, 그도 저도 아니면 내일 아침일까, 빨갛고 노랗고 하얀색의 꽃들이 활짝 피어나고 새싹이 돋아 형형색색의 빛깔을 연출하며 얼마나 많은 사람들에게 즐거움과 행복감을 안겨다줄지 자못 기대가 크다.

　그리고 저마다의 아름다움을 한껏 뽐내며 세상에서 자기가 가장 아름답다고 서로간에 얼마나 자랑할 것인가. 그러다 '화무십일홍(花無十日紅)'이라고 며칠간의 시간이 흐르면 꽃은 시들어버리고 꽃잎마저 누렇게 물든 채 땅바닥에 떨어져 바람결에 이리저리 뒹굴다가 꽃으로서는 쓸쓸하게도 운명의 막을 내리게 된다.

　우리의 인생사도 마찬가지. 이들 꽃처럼 생기 넘치고 즐겁고 따뜻한 시절이 있었다면, 하루해가 너무나 길 만큼 감내하기 힘든 아픔과 슬픔도 함께해 왔기에 삶 그 자체를 짧은 추억으로 간직하며 살아가는 순간들이 아쉽기만 하다.

　중국 당(唐)나라 때의 시성(詩聖) 두보(杜甫, 712~770)의 〈곡강시〉(曲江詩)에 나오는 '인생칠십고래희(人生七十古來稀)'에서 유래하였다는 '고희(古稀)', 옛날에는 참으로 드문 연치(年齒)인 그 70의 나이를 어느덧 내가 맞이했다. 길다면 긴 세월을 살아온 나는 이제 생로병사(生老病死)의 끝자락을 붙잡고 시간은 너무나 빠르고 인생은 순간에 불과한 아주 짧은 삶이라는 것을 절감하며 오늘을 살고 있다.

살아오는 과정에서 양지 바른 곳에 피어 있는 아름다운 꽃들처럼 뽐낼 때도 있었겠지만 그늘진 삶도 함께 해 온 것이 그간의 내 인생이 아니었을까 싶다.

누구에게나 굴곡진 인생사야 별 차이는 없겠지만 내 가슴이 가장 쓰리고 아팠던 때는 사랑하는 아내가 먼저 저세상으로 떠나가던 그 안타까운 현실에 직면했을 때다. 숯덩이처럼 까맣게 타버린 가슴에다 그 서러운 장면을 추억으로 간직하려니 그처럼 감내하기 힘든 일은 이 세상에 없는 것 같다.

어쨌든 그 동안의 고희인생을 살아오면서 보고 듣고, 또 스스로의 행동에서 체득한 느낌들을 가슴에 고이 담고 싶었고, 또한 버리고 싶은 것들도 많았기에 정리하는 차원에서 희미하게나마 살아온 세월들을 조금씩 추억하면서 이 글을 쓰게 되었다. 필부의 넋두리에 불과한 인생사이지만 보다 많은 독자들이 관심 갖고 읽어주기를 기대해 본다.

끝으로 이 책이 나오기까지 조언을 아끼지 않고 격려해 마지않은 죽마고우 한영석 님에게 고마움을 전하며, 원고 정리부터 교정까지 컴맹인 아버지의 비위를 맞춰가며 수고를 아끼지 않은 아들 장원석에게도 애썼다는 격려의 말을 남기고 싶다. 그리고 출판시장의 침체로 여러 가지 어려운 상황임에도 흔쾌히 출판에 임해 준 한누리미디어 김재엽 사장님에게도 고마운 마음을 전한다.

2015년 3월 어느 화창한 날 아침에

저자 **장 기 현** 씀

차례 Contents

2부

1 부

아버님 전 상서

아버님은 아버지를 높인 말로 '아버지란 자식을 가진 남자'라고 사전은 표기하고 있다.

도심 한복판에서 수많은 사람들이 오고 가거나 한적한 시골에서 어쩌다 한 사람쯤 보이기도 하고, 허허백발이 되어 허리 굽혀 지팡이에 몸을 의지하며 살아가는 노인에서부터 이제 막 세상에 태어나 울음보를 터트리는 아주 어린 아기까지 이 세상에서 숨을 쉬고 있는 모든 사람들에게는 아버지가 있다.

더욱이 피부가 검거나 희거나 아니면 우리같이 황색을 띤 사람들도 가릴 것 없이 모두에게 아버지가 있기에 이 세상에 태어나 사람으로 살아가고 있는 것이다. 다만 시대나 환경에 따라 조금은 다를 수 있겠지만 아버지라는 존재는 가족을 대표하고 생계를 책임지며 한 가정을 이끌어가는 절대적인 존재이다.

나의 아버님은 1909년생으로 시대상황을 정확히 따져 보면 고종황제께서 통치하던 조선시대 끝자락에, 아니 격동의 대한제국시대에 태어나셨다. 이때는 봉건주의(封建主義)로 인한 남존여비(男尊女卑) 사상이 만연하여 절대적인 가부장적 권위가 존재하던 시기다.

그리고 뿌리 깊은 유교를 바탕으로 한 생활습관은 물론, 문자사용에 있어서도 한글보다는 한자(漢字)를 우선시하여 익히고, 모든 학문에 있어서도 한학(漢學)의 원칙을 고수하며 외우고 쓰고 또 그 의미를 익히고 실천해야 하는 풍토에서 생활하신 분이 바로 나의 아버님이시다.

게다가 풍류에도 뒤질세라 하루에 담배 한 갑에 막걸리 한 되가 기본이고, 소주며 맥주, 농주 등 술 종류는 가리지 않으시고 생신(生辰) 때나 일가친척이 함께하는 날이면 두주불사로 혀가 꼬부라진 채 몸을 잘 가누지 못할 정도로 술을 즐겨 드신 애주가이시다.

나는 어린 나이에도 걱정스러워 "왜 이렇게 술을 많이 드셨어요?"라고 말씀 드리면, "어른한테 술이 뭐야? 이놈아, 약주지!"라는 불호령이 떨어진다. 뒤이어 나는 영문도 모른 채 머리통이나 얼굴에 주먹세례를 받다가, "똑바로 서! 바지 올려!" 하시면 아무 소리도 못하고 덜덜 떨며 바지를 걷어 올렸고, 아버님은 회초리로 사정없이 때리신다.

때론 내 몸이 아파 '콜록콜록' 하면서, "감기에 걸려 기침이 심해요"라고 말하면, "이놈아! 애들이 감기가 뭐야, 고뿔이지!" 하시며 야단도 치셨다. 그리고 가끔은 매로 다스리던 폭군이시기도 하다.

6.25한국전쟁이 끝나고 피난처였던 경기도 화성에서 서울로, 그리고 동두천을 거쳐 다시 이곳 연천에서 자리 잡은 것은 아마도 1957년 무렵으로 기억된다.

그 때는 모두가 헐벗고 굶주리며 살아가던 때라 전기 보급도 제대로 이루어지지 않은 때라서 등잔을 쓰다가 세월이 좀 더 흐른 뒤에야 제법 큰 호롱불로 어두운 밤을 밝혔는데 비닐처럼 얇은 유리로 만들어진 '호야'를 씌워 바람도 막고 석유를 빨아올려 태우는 심지를 조절하여 그을음도 줄이며 환하게 밝혀주던 대단히 귀중한 생활필수품이었다.

이렇게 밤을 밝히던 호롱불의 호야는, 밑은 둥근 원형으로 지름이 6㎝ 정도쯤 되고 위로 올라가면 2배 정도는 넓고 그을음이 나가는 위쪽은 다시 좁아지는 형태의 그리 크지 않은 원통으로 되어 있다. 그런데 조금 환하게 하룻밤을 켜 놓으면 호야는 그을음에 검게 그을리고 아침에 일어나면 우리들의 코 주변도 새까맣게 그을려 있다. 검게 그을린 호야는 곧 바로 닦아야 잘 닦이는데 아주 얇기 때문에 닦기가 조심스럽다. 별다른 세제가 없던 시절이라서 걸레에 빨래비누를 묻혀 호야 속에 밀어 넣고 젓가락보다 조금 긴 막대기로 움직여 닦는데 조금만 힘이 들어가도 깨지고 만다.

그래도 여름철에는 나은 편이다. 추운 겨울철에 따뜻한 물이 아깝다고 찬물로 닦다가는 쨍하고 깨지는 경우가 허다하다. 가마솥에서 물을 데워 세숫대야에 옮겨 담고 닦아야 하는 불편함도 있었지만 닦다가 깨지고, 찬물에 잘못 담가서 깨지고, 힘을 조금만 잘못 줘도 또 깨지고 마는데 이렇게 호야가 깨질 때마다 잔소리 듣고 욕먹고 때로는 매까지 맞아야 했기에 내 어린 마음에도 깨지지 않는 호야가 있으면 얼마나 좋을까, 하는 생각도 해 보았다.

게다가 석유를 담는 용기라야 제일 좋다는 것이 1.8리터짜리 '댓병' 밖에 없었는데 유리로 만든 큰 소주병을 이렇게 활용하였다. 병목을 노끈으로 묶어 손잡이를 만들고 기둥에 못을 박고 거기에 매달아 보관하는 것이 보통이었다.

추운 겨울날 아버님께서 석유를 사오라고 주시던 15원인가 20원인가 정확한 기억이 나지 않는 석유 1되 값을 받아 쥐고는 노끈 손잡이를 손목에 감고 양손을 바지 주머니에 찔러 넣으면 석유병이 땅바닥에 달까말까 이슬아슬하다. 조금이라도 한눈을 팔고 가다가 큰 돌덩이에라도 부딪치면 여지없이 '쨍그렁' 소리를 내며 깨져 버린다. 이런 경우 별수 없이 깨진 석유병 주둥이만 들고 집으로 돌아가게 되는데, "너 이놈, 한눈팔고 다니다가 병을 깨?" 하는 욕이나 먹고, 또 한바탕 매를 맞고서야 석유를 사왔으니 호야와 석유 때문에 매를 맞은 적이 꽤나 많았던 것으로 기억된다. 사실 욕이나 먹고 매를 맞을 때는 차라리 이런 아버지는 안 계셨으면 좋겠다는 바람도 있었지만 철없던 시절의 생각이라 지금은 무척이나 후회하고 있다.

　중학교 때까지는 아버님께서 농사일을 시키면 그런대로 군소리 없이 열심히 일했었는데 고등학생이 되고부터는 사춘기도 되고 공부도 열심히 해야 할 시기라서인지 일을 시키면 짜증을 많이 낸 것 같다.
　하교하여 집에 오면 어머니께서 '아버지가 리어카 끌고 빨리 밭으로 오라'고 했다는 전언이다. 논밭에 가려면 학교 앞을 지나가야 했는데 선배나 후배들은 물론이고, 남녀공학인지라 혹여 여학생들이 볼까 싶어 '밀짚모자'를 쿡 눌러쓰고 있는 힘을 다해 뛰어서 지나가곤 했다.
　무엇보다 일손 때문에라도 아버님은 내가 쉴 수 있는 토요일 오후나 일요일에는 김매기나 보리타작, 콩타작 등을 하기 때문에 나는 공부할 시간이 거의 없었다. 더욱이 고3때는 밴드부장을 맡고 있어서 행사도 많고 방과 후에 연습도 계속 해야 해서 아버님께 사정도 하고, 요 핑계 저 핑계를 대며 농사일을 돕지 않는 날이면 아버님께 야단맞을까 두려워 눈치 보며 가슴 조리던 기억이 새롭다.
　한 번은 일요일 날 학교에 간다고 속이고 하루 종일 놀다 들켜서 지게 작대기로 등허리를 맞아 한동안 숨쉬기조차 힘들었었는데 아프다는 내색도 하지 못했다.
　지금도 생생히 기억나는 것은 내가 잘못해서 매를 맞을 때는 진정으로 뉘우치며 용서를 빌었지만 아무 잘못 없이 매를 맞을 때는 눈 한 번 깜빡이지 않고 무릎 꿇고 앉은 채로 끝까지 버텼다. 그래서 매도 벌었지만 이것이 나의 유일한 침묵의 반항이었다.
　아버님은 약주를 드시면 그 옛날의 선비나 양반으로 돌변하시는 분이기도 하다. 집으로 들어오실 때는 '노크'가 아니라 헛기침으로 '어험' 하심으로써 오셨음을 가족에게 알린다. 사실 아버님은 집안 가족들에게는 모질고 엄하시지만 밖에서는 늘 허허하시며 웬만한 일이면 웃어넘기신다. 그러니까 예의 바르고 마음씨 착한 사람으로 알려져 있어 '장씨(張氏) 아저씨' 하면 사람 좋기로 소문 나 있는 분이시다.

하지만 집에서는 엄하다 못해 가족과의 온정이 담긴 진솔한 대화는 있을 수도 없고 항상 상하 수직관계로만 형성된 독재 군주시다. 가끔 만취 상태가 되거나 기분 나쁜 일이 생기면 어머니에게 욕을 하거나 손찌검까지 하였는데 이런 행동으로 어머니가 괴로워하시는 모습을 볼 때면 나는 무섭고 안타까워 방구석 귀퉁이에서 베개를 붙들고 오랫동안 울기도 했었다.

그리고 그때마다 '난 크면 절대로 술은 먹지 말아야지' 하며 굳은 결심을 다졌는데 어린 시절을 그렇게 보내서인지 지금까지 나는 술을 조금도 입에 대지 않는다.

가끔 피할 수 없어 함께 하는 술자리라도 어울리게 되면 나를 알고 있는 사람들은 거의가 술을 권하지 않는다. 사람이 술을 먹는 것도 힘들겠지만 나처럼 술을 멀리하며 살아가는 것도 얼마나 힘든 일인지 일반 사람들은 이해하지 못할 것이다. 싫다면 더 주려고 하고, 마시지 못한다면 받아만 놓으라고 하고, 심지어 어떤 사람은 '소주 한 잔이야 입술에 묻고 이빨 사이에 끼면 한 방울도 안 된다' 며 농담도 건네지만 술도 음식이고 돈을 주고 마시는데 왜 그렇게 싫다는 사람에게 먹이려 하는지 안타깝기도 하다.

또 예의상 술병을 들어 따라주기라도 하면 그 술잔이 곧바로 내게 오기 때문에 상대가 누구든 술을 따르는 것도 눈치껏 피하거나 아예 따라주지 않는 것이 나에겐 생활화 되었다. 지금도 술자리는 되도록 피하지만 절대 먼저 "한 잔 받으시죠?" 하고 따르는 법이 없다. 그래서 초면인 사람은 버릇없는 놈이라고 욕을 할 수도 있고 기분 나빠할 수도 있어서 때로는 조심스러울 때도 있다.

나를 모르는 사람은 주법도 모른다고 욕을 할지도 모른다. 물론 술자리

분위기로서는 우리나라 사람들의 인정 넘치고 남을 배려하는 마음이야 알겠지만 애주가들에게는 못 먹는 사람들을 조금이라도 이해해 주었으면 하는 바람이다.

그래도 요즘은 자가용 운전자가 많아 "운전을 해야 해서 죄송합니다"라고 정중히 거절하면 대부분은 이해를 하고 더 이상 권하지 않는 편이라 음주문화가 꽤나 많이 바뀌어져 있음을 실감할 수 있다.

고등학교 때의 일이다.

중간고사가 며칠 남지 않아 머리띠를 졸라매고 밤샘 공부하느라 여념이 없었을 때 만취상태의 아버님께서 휘청거리시며 방문을 열고는 "학교에서 무엇무엇을 배웠냐"고 물으시기에 '국어 영어 수학' 등등을 열거했더니, "수학책 35페이지를 외워봐라" 하시는 것이었다.

나는 "수학은 외우는 것이 아니고 공식을 푸는 것입니다"라고 대답했더니, 말이 끝나기가 무섭게 아버님은 뒤통수를 때리며, "이놈아, 공부가 외우고 쓰지 않는 게 어디 있어" 하시고는 훈계를 시작했는데 깊은 밤이 돼서야 겨우 끝이 났다. 어쩌다 생겨난 일이기는 했지만 나는 억울하기도 하고 어쩔 수 없는 항거불능의 시간을 보내야 했던 스트레스로 그 후 책을 멀리하게 되었고 반사적으로 운동을 하거나 음악에 깊이 빠지게 되었다.

하루는 어머님께서 무심코 하신 '네가 갓난아이일 때 양반다리하고 계신 아버님께 기어오르려 했는데 못 오르게 멀리 밀어 버리더구나' 라는 말씀에 나는 너무도 서운하고 슬픈 마음이 들기도 했다. 더욱이 지금까지 살아오면서 정말 기억하기조차 싫은 슬픔과 가슴 아팠던 일로 초등학교에서 대학까지 다니면서 입학이나 졸업식 때에 가족 중 한 사람이라도 식장에 참석해 준 사람이 없었다는 사실이다.

사정이 이러하니 축하의 말이나 꽃다발은 물론 선물 하나 받아본 적이 없어 지금까지 살아오면서 쓸쓸하고도 슬픈 생각을 지울 수가 없다. 사실 월남전에 참전하여 생사를 넘나들다 26개월여의 길다면 긴 복무기간을 마치고 귀국하였는데도 나의 가족들은 찾아볼 수가 없었다. 다른 장병들은 꽃다발을 안고 또 목에도 걸고 함박웃음을 지으며 가족들과 사진 찍기에 여념이 없었는데 나는 반겨주는 사람 하나 없이 W백 하나 덜렁 메고 혹시나 하는 기다림 속에 이곳저곳을 훑어보았지만 역시나 나의 가족은 보이지 않아 정말 가슴 속까지 시린 마음만을 가득 채운 채 보충대로 떠나야만 했었다.

초등학교 4학년 때부터 제를 올리고자 준비할 때 사과나 배를 깎거나 마른 향나무를 잘게 써는 일은 그저 평범한 일에 불과하다. 그러나 지방과 축문을 쓰는 것은 너무나 벅찬 일이고 감당하기 어려웠다. 아버님은 자세히 가르쳐 주지도 않으시고 야단부터 치신다.

"이놈아 한 번 가르쳐 주면 알아서 해야지 그것도 모르냐?" 하시면서 그때마다 핀잔에 욕설까지 하시니 정말 힘들고 진땀나는 제사다. 그것도 한글이 아닌 한문이다. 오른쪽에 '현고학생 부군(顯考學生府君) 신위(神位)', 왼쪽에는 '현비유인전주이씨(顯妣孺人全州李氏) 신위(神位)' 등 조금씩은 내용이 다르지만 나에게는 증조할아버지 내외분과 할아버지 내외분의 지방과 축문을 써야 했다.

먹을 갈아 여러 장의 지방을 붓으로 써야 하니 내가 봐도 글씨를 쓰는 것이 아니고 억지로 그리기라도 하면 아버님은 '글씨가 뭐냐'고 또 야단을 치신다. 사실 내용도 모르고 뜻도 모르니 나에게는 글씨라기보다는 그림으로 보아야 할 것이다. 매번 이런 날이 오면 야단맞고 때론 매도 맞으니 명절날이나 제삿날 전날 밤은 한잠도 못자고 '제례집(祭禮集)'을 뒤적이며 찾아보지만 쉽게 알 수가 없어 근심 걱정이 태산이었다.

지금도 설날이나 추석, 제삿날이 되면 왠지 기억하고 싶지 않은 것들이 많은데 나의 잘못도 있었겠지만 아직도 어릴 때의 그 충격이 뇌리에서 떠나지 않기 때문에 빚어진 것이 아닌가 싶기도 하다.

장남, 장남이란 도대체 뭘까?

부모님께서는 아들 셋에 딸 여섯을 두셨는데 5번째로 태어난 내가 장남이 되기까지는 6.25한국전쟁과 더불어 죽음을 부르는 질병이 창궐하고 갖가지 사고로 인해 5명의 형제자매가 먼저 이 세상을 떠났기에 살아남은 자로서 내가 장남이 됐다.

이미 이 세상을 떠가고 없는 형제들에 관해서는 기억조차 없는 바이지만 그 시대의 슬픔이며 돌이킬 수 없는 운명으로 받아들일 수밖에 없는 것이 사실이다. 내 위로 형님이 계셨다는 사실마저 누님의 말로 전해 들었지, 나에겐 기억도 없고 알지도 못하는 바다. 어쨌든 어려서부터 장남이라는 굴레 속에 부모님을 모시는 일은 지극히 당연한 것으로 알고 성장했기 때문에 그에 대한 마음은 조금도 흔들림이 없었다.

대학 2학년을 중퇴하고 육군에 입대, 3년이라는 군복무를 마쳤으나 가슴 가득했던 청운의 꿈도 버려야 했고, 복학도 포기해야 하는 상황에서는 가슴 깊이 흐르는 진한 눈물마저 참아 삼켜야만 했다. 우선은 한 가정의 버팀목으로서 또 장남으로서 당장 돈을 벌어야만 부모님을 모시게 되고, 동생들도 뒷바라지해야만 하는 가장으로서의 역할이 더욱 막중하고 절실했기 때문이다.

이제 지난 인생을 돌이켜 보면 황혼을 맞고 있는 현 상황에서 이제껏 부모님을 모시고 살아온 것에 대한 후회는 조금도 없다. 오히려 살아생전에 조금 더 효도하고 잘해 드리지 못한 아쉬움만 남을 뿐이다. 나를 낳아주시고 길러주신 그 은혜 하나만으로도 감사하고 고맙다는 생각에서다.

아마도 인생이란 늙으면서 철이 나고 부모님에 대한 그리움이 더해지는 것은 살아온 세월보다 살아갈 인생이 훨씬 짧아서인지는 몰라도 지금 이 시간 부모님과 함께 한다면 얼마나 좋을까 하는 생각은 지울 수가 없다.

나이 어릴 때는 원망도 많이 해 보고 나만을 괴롭히는 아버지라는 생각도 많이 했었지만 나이 들어 새삼 돌이켜보면, 수많은 인생역정에서 나 자신을 극복할 수 있는 힘의 원천은 바로 아버님의 호된 가르침과 훈육이 있었기에 생겨날 수 있었고, 나의 삶이 올곧고 헛되지 않은 길을 걸을 수 있게 하였다는 생각이 든다.

명절 때나 제삿날에 잘 모르던 한자를 붓으로 열심히 쓴 덕에 고등학교 때는 새 학기가 시작되면 반별 출석부부터 성적표까지 깔끔하게 정리하는 것으로 선생님들의 칭찬도 많이 받았다. 또 군대 생활할 때도 일 잘 하고 글씨 잘 쓰는 병사로 알려졌고, 공직생활할 때도 공문서를 기안하거나 사업계획서를 만들면 윗분들이 알아줄 정도였는데 꼼꼼한 서류정리는 아버님의 성격을 그대로 본받았기에 가능하지 않았을까 하는 생각이다.

그리고 옳고 바른 길만을 걷고자 나 자신을 더욱 굳게 다져 왔는데 이 모두가 아버님의 가르침 덕이라고 믿기까지는 꽤 오랜 시간이 걸렸지만 지금은 그 아픈 추억보다는 고맙고 감사하다는 마음이 가슴 가득하기만 하다.

공직에 입문하여 6급 '지방행정주사'로 승진하던 날 계장 임명장을 아버님께 보여드렸더니 "고생 많았다"고 하시며 눈시울을 적시던 모습을 보고 그때서야 뒤늦게 아버님의 자식사랑을 느끼기도 하였다.

세상에 어느 부모가 자식을 사랑하지 않고 자식을 위해 희생하지 않는단 말인가? 오직 시대가 다르고 살아온 생활 방식에 차이는 있을 수가 있어도 부모님의 자식 사랑은 대가없는 무한의 일방적 희생이며 이는 영원히 변치 않을 것이다.

사실 아버님은 꼼꼼한 성격으로 무슨 일을 하실 때마다 완벽을 기하던 분으로 기억된다. 돌아가신 후에도 지금까지 내 가슴 속에 깊이 담아둔 세 가지의 고마운 마음이 내 삶의 원동력이 되었는데 남은 여생도 그 고마운 마음을 되새기며 살아갈 것이다.

이토록 좋은 세상에 태어나게 하시고 애지중지 길러 주신 은혜 하나만으로도 고마운 일인데 6.25한국전쟁의 와중에서도 어린 나를 성년이 되기까지 어디 하나 다친 데 없이 건강하게 키우셨고, 생활고에 찌들어 초등학교만 네 번을 옮겨 다닌 형편에서도 끝내 대학까지 보내주신 학구열에 새삼 고맙다고 인사드린다. 또한 8·15 해방과 동시에 38선 이북에 속해 있던 고향 연천은 '인공정치' 하에, 다시 말해 김일성 체제하에 있었지만 6.25한국 전쟁 때 경기도 화성(남양)으로 피란하여 자유 대한에서 살게 해 주신 그 고마움을 잊을 수가 없다.

어느 날인가, 아버님은 북한체제에 대한 모순을 들려 주셨다.

당시 농사를 지으면 4할의 공출이 있었는데 좁쌀을 심으면 아주 잘 여물고 송이가 큰 것으로 10개 정도 골라 일일이 알을 세어 평균을 내어 경작면적을 환산해서 추수와 함께 가져간다는 것이다. 또 논두렁에 콩을 심어도 제일 큰 포기를 골라 콩알을 세어 포기수를 계산해 공출했는데 4할은 정해진 것이지만 실제로는 6할이나 7할 정도까지 가져갔기 때문에 농사짓기도 무척이나 힘들었다고 회고하셨다.

그런 이유로 6.25한국전쟁이 발발한 뒤 1.4 후퇴 때에는 뒤도 안 돌아보시고 남쪽으로 수백리 길을 걸어 피란길에 올랐고, 결국 대한민국에서 자유를 누리며 정착할 수 있는 기틀을 마련하신 것이다.

더욱이 부모님께서는 나에게 좋은 DNA만 물려주셔서 지금까지 70평생을 살아오는 동안 잔병치레 한 번 안 하고 건강하게 살 수 있게 하셨는데 이 또한 감사할 따름이다.

또 평균키보다는 크게, 그리고 큰 코에 쌍꺼풀진 눈까지 뚜렷한 이목구비로 누가 보아도 미남이라는 얼굴을 만들어 주시고 확 트인 목소리에 재주 많은 사람으로 낳아 주신 부모님께 그저 고마운 마음이다.

아버님, 어머님! 항상 다하지 못한 효도를 후회하고 있사오니 저를 용서해 주시고, 훗날 혹여 저승에서라도 만나 뵙게 되면 그때는 정말 아무 걱정 없이 편안하게 모시겠습니다. 부디 편히 쉬십시오.

다시 불러보고 싶은 어머님

이 세상에서 어머님 품속처럼 따뜻하고 편안한 곳이 어디 또 있을까? 어머님의 정성은 가족들에게는 물론, 집안 어느 곳이나 어느 물건인들 어미님의 손때가 묻지 않고 정성이 깃들지 않은 곳이 없을 것이다.

이토록 어머님은 가족을 위해, 가정을 위해 일생동안 몸과 마음을 아끼지 않으시고 더우면 더위 탈까, 추우면 추위 탈까, 진자리 마른자리 골라 가시며 희생만을 일삼다 가신 분이시다.

우리 어머님은 1914년 생으로 여자로서는 팔자가 사납다는 호랑이띠로 태어나셔서 열일곱 살 되던 해에 아버님과 혼례를 올리고 이후 아홉 명의 자식을 낳으셨다.

이중에 다섯 명의 아들딸을 가슴에 묻고 사셨으니 아마도 가슴은 새까만 숯검뎅이로 가득히 채워져 있었을 것만 같다. 먼저 떠나보낸 자식들에 대한 그리움으로 한 많은 여생의 길을 걸으시며 눈물 마를 날이 없으셨을 게다.

6.25한국전쟁 초기에 장승 같은 19살 난 큰 아들을 잃으시고 오장육부가 차가울 만큼 추운 엄동설한에, 바로 그 1.4후퇴때 피란길에 오르셨으니 그 고통이야말로 이루 형언키 어려웠을 텐데 그 엄청난 시련을 겪으시며 우리

들을 지키고 키워 오신 노고는 어떠했을까?

게다가 피란생활 마치고 수도 서울이 수복되어 서울에서 생활할 때 어느 일요일에 뚝섬으로 토마토 사러 간 딸이 급류에 휩쓸려 저세상으로 떠났으니 이 또한 어머니를 얼마나 가슴 아프게 하였을까?

그래도 남은 사남매를 성년이 되도록 어느 몸 어느 한 곳 다친 데 없이 튼튼하게 키워 주셨으니 실로 대단한 희생이 아닐 수 없다.

내 초등학교 시절 친구와 장난치다 생긴 얼굴의 손톱자국을 흉터 생기면 안 된다고 헝겊을 대고 1시간 이상 혀로 핥아주신 덕에 내 얼굴에는 상처 하나 없다.

그리고 꽁보리밥 먹던 학창시절 밥솥 옆에 쌀 한줌 따로 놓아 우리 아들 건강하고 씩씩하게 자라라고 쌀밥만을 도시락에 담아주시던 그 따뜻한 손길을 잊을 수가 없다.

또 치마 속주머니에서 꼬깃꼬깃 모아 놓은 돈을 꺼내시며 공책하고 연필 사라고 두 손 꼭 잡으시며 쥐어주셨던 그 고마운 생각이 가슴 뭉클하고 아련하게 떠오른다.

어려운 살림살이를 위해 남의 집 품앗이로 김매러 다니시느라 얼굴과 손은 항상 검게 타 버리신 채로 가족들의 저녁거리 만드시느라 동분서주하시며 감자 넣고 수제비도 끓이시고, 때론 된장찌개에 시래깃국은 얼마나 맛이 좋았던지 지금도 먹고 싶어진다.

여름엔 가지 몇 개와 애호박 썰어 밥에 올려 익히고 무쳐서 비빔밥을 만들면 그 유명하다는 전주비빔밥도 어머님 솜씨와는 비교할 수 없을 정도로 맛있는 상차림이었다.

지난 2003년 어머님께서 저세상으로 떠나신 후 이제껏 나는 어머님의 그 비빔밥 맛을 우리나라 그 어느 곳에서도 느끼지 못했고, 유명하다는 맛집이란 맛집은 모조리 찾아 그 맛을 음미하려 했었지만 이 세상에 어머님의 그 손맛은 없었다.

젊은 시절 부모님께서 걱정하실까 두려워 말도 못하고 월남전에 참전했었는데 그 소식을 접한 어머님이 기절하고 실신하셨다는 소식에 어찌나 놀랐던지 지금 생각해도 가슴이 두근거린다.

더욱이 참전기간 26개월 동안 어머님은 하루도 거르지 않고 아침저녁 장독대에 촛불 켜고 정화수(井華水) 한 그릇 떠놓고는 "천지신명님께 비옵니다. 나는 죽어도 되니 우리 아들만 살아 돌아오게 해 주십시오" 하며 비가 오나 눈이 오나 두 손 싹싹 빌어 주셨다니 그 은혜를 무엇으로 갚아야 어머님의 마음이 편하실지 모르겠다.

어머님의 공덕으로 성인이 되어 결혼한 뒤에는 좀더 평안하게 모신다는 것이 맞벌이하느라 오히려 손자 손녀를 떠맡아 돌봐주시느라 고생만 하시면서도 밤이면 애들에게 〈장화홍련전〉이며 〈콩쥐 팥쥐〉도 읽어 주신 어머니!

그렇게 지극정성으로 키워주신 큰 손녀 '유리'는 현재 결혼해서 아들 둘 낳고 잘 살고 있고, 둘째 손녀 '연진'이는 박사코스 끝내고 논문을 쓰면서 대학 강의 다니느라 바쁜 시간을 보내고 있다. 그리고 아들 낳았다고 좋아하시며 맛있는 음식만 골라 먹이시고 넘어질까 잡으시고 어디 한 군데 다칠까 두려워 몸에 달고 키워주신 손자 '원석'이는 아직 장가는 안 갔지만 조그마한 '커피전문점'을 운영하며 잘 살고 있다.

이 모두가 어머님의 보살핌이 아니었다면 이토록 곱고 착하게 자랄 수 있었겠는가?

자식들의 효도도 받아보지 못하시고 베풀어만 주시다가 한 많은 세상을 떠나가신 어머님께 엎드려 사죄의 기도를 올린다.

어머님! 자식들에게 효도 한 번 제대로 받아보지 못하시고 평생 베풀기만 하시다가 한 많은 이 세상을 떠나가신 어머님께 이 못난 자식 엎드려 사죄의 인사 올립니다.

핑계에 불과하겠지만 아버님 회갑 때는 월남참전 중이어서 찾아뵙지도 못했고, 어머님 회갑 때는 사회 초년생이라 제대로 차려 드릴 엄두도 내지 못했습니다.

남들 다하는 칠순잔치 때는 제가 공직자라는 신분 때문에 동료 공직자들에게 눈치 보여 이 또한 못해 드렸습니다.

그리고 팔순잔치 또한 이목이 두려워서 아니 이런 저런 사유로 해서 차려 드리지 못해 지금도 후회하고 있습니다. 용서하십시오.

특히 부모님께서 결혼하신 지 60년이 되던 해에 '회혼식'을 올리려 사남매가 모여 의논하였습니다만 그마저도 결국 못해 드렸습니다.

만약에 축의금을 받고 잔치를 베푼다면 제가 공직자인 관계로 저를 아는 사람들이 부조금을 챙기려 행사한다고 손가락질이나 하지 않을까 하는 의구심 때문이었습니다.

이런 저런 이유로 핑계 삼아 부모님께 단 한 번도 기분 좋은 상차림을 해 드리지 못해 자식 된 도리로서 정말 많이도 후회하며 살아갑니다.

언젠가 저와 친분이 있던 분의 칠순잔치에 초대되어 사회를 보던 자리에서 주인공이 꽃가마 타고 입장하는 모습을 보며 갑자기 부모님 생각에 왈칵 울음이 터져 나와 손수건으로 얼굴을 가리고 한참이나 울었던 적도 있었습니다. 왜 나는 부모님이 좋아하실 잔칫상 한 번 차려 드리지 못했을까 하고 참으로 가슴 저려 한참이나 울고 말았습니다.

이제 부모님께서 두 분 다 저세상으로 가신 다음에야 그 따뜻한 마음을 알게 되었고, 자식을 키워 보니 불효가 무엇인지 이제서야 제대로 알게 되었습니다.

가시고 없는 부모님께 살아생전 효도 한 번 못해 드린 마음에 가슴이 쓰리고 아프도록 깊이 후회하고 있습니다.

그리고 눈시울이 젖어옵니다.

어머님, 정말 잘못했습니다. 용서해 주십시오. 무릎 꿇고 사죄드립니다.

혹여 다음 생애에 자식의 연을 또 맺는다면 그때는 정말 태어나면서부터 이 세상에서 부모님을 위해 가능한 일이라면 무엇이든지 할 것이며, 아픔과 고통마저도 대신할 수 있다면 제가 기꺼이 대신할 것입니다.

이제, 이 세상에서 온갖 고생 다하시며 늘 자식 걱정에 마음 편할 날 없으셨지만 이승에서 남들에게 좋은 말과 좋은 일들만 하시며 올바르게 사셨으니 부디 저승에서는 자식 손자 걱정일랑 절대 하지 마시고 모든 짐과 걱정거리 다 내려놓으시고 마음 편히 쉬십시오.

내일은 부모님 묘소 찾아 큰절 올리며 다시금 용서의 기도를 올리겠습니다.

아내의 노래

인류 공동사회를 이루는 모든 조직 구성원들을 크게 나눈다면 남자와 여자로 구성되어 있다. 남자들은 힘이 세고 강하게 보이지만 여자들을 힘으로 이길 수 없는 것도 사실이다.

결혼 적령기에 이르게 된 남녀는 사랑이라는 이름으로 한 몸이 되어 평생을 함께하기로 약속하고는 혼례를 치루고 자식들을 낳고 아버지와 어머니로서 가족을 이루는 것이 보통 사람들의 삶이다.

흔히들 말하기를 '남자는 세상을 지배하고 여자는 그 남자를 지배한다'고 하지만 나이 어려서는 이해하지 못하다가 나이가 들어가면서는 맞는 말이라고 수긍이 된다.

아주 먼 옛날에는 어땠는지 모르겠지만 조선시대만 해도 남존여비라는 남성 우월적인 사회 측면을 엿볼 수 있다. 아마도 국가시책의 하나인 숭유억불(崇儒抑佛) 정책에서 빚어진 영향이 아닐까 싶은 생각이지만 사회적으로 결코 여자를 아주 비하하지는 않은 것 같다.

유교적 전통시대에 아내를 내쫓는 이유로 시부모께 순종하지 않거나 아들을 낳지 못하고 바람을 피우거나 질투하는 행위, 그리고 함부로 말을 하거나 도둑질을 하는 행위 등을 칠거지악(七去之惡)이라는 미명하에 여자들을 압박하고 통제하는 수단으로 써왔다.

그리고 삼종지도(三從之道)라 하여 어려서는 부모를, 결혼 후에는 남편을, 남편이 죽어서는 아들을 따라야 한다는 3가지 도가 있었는데 여자로서 감내하며 살아간다는 것이 얼마나 힘들었는지는 짐작으로만 알 수 있다.

그러나 부모님의 3년상을 함께 했거나 결혼 후에 경제적인 형편이 좋아졌거나 내쫓아도 갈 곳이 없는 여자는 칠출삼불거(七出三不去)라는 구제방법도 만들어 놓았으니 칠거지악으로 쫓겨난 여자들은 거의 없었을 것으로 보인다.

어쨌든 시대가 변해 가고 문화가 바뀌어 가면서 여자들의 위상은 남자들을 능가하고 있을 뿐 아니라 여성상위시대(女性上位時代)라는 말이 나온 지도 꽤나 오래된 것 같다.

세계 어느 나라에도 없는 여성가족부(女性家族部)라는 정부조직이 존재하고, 또한 여성대통령도 탄생하였으니 우리나라는 정말 대단한 나라임에 틀림없다.

여자들이 결혼하게 되면 부르는 호칭이나 애칭은 남자보다는 훨씬 많은 것 같다.

부인의 호칭이 부부간에도 아내, 여보, 여편네, 마누라, 안사람, 안식구, 집사람, 우리 처, 내 처, 누구엄마, 심지어 비속어이기는 하지만 솥뚜껑 운전수, 또는 영어로 와이프(Wife) 등 헤아릴 수 없이 많이 존재하지만 그 모든 호칭 중에서 단연 '아내' 라는 호칭이 가장 적합하고 으뜸일 것으로 보인다.

아내는 '집안의 태양' 이라는 말로 '안해' 가 어음의 변화에 따라 '아내' 라고 불리어지게 되었다고 어느 유명 학자가 주장했는데 정말 집안의 태양 같은 존재임은 그 누구도 부인하지 못할 것이다.

부부동반 모임에서 소개라도 해야 하는 자리에서 '제 아내입니다' 하는 것이 가장 바른 표현이고, '제 부인입니다' 하는 것은 상대방을 비하하는 표현이기에 조금은 삼가하는 것이 예의일 것이다.

그리고 '당신'이라는 호칭은 2인칭 대명사로 상대방을 높여 부르는 말이기는 하지만 어의(語義)에 따라 어린 사람이 어르신께 '당신'이라고 부른다면 듣는 사람 편에서는 매우 기분이 나쁜 말로도 들을 수 있다.

1971년 추운 겨울이었다.

길게만 느껴졌던 군대생활을 마치고 공무원에 입문하자마자 내 앞 자리에 나보다는 한 살 많은 여직원에게 마음이 끌리어 짧은 기간이었지만 연애를 시작했다. 그리고 얼마 되지도 않아 바로 결혼을 하게 되었다.

꿈같은 사랑은 아니었는지 몰라도 만날 때마다 두근대는 가슴은 그녀와의 만남을 재촉했고 그녀가 없으면 죽을 것 같은 마음이었으니 사랑한 것은 분명 사실이다.

이듬해 4월 15일 웨딩마치에 맞추어 부부행진으로 부부의 연을 맺었다. 그런데 하필이면 이날이 북한 김일성의 생일이어서 예비군이 비상 소집되는 바람에 일부 친구들이 참석하지 못해서 꽤나 속이 상하기도 했었다.

그 당시 북한의 김일성은 서울에 와서 환갑잔치를 할 거라고 큰소리 뻥뻥 쳐댔기 때문에 안보의 불확실성이 늘 대두되었고, 예비군 비상소집도 자주 있는 일이었다.

우리 부부는 맞벌이 부부이기는 했지만 내 아내는 직급도 나보다 위였고 봉급도 많았기에 장난기 많은 친구들은 "야! 결재 받고 올라갔냐?"라며 놀려대기도 하였다.

세월 역시 쉬지 않고 흐르기에 결혼 5년차에 두 딸과 아들 하나를 얻고 보니 부모의 역할을 해 가면서 그런 대로의 행복한 가정을 이루어 가고 있었다.

그런데 아내는 아내로서 어머니로서 며느리로서 그리고 직장인으로서의 본분을 지켜가며 생활해야 하는 어려움이 너무나 많아 이런 모습을 접하는 나로서도 늘 안타까운 심정이었다. 이에 어쩌다 집안다툼이 생길 때면 항상 져주는 편이었고, 때로는 반성문도 써서 보여주기도 하였다.

어쩌다 부부싸움을 할 때면 절대로 아내의 자존심만큼은 건드리지 않기 위해 무척이나 애도 썼다. 한 어머니 뱃속에서 태어난 형제끼리도 다투는데 하물며 부부싸움 한 번도 안 하고 사는 부부가 이 세상에 존재할까 싶기도 하지만, 평생 부부싸움 한 번 안 하고 사는 금슬 좋은 부부도 있기는 있는 것 같다.

1993년 어느 토요일로 기억된다.

저녁식사를 마치고 난 뒤 아내가 갑자기 "가슴이 아프다"는 말에 깜짝 놀라 두 손으로 깍지를 끼고 등을 들었다 놓았다 하며 가슴을 풀어 주었다. 한참이나 지나서야 "이제는 됐다"고 하기에 걱정스런 마음은 덜었지만 그래도 안심할 수가 없어서 월요일에는 병원에 가서 진찰받기로 다짐하고 주말을 보냈다.

병원에서 심전도를 체크하니 수요일에 결과가 나온다고 하였지만 당시 나의 아내가 그렇게 혈압이 높은지는 정말 몰랐다. 결과는 정상이 아니라는 의사의 진단이다. 이곳에서는 치료가 불가하니 큰 병원으로 가라고 하기에 의정부에 있는 모병원을 찾았다.

접수처로 서둘러 갔더니 응급실로 가라고 하고, 응급실로 갔더니 접수하고 오라고 하기에 환자의 입장을 외면하는 것 같아 조금은 화도 났다.

그런데 그 병원에는 심장전문의가 없어 치료하지 못한다는 말에 불쾌한 마음도 들었지만 어쩔 수 없어 아내에게 차에 타라고 하였더니 아내는 못 간다고 하면서 "죽어도 병원에서 죽겠다"고 한다. 어안이 벙벙했지만 반 강제로 서울대학병원 응급실로 찾아가 주사를 맞고 심장 박동을 체크하는 기계에 몸을 연결시키고 기다리게 했다.

한 시간 쯤 지난 뒤에 전문의와 상담을 하게 되었는데 사망률이 25% 정도

라며 급히 입원을 해서 치료해야 된다고 하였지만 병실이 없다는 것이다. 어쩔 수 없는 현실이 안타까웠지만 응급실에서 기다릴 수밖에 없었다. 그런데 30여 분이 지나자 마침 퇴원환자가 있어 입원이 가능하다는 전갈을 받고 안도의 한숨을 쉬었다.

아내는 혈전을 녹이는 주사를 맞고는 며칠인가 지나서 가슴이 편해졌다고 한다.

그때부터 혈압약을 복용하고 한 달에 한 번씩 병원을 찾아야만 했다. 그리고 1년쯤인가 지났을 때 조형술을 해야 한다고 해서 시술을 받고도 매월 병원을 찾아야만 했고 죽는 날까지 혈압약을 복용해야 한다는 것이다.

어쩌면 10여년 가까이 혈압약을 복용하는 아내를 보면서도 나는 너무나 무심했었나 보다.

이른 새벽에 아내가 약을 먹기 위해 약봉지를 꺼낼 때 '부지직' 하는 종이 마찰음 소리에 단잠을 깨기라도 하면 못난 나 자신이 짜증을 내기도 하였으니 이런 나를 얼마나 원망했을까 하는 생각을 지울 수가 없다.

아내는 공직생활 20년이 되고부터는 '이제는 쉬고 싶다' 고 하여 퇴직을 하고 전업주부로 나섰지만 둘째 딸이 의정부여고에 입학하면서 별거 아닌 별거생활을 하게 되었다.

2002년 한일월드컵의 열기가 하늘을 찌를 듯이 거리응원이 한창일 때 병원을 찾으니 아내의 대동맥에 문제가 있다는 진단을 받고 곧바로 수술을 받게 되었다.

장장 10시간이 넘도록 수술이 진행되었는데 수술실 앞 전광판에는 '수술 중' 과 '회복실' 이라는 표지 밑에 환자의 이름들을 불빛으로 깜빡 깜빡하며 비추어주고 있다.

아침 7시부터 그곳만을 주시하며 언제쯤 회복실로 이름이 옮겨지나 하고 숨죽이며 기다리는 보호자의 마음은 경험하지 않으면 느낄 수 없는 그야말로 말로는 표현하기 어려운 고통 중의 고통이다.

가슴이 쿵쿵거리다가는 갑자기 멈추는 것 같은 기분을 느끼며 오후 6시까지 기다렸다. 이미 지칠 대로 지쳐 마치 공황상태가 된 것 같아 나 자신을 의심해 보기도 했다. 회복실로 이름이 옮겨지면 잠시 면회할 시간이 주어지는데 수술 전날 교육받은 의사소통 방법은 소용이 없다. 손바닥에 무슨 단어를 써주긴 했는데 알 수가 없었다. 나중에 물어보니 '걱정하지 말라'고 쓴 것이라고 했지만 그때는 한 글자도 알지 못했다.

중환자실을 거쳐 입원실로 옮겨 가슴을 들추어 보니 앞가슴부터 배꼽 밑에까지 개복한 흉터가 보인다. 그 순간 수술받느라 얼마나 아팠을까 하는 생각이 나의 온몸을 소름끼치게 했다.

수술 후 3일째가 돼서는 무통주사를 맞아서인지 그 몸으로 운동을 한다기에 극구 말렸지만 바퀴 달린 링거걸이를 복도로 밀고 다니며 걷기운동을 하다니 참으로 놀라웠다.

병원에서 며칠인가를 보내고 퇴원길에 올랐지만 내 가슴은 까맣게 타들어가는 느낌이었다. 그때부터는 마음 한구석이 텅 비어 있고, 머릿속에는 고민만을 가득 채운 채 슬퍼할 시간도 없이 염려와 걱정으로 세월을 낚아야만 했다.

12월 초쯤에선가 몸이 더 아프다는 전화를 받고는 퇴근시간이 되자마자 의정부로 달려가서 병원을 찾아 정확한 진료를 받으려고 X-Ray를 찍어 보니 대동맥의 여섯 군데나 인공혈관을 매어놓은 필름을 보게 됐다. 그 순간 나는 너무나 놀랐고 가슴이 쓰려오는 아픔은 지금도 잊을 수가 없다.

수술한 병원으로 가라고 하기에 다시 서울대학병원을 찾아 정밀검사를 시작했다. 20여 일간에 걸쳐 각종검사를 실시했으나 환부를 발견하지 못하자 마지막으로 골수검사를 하자는 것이다.

검사 후 3일 만에 조심스럽게 문의하니 '골수암'이라는 진단을 내린다. 갑자기 하늘이 노랗게 보이고 땅이 꺼지는 것 같은 내 마음은 그 어느 곳에도 멈추어 설 데가 없었다.

밖에 나가 한참을 울먹이다가 화장실 변기에 앉아 소리 없는 눈물을 연신 흘려보냈다. 어떻게 하든지 살려야 한다는 마음뿐 아무것도 생각하지 못하고 조바심만 앞선다. 아내 앞에서는 슬픈 척도 가슴이 쓰려도 안 그런 척 태연한 표정으로 대했지만 분위기의 심각성을 눈치 챈 아내는 수심이 가득하고 절망감이 역력해 보인다.

"골수암이 아니고 골수종이래" 하고 위로의 말을 건넸지만 소용이 없었다. 그리고는 "집으로 가자. 식이요법으로도 고칠 수 있다"고 하자 아내는 눈을 동그랗게 뜨고는 '그럼 나 죽으라는 말이냐' 는 식의 원망 섞인 눈초리에 순간 고민하다가 "그럼 여기서 치료하자"고 하였으나 아내에게 드리워진 어두운 표정은 쉽게 지워지지 않았다.

아들이 인터넷을 찾아보니 암(癌)은 마지막에나 수술하거나 병원 치료한다는 말을 했었기에 혹시나 하는 생각이 들었기 때문이다.

그 뒤 의사와의 상담 중에 '국립암센터'로 옮기는 것이 좋겠다고 하였더니 "여기가 거기만 못해서 그러느냐?"는 말에 그냥 그 병원에서 항암치료를 받기로 하였다.

1차 치료를 받은 후에 3일인가 지나서 집에 오자 연로하신 어머니와 두 딸이 정성스럽게 간호하였지만 무척이나 힘들어 하는 아내를 보면 내 입술이 마르고 가슴이 뛴다.

더군다나 아내의 머리카락이 한 줌씩이나 빠지기 시작하는데 그 어떤 말로도, 그 어떤 행동으로도 아내를 위로할 수 없었고, 나의 가슴 또한 찢어지는 아픔을 참아야만 했다.

미쳐 버릴 것만 같은 마음의 연속이었지만 시간은 어김없이 흘러 봄은 다시 찾아온다. 새싹이 움트고 싱그러운 풀잎들이 대지 위를 물들여 가지만 내 눈에는 병석에 누워 있는 아내의 모습만이 나의 생각을 채우고 있을 뿐이다.

'분명히 훌훌 털고 일어날 거야.'

'저 사람처럼 착하고 바르게 살아온 사람도 없을 거야.'

'결코 하늘은 외면하지 않을 거야.'

나는 이런 생각을 하면서 지켜보고 있지만 아내의 지루한 병마와의 싸움은 계속되고 있었다.

2차 치료를 받고는 병세가 약간 호전되는 느낌도 받았지만 몇 오라기 남지 않은 머리카락을 보고 있으려니 차라리 눈을 감는 편이 나을 것 같다고도 생각된다.

어느 날인가 변비가 심하니 관장을 해달라고 하기에 라텍스 장갑을 끼고 진땀을 흘려가며 관장을 하였다. 사람의 변이 돌멩이처럼 단단하다는 것도 그때 알게 되었다. 변이 돌덩이처럼 굳어가는 상황을 참느라고 얼마나 힘들었을까를 생각하니 또 다시 가슴이 메여온다. 내 비위가 남달리 약한 탓에 화장실을 찾아 토하기는 했지만 아내에게 무엇인가 해줄 수 있었다는 게 그나마 위안이 된다.

2003년 5월은 양력과 음력이 한 달 차이의 같은 날짜로 흐르고 있었다.

석가탄신일인 4월 초파일이고 어버이날인 5월 8일이었다.

2~3일 전쯤, 어린이날인 5일로 기억되는데 갑자기 전화를 받고 아내에게 달려가니 몸이 무척이나 안 좋아 보인다. 왠지 가슴이 두근거리고 조바심이 생긴다. 그래도 아내는 아무 일 없었다는 표정으로 나를 주시하지만 마음의 무게는 천근만근이다.

다음 날 등에 업고 나가서 주변 사람들이 '안 됐다'는 표정으로 쳐다보는 가운데 차에 옮기어 눕히고는 서울대학병원으로 달려갔다.

5월 초순이었는데도 그 날은 어찌나 더운지 에어컨을 틀고 가야만 했다. 그런데 소형차라 그랬는지 연식이 오래 되어서인지는 몰라도 수유리쯤 지날 때 갑자기 시동이 꺼져 버린다.

유난히도 더위를 타는 아내였기에 미안한 마음이 들었다. 몸이 아파서 병원에 가는데 하필이면 이런 때 에어컨을 켤 수 없으니 기가 찼다.

병원에는 미리 연락을 해둔 터라 바로 입원 수속을 밟고 병실로 옮겼지만 불안한 마음은 여전했다.

주사를 맞고 링거를 꽂고 잠이 든 아내의 모습을 뒤로하고 담당 의사를 찾으니 별다른 점은 발견되지 않았으나 감기가 들어 합병증이 올까 염려된다고 한다.

집에는 90세나 되는 어머니가 혼자 계시기에 저녁 8시께가 되어 귀가했다. 밤잠을 설치긴 했어도 멀리서 암탉이 우는 소리가 들리고 창밖이 밝아오면서 세상은 아무 일 없었던 것처럼 변함없이 태양이 떠오른다.

아침 일찍 서둘러 딸과 아들을 동행하여 병원을 찾았다. 조금은 나아 보이기도 하고 어쩌면 어제보다 못한 것 같기도 하지만 아내에게 해 줄 수 있는 것은 아무것도 없었다. 모처럼 다섯 식구 모두가 병원에서 만나서 이런저런 이야기꽃을 피워 보지만 성인이 다 된 자식들이라 마음만은 아픈 엄마의 모습을 살피느라 여념이 없다.

저녁 식사를 함께하고 병실에 모이니 갑자기 아내가 이상한 말을 한다.

자기가 잘못 되더라도 둘째딸이 대학원에 가길 원하니 꼭 보내라고 당부한다. 그리고 오순도순 이야기 끝에 나에게 "자기가 잘못 되면 어떻게 하겠느냐"고 묻기에 "걱정 마, 당신이 잘못 되더라도 난 재혼 같은 건 안 해"라고 대답했지만 왠지 씁쓸해 하는 것 같았다.

밤 11시쯤에 둘째딸과 아들을 데리고 귀가하려 하자 큰딸 유리가 "오늘은 아버지와 함께 여기서 자고 가자"고 한다. 그러기에 양말 한쪽을 벗고 한쪽마저 벗으려고 하는데 아내가 "야, 아버지는 가서야 돼" 하면서 말을 이어간다.

"내일이 어버이날인데…, 어머님 생신도 못해 드렸는데…, 삼촌도 와 있는데 함께 아침식사라도 같이 해야지, 안 돼" 하는 것이다. 그리고는 빨리

가라고 눈치를 보내며 손짓을 한다. 하는 수 없이 둘째 딸과 아들을 데리고 병원을 나섰다.

그날 밤 2시께나 돼서야 집에 도착하니 남동생이 어머니께 달아드릴 '카네이션'이며 아침거리를 준비해 가지고 와서 나를 기다리고 있었다.

야간 운전에다 마음마저 무거운 터라 무척이나 피곤해서 곧바로 잠을 청했다.

해가 중천에 떠 있는 줄도 모르고 곤한 잠을 자고 있을 때였다. 휴대폰소리에 잠을 깨서 잠결에 전화를 받으니 큰 딸의 울음소리가 들린다.

"유리야! 왜 그래! 왜 그래!" 하고 소리치니 "엄마가… 엄마가…" 하면서 울음을 그치지 않는다. 순간 머리카락이 쭉 뻗히고 땅이 푹 꺼지는 느낌이다. 벌떡 일어나 옷을 입고는 뛰어나가려니 아들도 뛰어나온다. 함께 가자는 것이다.

차를 몰아 출발은 했지만 의정부 가까이 가니 초파일인 데다 어버이날이라 그런지 차량들이 도로를 메워 가다서다를 반복한다. 진땀을 흘려가며 의정부에서 작은 딸을 태우고 병원에 도착하니 오후 1시가 넘었다.

병실을 찾으니 중환자실로 가란다.

밖에서 어느 환자 보호자라고 해야 문을 열어주는 곳이다. 가습기에서 뿜어져 나오는 김발이 이리저리 날리고 환자 모두가 아주 조용히 누워 있다. 누구 하나 앉아 있거나 서 있는 환자는 아무도 없었다.

아내를 찾은 나는 커다란 인공호흡기를 끼고 조용히 눈을 감고 있는 모습에 '그래 살아 있구나' 생각하면서 허벅다리에 손을 넣어보니 얼음장처럼 차갑기만 하다. 흔들어도, 말을 해 봐도 아내는 아무 반응 없이 그냥 누워만 있다. 너무나 당황하여 패닉 상태가 되니 그때는 슬퍼할 겨를도 울어야 할 틈도 없이 어찌 해야 할 줄도 몰랐다.

담당의사에게 다그치듯 물어보니 '강심제'를 맞아 심장만 조금 뛸 뿐 혈

액순환은 되지 않고 기적을 바라는 수밖에 없다는 대답이다.

"그래도 살려야 돼! 저 여자가 내 아내인데…" 하면서 밖으로 나와 친하게 지내는 의사에게 전화를 걸어 현 상태를 이야기했더니 들어가서 담당의사를 바꾸어 달란다. 당시 상황이 자세하게 기억은 나지 않지만 의사는 환자의 상태를 수치로 이야기하는 것 같았다. '뭐는 얼마고 뭐는 얼마'라는 식의 대답이다.

휴대폰을 다시 나에게 주기에 받았더니 "장형, 미안한 얘기지만 회생될 확률은 조금도 없으니 단념하는 게 좋겠다"는 것이다.

순간 멍해지더니 어느 곳에도 나의 마음을 내려놓을 곳이 없었다. 머리가 텅 빈 것 같고 무엇을 어떻게 해야 할지 모르겠다. 오직 머릿속에는 누워 있는 아내의 모습만이 꽉 차 있을 뿐이다.

'어떻게…, 어떻게 하라고…. 누워만 있지 말고 빨리 일어나!'

소리 없는 마음 속에 몸부림만 치고 있을 뿐, 그 때의 내 마음은 무엇으로도 표현하기 어렵다. 한 시간여가 지나서 정신을 가다듬으니 딸들과 아들, 그리고 남동생이 와 있다는 것이 그제서야 눈에 들어온다. 나에게는 아내이지만 애들에겐 어머니다. 그리고 형수님이다.

내가 방황하고 정신 차리지 않으면 이들은 어떻게 하나, 라는 생각에 내가 의지할 대상은 의사밖에 없었기에 친한 그 의사에게 다시 전화를 했다. 대답은 자기네 병원으로 옮기라는 것이다. 그때의 생각은 단 하루만이라도 아니면 단 1시간만이라도 눈을 뜨고 잘 가라는 인사라도 하고 싶었기에 가족들과 함께 옮기기로 하였다.

병원에서 마련해 준 앰뷸런스에 아내와 의사 그리고 가족들과 함께 2시간여를 달렸다. 그 시간에 나는 아내의 볼을 두 손으로 감싸고는 마음 속으로 '제발 눈 좀 뜨고 말 좀 해봐'라고 수도 없이 외쳤지만 단 한 마디의 대답도 들을 수 없었다.

병원에 도착하자마자 의사의 검시가 있더니 곧바로 '사망선고'를 해 버린다. 그리고는 강심제며 호흡기며 모든 것을 제거하는 것이다.

'아니었는데…, 이게 아니었는데…' 나는 아내와 단 한 마디라도 말해 보고 싶었는데 모든 게 아니었다.

"정말 간다는 말인가! 아니야, 아니야, 이렇게 가면 안 되지!"

그렇게 몸부림치는 순간 의사는 누워 있는 아내를 하얀 천으로 덮는다. 그리고는 조그마한 별실로 옮기고 1시간 후에는 냉동실로 가야 한다는 것이다. 나는 가족들을 모두 내보내고 출입문을 걸어 잠그고는 엉엉 소리 내어 울었다. 이렇게 짧게 살다 갈 거면 내가 잘해 주었어야지, 이대로는 보낼 수 없다는 후회의 눈물이었다.

나의 얼굴을 아내의 얼굴에다 비비며 한없이 눈물을 쏟아냈다.

장례식을 마쳤지만 지쳐야 할 몸은 그대로이고 며칠 째를 잠도 자지 못했지만 기억은 생생하다. 그리고 아내의 모습은 더욱 선명해진다.

49재를 지내는 동안에도 아내가 세상에 없다고 생각되지 않았다. 어느 날 갑자기 '당신!' 하며 문을 열고 들어올 것만 같았고 분명히 올 것이라는 기다림은 계속되고 있었다.

잠을 자다가도 벌떡 일어나 아내를 생각하게 되면 분명 옆자리에 있어야 할 사람이 없다. 그리고는 잘해 주지 못한 마음이 후회의 아픔으로 변해 잠을 청하지 못한다.

'화나 났을까? 자기를 그렇게 보냈다고 슬퍼하거나 원망하고 있는 것일까?'

'그래, 용서를 빌자.'

잠들고 있는 쪽을 향해 두 번 반의 절을 올린다.

'미안해, 당신! 화내지 마라. 내가 잘못했어. 용서해 줘.'

그리고는 한참이나 참선의 시간을 가진 후에나 잠을 청하곤 했다. 그래야 조금이라도 편안한 마음으로 잠을 잘 수 있었기에 소용없는 짓인지는 알고 있었지만 나 스스로를 치유하는 길이기도 했었기에 1년여의 기간 동안 아무도 모르는 나만의 행동을 취했다.

잊으려고도 해 보았지만 그럴수록 더욱더 선명해지고, 지우려고도 해 보았지만 더욱 또렷해지는 환영이 아내였기에 먼저 보낸 죄인으로서 할 말이 없다.

아내에게 내 말이 전해진다면, 한 마디만이라도 꼭 전달된다면 이 말만은 전하고 싶다.

여보! 당신과 함께 하는 날이 다시 온다면, 나는 당신만을 사랑하며 당신만을 위해서 살겠다고 자신 있게 말할 수 있소. 부디 가족을 위해 무거운 짐이 있다면 편히 내려놓으시고 편안하게 잠드시오. 언제인가는 또 만날 날이 분명히 올 테니까 말이오.

잊지 못할 세 장씨(張氏)의 여인들

세상을 살다 보면 인연일 수도, 악연일 수도 있겠지만 모든 것은 불가(佛家)에서 말하는 것처럼 사람이 살아가는 동안 우연이 아닌 필연이라는 생각을 나는 믿고 있다.

나는 지금까지 살아오면서 나의 성씨와 같은 세 여인을 잊을 수가 없다.

세 사람 모두가 연상으로 누나뻘이 되기는 하지만 남녀로서의 연민의 정(情)이나 또 다른 이성으로 느끼거나 여자로 생각해 본 적이 없다.

다만 지난날을 돌이켜 보면 나에게 참으로 따뜻한 마음을 주었기에 그 고마움을 잊지 않고 살아가고 있을 뿐이다. 흔히 남에게 조그마한 배려나 따뜻한 마음을 베푼 사람은 잊을 수 있어도 이를 받고 고마움을 느끼고 있는 사람들은 정도가 아주 적고 미미하더라도 그 고마운 마음을 가슴에 담고 살아가는 것이 지극히 당연한 일이라 생각한다.

동창이지만 누나라고 부르고 싶었다

중·고등학교 동창인 장(張) JS는 옛날 여자치고는 키도 크고 피부도 곱고 하얗다.

동창생이기는 하지만 나보다 두 살이나 많아 조금은 거리감도 있었고, 아주 친한 친구 사이도 아니거니와 그렇다고 먼발치의 사이도 아닌 그저 서먹서먹한 사이라고나 할까?

동창이지만 행동거지가 조심스럽고 그저 막 대할 수 없는 그런 관계였다.

고등학교 3학년 때의 일로 기억된다.

수학여행을 동해안 설악산으로 가기로 결정이 되었는데 선생님이 "못 갈 사람 손들어" 하기에 손을 번쩍 들었더니 "왜 못가냐?" 하고 묻기에 "돈이 없어 못 가겠다"고 하였다.

그냥 영웅 심리에서 웃자고 한 말이지만 한편으론 형편이 어려운 부모님께 돈 달라는 말이 나올 것 같지 않아서였다.

그런데 갑자기 JS가 벌떡 일어나더니 "내가 내줄게 가!" 하는 것이었다. 그리고 앉으면서 하는 말이 "밴드부장이 안 가면 무슨 재미냐?"고 낮은 목소리로 속삭인다.

나는 너무나 당황스러워 얼굴이 붉어진 채로 아무 말도 못하고 멍하니 책상만을 주시하며 조금은 마음에 충격을 받았다.

주변 친구들은 "언제부터 그렇게 가까워졌느냐"며 놀리기도 하고 깔깔대며 웃기도 하면서 "야! 부럽다 부러워" 하는 말까지 들린다.

사실 나는 그때 HR 시간이면 앞에 나가 진행을 도맡아 했고, 쇼 공연단 사회를 보듯이 웃기기도 했고, 노래도 부르고 또 합창도 지휘하는 등으로 꽤나 설치고 꺼떡거릴 때였다.

아무튼 수학여행은 가는 것으로 결정하고 방과 후에 JS를 만나 "너무 당황했다"고 이야기했더니 "모든 경비는 내가 부담할 테니 같이 가자"고 조용하게 이야기하는 것이었다.

그러면서 "나 너한테 누나라는 소리 한 번 듣고 싶은데 한 번 불러 줄 수 있어?" 하는 것이다.

사실 나이는 많아도 동창인데 차마 누나라고 부를 수는 없어 나는 그냥 얼굴만 숙이고 있을 뿐이었다. 그리고 수학여행 떠나기 전날 양쪽 허벅지에 큰 주머니가 달린 청바지를 건네준다. "내가 만든 것인데 내일 입고 와" 하면서 말이다.

그때는 지금처럼 기성복 청바지도 없었거니와 있다고 해도 해군 W백을 뜯어 만들었기 때문에 무릎 부분에 절개선이 보이는 게 특징이다.

청바지는 서부영화에서나 보았고 입고 다닌다는 것은 젊은이들의 희망 사항일 뿐이었다. 그리고 지금처럼 질기고 멋진 것이 아니라 가끔은 주한미군 병사들을 통해 흘러나오거나 맞춤 양복점이나 양장점에서 해군 W백을 뜯어 만드는 것이 고작일 때다.

이에 젊은이들이나 학생들은 구경도 못하고 청바지를 입는 것만으로도 남들의 시선을 받을 수 있었던 시대였다.

고등학교를 졸업하고 나는 대학에 다니고 그녀는 '양장점' 을 차려 생업에 종사하고 있었다. 경원선 열차로 통학하던 때라 가끔은 열차에서 그녀를 만났는데 필요한 옷감을 사기 위해 서울 동대문 상가를 오가는 것이었다.

청량리역에서 내리면 아침식사로 맛있는 '갈비탕' 을 사주거나 때로는 손가락을 벌려 나의 어깨 넓이를 재어 남방을 만들어 주기도 하여 정말 친누나 같은 정을 느낄 때도 있었다.

결혼 후에 동창회 모임에서 그녀를 보았지만 나 자신이 아내와 함께한 자리여서 고맙다는 말을 전하지 못한 것을 지금까지 후회하고 있다.

지금도 매년 봄과 가을로 두 번씩 동창회 모임을 갖고는 있지만 그때 만난 이후로는 단 한 번도 참석하지 않는다. 여자 동창들에게 소식을 물어 보면 다음에는 꼭 데리고 온다고 약속은 하지만 지금껏 지켜지지 않고 있다. 그리고 그 다음해에 모임이 있으면 연락이 안 된다고 하여 미루고 또 미루어지고 있다.

언젠가 한 번쯤 만날 수 있다면 그녀가 원하던 '누나!' 라고 꼭 불러주고 싶다. 그리고 내가 힘들고 어렵게 살고 있었을 때 나를 진심으로 도와준 따뜻한 마음을 잊을 수 없다. 정말 고맙다는 말을 꼭 좀 전하고 싶다.

운명적 만남과 이별

서울 용두동에 살았던 장㉛ SJ 누나는 운명적인 만남으로 나를 친동생 이상으로 정성을 다하여 보듬어 주신 분이다.

가끔이나마 인생을 돌이켜 보는 시간이면 어김없이 떠오르는 누나에 대한 생각을 지울 수가 없고 때로는 옛 생각에 그리움이 주마등처럼 스쳐 가기도 한다.

대학교 1학년 여름방학 때다.

나를 비롯한 친구 셋이서 청평댐으로 캠핑을 떠나기로 했다.

그때는 지금처럼 캠핑장비가 없어 모두가 군수품 밖에 없을 때다.

캠핑에 필요한 장비를 구하려면 청계천 상가를 가야 했는데 그곳에서 팔고 있는 장비 자체가 군수품이고 개인이나 회사에서 제작해 판매하는 장비가 없었기 때문이다.

A자형 텐트에 야전삽, 그리고 허리에 차는 수통과 음식을 끓여먹는 식기도 군대 반합에다 신발이라야 군인 '워커' 밖에 없고 지고 다니는 배낭 역시 군수품이다.

청량리역에서 춘천행 기차에 몸을 싣고 기적소리와 함께 떠나는 마음은 날아갈 것 같았다.

북한강의 물줄기를 따라 주변의 나무들은 짙은 녹색 향을 뿜내며 바람 따라 흔들리는 모습은 여름을 시원하게 만들고 마음을 편안하게 해 준다.

청평역에서 지고 들고 낑낑대며 비지땀을 흘리며 한참을 걸어간 곳이 청평댐이었다. 청평댐 상류 물가에 텐트를 치고 비라도 내리면 물이 들어올까 물꼬도 만들었다.

텐트 옆에 커다란 돌 세 개를 모아 놓고 마른 나무들을 주워 모아 땔감을 만들어 불을 붙이면 어느덧 반합에선 보글보글 밥물이 끓으며 하얀 김을 내뿜는다. 난생 처음 해 보는 밥이 신기하기도 했지만 배도 고파 빨리 먹고 싶은 생각뿐이다.

이젠 됐다, 하는 친구의 말에 반합을 내려놓고 숟갈로 반합 뚜껑을 톡톡 쳐서 벗기니 하얀 쌀밥이 우리들 배를 채워주려 기다리고 있다.

한 그릇 듬뿍 떠서 김치와 고추장에 비벼 먹으니 얼마나 맛이 있었던지 지금도 입맛이 돈다.

낮에는 물에 들어가 텀벙텀벙 물장구 치고 물싸움도 벌이고 밤에는 호롱불 켜놓고 오순도순 이야기꽃을 피우다 나도 몰래 잠이 들면 아침 햇살이 얼굴을 찡그리게 한다.

이렇게 철모르게 뛰고 놀고 3일인가 지나서다.

갑자기 강력한 태풍이 불어 닥치더니 굵은 빗줄기가 우다다닥 떨어지고 주변 나무들은 '씽~씽' 하며 날카로운 소리를 내며 잎을 뒤집고 허리를 휘었다 펴기를 반복한다. 텐트가 날아갈까 폴대를 잡고 허우적거리며 밤을 새우니 어느덧 밖이 훤해진다.

텐트밖에 널어놓은 옷가지나 가벼운 물건들은 모두 날아가 버렸다

어쩔 수 없이 주섬주섬 남아있는 물건만 챙기고 귀경길에 올랐다.

청평역에 와서 기찻길이 끊어져 못 다닌다는 말을 듣고는 터벅터벅 버스정류장을 찾았다. 버스정류장에 와서 도로가 끊겨 서울방향으로는 갈 수 없으니 현리 쪽 서파검문소로 가면 혹시 갈 수 있는지 모르겠다는 말에 그 방향 버스에 올랐다.

한참이나 달려 서파검문소에 도착하니 서울방향 버스 한 대가 서 있다.

이제는 갈 수 있겠다는 생각에 승차하였더니 십여 명의 승객은 있었으나 이 버스 역시 서울과 포천방향 모두 도로가 끊겨 갈 수 없다는 운전기사의 말이다. 그때서야 태풍으로 인해 교량과 도로가 끊기고 주택이나 농경지가 모두 침수되는 엄청난 수해가 발생했다는 심각한 사실을 알 수 있었다.

나중에 알게 됐지만 이것이 '사라호'라는 태풍이었다.

오갈 데도 없고 버스 안에서 무료하게 몇 시간을 지나다 보니 어느덧 저녁때가 되니 배도 고프고 볼 일도 보아야 해서 몇몇 사람들과 함께 주변 작은 마을을 찾았다.

지금의 서파검문소에서 청평 방향 첫 마을이다.

별로 크지 않은 마을이지만 37번 국도변에 접해 있는 데다 조그만 상점과 음식점, 차를 마실 수 있는 다방도 있었다.

식당에서 백반 한 그릇을 비우고 다방에 들어가 차를 마시며 여러 사람들과 함께 자연스럽게 어울리게 되었다.

하룻밤을 지내기에는 버스나 텐트를 치고 잠을 자는 것보다는 이곳이 나을 것 같았고 주인에게 사정하면 한구석에서 쪽잠이라도 잘 수 있겠다는 생각이 들었다. 친구와 함께 구석진 곳 의자에 자리를 잡았다. 모두가 집 걱정에 불안한 모습들이지만 오갈 수 없는 처지의 사람들이라 불편해도 받아들일 수밖에 없는 어쩔 수 없는 현실이다.

서로가 가까운 곳에 모여 앉은 사람들은 서로가 어디에 살며 학교는 어디 다니고 하는 등의 인사를 주고받고는 거리가 있는 사람들에게는 시선이 마주치면 목례와 눈인사로 대신했다.

철없던 시절이라 우리들은 깔깔대고 웃기도 하고 큰소리치며 장난도 치는 등으로 시간을 보내고 있을 때다. 버스에 탔을 때 시선을 모으던 여자가 있었는데 우리들 좌석 옆으로 와서는 인사를 하는 것이다.

"무슨 이야기들을 그렇게 재미나게 하느냐?"며 빈 의자를 가져다 내 앞에 앉는다.

그녀는 얼굴이 갸름한 데다 피부도 곱고 하얗다. 게다가 작지도 크지도 않은 키와 쌍꺼풀진 눈을 가진 예쁘장한 얼굴에다 다소곳한 자태다.

날씬한 몸매에 검은색 바지에다 흰색 블라우스를 입은 그녀는 양팔을 걸어 올려 멋을 풍기고 말과 행동을 교양 있게 하는 것으로 보아 그녀의 품격이 한눈에 들어온다.

특히 웃을 때는 양볼 보조개가 깊게 패어 매력이 넘치는 여자로 보인다.

시간이 지나면서 집이 어디냐, 어느 학교에 다니느냐는 등 신상을 주고받으니 나보다 연상은 틀림없는데 몇 살이 많은지 정확히는 알 수 없지만 누나뻘은 확실한 것 같았다.

서로가 많은 이야기를 주고받는 사이 나와는 성씨가 같은 장(張)가에다 이름이 SJ였는데 성이 같아서인지 짧은 시간에 누나라고 부를 수 있었다.

집은 용두동 어디쯤에 살며 아직은 미혼이라는 사실도 알게 되었다.

그리고 개학하게 되면 집에 한 번 찾아오라는 말까지 하기에 나는 '꼭 찾아가겠다'는 약속까지 했다.

하지만 그 시절에는 연상의 여인을 좋아하고 사랑한다는 것은 상상조차 할 수 없었던 때라 주변에 연상 커플이 있다면 남의 입에 오르내릴 이야깃거리가 되던 때였다. 남자는 무조건 연하의 여자와만 결혼한다는 사회분위기라 나는 별다른 관심은 없었다.

다음날 응급복구가 되어 버스를 타고 귀경하는 중에도 옆자리에 앉아 많은 이야기를 나눌 수 있어서 자연스럽게 누나 동생 사이가 되어 버렸다.

그런데 그녀는 분명하게 누나의 입지를 굳히는 언행으로 나를 압도한다. 말도 반은 반말을 하다가 어쩌다 존칭을 쓰기도 하지만 완전히 너는 동생 이상 생각지도 말라는 내면이 확실히 보여 나 역시 그 이상은 생각하지도 않았다.

덜컹대는 버스는 점심시간 가까이 돼서야 서울 외곽에 위치한 검문소에 정차한다. 지금의 구리시 북쪽에서 서울 태릉 방향으로 가는 길목인 군·경 합동 퇴계원 검문소다.

버스가 정차하자 계급장도 없는 군복에다 권총을 찬 사람이 오르더니 우리들을 아래 위로 훑어보더니 신분증을 제시하라기에 학생증을 보여주었더니 짐을 갖고 내리란다. 검문소 안으로 들어가자마자 쿵하고 문을 닫더니

다짜고짜 욕이다.

"이 새끼들 누가 군수품 가지고 다니랬어? 응!"

그러는 사이 버스가 떠난다.

"아저씨 우리는 어떻게 가요?"라고 물었더니, "너희들은 조사받고 가야 돼" 하면서 언성을 높이며 죄인 취급이다.

창밖으로 보이는 누나는 걱정이라도 하듯 못내 아쉬움을 뒤로하고 시야에서 사라져 버린다.

결국은 캠핑 장비 모두를 빼앗기고는 한참을 기다렸다가 다음 버스로 귀경할 수 있었다.

시간은 멈추지 않고 흐르기에 뜨거운 태양도 점차 열기를 식혀가고 아침 저녁으로는 제법 쌀쌀한 바람이 부는 8월말인가에 개학을 맞아 등굣길에 올랐다.

한 달여를 아무 생각 없이 보내는 동안 그 누나를 까맣게 잊고 있었다.

어느 날 학교 앞 식당에서 친구들 몇 명이 저녁을 함께 하는데 친구 MS가 용두동에 산다는 것이다. 갑자기 누나 생각이 나서 알려준 대로 묻고 또 묻고 하여 다음날 함께 찾아가기로 하였다.

그날 밤 나는 그 누나를 만날 수 있다는 설렘에 잠까지 설치며 정말 긴 밤을 보냈다.

다음날 오후 4시쯤인가 하굣길에 친구와 함께 신설동까지 버스를 타고 용두동까지는 두리번거리며 걸어갔다.

대충 들은 대로 이 골목 저 골목 찾아다니다 지나가는 사람이라도 만나면 예쁘게 생기고 이름은 장 아무개인데 하면서 물어 물어서 누나의 집을 찾았다.

"계세요?" 하고는 문을 열고 들어가니 잠시 후 "누구세요" 하는데 바로 그 누나 목소리다. 방문을 열고 나서자마자 나를 본 누나는 "어머" 하며 정말 반갑게 맞아준다.

꿈인지 생신지 모를 일이다.

친구와 함께 방으로 들어가니 나를 가볍게 안아준다.

"잘 지냈어?" 하며 한참이나 기쁨의 말을 나누고는 "종로로 가자"고 하여 집을 나섰다. 무엇을 먹었는지 기억은 나지 않지만 정말 맛있는 저녁식사를 대접받은 것으로 기억하고 있다.

친구를 보내고 다시 집에 와서 차를 마시며 잊지 못할 추억의 시간을 보내고는 집으로 돌아오는데 자꾸만 누나 생각이 난다.

'저 누나가 나의 친누나라면 얼마나 좋을까' 하는 생각도 들고, '언제쯤 또 만날 수 있을까?' 하는 기대감에 가슴이 두근거리기도 하였다.

며칠이 지나서다. 수업을 마치고 다시 누나 집을 찾아 "누나!" 하고 소리치며 들어가니 조용하다.

잠시 후 방안에서 "응, 들어와" 하기에 문을 열고 들어가니 피곤했는지 잠자리에 있었다.

"누나 지금 피곤하니 조금만 더 자고 일어날게" 하면서 "너도 피곤하면 옆에서 자" 하는 것이다. 얼마간의 거리를 두고 나도 누웠다. 눈을 감고 누웠는데도 잠은 오지 않는다.

그런데 이상하게도 누나는 여자로 보이지 않는 것이다. 나는 그때까지 어느 여자를 사랑해 본 적도 없고 연애 한 번 해 보지 못한 데다 여자라면 가까이 다가갈 수 있는 용기도 없었다. 나는 그때 누나를 연인이나 사랑의 대상으로 생각한다는 것은 상상조차 해 보지 않았다.

중·고등학교를 남녀공학에 다녔지만 한 번도 여학생을 가까이 만난 일도 없고 더욱이 여자를 사랑해 본 적도 없어 누나가 생기고 보니 사실 어디엔가 기대고 싶을 뿐 그 이상의 감정은 없었다.

얼마나 시간이 흘렀을까. 누나가 잠자리에서 일어나기에 눈을 감고 잠들은 척했는데 가까이 오더니 얇은 이불을 덮어주며, "더 잘래?" 하기에 숨을 죽이며 못 들은 척했다.

누나는 밖에 나가 세수를 하고 들어와서는 화장을 하며 "이제 그만 일어나라. 밥 먹으러 가자" 하기에 잠시 머뭇대다 일어났다.

"그 동안 별 일 없으셨어요?" 하니 "자주 좀 오지. 뭐 그렇게 바쁘냐?" 하는 것이다. 마음 속으로는 "누나! 보고 싶었어요"라고 말하고 싶었지만 혹시 오해할까 아무 말도 하지 않았다. 화장한 얼굴은 정말 예뻐 보였다.

언젠가 나도 누나와 같은 여자를 만나 결혼했으면 좋겠다는 생각을 하는 사이 "가자"고 하는 말에 집을 나섰다.

나의 왼쪽 팔을 끼고는 아주 자연스럽게 둘이 걸었는데 정말 누나의 따뜻한 마음을 느낄 수 있었지만 익숙하지 않은 나는 조금은 불편함을 느끼기도 하였다. 그리고 그날 나는 "누나가 있어 행복합니다"라고 말하고 싶었지만 그 말마저 용기가 없어 하지 못했다.

저녁을 함께하며 며칠 있으면 국군의 날인데 용산에 구경 가자고 하여 너무 좋아 대답부터 하고는 버스를 타고 오다 용두동 서울사대 앞 정류장에서 작별 인사를 나누었다.

국군의 날 아침이 밝았다.

아침 일찍 씻고 닦고 아침도 먹는 둥 마는 둥 하고는 용두동으로 향했다. 도착하니 예쁘게 화장까지 마친 누나는 나를 반갑게 맞는다.

누나와 나는 서둘러서 '시발택시'를 타고 용산 한강변에 구경하기 좋은 자리를 잡고 나니 우리 국군의 위용을 자랑하는 전투기 '퍼레이드'가 시작됐다.

오색 연기를 뿜으며 굉음소리와 함께 하늘을 치솟다가는 급강하로 인산인해를 이루는 구경꾼들의 가슴을 뛰게 하는가 하면 저공비행으로 조마조마하게 만드는 스릴을 느끼게 하는 행사는 많은 사람들의 박수갈채를 받으며 끝이 났다.

점심을 먹기는 했는데 장소는 기억나지 않지만 아마도 그날도 누나가 맛

있는 점심을 사주신 것으로 기억될 뿐이다. 언제나 밥은 누나가 샀으니 말이다.

그때는 누나와 함께하는 시간이 제일 즐거웠고 누나는 내가 꿈꾸고 있는 그 무엇인가를 이뤄줄 수 있는 수호천사 같은 마음이 들어 늘 가까이 하고 싶었던 것도 사실이었다.

며칠이 흘렀다. 용두동 친구와 함께 누나 집을 찾았는데 그날도 나를 반갑게 맞았고 거실에서 정성들여 만든 차를 한 잔 하면서 누나에게 큰 실수로 호되게 꾸지람을 들은 날이다.

이런 저런 이야기를 서로 나누다 누나가 예쁘게 웃고 있기에 볼을 가리키며 "누나는 겐자꾸야" 하였더니, 누나가 갑자기 돌변하면서 "어디서 배운 버릇이냐?"며 벌컥 화를 낸다.

나는 그때 그 말이 무슨 말인지 뜻도 몰랐고 친구들이 보조개가 있는 여자를 가리키는 순수한 말이라고 했었기에 그런 뜻으로만 이해하고 있을 때였는데 농담으로 건넨 말이 화근이 될 줄은 몰랐다.

누나는 잠시 침묵을 지키다가 "내 친동생이 군대 생활을 하고 있어서 너를 만나 동생처럼 잘 해 주려 했는데…" 하면서 눈시울을 적시며 말을 잇지 못하고 있었다.

그 소리를 들은 나는 마시던 찻잔조차 들고 있을 힘도 없이 땅속 깊숙한 수렁으로 한없이 빨려 들어가는 것 같았다.

두 무릎을 꿇고 엉엉 울면서 용서를 구하고도 싶었고 두 손 모아 잘못했다고 싹싹 빌고도 싶었으나 친구와 함께한 자리라 어쩔 수가 없었다.

나의 잘못으로 분위기는 차가운 얼음판이 돼 버렸고 무엇을 어떻게 해야 할지 몰라 가슴만 쿵쿵 뛰면서 안절부절해야 하는 긴장상태만이 이어지고 있었다. 순간의 침묵이 그렇게 길 수가 없었고 정신적 충격에서 벗어나지 못하고 헤매고 있었다.

얼마간의 시간이 흐르자 "우리 나가자" 하고는 누나가 일어나 밖으로 나간다. 뒤따라서 나가니 누나는 친구에게 "오늘 미안하다. 둘이 할 얘기가 있으니 먼저 가라"고 하여 친구는 말없이 집으로 돌아갔다.

누나는 집으로 다시 들어오더니 긴장된 모습을 보이면서 "편히 앉아" 하고는 한참이나 창밖을 주시하고 있다가 돌아서더니 나를 멍하니 바라보고 있을 뿐 말을 하지 않는다.

누나는 나에 대한 실망감으로 가득 찬 모습이 역력해 보인다.

아무 말도 하지 못하고 죄인처럼 고개 숙인 나를 향해 "내가 미안하다. 너를 잘못 보았나 보다" 하면서 내게로 다가오더니 두 손으로 얼굴을 감싸며 금방이라도 눈물을 흘릴 것 같은 슬픈 표정으로 쳐다보고 있다.

나는 그 순간 '빌어야지' 하며 무릎을 꿇고는 "누나 잘못했습니다. 나는 그 말이 무슨 뜻인지 알지도 못하고 친구들이 하던 말을 따라서 했습니다" 하고 용서를 빌었다.

사실 용두동 친구가 누나를 보고는 학교에서 "야 누나는 겐자꾸야" 하는 말을 했었기에 나는 자연스럽게 따라 했을 뿐이다. 그 뜻도 모르면서 말이다.

누나는 앉아있는 내 머리를 가슴에 안으며 "그만 일어나" 하고는 "밖에 나가 세수하고 와" 하는 말에 나는 잠시 머뭇거리다 일어났다.

수돗가에 앉아 생각하니 정말 죄송하다는 생각을 지울 수가 없다. 이토록 나를 아껴주고 사랑해 주는 누나에게 너무나 큰 실망을 안겨준 데 대해 죄책감마저 들었다.

빨랫줄에 널려 있는 수건으로 대충 닦고는 거실 문을 열고는 "그만 가겠습니다" 했더니 누나도 함께 나가자고 하기에 "다음에 뵐게요" 하고는 도망치듯 나와 버렸다.

버스를 타고 집으로 돌아오는 동안에 많은 생각을 했지만 나의 잘못으로 상처 입은 누나에게 미안하고 죄송할 뿐이었다.

1965년 10월도 역사 속으로 사라져 갈 날이 얼마 남지 않았다. 하루에도 몇 번씩이나 '누나를 만나야지' 하면서도 용기가 나지 않는다.

왠지 서먹하고 어떻게 '무슨 낯으로 대할 수 있단 말인가' 하는 생각에 자꾸만 작아지는 나는 마치 무인도나 망망대해에 혼자 있는 느낌만이 있을 뿐 누나에게 다가갈 용기마저 잃어가고 있었다. 하지만 누나를 향한 나의 마음은 변하지 않고 그리움으로 변해 가고 있다는 사실을 누나는 알지 못할 것이다.

생각다 못해 편지를 써볼까 했지만 누나가 실망할까 두려워 마음만 있을 뿐 쓰지도 못했다. 가슴 두근거리는 시간만이 흐르고 있었다. 어느 날 골똘한 생각 끝에 잘못한 내가 찾아가는 것이 진정한 용기라는 생각이 들었다.

"누나 저예요" 하고 들어가니 변함없이 반갑게 맞아 주었지만 왠지 분위기가 이상하다는 느낌이다. 전축 위에 돈다발이 놓여 있고 무엇인가를 준비하고 있는 것으로 보였다.

"죄송합니다." "괜찮다"라는 말을 주고받으며 누나 동생으로서의 도리를 다하며 서로가 편안한 마음으로 대할 수 있어서 확실한 용서를 받아주는 기분이었다.

누나는 잠시 멈칫하더니 말을 꺼낸다. 조금은 망설이다가 며칠 후 종로2가 어느 식당에서 약혼식을 갖는다는 이야기였다.

이 말을 들은 나는 조금은 당황했었지만 극히 당연한 일로 받아들였다.

매형 될 사람은 경찰이라고 하기에 이름이 무엇인지 몇 살이나 되었는지를 알려 하지도 않았고 약혼식 날 사진을 찍어달라는 부탁에 사진기를 챙겨 참석하기로 약속했다.

사진에 관한 상식은 별로 없었지만 구도나 노출 등 기본적인 것은 알고 있었기에 영원히 남을 추억의 사진을 찍겠다는 생각에서다.

약혼식 날이다.

나는 카메라를 챙기고 필름도 3통인가를 준비해 약속한 식당으로 향했지만 정작 그 식당을 찾을 수가 없었다.

종로2가에서 3가 사이에 있는 식당들을 2시간여 동안 모조리 뒤지고 찾았지만 도저히 찾을 수가 없어 점심도 거른 채 집으로 돌아오고 말았다.

사람이 살면서 이런 일도 있을 수 있나, 절망하면서 못내 아쉬움이 남았고 좀 더 찾아야 하지 않았나 하는 후회도 해 보았다.

그 후 한 번인가 뵙고 그 사정을 이야기했지만 나라도 믿지 않았을 것이다. 갑자기 서먹해진 사이가 돼 버린 나는 나대로 충무로 쪽의 영화사에 들어가 일하며 학교에 다니려니 시간이 허락지 않는 사이에 누나의 고마움을 잊고 말았다.

군(軍)에 입대해 원주에서 근무하다 26개월이라는 긴 시간을 월남전에 참전하고 제대했지만 시골에서 부모님 부양을 책임져야 하는 장남이기에 생활전선에서 바쁜 일과를 보내면서도 누나에 대한 고마움은 오래도록 뇌리에 남아있다.

지금은 칠순을 넘긴 나이겠지만 한 번이라도 만나고 싶은 마음은 변함이 없다. 언젠가 한 번은 경찰에 의뢰해 찾으려 했지만 전산에 등재된 같은 이름이 무려 70여 명이나 되고 정확한 나이도 모르고 주소도 몰라 찾지 못했다.

동생 이름이 '장국웅'인가로 기억하고 있지만 확실하지도 않고 그렇다고 누나 이름을 밝히려니 혹여 오해라도 받지 않을까 염려되어 밝히지도 못하고 있다.

만약에 지금이라도 누나를 만날 수 있다면 큰절 한 번 올리며 '보고 싶었다'고 말하고 싶다. 그리고 '누나!'라고 크게 불러보고 싶다.

육군 여군 헌병이던 누나

지금도 마찬가지이겠지만 예술대학 연극영화과에 입학하게 되면 연기를 전공하는 학생들은 자칫 배우가 된 것처럼 착각 속에서 살게 마련이다.

그러다 세상물정 알게 되면서 조금씩 실망하다 보면 그 길이 얼마나 험하고 성공하기가 얼마나 힘든 역경의 길인지, 상상하기 어려울 만큼의 노력 없이는 '스타'가 되기는 정말 힘들다는 사실을 알게 된다.

우리나라에 연예인이라는 직업을 가지고 생활하는 사람은 얼마나 될까?

정확한 숫자는 알지 못하지만 몇 만 명은 되지 않을까 싶은 생각이다.

만약에 연예계에 종사하는 감독이나 PD, 배우나 가수, 코미디언 또는 작품을 제작하는 작가부터 촬영이나 조명, 그리고 코다나 매니저까지 모든 영역에서 활동하는 사람들의 이름을 백지에 써보라면 몇 명이나 쓸 수 있을까?

연예계에 관심이 있거나 꿈을 꾸고 있는 사람들, 또는 현재 연예인이라 칭하는 사람들도 그다지 많은 이름을 쓰지는 못할 것이다. 보통사람들이 이름을 알고 얼굴을 기억하고 있다면 출세한 연예인으로 보면 맞을 것이다.

나도 한때 배우가 되겠다고 충무로 거리를 꺼떡거리며 돌아다닐 때가 있었다. 지금은 몰라도 그때는 영화 쪽에서 일하는 사람들은 충무로가 아지트나 다름없었다. 그 주변의 유명한 '청맥'이나 '세기', '은' 다방 등에는 배우들이나 감독, 작품을 만들기에 필요한 종사자들 모두가 이곳을 찾아야 하고 또 만나야 했기 때문이다.

지난 1967년도 8월께로 기억된다.

충무로 거리에 이슬비가 내리는 저녁 8시쯤 되었을까 단발머리에 레인코트를 입은 두 여자가 지나간다.

못 매무새부터 아주 단정하고 어디 하나 흠 잡을 데 없는 얌전하고 순수함이 몸에 배여 있는 느낌마저 들게 하는 여자들이다.

동료 한 사람 중에 꽤나 질펙대는 동료가 있었는데 가만히 있을 리가 없다. 한걸음에 달려가더니 그 여자의 어깨를 툭 치며 "신상에 해롭지 않으면 커피나 한 잔 하시죠?" 하면서 접근전을 시작했다. 그리고 몇 마디 주고받더니 다방으로 안내하여 자리를 함께 하게 되었다.

다방 안에는 몇몇의 유명한 배우도 있고 하니 그들의 눈이 휘둥그레지는 것 같았다. 차 한 잔을 마시며 어디에 사느냐, 이름이나 알고 지내자 해도 일체 노코멘트다.

그래도 그중에서는 나이도 어리고 학생의 신분을 가진 사람은 나뿐이라 달리 보았는지 내게로 시선이 집중되는 것을 느꼈다.

30여 분이 지나자 질퍽대는 사람은 가고 나 혼자만 남게 되자 이름과 전화번호를 받을 수 있었다. 성이 장(張) 씨고 이름은 MJ다. 그런데 전화번호가 이상하다. 그 당시 서울의 일반전화는 국번호가 두 자리인데 세 자리이기에 맞느냐고 물으니 고개만 끄덕인다.

지금 이 시간에 충무로에 있다면 가까운 곳에서 살고 있는 것으로 생각되어 이틀 후 저녁 6시쯤 이곳에서 만나자고 약속하고 다방을 나섰다.

이틀 후 약속시간에 다방에 앉아 기다리니 MJ 혼자만이 들어온다. 옆자리에 앉으며 "누구는 바빠서 혼자 왔다"고 하는 말에 나는 내심 둘이라는 생각이 훨씬 편하고 다행이라는 생각이 들기도 했다.

가까운 곳의 식당으로 자리를 옮겨 저녁을 함께 하며 나는 누구라고 소개하니 자기는 나중에 알려주겠다는 것이다. 오늘은 저녁이나 맛있게 먹자는 것이다.

나이를 물어도 대답하지 않는다. 분명 나보다는 연상으로 보이기도 하지만 자세히 보면 아닌 것도 같고 해서 나이를 꼬치꼬치 물어도 그냥 누나라고 부르면 된다는 정도로 넘어간다.

나이도 모르는데 누나라고 부르기는 싫어서 만나게 되면 '저~' 아니면 '저요' 하는 말로 불렀지만 지금까지도 몇 살인지는 정확히 모른다.

다시 다방으로 돌아와 처음으로 얼굴을 자세하게 보았는데 고운 피부에다 곱게 빗어 내린 머리부터 청순하고 단아한 이미지가 남자들이 결혼 상대자로 꼽는 일등 신붓감 같았다.

며칠 후 전화를 걸었더니 난데없이 "네 김 대위입니다"라는 답변이 들려온다. 아닌 밤중에 홍두깨라더니 이게 무슨 일인가. 나는 말도 못하고 주저

주저하다가 전화를 끊어 버렸다.

'뭐 전화번호를 이런 걸 주나' 하는 내심에 마음이 조금은 상했다.

이틀인가 지나서 다시 전화를 했다. 이번에도 '김 대위'라고 하면 거기가 어디냐고 물어볼 생각에서다. 그리고 그 여자 이름을 대면 아는지 모르는지 확인하고 싶었기 때문이다.

'따르릉~' 전화벨 가는 소리가 귓전에 들리다 덜컥하더니 "네" 하고는 뒷말이 없다. 이 틈을 이용해 나는 "저 J·M·J 씨 계신가요?" 했더니 "장 중사! 전화 받아" 하는 것이다.

어이가 없다. 여군이라니 손톱만큼도 상상하지 않았던 신분이다.

"응, 나야" 하는데 옆에서 누구냐고 묻는 소리가 들린다. 수화기를 들고는 "내 동생이에요" 하고는 나에게 "누나 지금 바쁘니까 저녁에 그리로 갈게" 하고는 전화를 끊는다.

서먹서먹한 사이에 나는 그저 동생이 돼 버리고 만 것이다.

저녁때 만나 물으니 "육군본부 헌병감실에 근무하고 있다"는 것이다.

'헌병' 하면 멋있는 복장에 도로에서 호루라기를 획획 불어대며 절도 있는 동작으로 TCP(교통정리)를 하고 있는 모습이 남자로서도 한 번쯤은 해보고 싶은 게 헌병이다.

마침 오는 12월말에 입대 예정인 터라 군에 대한 궁금한 것을 물어보니 '군대에 가게 되면 헌병학교에 가라'고 한다.

'어떻게 가느냐'고 했더니 자기가 알아서 보내준다기에 나의 자존심을 건드린 것 같아 가지 않겠다고 하였더니 그럼 훈련 마치면 어디를 가든 보조 헌병이 있으니 그리로 가란다. 그리고 내가 원하는 부대로 보내주겠다고 말한다.

입대를 앞둔 나는 하루가 너무 짧기도 하고 1분이 아까운데 든든한 후원자가 생겼지만 내심 별로 탐탁한 생각은 들지 않았다.

남자라는 자존심을 건드린 것 같아 나는 단호하게 말했다.

나는 "하늘이 준 운명대로 살 테니 걱정하지 말아요" 하고는 일단락 말을 끊어 버렸다. 그리고는 입대 전까지 두 번인가 만나 밥 먹고 차 마시고 이야기하고 즐거운 만남을 가졌지만 나를 위한 부탁이나 사정은 한 마디도 하지 않았다.

훈련을 마치고 1군사령부에 배치되어 한 통의 편지를 써 보냈나? 하는 기억은 난다. 그때 아마 첫 머리에 '누나께 올립니다' 라고 쓴 것이 '누나' 라고 처음 불러본 것 같다. 인연의 끈이란 질기기도 하지만 억지로 끊는다고 끊어지는 것이 아니라는 생각이 든다.

1968년 10월 월남전에 참전하여 맹호부대 사령부 군수처에 배치 받고 3일인가 지나서다.

헌병중대 하사가 찾아와 "장 일병이 누구고?" 하는 것이다. 사실 헌병이 찾아오면 죄를 짓지 않아도 괜히 겁도 나고 괜한 생트집이라도 잡을까 두려운 존재로 보통의 군인들은 별로 좋아하지 않는다.

"네 전데요" 하니, "니 누나 흔병감실에 있제? 니 잘못 되므 나 죽인단다." 경상도 억양이 강한 사투리로 나를 달래듯 한다.

그리고는 어떤 일이든 문제 있으면 연락하라고 하고는 나의 등을 툭툭 치고는 정문 초소장이라고 자기소개를 하고는 돌아갔다.

꿈에도 생각지 못한 일이고 손톱만큼도 예상치 않았던 일이다.

일등병이 월남까지 온 사실을 어떻게 알았는지 헌병까지 동원해 나의 안위를 살펴준 누나께 진심으로 고마운 마음을 이제야 전하니 왠지 미안하고 송구스럽기도 하다.

지금까지 50년 가까운 세월이 흘렀어도 전화 한 통화나 편지 한 장 주고받지 못하고 얼굴 한 번 보지 못하고 살아오면서도 그 때의 고마운 마음은 가슴 속 깊이 간직하고 있다.

지금 어디에 살고 계시는 줄도 모르지만 살아생전에 만나지 못하고 혹여 죽어서라도 만나게 된다면 "누나! 고맙습니다"라는 말은 꼭 전하고 싶다.

잊지 못할 두 경찰서장

가슴 깊이 남아있는 배려

지난 1960~70년대의 경찰은 국민의 생명과 재산을 지키기보다는 만인 위에 군림하며 인권 침해는 물론 피의자라도 된다면 윽박지르고 때리고 발로 차고 하는 등으로 괴롭히는 존재로만 생각하는 사람들도 꽤 있을 듯싶다.

사건에 따라 다르기는 하지만 강력사건의 경우 피의자가 진술을 거부하거나 수사관이나 조사자의 의도대로 되지 않으면 고문까지 했던 것도 상당 부분 사실이 아닌가 생각된다.

더욱이 반공이나 보안문제로 관련된 피의자는 말로는 형용할 수 없는 인간 이하의 행동으로 수사나 조사실의 분위기는 공포 그 자체였다고 말하는 사람들도 있다. 물론 모두가 다 그렇지는 않았지만 격동의 시대가 때론 이를 묵인하고 또 사회질서가 혼란하다는 이유만으로도 경찰관에 대한 이 같은 행동은 국가가 관대하게 대하지 않았나 하는 생각도 든다.

초등학교 6학년 때의 일이다. 길거리에 게시된 담화문을 '법무부장관 홍

XX, 내무부장관 최XX' 하며 소리 내어 읽는데 한 어른이 다가오더니 나의 뒤통수를 때린다.

"조그만 놈이 뭘 읽어?"

그리고는 집에 빨리 가란다.

그 시대에는 정부에서 담화문을 게시하는 경우가 많았는데 나는 한자도 섞이고 해서 무심코 읽다가 이유 없는 매를 형사에게 맞아 보기도 했다.

또 고등학교 때는 하교하는데 형사가 도로 건너편에서 "야, 이리 와 봐" 해서 갔더니 느닷없이 싸대기를 올려 부친다.

"집에 빨리 가, 임마!"

그 시절엔 이유 없는 매를 맞아도 하소연할 데도 없었고, '왜 때리느냐'고 항의라도 한다면 돌아오는 것 역시 더 많은 매를 맞을 뿐이었다. 나는 불량학생도 아니었고 복장도 단정했고 예의 바르고 얌전한 학생이었는데도 말이다.

공직생활 중 병무업무를 담당하던 계장 때의 일이다.

어렸을 때부터 20년쯤 친하게 지내던 모 형사계장이 우연한 기회에 경찰서장과 점심을 하게 됐는데 나를 소개하며 연극영화과 출신이라고 하자 경찰서장은 "나도 젊어 한때 배우의 꿈이 있었다"며 아주 반갑게 맞아주고는 앞으로 자주 만나고 친하게 지내자는 것이었다.

당시 경찰서장이라는 직책은 행정관서 계장하고 친하거나 가까이 할 수 있는 직급은 아니었고, 특별한 인연이 아니면 식사도 함께하기가 매우 어려워 엄두도 내지 못할 때라 나는 몸둘 바를 몰랐다. 나와 같은 하위직은 서장이 아니라 과장이라도 친하게 지내기는 힘들었고, 가까이 한다고 하여도 가끔 점심이나 저녁을 사는 일밖에는 없었다.

그런데 경찰서장이 친하게 지내자고 하니 이는 그야말로 끗발 중에 끗발이 아니고 무엇이겠는가? 하기야 높은 사람은 지나가는 말로도 할 수 있는 바이겠지만 받아들이는 사람에게는 대단한 배려임은 사실이다.

당시 군청에서는 한 주간의 행사를 일정과 시간, 장소까지 정리하여 토요일이면 경찰서나 교육청 등 군내 관공서에 알리고 있었다. 이를 '주간행사계획'이라고 했는데 각 기관장이나 실·과·소장 등의 책상에는 한 주 동안의 행사를 한눈에 알 수 있게 플라스틱으로 제작된 이 계획표를 게시하고 있었다.

지금은 지자체에서 병무업무를 취급하지는 않지만 그때는 국가에서 위임된 업무로 군에 6급과 7급 공무원 2명과 이를 보조하는 방위병 2명이 담당했다. 읍면에는 병무담임이라고 1명씩 근무하여 신체검사에서 입영통지, 현역을 제대한 예비군의 동원령까지 모든 병무에 관한 업무를 취급하며 병무청이나 지청 지시에 따랐다.

경기북부지역은 의정부병무지청에서 10개 시군을 담당하는데 1년에 한 번 정도 병무감사를 실시하여 업무처리가 잘된 시군은 우수기관으로 선정하여 우승기까지 시상했다.

그 해의 정기감사가 가까워 오면서 읍면 담당자를 불러 모든 서류를 검토하여 문제점은 없는지 아니면 잘못 처리된 서류는 없는지 등을 꼼꼼히 살펴 '폴더'를 정리하여 감사에 대비하였다. 감사기간은 보통 주 5일간으로 군청과 읍면을 순회하며 병무행정의 전반적인 사항을 감사하고 때로는 잘못 처리된 사항을 지적받으면 대책을 강구하거나 사안에 따라 징계도 받을 수 있기에 정성을 다하여 수감에 임하였다.

이러한 감사는 '주간행사계획'에 당연히 기재되어 여타의 기관에서도 알게 된다.

감사 첫날이었다. 감사가 시작되기 바로 전에 전혀 예상치도 않았는데 경찰서장께서 정복차림에 청량음료를 들고 "수고하십니다" 하며 감사장에 들어서는 것이 아닌가.

깜짝 놀란 나는 자리에서 벌떡 일어나 인사를 하였더니 서장께서는 감사관에게 거수경례를 하며 "나와 장 계장은 형제나 같습니다. 잘 좀 부탁드립니다" 하고는 음료수를 전해 준다. 그리고 함께 차 한 잔을 들고는 "이만 바빠서 가 보겠다"고 하여 나는 현관까지 안내하고 돌아왔다.

감사장에 들어서니 감사관(5급)은 "감사를 20여 해 동안 했어도 경찰서장한테 경례받아보기는 처음입니다"라며 잡고 있던 연필을 책상 위에 던진다. 그리고는 "도대체 장 계장은 무슨 끗발이 그렇게 셉니까? 감사를 잘못하면 나를 잡아갈 텐데 무조건 잘된 것만 봅시다" 하고는 '껄껄껄' 한바탕 웃음을 터트렸다.

어쨌든 경찰서장께서 다녀가서였는지는 몰라도 정기감사치고는 정말 아무 지적사항도 없었고 편안하게 받았을 뿐만 아니라 특이사항과 우수사례만을 골라 감사보고서가 작성됐다. 그해 연말에는 경기북부지역 10개 시·군 중 병무행정 최우수기관으로 선정돼 표창과 함께 우승기까지 받아 군수로부터 수고했다는 격려까지 받았다.

지금도 그때를 생각하면서 그 경찰서장의 고마움을 잊지 못하고 있다. 그후 그분은 승승장구하며 승진과 영전을 거듭하여 치안감으로서 지방경찰청장까지 역임하고 퇴직한 것으로 알고 있다.

이곳 연천경찰서 재직 중에도 경찰관들에게 "지나가는 노인을 보면 어떻게 하나?" 질문하면, "부축해서 원하는 장소까지 안내합니다"라고 답을 해야만 할 만큼 철저하게 주민을 위한 치안행정을 펼쳐 많은 주민들이 기억하고 칭송하던 경찰서장이다. 정말 경찰이 지향하는 진정한 민중의 지팡이 역할을 제대로 실천한 인물로도 정평이 나있다.

특히 순경에서 치안감까지 오른 신화적인 존재로 알려져 있고 도로교통법에 따른 시설과 운영에 관한 업무는 타의 추종을 불허하는 실력 있고 모범적인 경찰관으로도 잘 알려져 있어 그 실력을 제대로 인정받고 있는 분으로 기억하고 있다.

김금도(金수道) 서장님! 그때는 정말 감사했다는 말씀도 드리지 못했습니다. 저와는 나이나 직위에 차이도 있었지만 서장님의 경외스런 풍모가 가까이 하기에는 너무나 멀게만 느껴져서 다가갈 수 없었고, 또한 너무나 높은 직위에 계셔서 감히 전화 한 통화도 드리지 못했습니다.

혹여 저에게 베풀어 주신 은혜를 잊고 계신 줄은 몰라도 수혜를 입은 저는 평생동안 잊을 수가 없었기에 고마운 마음을 글로써 대신합니다.

김금도 서장님의 따뜻한 마음은 지금도 잊지 않고 가슴 깊이 고이 간직하고 살아가고 있습니다.

부디 육체 건강하시고 늘 행운이 함께 하시기를 빌겠습니다.

내 운명을 바꾸어 놓은 경찰관

공직을 떠나는 것은 자의든 타의든 어떤 경우라도 가슴 아픈 일이다. 더욱이 정년 퇴임이 아닌 어떠한 사건과 연루되어 불명예 퇴직을 하게 될 경우 그 절망감은 당해 보지 않은 사람은 이해하기 힘들 만큼의 아픔으로 아마도 죽는 날까지 가슴 속에 남아있을 것이다.

1998년, 김대중 대통령이 취임하면서 사정의 바람이 공직자를 향해 시퍼런 칼날을 세웠을 때다.

당시 연천군의 전 공직자들은 당시로선 2년 전인 1996년 7월말, 경기북부지역의 대홍수로 인해 임진강과 한탄강이 범람하여 주택침수는 물론, 농경지가 유실되고 교량이 끊기는 등의 수해를 입어 복구사업에 행정력을 집중하고 있었을 때다.

관내에는 군부대가 산재해 있는데 모 포병대대의 울타리인 합수천 제방이 유실되면서 인명피해는 없었으나 엄청난 재산피해가 발생했다. 이를 민·군 합동으로 복구를 시작했는데 실로 어려운 공사가 아닐 수 없었다. 부대 울타리인 제방을 돌과 흙으로 쌓고 그 위에 돌망태를 설치하는 작업은 그리 쉽지 않았다. 우선 돌망태에 담을 돌을 운송해 와야 했는데 임진강에

1.5m짜리 흄관을 설치하고 덤프트럭이 도강하여 채집된 돌을 실어오는 것이었다.

이를 위해 매일 4~5백여 명에 달하는 장병들이 동원되어 제방을 만들고 돌망태에 돌을 넣고 조립하는 등으로 수개월 동안이나 수해복구 작업이 계속되었다.

그런데 이 사업이 진행되면서 마을주민인 C씨가 임진강 일부 구간에서 어업권을 가지고 생계를 이어가고 있었는데 강을 흄관으로 막아 놓으니 배가 다닐 수 없어 물고기를 잡는 데 어려움을 겪었을 뿐만 아니라 어획량도 크게 줄었다. 이에 운송업자와의 마찰로 인한 민원이 제기되었고 사업이 끝나는 대로 얼마간의 보상을 하기로 중재하여 공사는 진행되었다.

그렇게 수해복구 사업은 끝났는데 업자는 부대에서 식사도 하고 때로는 자동차 연료까지 지원 받는 등으로 당초 예상보다 많은 이익을 챙기게 되었다. 그래서인지는 몰라도 운송업자는 이백 만원을 가져와서는 어업 피해자 C씨에게 일백 만원을 주고 나머지 일백 만원은 내게 수해복구에 고생한 직원들을 위해 연말에 회식이라도 하라며 건네줘 고마운 마음으로 받아 회계 담당 계장에게 건네준 것이 끝내 화근이 된 것이다.

어쨌든 2년의 세월이 지나고 새 정부가 들어서면서 시작된 공직자 사정으로 경찰서장은 정보팀을 가동하고 특별수사팀을 만드는 등, 크고 작은 비리를 조사하는 과정에서 칼날은 나를 향해 오고 있었다. 나를 수사선상에 올려놓고 뒷조사를 한다는 입소문이 돌 때만 해도 나는 아무 생각 없이 '내가 뭐 잘못한 일이 있나, 조사해 봐도 뭐 잘못한 게 있겠어' 하며 태연한 마음가짐이었다.

그런데 그 회식비 수수사건으로 인하여 공직에서 떠나리라고는 상상조차 하지 않았지만 결론은 나 스스로 사직서를 내고 말았다.

당시 모두 6번의 조사를 받았는데 그것도 밤샘 조사다. 게다가 차마 입에 담지 못할 질문으로 사람의 자존심을 밟아 버리는가 하면 조사자는 수사과장실에서 과장과 함께 눈을 부라리며 나이 차이가 많은데도 반말로 딱딱거리고 때로는 고성을 질러대며 마치 나를 살인범 다루듯 심문하는 데 지쳐버렸다.

앞서 밝힌 일백 만원을 내가 착복했다는 사실로 몰아가더니 그것만으로는 사건 처리가 부족했는지 나의 주변과 재직 기간 중 시행한 사업에 대해 샅샅이 뒤지기 시작했다. 어떻게 하든지 경찰은 나를 구속시키기 위해 재직 중에 시행한 20여 건의 공사관련 서류를 책상 위에 쌓아놓고는 며칠인가를 뒤졌지만 또 다른 혐의는 찾지 못했다.

그러자 공사를 시행한 업자들을 소환하는 등으로 다시 내 주변까지 압박하기 시작했다. 그리고 내가 횡령했다는 일백만원짜리 수표를 증거로 삼기 위해 금융기관에 추적을 의뢰했으나 흐름을 찾지 못하자 조사에 더 열을 올리는 것이었다.

말은 나의 편의를 봐준다는 미명하에 밤에만 불러 조사를 하더니만 한 번은 나를 더욱 압박하기 위해서인지는 몰라도 형사 두 명을 집으로 보내 가족들 앞에서 소환하는 형식으로 나를 데려 가기도 했다.

또 밤늦게 조사를 받는데 조사자는 "질문에 답하지 않으면 공란으로 조서를 작성하겠다"며 질문을 하는데, "어제 아침에 후배를 만나 운동장에서 무릎 꿇고 싹싹 빌었습니까?" 라는 것이 아닌가. 하도 어이가 없어 가만히 쳐다보고 있으니 "그게 사실이군요" 하면서 기록하려는 듯이 타자기에 손을 얹으니 할 말이 없어진다. 사실이 아닌 말을 만들어 나의 자존심을 짓밟아버리는 것에 기가 찼다.

평소 나는 작은 소망 하나를 갖고 있었다. 공직생활 중에 징계도 받지 않고, 사회생활을 하면서 범법행위로 인해 파출소나 경찰 또는 검찰 등에 끌려가지 않겠다는 마음가짐이었는데 너무도 허무하게 깨지고 만 것이다.

더 이상 경찰의 조사과정에서 받은 스트레스는 말로 표현키 어려워 이만 생략해야겠다. 다만 내가 사직서를 제출한 것은 그 상황에서 공직생활을 지속한다 해도 부하 직원에게 뭐라고 가르쳐야 하며, 나를 알고 있는 지인들에게 면목이 없고, 학교 선배인 군수님 뵙기도 힘들어서였다. 또 사무관까지 승진도 하였으니 굳이 자리에 연연할 것 없이 후배들에게 자리를 물려줘야 한다는 생각도 마음 한구석에 자리했기 때문이다.

사건이 검찰에 송치되어 '기소유예'라는 처분을 받은 후에 알게 된 사실이지만 경찰에서 나를 구속시키기 위하여 제출한 의견서를 읽어보니 기가 막힐 정도로 엄청났다.

우연한 기회에 보게 된 의견서에는 뇌물수수에다 허위공문서 작성에다 사람 잡는 문장은 모두가 동원되었고, 나라는 인간은 세상에서 제일 나쁜 놈으로서 때려 죽여도 할 말이 없을 정도로 흉악무도한 죄인으로 만들어져 있는 것이 아닌가.

정말 그 때는 '에라, 죽어버리자' 하는 자살 충동까지 느꼈으니 내 가슴이 얼마나 새까맣게 탔을까는 아무도 모를 것이다.

당시 검찰에서는 한동안 출두명령도 없었고 조사도 없어 가슴 두근거리는 세월만이 흐르고 있었다. 지인을 통해 진행상황을 알아보니 재수사 지시가 있었다는 것이다. 현직을 유지하고 있는지와 재직 중에 받은 징계 유무와 제보자의 의견을 조사하라는 내용이었다는 것이다.

나는 이미 의원면직을 했었고 재직 중에는 어떠한 징계도 받지 않았기에 마음이 조금은 홀가분했으나 제보자의 의견이 미심쩍었다. 나는 그때 제보자를 알고 있었기에 전화를 걸었다.

"혹시 제보자가 누구인지 모르겠느냐?" 했더니, "형님, 제가 그걸 어떻게 압니까?" 하며 시치미를 떼는 것이다. 나의 바람은 "형님! 죄송합니다. 사정상 어쩔 수 없었습니다" 하고 솔직하게 말해 줄 줄 알았고, 그렇게 기대했었다. 같은 지역에서 생활하는 선후배 관계이기에 남자답게 풀 건 풀고 살아야 속이 편할 것 같아서였다.

퇴직 후에 할 일도 없고 그렇다고 놀 수는 없어서 여기 저기 일자리를 알아보고 있을 때 '경기일보' 주재기자를 해 보지 않겠느냐는 주문이 있었다. 우선은 사양하고 아내에게 이 말을 꺼냈더니 옛날 공보실에 근무할 때 '공보'도 만들어 보고 글도 써 보았는데 무슨 걱정이냐며 한 번 해 보라는 것이었다.

며칠인가를 고심한 끝에 경기일보에 입사하기로 마음을 굳히고, 지역 주재기자로 명을 받아 관내 관공서를 출입하기 시작했다.

주재기자로서 출근 첫날 연천군청 정문을 들어가려니 가슴이 두근거려 도저히 발길이 옮겨지지 않았다. 내가 27년여를 이곳에서 근무했는데 '어떻게 해야 하나? 지금이라도 그만둘까' 하는 생각으로 한참을 머뭇거리다 끝내 들어가지 못하고 뒤돌아서고 말았다.

경원선 철길 옆을 한참이나 걸으며 긴 한숨만을 내쉬며 골똘히 생각해 보았지만 용기가 나지도 않거니와 자신감도 없어진다. 1시간여를 이 생각 저 생각으로 맴돌다, '그래, 한 번 해 보자' 그러고는 '어떠한 일이 있어도 나쁜 기사는 쓰지 말아야지' 하며 다짐도 하였다.

그날 인사를 마치고 각 기관과 관공서에 '취재통보서'를 제출하고 취재 활동에 들어갔다. 경찰서를 출입하게 되면서 나를 뒷조사한 정보과 직원이나 수사한 조사계 직원들을 대하니 조금은 어색하기도 하였다.

중립이 생명인 기자로서 혹여 그들을 괴롭히려 한다는 소리를 들을까 싶어 그들을 별도로 만났다. "나는 모든 걸 이해하니 절대로 부담감 갖지 말라"고 부탁까지 하면서, "누구라도 그 자리에 근무하면 그렇게 할 수밖에 없지 않았겠느냐?"며 그들을 안심시켰다.

이후 치안행정에 대한 홍보기사와 함께 사건기사도 일선 경찰들의 헌신적 활동에 초점을 맞춰 꽤나 많이 보도함으로서 경찰서장을 비롯한 과장들, 직원들에게 나에 대한 평가는 후한 편이 되었다.

기자들은 비속어로 좋은 기사나 PR기사에 대해 '빨아준다'는 말을 쓴다. "야! 확실하게 빨아줘" 하면 기사를 아주 좋게 써주라는 것을 의미한다. 그러나 '좋은 기사는 보태도 좋으나 나쁜 기사는 절대로 보태지 말라' 는 원칙을 고수하면서 있는 그대로의 현실에서 현장감을 갖고 나름대로 형평성을 유지하며 취재에 임했다.

내가 경찰서를 출입할 때는 나에 관한 사건을 지시하고 수사하던 모 서장은 이미 다른 곳으로 전근한 후이지만 그에 대한 후일담은 악명 높은 경찰 관료일 뿐이었다.

특별사정 수사팀을 만들어 정보과 직원들은 공직자와 관련된 건이라고 생각되면 밤낮을 가리지 않고 내사와 함께 첩보 수집에 내몰았고 수사과는 혐의사실 여부를 조사했다. 당시 나와 전화통화한 바 있는 직원은 통화했다는 이유만으로 즉시 파출소로 좌천되었는가 하면, 자기 뜻대로 수사가 이루어지지 않는다고 호된 질책을 가하는 공포분위기 그 자체였다.

정보과 직원들은 첩보 수집을 위해 지역을 마치 개가 핥듯이 다닌다며 비아냥거리는 소리도 들어야 했고, 일부 직원들을 통해 서장이 경무관 승진하려고 별짓을 다한다는 소문까지 파다했었다.

수사하기 전에 교통시설물은 군청에서 예산을 세우면 경찰이 업자를 선정하고 사업을 추진하였으나 군에서 직접 시행키로 결정되자 서장까지 나서서 사업비 전도를 요구하였으나 거절되자 보복성 수사가 시작됐다는 소문도 있었지만 정확한 내용은 알지 못한다.

아무튼 수사선상에 오른 많은 직원들은 밤낮없이 경찰서를 들락거렸고 친하게 지내던 경찰들도 철저하게 외면하는 인면수심(人面獸心)의 분위기만 계속되었다.

당시 모 서장은 공무원 사정 실적이 전국에서 1위를 차지했다는 후문도 있어서 경무관으로 승진할 줄 알았는데 다른 곳에서 근무하다 다시 서장으로 수평 이동했다는 것이다.

어느 날 후배와의 우연한 만남이 있었는데 모 서장에 대한 이런 저런 이야기를 들려주며 지역사회에서 부적절한 향응을 제공 받았다는 정보를 주기에 나는 곧바로 사실 확인에 나섰다.

그리고 수집된 정보를 재확인하고 증거까지 확보하고는 본인의 '해명 멘트'만을 남겨두고 기사를 작성했다. '해명 멘트'를 받기 위해 근무지 전화번호까지 확인하고는 통화를 할까 말까 망설이다 밀린 업무를 처리하기 위해 일단은 밀어놓았다.

그러나 왠지 가슴이 뛰고 머릿속은 복잡하게 얽히고설킨다. 현직에 있는 공직자의 비리(향응 제공)가 폭로되면 그에겐 불명예스런 일이 되기도 하고 타의에 의해 퇴직도 하게 될지 몰라 일주일이 넘도록 고민하고 또 고민했었다.

나와 관계없는 기사라면 몰라도 서장과 관련한 향응 기사가 보도되면 분명 지난날 내가 억울해 했듯이 그도 억울하다고 할 것이고 보복의 의미로 받아들일 것이 뻔하다.

생각다 못해 나는 '그래, 지는 것이 이기는 것'이라 생각하고 기사송고를 접고 말았지만 그때 나의 괴로운 심정을 그는 알고나 있는지 모르겠다. 적어도 이 기사가 보도되면 어떠한 징벌이 따른다는 사실을 그는 아직도 모르고 있을 것이다.

이러한 향응 사실이 세상에 밝혀지지 않았기에 그저 나는 나쁜 놈이고 자기는 정의롭고 국가와 국민을 위해 열심히 일한 경찰관이라고 떳떳하게 말하겠지만 말이다.

특별한 군인들

끗발 좋은 군검찰관

여자들이 제일 싫어하는 게 군대 이야기고 더 듣기 싫은 것은 군대에서 축구한 이야기란다.

나는 축구는 하지도 못했고 행정업무만을 취급해 군대에서 일어나는 웃지 못할 일이나 이맛살을 찌푸리게 하는 장군들로부터 장병들의 이야깃거리가 많다.

어쩌면 모 지상파 방송국의 '세상에 이런 일이' 라는 프로그램에 방영돼도 시청률이 떨어질 것 같지가 않다.

일등병 때의 일이다.

내가 근무하던 부대는 야전사령부로서 일반참모부와 특별참모부로 조직되어 있었고 참모들은 대부분 장군이나 대령으로 장군들만 20여 명이 있었던 것으로 기억하고 있다.

모든 병사들은 본부사령실에 속해 있고 본부중대는 모든 인사관리를 담당하고 있으나 참모부에 근무하는 병사들은 야간에만 중대 내무반 생활을 하기 때문에 비상시에만 주요지점에 경계근무를 서고 평상시에는 순번에

의한 불침번만 서게 된다.

외곽 경계는 모 사단 경비대대가 담당하여 행정병들의 근무는 그리 고되지 않은 편이다. 특히 우리 3중대는 병참·법무·감찰·군종·헌병 등 5개 참모부에서 일하는 병사들로 조직되어 있었다.

때가 1968년 1.21 김신조 침투사건이 일어난 해라 중대 옆에 캡(Cap) 소대가 창설돼 혹독하게 훈련 받는 것을 보면서 깊은 상념에 빠져 있었다. 사실 행정병들은 그에 비하면 훨씬 편안한 근무였다고 기억된다. 내무생활도 그렇고 대부분의 병사들이 고학력자로서 구타가 있었긴 해도 그리 심하지 않았고, 가끔씩 웃기는 정도의 장난기는 있었어도 훈련소처럼 무조건 패는 일은 없었다.

병사들의 훈련은 1년에 한 번 3박 4일인가(?) 동양에서 제일 크다는 간현 유격장에서 진짜 젖 먹던 힘까지 쏟아가며 일생동안 잊지 못할 혹독한 훈련을 받는 것과 한 달에 한 번 정도 행군을 실시하는 것이다. 행군은 선두 기수단을 따라 중대 깃발을 앞세우고 3~4시간 정도 평야지대를 거쳐 산악훈련과 함께 목표지점을 돌아오는 것으로 실시된다.

이 훈련에 참가하게 되면 무거운 배낭은 지지 않고 단독군장으로 고참들은 수통에 막걸리를 담고 졸병은 물을 담아 하루를 즐긴다는 정도의 훈련이다. 행군대장은 참모인 장군(준장)이 보통이며 때로는 특별참모인 대령이 할 때도 있다.

그런데 행군 중에 문제가 생겼다. 비포장도로 양측으로 1열종대로 대형을 갖추고 군가를 부르며 행군하고 있는데 '지프차' 한 대가 먼지를 일으키며 달린 것이다. 도로가 메말랐던 터라 삽시간에 먼지를 뒤집어 쓴 행군대원들은 옷을 털고 기침을 하는 등의 작은 불편을 겪었다.

이날 행군대장은 ○○참모부장인 ○○장군(준장)이었는데 조용히 넘어갈 일이 아닌 것이다.

참모부장은 불호령으로 "전속부관! 선임탑승자가 누군가 알아봐서 보고

해"라고 명령하니 사태도 심각해지고 '어떤 놈인지 혼찌검이 나겠구나' 하고 장병들은 내심 쾌재를 불렀다.

행군이 끝나고 차량번호와 선임탑승자를 확인하니 법무부 소속 대위 검찰관으로 밝혀졌다. 전속부관이 사실을 보고하자 참모부장은 "내 방으로 오라고 해" 하니 출장중이란다. 그러자 다시 "내일 아침 출근과 동시에 오라고 해" 하며 호출 명령을 내렸다고 한다.

다음날 아침 검찰관이 참모실을 찾았으나 차장(대령)이 "참모님은 회의에 참석했으니 오실 때까지 기다려라" 했더니 검찰관 왈, "나도 바쁘니 볼일 있으면 내 사무실로 연락하시오" 하고는 문을 꽝 닫고 나가버렸다는 것이다.

이후 참모부장은 검찰관을 다시 부르지도 못하고 장군의 체면만 구기고 말았다. 그때만 해도 뒤가 구린 군인이 어디 한둘이었겠는가?

잘못 건드리면 패가망신으로 이어질 수도 있으니 꼬리 내리는 수밖에 없었겠지만 군대에서 장군이 대위 끗발에 눌린대서야 말이 되겠는가?

이런 저런 소문이 병사들에게 알려지면서 "야 군대는 끗발이야 끗발!" 하며 엄지손가락을 내보이며 킬킬거린다.

골프로 멍든 병사들

지난 1968년도 이야기로서 추억이라고 하기에는 동원되는 장병들이 너무 힘들어 보였다. 당시 골프(Golf)를 친다는 것은 사치였다는 말이 훨씬 설득력 있는 표현일 것이다.

야전사령부 연병장은 웬만한 공설운동장보다 규모가 크고 산골짜기를 타원형으로 깎아 비탈진 곳을 관람석으로 만들었고, 남단으로 약 10미터 정도의 높이로 제방을 쌓아 관람석을 만든 대형 연병장으로 서쪽 중심부에 사열대가 위치하고 있었다.

지금은 몰라도 당시 군대는 오전 8시에 출근해 오후 5시가 퇴근 시간이다. 물론 병사들은 내무반 생활이고 부사관 이상 장교와 문관 등의 영외 거주자로 허락된 자에게만 주어지는 것은 당연하다.

그런데 오후 5시가 되면 골프에 미친 참모(준장) 때문에 여러 명의 고생길이 시작된다. 참모를 보좌하는 전속부관과 선임하사, 운전병과 당번병까지 출동하는데 전속부관은 공을 놓아주고 운전병과 당번병은 공을 주워야 하고 선임하사는 공을 날라야 하는 임무가 부여된 가운데 참모의 드라이브가 시작된다.

연병장 상단에서 공을 때리면 보통 100여 미터 이상 날아가는데 처음엔 조금은 공의 여유가 있어 워밍업 수준이지만 30여 분이 지나면 그야말로 전쟁을 방불케 한다.

'따~아악~' 소리가 나면 공의 방향을 따라 두 사람이 뛰어간다. 멀리 가는 공을 놓치기라도 하면 한참 뛰어가야 하니까 발로 막고 때론 슬라이딩까지 해야 하는 아주 힘들고 진땀을 빼는 것이 하루 일과를 마친 후의 고생길이다.

30여 분이 지나면 땀이 나기 시작하는데 이상하게도 군복을 입고 땀을 흘리면 목덜미로부터 앞가슴까지 젖어들기 시작해 겨드랑이까지 진한 녹색으로 바뀌면 얼마나 많은 땀을 흘렸는지 짐작이 간다. 처음엔 군복에다 워커까지 신고 뛰더니 힘이 들었는지 상의를 벗어버리고 통일화를 신은 상태로 복장이 바뀌어 간다.

전속부관이나 선임하사는 운동화나 트레이닝복을 입기도 하지만 졸병들이야 간편하게 한다고 하여도 통일화에 녹색 런닝셔츠 차림에 뛰고 달리면 흔들리는 군번줄이 귀찮을 정도다. 이렇게 작은 골프공 잡기로 하루를 마감하는데 이들은 지옥훈련을 받는 것과 다름없는 시간을 허비하고 있어 이를 보고 있는 병사들은 혀를 찬다.

"아이구 오늘도 쯧쯧쯧."

일과 후에 1시간 반 정도는 지옥문을 오가는 고생길이며 어쩌다 참모가 출장이라도 가는 날에는 그날이 바로 축복받은 날이 아니고 무엇이던가.

골프 연습하던 참모는 부하들이 얼마나 힘든 줄은 알고나 있었을까?

맹호부대에서 최고 끗발 참모

월남 참전시 맹호부대 사단사령부에서 근무할 때다.

당시 맹호부대는 베트남 퀴논지역에 주둔하고 있었는데 공식 사단 명칭은 보병 수도사단이었다. 지금은 명칭이 수도 기계화 사단인 것으로 알고 있는데 더욱 자세히는 알지 못한다.

사령부가 위치한 곳은 뒤로는 산세가 병풍같이 이어지고 앞은 개활지로서 베트콩들은 맹호부대를 공격하는 것은 감히 엄두도 내지 못하는 방어적 지형으로 '덕장 채명신 장군'이 자리 잡았다고 구전을 통해 알고 있다.

산 아래로 이어진 부대는 맹호부대 사령부에 이어 6후송병원과 1군수지원단, 미군 헬리콥터 중대가 위치한 거리가 수 킬로미터에 달하는 것으로 짐작되어 막강 한국군의 위상과 더불어 세계의 자유와 평화를 위해 싸워온 용사들의 보금자리는 꽤나 아늑하고 포근한 느낌이 들었다.

지금도 그때를 생각하면 만약에 우리나라에서 전쟁이 발발한다면 늙기는 했어도 총만 주면 싸울 수 있다는 용기가 생긴다. 어차피 살 만큼 산 인생인데 나라를 위해 전장에서 죽는 것이야말로 생을 마감하는 길 치고는 정말 뜻있는 죽음이 아닐까 하는 생각에서다.

사령부 내 S참모(중령)는 부대에서는 여타 장교들이 부러울 만큼 막강한 군부 실력자로 타의 추종을 불허하는 존재로 5.16 혁명사에도 등장하는 인물로 알고 있다. 본부중대는 일반참모부 병사들이 함께 내무생활을 하는데 그때 보고 듣고 새긴 전설 같은 이야기를 해 보려 한다.

군대에서 어떤 계획을 세우면 표지에 결재란이 있는데 이를 차트사가 정성들여 그리지 않으면 안 된다. 과장·참모·참모장·행정부사단장·작전부사단장·사단장으로 이어지려면 하단선은 같은데 위의 선은 계급과 직급이 높을수록 결재란이 넓고 커져야 하기 때문에 그려보지 않은 사람은 쉽게 그리지 못한다.

사실 이때만 해도 군대 행정이 일반 행정보다 훨씬 앞서 있을 때라고 하는데 일반 행정은 군(軍)에서부터 시작해서 일반으로 전수되었기 때문이다. 그런데 끗발 좋은 참모는 웬만한 서류는 전결을 쓰고 큼지막한 사단장란에 결재를 한다.

참모장이 대령이고 행정·작전부사단장이 준장임을 감안하면 있을 수도 없는 일이며 이 문서가 중요한 문건이었다면 큰 실수가 아닐 수 없기 때문이다. 그래도 세상에 무서울 게 없는 참모는 그 누구도 건드리지 못하는 영관급 장군이라고 해야 맞는 말이라 생각된다.

사단내 축구대회가 열린 날이다. 사열대에는 사단장을 비롯한 작전·행정부사단장, 일반참모와 특별참모 등이 자리한 가운데 퀴논 라디오 한국방송이 실황 중계까지 하는 대회로서 장병들의 관심이 집중된 대회였다.

본부중대와 보충중대 게임이 시작됐다. 양편 중대의 '와! 와!' 하는 응원소리가 하늘을 찌르고 밀고 밀리는 접전이 긴장감을 더하게 하는 경기였다.

전반 중반쯤이나 됐을까? 보충대가 한 골을 넣고는 군대 특유의 세리머니로 '와!' 하는 함성소리와 함께 힘찬 박수소리가 운동장을 흥분시킨 순간 끗발 좋은 참모가 벌떡 일어났다.

"야! 주심 이리 와" 하니까 주심이 뛰어오자, 큰 소리로 "야! 너 업사이드 알아?" 하니까 주심에게서 "업사이드 아닙니다" 하는 대답이 떨어지기 무섭게 바로 싸대기가 날아간다. '짝~짝~.' "빨리 노골 선언하고 경기 다시 시작해, 알았어?" 하니까 순간 용광로 같았던 장병들의 열기는 차디찬 얼음덩어리로 변하고 사열대 분위기도 심상치 않았다.

주심은 청소년 대표까지 지냈던 장교로서 당시 소령으로 참모와는 한 계급 차이였지만 끗발로 치면 하늘과 땅 차이다. 이내 '업사이드'로 노골이 선언되고 경기가 재개되었지만 선수들이나 관람자들의 분위기는 가라앉을 대로 가라앉아 응원소리도 멈추었고 긴장감도 사라져 버렸을 때다.

본부중대 선수들이 보충중대 골 에어리어(Area)에서 혼전이 벌어지면서 볼을 잡으려던 '골키퍼'를 걷어차 앞니가 부러지는 사고가 발생했다.

당시 사단장도 군부 실력자 중에 실권자인 그 유명한 Y장군이었는데 참모가 날뛰는 걸 보고 있자니 체면이 말도 아니었다. 화가 난 사단장은 지휘봉을 들더니 "헌병참모! 주심 이하 전원 입창 조치하고 결과 보고해!" 하고는 자리를 뜨니 모처럼의 대회는 끗발 좋은 참모로 인해 망친 대회가 되고 말았다.

잠시 후 헌병 백차 7~8대가 경광등을 '앵~앵' 돌리며 도착하더니 모두 싣고 떠나 승부 없는 대회로 막을 내렸다. 참으로 한심스런 대회로서 군부대에서는 있을 수도 없고, 있어서는 절대 안 되는 사건으로 기억되고 있다.

끗발! 좋은 것이기는 하지만 지나치면 화가 된다는 사실을 그는 모르고 있었을까, 아니면 영원하리라 믿었을까? 그때의 끗발로는 분명히 참모총장이라도 할 것 같았는데 준장으로 막을 내리고 말았다는 후문(後聞)이다.

'권력! 끗발!' 한 줌의 공기와도 같다는 말을 믿을 수밖에 없는 현실이 더 착잡하게 느껴진다.

장교의 하극상

나는 맹호부대 군수처(G-4) 수송과에서 근무했는데 신병 때는 헬기 지원병으로 영문타자로 '카피'(Copy)를 작성, 작전지역에 식수와 전투식량(C-Ration)과 탄약 등의 병참물품을 수송하는 업무를 보았다.

사수인 고참이 되어서는 귀국박스 검열과 작전차량 신청, 특별운행중 관리 등의 업무를 담당하고 있었는데 사병 끗발 치고는 괜찮은 보직이었으나 너무나 바쁜 자리였다.

수송보좌관(소령)이 바뀔 때는 "이 사병은 장교 둘하고도 안 바꿔, 일을 아주 잘해" 하며 인계를 해서 나는 언제나 열심히 일하는 병사로 알려져 있었다.

월남참전 부대는 22일마다 귀국 장병이 떠나고 신병이 들어오고, 귀국박스도 나가고 한국에서 보낸 군수품과 K-Ration인 김치며 멸치, 파래 등의 식품이 보급된다.

당시 2만6천 톤급 미 해군 수송선 두 대가 맹호부대와 십자성부대는 짝수, 백마부대와 청룡부대는 홀수로 장병들을 수송했는데 참전용사들은 어느 년도 몇 제대를 따져 누가 고참인지를 가린다. 특히 사병들도 장교와 같이 군번 없는 명찰을 달아 먼저 참전한 병사가 월남 고참이다.

이렇게 장병들이 귀국하거나 전입하는 시기에는 장교 3명과 사병 둘인 사무실은 모두가 바쁜 일과를 보내야 했다. 더욱이 작전은 작전대로의 지원을 해야 했기 때문에 더욱 바빴다.

보통의 경우 장교들은 전입하기 전 어느 부서에 근무할 것을 이미 고국에서 알고 온다. 주특기별로 근무지를 배치하니까 대충은 전임자가 누구고 후임자는 누구라고 예측한 대로 임지가 확정되는 것이 보통이다.

이에 장교가 오늘 배에서 하선하게 되면 인사처에 신고를 마치면서 바로 근무지로 직행해 다음날 귀국하는 장교와 1박 반일 만에 인수인계를 마치자마자 오고가는 작별의 아쉬움만을 남기고 헤어지게 된다.

그날도 키가 크고 색시처럼 얌전하고 또 하얀 피부를 가진 대구가 고향인 K대위가 전입하여 책상 앞에 나와 함께 둘이 앉아 업무를 파악하고 있었다.

바로 그때 베레모에 권총을 찬 A · P · C중대 중위가 오더니 특별운행증을 발급해 달라고 신청서를 주고는 나가버렸다.

K대위는 나에게 어떻게 처리해야 하느냐고 물어 "수사내규 46조에 의거 모든 차량의 특별운행증은 24시간 전에 신청을 받아 타당성을 검토한 후에 발급해 줄 수 있다"고 원칙적으로 설명했다.

10여 분이 흘렀을까, 특별운행증을 신청한 장교가 들어오더니 운행증을 달라고 하자 K대위는 "신청이 늦어 발행해 줄 수 없다"고 했다.

그러자 중위는 "이 새끼 봐, 안 되면 신청할 때 그래야지"라고 욕까지 해가며 언성을 높이더니 마치 때릴 것 같은 자세로 덤벼들 태세다. 참으로 어이없는 하극상이 벌어진 것이다.

얼굴이 벌겋게 상기된 대위는 어이없는 표정으로 한참을 머뭇거리더니 "월남이 좋다는 얘기는 들었지만 중위가 대위에게 욕하는 군대인 줄은 몰랐다"고 버럭 소리를 지른다.

이에 중위는 바로 부동자세로 서더니 경례를 하며 "죄송합니다. 사병인 줄 알았습니다" 하며 어쩔 줄 몰라 안절부절하는 순간 대위는 "그럼 사병은 장교가 욕을 해도 됩니까?" 하니 중위는 쥐구멍이라도 있으면 들어갈 수 있겠다는 민망한 모습을 보였다.

그리고 특별운행증도 발급 받지 못한 채 두 손 모아 싹싹 빌고는 '걸음아 나 살려라' 급히 나가 버린 사건이었다.

당시 조금이나마 끗발 좋은 장교나 사병들은 흰 미제 런닝셔츠를 입고 있었지만 신참 장교나 별로 끗발 없는 부서 장병들은 국방색 런닝셔츠를 입고 있던 때라 런닝셔츠 차림만으로 나를 장교로 보고 대위를 사병으로 착각했던 것이다.

그날 그 하극상으로 꽁무니를 뺀 중위는 그 뒤 우리 사무실에는 한 번도 오지 못했을 뿐 아니라 그 사건 이후 그 중대의 특별운행증 발급은 매우 까다롭게 통제가 심했다.

계급장 아까운 대대장

착각은 자유

　인생을 살아가면서 50대 초반이 지나면 왠지 불안해지는 것은 몇 년 밖에 남지 않은 퇴직으로 인한 불투명한 미래가 다가오고 있다는 사실을 직시하고 있기 때문일 것이다.

　이와 같은 생각을 조금이나마 덜어보려 직장의 동료나 주변의 지인들, 그리고 평소 알고 지내면서 호감이 가거나 서로의 친분을 쌓아온 사람들을 주축으로 퇴직 후에도 인연의 끈을 이어가기 위해 친목모임을 만들었다.

　어느 날 가깝게 지내고 있던 뜻있는 몇몇 사람이 모여 '한마음회' 라는 모임 명칭을 만들고 각계 각층에서 인간성도 좋고 남에게 손가락질 받지 않는 사람을 선별하여 20여 명의 회원들로 정기적인 모임을 갖고 친목을 다지며 서로간의 따뜻한 마음을 주고받기 시작했다.

　삼복더위가 기승을 부리는 여름철엔 복놀이 한 번쯤은 연례행사로 치루는 것이 보통이다. 중복에 맞추어 저녁식사 시간에 개울가 조용한 삼계탕 집에서 모임을 갖고 이런 저런 세상사는 이야기가 시작될 즈음에 누군가 우리 쪽을 향해 "어이! 어이!" 하며 큰소리로 불러댄다.

우리 회원들은 행정과 경찰 공무원, 그리고 군인이나 자영업자 등으로 제각기 다른 직업을 가진 사람들로 조직되어 있었다.

누군가 소리 나는 곳을 보더니만 "아이 저 사람" 하며 별로 좋지 않은 기분으로 상대하기 싫다는 눈치다. 이에 나는 "내가 가서 해결하고 올게" 하고는 징검다리를 건넜다.

가까이 다가가니 이 사람이 대뜸 하는 소리가 "여기다 주차를 시키면 어떻게 하나?"다. 듣는 순간 갑자기 열이 나고 시쳇말로 뚜껑이 열린다.

60줄에 들어선 나이에 반말을 듣는 것도 그렇고 말하는 태도가 마치 자기 부하 훈계하듯 하는 것이 영 기분을 잡치게 만들었다.

화가 난 나는 "당신 누구야?" 했더니, 이 지역 군부대의 대대장이란다. 나는 다시 "내가 당신 부하야? 그렇게 밖에 말 못해?"라며 소리를 질러댔다.

동양에선 나이도 벼슬이라는 말이 있기도 하고, 작지만 친목모임을 대표하는 회장이라 회원들을 믿고 무작정 대들었다.

더군다나 그 대대장 차는 버젓이 1차선을 막아놓은 상태로 주차하고는 도로변에 주차한 차를 탓한다. 이에 나는 대뜸 "당신 차는 왜 1차선에 대놓고 길옆에 대놓은 차량을 탓해?"냐며 소리를 질렀다. 운동복 차림에 지휘관 차를 타는 것도 그렇고 아무리 대대장이라도 기본적인 예의가 없어 보이는 것이 몹시 불쾌했던 나는 분을 삭일 수가 없었다.

"야! 국방부 증발확인서 가져와. 다른 곳에 주차할게."

나도 막말로 나갔다. 그리고 "당신, 사복하고 군대 차를 타?" 하며 큰소리치니 조금은 수그러지고 잠잠해진다.

내 생각이기는 하지만 적어도 지휘관으로서 교통사고가 염려된다면 국민을 위한 군대 이미지를 생각하여 정중히 찾아와 "여러분, 즐거운 시간을 보내시는데 죄송합니다. 우리 병사들이 운전이 서툴러 혹시 사고라도 날까 염려돼서 그러는데 주차를 한쪽 편에 해 주시면 안 되겠습니까?" 했다면 얼마나 좋았을까.

그렇게 친절하고 부드럽게 말을 하였다면 함께 식사라도 하자고 권할 것이고, 또 지역에서 이런 저런 사람 알게 되면 도움을 받으면 받았지 해롭게 하지는 않았을 텐데…, 하는 아쉬움이 남는다.

중령 계급장을 달면 계급 없는 모든 사람들을 마치 자기 부하로 생각하는 착각 속에 살고 있는 군인이 있다니 참으로 한심스럽다. 군인 출신 대통령이 많아서인가, 아니면 군부독재 때의 버릇이 남아서인지는 모르지만 이제는 정말 국민을 위한 군대로 변해야 되지 않을까(?) 하는 생각을 지울 수가 없었다.

그래도 중령이면 나라의 녹을 먹을 만큼 먹었고, 또 고급장교가 아니던가. 물론 젊은 청춘시절을 국가와 국민을 위해 헌신한 것을 수혜자로서 고맙게 받아들여야 되겠지만 그 또한 국민의 세금으로 봉급 받고 나름대로의 생활을 영위하고 있지 않는가.

결코 국민 위에 군림하지 않고 국가와 국민의 생명을 지킨다는 자긍심과 더불어 국민을 떠받드는 것이 의무일 것이다. 오른손으로 거수경례할 때마다 '충성'이라는 구호를 외치는 것보다 국토방위와 함께 국민의 생명과 재산을 지킨다는 마음의 충성심이 군인에게 더 필요한 것이 아닐까 새삼 되새겨 본다.

싸가지 없는 대대장

대학을 중퇴한 나는 나이 들면서 '젊었을 때 좀 더 배울걸' 하는 후회를 하면서 혹시나 배울 기회가 온다면 '어느 대학이든 다녀야지' 하며 마음먹고 있었다.

마침 기회가 되어 일주일에 네 번 등교하고 야간수업만으로 졸업할 수 있다는 직장반이 있다기에 조금은 망설이다 주변의 권유도 있고 해서 못이기는 척하며 입학하게 되었다.

사실 나이 60에 대학을 다닌다는 것이 쑥스럽기도 하고, 자식보다 어린

20세의 여학생도 있었기에 함께 어울리기는 그리 쉽지가 않았다.

나와 동갑인 친구 녀석을 꼬여 함께 다니게 되었는데 구성원들의 대부분은 일부 공무원과 직장인 그리고 군부대 부사관과 예비군 중대장에 동원대대장인 현역 육군 중령도 있었다.

비록 나이 차이는 있었으나 이럭저럭 어울리며 한 학기를 마쳤다.

그리고 2학기를 시작하자 친구가 그만두어 외톨박이가 되었는데 그래도 정이 들어서인지 인생 선배로서 어린 학생들에게 따뜻하게 대해 주고, 또 사회적인 어려움이 생기면 상담도 하는 등으로 학교를 계속 다닐 수가 있었다.

물론 강의하는 교수님들도 거의가 나보다 어리지만 나에 대한 배려와 기를 살려주기 위해 '우리 장 선생이 안 나오시면 섭섭하다' 고 하는 등, 빠지지 않고 학교에 다니도록 용기를 북돋아주곤 했다.

그런데 어느 집단이든 모이면 파벌이 생기고 조그마한 이권이라도 챙기려는 사람들이 생겨나서 서로 다투게 되는 경우가 생기는데 이럴 때 이맛살을 찌푸리게 만든다. 괜히 잘난 척하고 사람을 깔보는가 하면 마치 자기 위에 사람 없다는 식으로 행동하는 사람들이 있어 불화의 근원이 된다.

옛말에 '똥 묻은 기둥이 겨 묻은 기둥을 나무란다' 는 속담이 있다. 바꿔 말하면 '자기 허물은 감추고 남의 허물만을 탓한다' 는 뜻으로 해석할 수도 있는 것이다.

바로 현역군인인 그가 그랬다.

강의시간 중에 휴대폰 벨이 울리면 남들은 아랑곳하지 않고 소곤소곤 받고는 다른 사람이 받으면 수업시간에 전화 받는다고 흉을 보기도 한다. 그리고 나를 포함한 학생들을 우습게 알거나 깔보기도 하면서 꽤나 잘난 척하는 행동이 그를 계급이나 직급에 맞지 않는 저급한 인간으로 보게 했다.

나이 먹은 나로서는 한심한 생각도 들고, 또 제대도 얼마 남지 않았다는데 사회생활에 제대로 적응할 수 있을까 하는 의아심마저 들게 할 뿐 아니라 행동거지 하나하나가 미움을 사고 있었다.

하루는 그가 리포트(Report)를 발표하는 날이었다.

천정에 달린 DVD가 리모컨 고장으로 작동하려면 ON을 눌러야 하는데 발표를 위해 단상에 오르더니 소속부대도 아닌 부사관에게 "야, 저것 좀 눌러" 하는 것이다. 부사관은 군대식으로 "네!" 하고는 책상 위에 올라가 발뒤꿈치를 들고는 팔을 올려 작동시킨다.

그 모습을 보고 있으려니 나는 왠지 불쾌하고 뭔가 잘못 됐다는 생각이 들기 시작했다.

며칠이 지났다.

본교 축제가 있는데 같은 과 본교 어린 학생들이 빈대떡도 부치고 파전과 막걸리도 파는 등으로 축제에 임할 계획으로 과에서 사용할 돈을 모은다는 것이다. 강의가 끝나자 과대표가 과비가 조금 남아 있는데 축제날 후배들을 위해 "교수님들 모시고 막걸리 한 잔 대접하려는데 어떻게 생각하시는지요?" 하며 의견을 물었다.

그런데 갑자기 그가 일어나더니 "교수는 무슨 교수한테 술을 사!" 하면서 삿대질에 큰소리를 치며 마치 아랫사람 대하듯이 행동하는 것이다.

과대표하고 연배도 비슷하고 게다가 일반인인데 반말에다 자기 부하 다루듯 한다.

순간 갑작스럽게 내 뇌리를 스쳐 지나는 것이 '저런 행동은 더 이상 봐 줄 수가 없다'는 생각이 들어 그에게 달려가 '짜~악 짝!' 싸대기를 올려 부쳤다. 그리고 중대장이 가로막아 밀어제치고 "야! 너 과대표에게 왜 반말해? 과대표가 네 부하야!" 하며 다그쳤다.

상황이 벌어지자 여러 사람들이 달려와 말리는 바람에 곧바로 끝은 났지만 화가 풀리지는 않았다.

그런데 한 대 얻어맞은 그가 "사장님, 왜 때리십니까?" 하고 따진다.

이에 나는 "야! 인간이 좀 인간답게 살아라!" 하고는 더 이상 말대꾸하지 않았다.

그 후에도 졸업여행을 가느니, 앨범을 만들기 위해 사진을 찍어야 된다는 등, 과대표의 안내가 있었으나 그는 한 번도 응해 준 적이 없는 부도덕한 사람으로 기억하고 있다.

가끔이나마 사복을 입고 군대 지프차를 타고 와서는 운전병을 강의가 끝날 때까지 기다리게 하는 등, 정말 싸가지 없는 그 장교의 언행은 지금도 골이 지끈거릴 정도로 기억이 생생하다.

물론 내가 잘했다는 이야기는 결코 아니다. 인간이 살아가면서 적어도 남에게 피해를 주지는 말아야 한다는 아주 보편적이고 타당한 생각을 실천하는 것이 올바른 길이 아니겠는가.

그리고 우리 모두가 도덕적 관념에 따른 삶의 길을 가야 하는 것은 바로 우리들 모두가 함께 살아가야 하는 이 사회의 일원이기 때문이다.

'님' 자 붙이고 싶지 않은 선생

제자의 억울함을 외면한 선생

'님'이란 어미는 직위나 이름 뒤에 붙여 상대방을 높이거나 조금은 존경의 마음도 포함한 말로 이해하고 있다.

경기일보에 입사하여 수습기간을 마치고 연천 주재기자로 활동을 시작한 지 열흘쯤 되는 어느 날에 모 여고생이 집단폭행을 당해 병원에 입원중이라는 정보가 입수돼 카메라를 챙겨 취재에 나섰다.

병실에 들어가 간호해 주는 사람도 없이 홀로 누워있는 여학생을 보니 웬지 가슴이 저려 온다. 아픈 학생에게 선뜻 말 붙이기가 어려워 한참이나 기다리며 이 눈치 저 눈치 살피다가 용기 내어 말을 걸기 시작했다.

얼마나 마음이 아픈지, 또 다친 곳은 어딘지 나지막한 목소리로 물으니 여고생은 눈물을 글썽이며 억울한 심경을 토로하기 시작한다.

피해 여고생의 첫마디는 자기를 때린 친구보다 선생님이 더 밉다는 것이다.

사건의 전말은 반에서 제법 논다는 학생이 "야! 나 좀 보자" 해서 꼼짝없이 실습실까지 따라갔다고 한다. 그곳에서 세 명의 학생이 다짜고짜 머리끄

덩이를 붙잡고 흔들더니 싸대기를 올리고, 밀어 넘어뜨려서는 발로 가슴을 차고 밟는 등 30여 분간 꼼짝도 못하고 집단폭행을 당했다는 것이다.

그 순간 서러움이 복받치는지 가슴을 들썩이며 눈물을 흘리는 여학생의 얼굴을 자세히 보니 시커먼 멍 자욱이 군데군데 나 있고, 몸을 움직이기에도 불편해 보이는 것이 매우 초췌한 모습이었다.

문제는 이렇게 매를 맞고 있는 모습을 본 친구가 교무실로 뛰어가 선생님께 구타사실을 고했는데도 웬일인지 선생님은 묵묵부답이었다는 것이다.

10여 분이나 지나서야 선생님이 "어디야!" 하고 현장으로 왔지만, 때리던 학생들이 선생님이 오는 걸 보고는 "야! 너 맞았다고 하면 죽을 줄 알아" 하고 협박을 하고는 언제 때렸냐는 듯 태연하게 행동하더란다. 그 때 선생님이 다가와서는 "니네들 무슨 일 없었어?" 하고 묻는데, 가해 학생들은 "우리들끼리 그냥 이야기하고 있었어요!"라고 대답했고, 선생님은 아무 말도 하지 않고 그냥 자리를 뜨더라는 것이다.

꽃다운 여고 1년생이 환자복을 입고 입원해 있는 모습도 애처로워 보이는데…, 게다가 같은 반 친구들에게 매를 맞았다는 사실에 당사자는 얼마나 마음 아프고 가슴 쓰릴까?

그 여학생은 다시 눈물을 흘리더니 말소리를 높이며 "선생님이 제 모습을 보면 모르겠습니까? 머리는 산발이 되어 있었고 옷은 땅에 뒹굴어 흙투성이였는데 그냥 얘기하고 있었다는 게 믿어집니까?" 하며 마음을 추스르지 못하고 억울한 심정을 눈물로 달래고 있었다.

그리고는 눈물을 감추려 얼굴을 반대로 돌려 누워 있는 학생의 모습을 카메라로 찍고 나왔으나 내가 졸업한 모교에다 교장 선생님까지 잘 알고 있는 터라 도저히 취재할 용기가 나지 않았다.

그렇지만 꿈 많은 어린 여고생의 억울함을 외면할 수도 없었다. 본래 나는 없는 사람 편에서, 약한 사람 편에서, 억울한 사람 편에 서서 이를 바로잡아 밝은 사회를 만드는 데 일조해야 한다는 사명감을 갖고 본분을 다하는 것이 언론의 역할이라고 생각해 왔기 때문이다.

생각 끝에 나는 경기북부지역 취재본부에 사진 한 컷과 일부내용을 메일로 보내며 심층취재 요청을 했다.

다음날 나를 대신한 본사기자가 파견 나와 본격적인 취재가 시작되었는데 학교에 전화를 하여 학생주임에게 "저 경기일보 ○○○ 기자입니다" 했더니, 갑자기 "야! 이 새끼야, 네가 무슨 기자야? ○○서 전경 주제에 학교에다 공갈을 쳐?" 하며 욕설을 퍼붓는 바람에 기자 또한 욕으로 응수하는 등 취재는 예상치 못한 문제로 꼬이기 시작했다.

참으로 어이없는 상황이 벌어져 내가 교장선생님께 전화를 걸어 "정말 우리 신문사 기자가 맞는데 왜 욕설을 퍼붓느냐"고 했더니 그제서야 문제의 심각성을 알았는지 고분고분해지는 것이었다.

학생주임 선생님이 알고 있는 사람과 이름이 같은 동명이인이었다고 둘러대기에 받아들이고 여학생 구타사건에 대한 해명성 멘트만을 따서 기사를 마무리하여 송고했다.

사실 내게는 모교에서 일어난 사건이라서 본사 기자에게 취재를 부탁했던 것인데 돌발적인 상황이 벌어져 어쩔 수 없이 내가 진화에 나섰던 것이다.

기사를 송고하고 욕설과 얽힌 뒷이야기를 첨언하였더니 2탄을 준비하라는 취재 지시가 내려와 학교에서 일어난 사건 사고를 체크하며 또 다른 기사거리를 찾기 시작했다.

한 마디로 더 억울한 학생들이 있는 것은 아닌지 또 다른 문제점에 혹시 비리나 불합리한 처결은 없었는지 심층취재에 들어갔다.

다음날 아침 신문을 본 선생님들과 소식을 접한 학생들, 또 지역 주민들에게까지 이 사실이 알려지자 학교는 비상이 걸려 나를 수없이 찾아댄다.

급기야 교장선생님이 우리 사무실을 찾아와 정말 저자세로 "좀 봐 달라"

고 조아린다.

참으로 한심스러운 생각이 들었다. 욕을 하고 또 여학생 구타사건을 외면한 선생님은 말 한 마디 없고 왜 연로하신 교장선생님께서 울상이 되어 통사정을 하는지 기가 막혔다. 나는 교장선생님께 해당 선생님을 만나고 싶다고 했더니 학생들 가르치느라 시간이 없다며 탓할 일이 있으면 본인을 탓하라고 애걸복걸이다.

아무리 기자라고 하지만 모교 교장선생님이 사정하는데 이를 모른 척하기에는 지나치다는 생각에 2탄 3탄은 접고 말았다.

이 사건을 계기로 나는 학생들의 안위에 대해 나 몰라라 하는 교사에겐 선생님의 '님' 자를 빼고 싶은 생각이 앞선다. '선생님'이 아닌 '선생', 그것도 나이 어린 교사 중에 이런 사람이 있다면 '선생님'이 아닌 그냥 '야!'라고 부르고 싶다.

자고로 학생들을 가르치는 업은 이 세상에서 최고의 가치로 존중받는 일이기에 백발이 성성한 노인들도 손자뻘 되는 나이 어린 젊은 교사에게 선생님이라고 부르고 있지 않던가.

정말 내 자식같이 가르치고 돌봐준다면 제자는 물론, 선생님들에게도 꿈과 희망이 함께하는 밝은 세상이 열리지 않을까, 깊이 생각해 본다.

결자해지 못하는 교장선생님

지역주재 기자를 하다 보면 이런 저런 정보를 접하게 되는데 누가 이렇고 저렇고, 어디서 누구는, 또 어떤 학교는 이런 저런 문제로 교사가 반발하고, 학부형이 항의하는 등 일상생활에서 일어나는 크고 작은 사건들을 많이도 겪게 된다.

우연한 기회에 모 중학교에서 여자 학부형이 밤이면 종종 교사들과 어울려 노래방에 들락거리고 학교 급식에도 관여하는 등, 말도 많고 탈도 많다는 얘기를 듣게 되었다.

평소 형님처럼 모시던 교육장님에게 "자체 수습을 하지 않으면 호미로 막을 일을 가래로 막기도 어렵게 되지 않겠느냐"고 했더니, 고맙다고 하면서 알아서 처리하고 전화해 주겠다고 하기에 대수롭지 않게 생각하고 더 이상 신경 쓰지 않았다.

　　그리고는 3일인가 지나서 교육지원청 학무과 장학사에게서 전화가 왔다. "학교에선 그런 일이 없었다"는 답변이다.

　　나는 마치 거짓말이라도 한 것 같아 왠지 마음이 상해 "네 알겠습니다. 그럼 제가 직접 취재해 보겠습니다" 하고 지나가는 말로 웃으면서 대답하고는 전화를 끊었다.

　　별로 큰 사건도 아니고 있을 수 있는 이야기여서 잠시 잊고 있었는데 3일인가 지나더니 여기저기서 생면부지로 알지도 못하는 사람들의 전화가 빗발치기 시작한다. 본사 기자는 물론, 멀리 인천에서까지 봐달라고 하지를 않나 심지어 국내 굴지의 통신사 기자에게서도 전화가 걸려오기에 하루 종일 전화 받느라 여념이 없었다.

　　교장선생님께서 전임지에서 가까이 지냈던 기자들이나 지인 중 언론인들을 총동원하여 나를 압박하는 것이다. 참으로 딱하기도 하고 어설프기도 했다. '결자해지(結者解之)'의 뜻도 모르는 사람이란 말이던가. 자기가 매듭을 지었으면 자기 스스로 풀어야지 어쩌자고 다른 사람을 이용해 풀려고 하는지 이해가 가지 않는다.

　　생각다 못해 용기를 내어 그 학교 교장선생님과 직접 전화 통화하여 좋은 말로 끝내기는 했지만, 잘못이 있다면 바로 잡도록 노력할 일이지 '봐 달라'고 사정이나 하면 나쁜 일이 바로 잡히는 게 아니라는 사실을 그들은 정말 모르고 있는 것일까?

먹지 않고 1인분 포장해 가는 선생

　　공직생활을 시작하면서 신규채용자반 6주의 교육을 받으면서 자유당 시절 육군 헌병감 출신인 최경록(?) 선생의 특강을 들은 적이 있다.

영국대사 시절 영국의 학교운영에 관한 강의인데 나는 크나큰 감동을 받았다. 그분의 말씀을 빌리면 대사시절 자녀를 학교에 보내놓고 한 번도 찾아간 일이 없어 미안한 생각에 하루는 학교에 전화를 걸어 "학교를 방문하고 싶다"고 했더니 담임선생님의 말은 뜻밖이었단다.

"학교는 학생들이 오는 곳이지 학부형이 오는 곳이 아니라 허락할 수 없다"는 답변이었다는 것이다.

지금은 어떤지 몰라도 그 당시의 영국 교육은 체벌이 가능했다고 하는데 그 방법이 우리와는 다르다.

물론 지금이야 있을 수도 없겠지만 나의 중고등학교 시절에는 학생들을 체벌할 때 제자들의 자존심은 조금도 생각하지 않고 선생님은 "야! 너 이리 나와" 하고는 나오자마자 싸대기에 주먹질까지, 게다가 분이 안 풀리면 발길질까지 해가며 마구잡이로 패는데 이것은 체벌이 아니라 가히 폭력수준이었다. 이 정도라면 학생들의 반항심만 키우는 꼴이 되고 존경받는 선생님이라 할 수는 없을 것 같다.

이와 달리 영국에서는 문제의 학생을 발견하게 되면 현지에서가 아니라 방과 후 훈육실로 불러 잘잘못을 따져 스스로 몇 대를 맞겠다고 자청해 체벌을 한다는 것이다. 아무도 보지 않는 장소에서 참된 훈육이나 체벌을 어느 누가 잘못했다고 따지겠는가.

초등학교 시절 선생님에게 맞아 고막이 터진 적도 있는 나는 그날 참스승 밑에 훌륭한 제자가 나온다는 말을 실감할 수 있었던 명강의로 기억하고 있다.

세월이 흘러 큰 아이가 중학교에 다닐 때의 일이다.

학교에서 말썽을 부리니 학부형 호출이다.

자식의 일로 학교에서 부르면 학부형의 입장은 설사 좋은 일일 때도 가슴이 두근거리는 게 일반적인데 좋지 않은 일로 오라고 하면 망설이게 되고 가슴이 두근반 세근반에 입도 마른다.

교무실에 들어가 앉자마자 학생주임 선생이 앞뒤 자르고 폴더 한 권을 주며 읽어보란다.

옆을 보니 무릎 꿇고 앉아있는 두 명 중에 한 명이 바로 내 자식이다.

순간 열도 나고 창피하기도 했지만 참을 수밖에 없었다.

내 자식의 어떤 글의 내용인지는 몰라도 앞에서 읽으면 영원한 비밀이나 또 다른 수치심을 줄 것 같아 "읽지 않겠다"고 했더니, 선생님은 "야! 너희들 2층 거기 가 있어" 하니까 축 늘어진 어깨를 펴지도 못하고 나간다.

잠시 후 선생님은 또 읽어 보란다.

나는 선생님에게 "있을 때 안 읽은 것을 무엇하러 읽느냐?"고 했더니 학생주임은 아래 위로 눈을 흘기며 마치 경찰서에서 피의자 다루는 듯한 느낌을 준다.

내 생각은 어떤 내용인지를 읽게 되면 영원히 머릿속에 간직하게 될 것이고, 또 자식의 비밀을 알게 되면 무언가 자식의 존심은 물론 내 마음도 편치 않을 것 같기도 했다. 조금 전 자식 앞에서 읽지 않겠다고 해놓고 새삼 읽을 수는 없었기에 양심상 읽기 싫다고 했다.

더욱이 학부형을 대하는 선생의 태도가 마치 학부형이 잘못해서 학생이 이렇게 된 것처럼 취급해 버리는 것 같아 속에서는 부글부글 끓고 있었다.

얼마의 시간이 지났을까, 학생주임 말이 "걔네들 전학을 보내거나 아니면 퇴학처분을 해야겠다"고 으름장을 논다.

순간 시쳇말로 뚜껑이 열려 참을 수가 없어 "학칙에 의해 처벌해 달라"고 하고 교무실 문을 '꽝!' 소리 나게 닫고 나와 버렸다.

나와 아내가 이 학교를 졸업했고 또 내 자식들이 다니고 있는데 이럴 수가 있나 싶어 자신을 탓해 보지만 그 선생의 행동이 달갑지 않아 자식이 잘못했다는 생각은 들지 않았다.

그리고 하루 종일 답답한 마음이 풀리지 않던 차에 학교 선생으로 재직 중인 1년 선배가 찾아왔다. 고등학교 동문인 그 선생은 '모두가 학생 잘 되라고 하는 일이며 내가 나서서 해결할 테니 이해하라' 고 나를 달래는 것이었다. 아마도 내 행동이 마음에 걸렸는지 선생들도 조금의 고민이 있었던 것 같다. 선배와 허심탄회하게 대화를 나누니 내 마음도 어느 정도 풀려 사과도 할 겸 학교를 다시 찾기로 했다.

이틀인가 지나서 학교를 찾아가려니 또 가슴이 떨리고 불안이 엄습해 온다. 그냥 안면 접고 '무조건 잘못했다고 해야지' 다짐하고 교무실 문을 열고 들어서니 선생들의 시선이 집중되어 마치 중죄라도 지은 범인처럼 온몸이 후들후들 떨리는 긴장감이 가슴을 때린다.

학생과 선생들에게 밉지 않게 보이려고 공손히 인사도 하고 조금은 미안한 마음의 표현으로 미소도 지으며 선생의 마음에 들도록 조심스럽게 행동했다.

그리고는 무조건 잘못했다는 식으로 사과도 하고 앞으로는 불미스런 일이 없도록 열심히 지도해 모범생이 되도록 최선을 다하겠다고 조아리고 함께 식사일정을 잡고는 뒤돌아 나왔다.

일단 한가한 시간에 식사 한 번 하는 것으로 문제는 풀렸지만 내가 들었던 최경록 대사의 영국식 교육에 관한 강의와는 우리나라 학교의 교육 현실이 너무나 거리가 멀어 참교육에 대한 의구심을 떨쳐 버릴 수가 없었다.

며칠인가 지나 그 선생들과 식사시간과 음식 메뉴까지 약속한 그 날이 왔다. 사실 학교 선생과 학부형으로서의 만남은 왠지 나 자신을 왜소하게 할 뿐 아니라 결코 편한 자리가 아니지만 피할 수 없는 일이다.

학교나 지역에 대한 이야기부터 누구는 어떻고 어릴 때 친구 잘 사귀어야 된다는 등 별로 영양가 없는 훈시적인 대화만이 계속되었다.

나는 학생들에 관련하여 별로 아는 것도 없고 참견하기도 싫고 해서 대꾸도 하지 않고 듣고만 있었다. 선생들은 서로들 히죽히죽거리며 마치 선생들은 대단한 권력가인 양 나를 학생으로 생각하는지 훈계조로 이야기하며 막말로 데리고 논다는 기분이 들어 빨리 끝나기만을 기다렸다.

'그래도 참아야지 어떻게 하겠나?'

별로 달갑지 않은 말이 오고가면서 2시간여 동안 술에 장어에 배불리 먹고는 앞으로 학교운영에 협조해 달라는 부탁을 받고는 막 끝을 내려는 순간이었다. "그럼 다음에 다시 만납시다" 하고 일어나려는데 때마침 참석치 않았던 선생 한 명이 그제서야 들어온다.

선생은 방으로 들어와 앉기도 전에 "무얼 먹었냐?"고 묻는다.

"장어구이"라 했더니 자기는 다른 사람과 약속이 있어 그곳에서 저녁식사를 했다는 것이다.

그런데 이게 웬 일인가?

"아줌마!" 하고 부르더니 주인이 오자 "아줌마! 여기 장어 1인분 빨리 구워서 포장해 주세요" 하는 것이 아닌가.

나는 하도 어이가 없어 망연자실하였으나 어쩔 것인가. 약한 놈이 지고 살아야 편한 세상인 것을.

기분 좋게 사주고 좀 더 친하게 지내려던 나의 생각은 아주 멀리멀리 사라지고 말았다. 세상에는 별종의 인간이 많다는 말을 들어는 보았어도 이 같은 별종은 처음 보고 느낀 것 같다.

정말 '선생님'이 아니고 직업이 교사인 그냥 '선생'이다. 그 순간 나는 이런 사람에게는 절대 '님' 자를 붙이고 싶은 생각은 조금도 없었다.

'님' 자를 붙일 수 있는 존경받으며 배운 만큼 성심을 다하여 가르치는 교사들만 있다면 얼마나 좋을까 싶은 생각은 나만의 생각이 아닐 것이다.

그런 선생이라면 내 나이 100살이 되고 선생이 20대 청년이나 나의 손자라도 '선생님' 하고 꼭 '님' 자를 붙일 것이다.

무너진 사랑탑

지금은 이 세상에 없는 친구가 생각난다.

어릴 때 그는 바로 우리 옆집에서 살았는데 계모 밑에서 성장한 친구가 야단을 맞거나 때론 매를 맞고 엉엉 울 때면 우리 어머니가 데려와 달래고 씻기기도 하였다. 때로는 밥까지 먹여주기도 하여 가족이나 형제처럼 생활해 나오는 친구 이상의 가족 같은 관계를 유지하며 살았다.

더욱이 초등학교부터 고등학교까지 함께 다녔고 많은 시간을 함께한 친구 중에 친구였다.

흔히 사람들 사이에서 회자(膾炙)되는 '명랑한 사람처럼 고독한 사람은 없다' 는 말은 바로 이 친구를 두고 한 말인 것 같다.

계모의 구박이 심했을 때 슬픔을 참고 이겨내는 유일한 방법으로 남들 앞에서 웃기는 걸로 현실을 잊으려 한 그의 모습을 다른 친구들은 몰라도 나만은 이해하며 알고 있었다.

웬만하면 웃기고 게다가 몸짓 발짓이며 얼굴을 찌푸리기까지 하는 모습이 웬만한 코미디언보다 잘 웃기면 웃겼지 덜하지 않았다. 그리고 넉살도 좋아 사람들의 마음을 사로잡아 함께 있으면 늘 웃음보가 터지곤 했다.

지금은 유명을 달리 했지만 그 때의 일들을 생각하면 아련하기도 하고 그립기도 하지만 젊은 나이에 먼저 세상을 떠났다는 사실이 나에겐 너무나 가슴 아프게 다가온다.

시대는 1960년대 중반이니까 모두가 배고프고 어렵게 살아가는 처지들이라 도시락이라야 보리밥에 김치가 대부분이었다. 일부 부잣집 학생들은 계란 프라이라도 밥 위에 덮어 오고 까만 콩장에다 멸치볶음이 있다면 그 또한 부잣집 아들딸로 취급되었지만 고기반찬을 싸오는 급우는 거의 없었던 것으로 기억된다.

점심시간이면 후딱 먹어 치우고 도시락 뚜껑을 두드리거나 발뒤꿈치로 교실바닥을 울리며 손바닥으로 책상을 치면 고음과 저음이 어울려 화음이 되고 리듬 또한 제법 잘 어울린다.

이때 친구는 희귀한 몸짓과 동작, 얼굴의 일부분을 마음대로 움직이는데 남들은 감히 흉내 내지 못할 정도로 웃지 않고는 볼 수 없는 장면이 연출된다. 그때 우리 반 학생들은 까르륵거리며 웃어대고 구성진 유행가 합창은 잊지 못할 아련한 추억으로 가슴에 남아있다.

그 시절의 그리움이 생각날 때면 그 친구가 더욱 보고 싶어진다. 그때의 인기 가요로는 '나그네 설움'이나 '홍도야 울지 마라' 등 정말 시쳇말로 된 장 냄새 풍기는 흘러간 가요로 성인들의 노래였으나 학창시절에 많이도 부른 노래들이다.

고등학교 2학년 때의 일로 기억되는데 우리 집에 조그마한 야외용 전축이 있었는데 LP판을 올려 노래를 들으면 가늘고 째지는 고음소리만 들린다. 지금처럼 쿵쿵대는 베이스는 거의 들리지 않는 건전지용 전축이지만 그때는 대단히 귀한 희귀종이다.

사실 그 시절엔 라디오도 없는 집이 많은 터라 전축이 있었다면 어른들은 물론이고 학생에게는 반에서 대단한 부자로 소문날 정도였으니 현대를 살고 있는 젊은이들은 간접적인 시대상을 엿볼 수 있을 것이다.

야외라도 놀러 가는 경우 최고의 인기를 누렸는데 최대로 볼륨을 키워놓고는 비비고 튕기며 트위스트 춤을 추면 누가 봐도 황홀할 지경인지라 누구나 갖고 싶어 하던 가전제품 중에 으뜸이었다.

어느 날 서울 친척집에서 LP판 한 장을 가져왔는데 남인수가 노래한 '무너진 사랑탑'이었다. 그때의 LP판은 한쪽 면이 한 곡이라 한 장이라야 전·후면에 두 곡이 수록돼 있었다.

그런데 이 판은 한쪽이 조금 깨져 나가서 전축바늘을 조심해서 올려놓으면 '소근소근 소근대는 그날 밤' 부터 노래가 시작된다.

나와 친구는 아무것도 모르면서 노트에다 가사를 옮겨 적고 외워 시간만 나면 이 노래를 신나게 불러댔다.

그 때는 가수의 얼굴은 못 본 채 LP판 포장지에 인쇄된 사진을 보고 이 사람이 누구고 이 사람이 무슨 노래를 부른 가수라는 정도만 알 뿐, 시골에서 가수 얼굴을 직접 볼 수 있는 계기는 거의 없었다.

다만 어쩌다 한 번 극장 쇼가 공연되면 형이나 아버지 옷을 입고 어른 행세하며 선생님 몰래 구경이라도 하여 가끔이나마 말로만 듣던 인기가수를 볼 수 있었을 뿐이다. 그마저 최고의 인기가수는 이곳 촌구석까지는 오지 않아 볼 수 있는 기회는 없었다.

어느 날 HR시간에 우리 반 학생들이 노래를 하라고 하니까 이 친구가 나와 '무너진 사랑탑'을 부르는데 '소근소근 소근대는 그날 밤' 부터 시작하는 것이 아닌가.

나도 그렇게 가사를 알았고 친구도 마찬가지였으나 정작 노래를 듣는 친구들에게는 이 친구의 노래가 코미디로 들린 것이다. 갑자기 친구들이 책상을 두드리며 웃음보를 터트린다. 노래 가사를 몰라서인 줄도 모르고 웃기려는 것으로 받아들인 것이다.

어쨌든 같은 반 친구들에게는 처음 가사를 빼먹고 부르니 이상할 수밖에 없었다. 그러나 이 사실을 모르는 친구는 아무런 눈치도 채지 못하고 끝까지 불렀고 당연히 박수소리도 기대했을 텐데 웃음소리만 들리니 자연히 서먹한 분위기로 변해 버린 것이다.

잠시 후 우리보다 두세 살 위인 친구들은 "야 노래를 왜 중간부터 부르냐?"고 묻는데 도대체 나나 그 친구는 무슨 말인지 이해를 못했었다.

"왜 가사가 틀려, 맞는데…"라며 반문했더니, "아니야 앞에 '반짝이는 별빛 아래'가 빠졌어"라는 것이다. 나중에 알고 보니 전주가 나오고 시작하는 노랫말은 '소근소근'이 아니었다.

지금도 그 때를 생각하면 슬며시 나도 모르게 웃음이 나온다. 그래도 이런 일이 일어나기 전까지는 가사 앞부분도 모르고 '소근소근'이 처음인 줄알고 그 친구와 만나면 폼 잡고 불러대던 모습이 눈앞에 선하다. 그리고 그친구가 가고 없다는 것을 생각하면 왠지 씁쓸해진다.

친구야! 저세상에서 '무너진 사랑탑' 가사 틀리지 않게 마음껏 불러주면좋겠다. 그때 못한 노래 목청 높여 크게 말이다.

야마모토 이소로쿠

야마모토 이소로쿠(山本五六)는 일본의 2차 세계대전 영웅으로 당시 해군 제독이다.

이 사람에 대한 전설은 어머니가 56세에 낳았다는 이야기와 키가 156㎝ 라는 설을 들은 바는 있지만 사실인지는 모르겠다.

1980년대 어느 날, 미국영화인 '미드웨이'를 관람하게 되었는데 일본이 선전포고 없이 불시에 진주만을 폭격하며 2차 세계대전을 일으키는 시점에서 영화는 시작된다.

모든 전함을 파괴하고 침몰시키는 등 조용하던 진주만을 불바다로 만들면서 미국이라는 거대한 국가를 상대로 전쟁이 시작된 것이다.

액션(Action)과 서스펜스(Suspens) 그리고 스펙타클(Spectacle)한 장면들이 화면 가득히 장엄하고 웅장하게 펼쳐지는 전쟁장면은 상상을 초월할 만큼 손에 땀을 쥐게 하고 긴박감의 연속이다.

미국은 마지막 남은 '미드웨이' 호의 활약으로 해상권을 되찾고 목숨을 담보로 한 비행사들의 투혼으로 일본열도를 파괴하는 반전을 시작한다. 또한 전쟁의 승리를 위해 고군분투하는 미국 병사들의 정신을 엿볼 수 있는

숨 막히는 장면들로 이어진다.

이렇게 3년여의 전투는 미국이 일본열도를 초토화시키기 위해 '히로시마'에 원자폭탄을 투하하자 이를 견디지 못한 일본은 항복함으로써 패망하고 미국은 영광스런 승전보를 울리는 내용이다.

더불어 우리나라는 1945년 8월 15일 해방의 기쁨을 맞이하게 된다.

이 영화를 보면서 '야마모토 이소로쿠'와 붕어빵처럼 닮은 사람이 있어 별명을 '야마모토 이소로쿠'로 지어 불렀는데 지금까지 그 분의 별명은 그대로 이어져 오고 있다.

이제 나이 80이 넘어선 그분을 뵙게 되면 지금도 "이소로쿠 형님 별 일 없으십니까?" 하고 인사를 해도 그 별명을 기분 좋게 받아들이고 있다. 이분은 나와는 띠동갑으로 12살이 연상인데 오랜 동안 공직생활을 함께해 와 친형제처럼 지내며 항상 마음 속으로 존경하고 있는 분이기도 하다.

당시 연천군의 내무과장이던 이분은 키는 작지만 당당한 체격에 정말 정의롭고 비리와는 타협할 줄 모르며 한 번 전진은 영원한 전진만 있을 뿐 거칠 것 없는 사람이다. 오직 공직자로서의 책임과 본분을 다 하며 600여 공직자의 모범이 되었고 항상 활력소가 넘치는 분이셨다.

사실 그때의 시·군 내무과장이면 행정관서의 3권인 인사 감사 예산권까지 쥐고 있는 실세 중에 실세이며, 시·군의 심장부라 할 수 있는 요직이다.

영화 속의 주인공은 작은 키에 희끗희끗한 스포츠형 머리였고 쌍꺼풀 진 눈에서는 광채가 날 만큼 아주 근엄하고 말 한 마디마다 무게가 실린 장군으로 연기한다.

그런데 이마저도 우리 내무과장과 너무나 닮은꼴이다. 정말 똑 같다. 이 별명이 유명세를 타고 이 사람 저 사람에게 알려지자 도청 또는 다른 기관에서 출장 오신 분들이 가끔은 "이곳에 일본 사람이 근무한다"며 하고 묻기도 해 주변 사람들을 어리둥절하게 만들 때도 있었다.

또 이분은 성격도 활달해서 상급관청에서 오신 분들에게 '브리핑'을 도맡아 했는데 보고하는 자세가 군인보다 더 절도 있는 자세와 언변은 어느 사람도 흉내 낼 수 없는 특허를 가진 존재이다.

지금은 얼굴에 굵은 주름이 패이고 검버섯까지 생긴 데다 머리도 백발에 가깝기는 하여도 젊었을 때의 패기는 그대로여서 항상 큰소리치는 모습은 여전하다. 어쩌다 모임이 있을 때면 아직도 나는 '이소로쿠 형님!' 하고 부르는 것이 더욱 정감이 간다.

형님께서 제발 오래 오래 건강하시고 복된 날만 이어지기를 두 손 모아 빌어 본다.

내가 좋아하는 가수 심수봉

'**저**런 여자와 함께 살고 있는 남자는 얼마나 좋을까?'
가수 심수봉을 보고 느낀 내 나름대로의 생각이다.

얼굴이 예뻐서가 아니다. 빼어난 미모는 아니지만 그렇다고 밉게 생기지도 않았다. 그리고 확실한 것은 지(知)적인 매력이 넘쳐난다. 무언가 가득 들어 있을 것 같은 느낌이고, 누구에게나 다정다감할 것 같은 따뜻한 여자로 보이기 때문이다.

키기 크고 늘씬해서도 아니다. 크지도 않지만 작지도 않고 우리나라 여자들의 평균키는 넘는 것 같다. 마르지도 않고 뚱뚱하지도 않고 아주 적당하고 아담한 여자이기에 더욱 좋은 것 같다.

그럼 섹시해서(?), 천만의 말씀이다. 그를 보면 섹시한 여자 이상으로 부드러움이 돋보이고 있다. 그리고 무엇보다 사람 냄새가 나는 것 같아 좋을 뿐이다. 언제나 다소곳하고 얌전한 자태에다 부드럽고 모나지 않는 사람으로 보이기 때문이다.

게다가 재주는 왜 그리 많은지 피아노만 치는 줄 알았는데 그것도 아니다. 기타도 잘 친다고 하는데 알고 보니 드럼까지 섭렵했다고 한다. 음악에 천재가 아닌가 싶다. 나 같은 사람은 피아노나 기타는 제쳐두고 하모니카도 제대로 불 줄 모르니 세상은 공평치 못한 것 같다. 그것도 나는 남자에다 심수봉보다는 키도 크고 나이도 많은데 말이다. 그리고 노래까지 못하니 그 중에 한 가지만이라도 나에게 준다면 얼마나 좋을까 하는 바람이 간절하지만 "야! 노력도 안 하고 얻으려 한다"고 호통 칠까 두렵기는 하다.

내 생각이기는 하지만 아마도 학창시절에 공부도 잘하고, 부모님 말씀도 잘 듣고, 사춘기 때 반항 한 번 안 하고 곱게, 그리고 착하게 성장했으리라는 상상을 해 본다. 그리고 무엇이든 아주 열심히 또 성실하고 착한 여학생이었을 것이라는 생각이다.

내 생각대로 정말 그런지는 몰라도 내 눈으로 보이는 것과 머릿속의 생각은 그런 여자라는 게 확실하다고 믿고 있고 있기에 그녀를 좋아한다.

어쩌면 그렇게 많은 재주를 함께 할 수 있을까? 가련하고 애틋하면서도 따뜻하게 보이는 것은 아마도 태어날 때 조물주가 잠시 딴 생각을 했거나 졸지 않았다면 그렇게 완벽한 인간으로 만들 수는 없는데 말이다.

물론 당사자가 피나는 노력을 했겠지만 아무리 노력해도 안 되는 사람이 더 많은 것이 인간사라서 더욱 그렇다.

그녀의 노래를 듣고 있으면 가슴 속에 묻어 두었던 추억들을 아련하게 끄집어내어 그리움으로 만드는 독특한 재주가 있는 것 같다.

어떤 때는 가냘픈 것 같기도 하다가 잔잔해지다가는 들릴 듯 말 듯하다가 맑고 고운 노랫소리를 들을 때면 찡한 그 무엇을 가슴 속에 남기고 떠나기에 언제나 아쉬움을 남긴다. 그렇다고 핏줄 세워가며 북받치는 감정으로 소리치며 노래하는 것도 아닌데 내게 다가오는 호소력이 가슴을 파고드니 언제나 보고 싶고 언제나 듣고 싶은 심수봉의 노래일 수밖에 없다.

만들어진 음역(?) 속에서 아주 편하게 사람의 감성을 이끌어내어 슬프게도 만들고 기쁘게도 해 준다. 그야말로 가슴 속에 오랫동안 남아있는 노래를 부르니 얼마나 좋은지 모르겠다.

그리고 어떻게 가슴 속에서 묻어나는 마음을 그토록 절절하게 글로 옮기는지 모르겠다. 사람들의 마음을 어루만지는 글귀에다 가슴을 요동치게 곡을 붙이니 세상에 더 부러울 것이 무엇이겠는가?

세상에서 자기 감정을 표현할 수 있는 것이 음악밖에 없다고는 하지만 위아래 앞뒤 할 것 없이 사람의 마음을 꽁꽁 묶을 수가 있을까? 하고 반문하지만 심수봉이 아니면 그 누구도 할 수 없는 그녀만의 재주이며 특허인 것 같다.

언젠가 최진희가 노래한 '사랑의 미로' 라는 노래가 발표되었을 때다. 어떻게 우리말을 이렇게 표현할 수 있을까 하고 한때 그 노래를 배우기 위해 운전을 할 때는 무조건 이 노래를 틀며 배웠다.

'흐르는 눈물은 없어도 가슴은 젖어버리고…' 라는 노랫말에 미쳐서다.

나는 가수 심수봉을 한 번도 가까운 곳에서 본 적도 없고 그렇다고 그녀가 살아온 삶이나 생활은 언론매체나 공중파 방송을 통해서만 아주 조금 알고 있을 뿐, 아무것도 모른다.

다만 역경의 시대에 신문에 '그때 그 사람' 이라는 뒷모습에 사진설명을 보았다. 그리고 모 잡지에서 첫 결혼은 어떻고 지금은 어떻다는 등의 기사만을 읽어보았지만 '인터뷰' 도 아닌 추측 기사여서 반 정도만 믿고 있을 뿐이다. 더욱이 나는 음악에 대해서는 별로 아는 것도 없고 연주할 수 있는 악기도 없는 사람인데 이 글을 쓰려니 더욱 쑥스럽고 미안한 생각마저 들기도 한다.

한 10년도 넘었을 거다. 의정부문화예술회관에서 '심수봉 콘서트' 가 있다고 하기에 백여 리가 넘는 길을 찾아갔는데 TV나 비디오를 통해 보는 것과는 정말로 다르게 보였다. 그때 "교통사고로 활동을 중단했다가 투어에 나섰다" 는 멘트를 듣고 나서 많이도 놀랐다.

전혀 몰랐던 사실이었기에 왠지 미안도 하고 '아이구! 얼마나 많은 고생을 했을까?' 안쓰럽기도 했지만 내가 해 줄 수 있는 것은 오직 노래를 듣는 것 이외는 아무것도 없었다. 그렇다고 신앙이 있어 기도라도 해 줄 수가 없었고 다만 가슴 속으로 '앞으로 건강하게 많은 사람들 앞에서 노래만 잘 부르게 해 달라'는 간절한 마음만을 빌었을 뿐이다.

2시간여의 공연은 나를 설레게도 했지만 순수한 마음과 마음이 전해지는 장이기도 했기에 오래도록 가슴에 담고 있다.

2013년 1월이다. 내 고향 연천에서 '콘서트'가 열렸다. 그날이 토요일이었는데 혹시나 빈자리가 있을까 겁이 나 멀리 부천에 사는 여동생 친구들까지 오라고 하여 일찌감치 자리 잡고 공연을 기다렸다.

드디어 오프닝 막이 올랐다. 그녀가 비단 같은 마음이 담긴 듯싶은 하얀 드레스를 입고 노래를 부르니 가슴이 두근두근하다. 그렇게 가까운 거리에서 본 것은 처음이었기 때문이다.

엄동설한 강추위라 공연장이 너무 추워 손을 떨며 노래하는 모습을 보니 얼른 뛰어가 입고 있던 잠바라도 입혀 주고 싶은 마음이 굴뚝같았지만 도무지 그런 용기는 나지 않았다. 그리고 꽃다발 하나 전해 주지 못한 것을 지금까지 후회하고 있다. 그때는 왜 그런 생각을 하지 못했을까 하고….

그나마 다행인 것은 '수레올 아트홀' 개관 이래 처음으로 만석이라는 멘트와 웃기는 이야기를 해 주던 모습은 오래도록 가슴에서 지워지지 않는다.

'비나리'의 가사 "큐피트 화살이 가슴을 뚫고 사랑이 시작된 날 또 다시 운명의 페이지는 넘어가네. 나 당신 사랑해도 될까요." 이 화살을 받은 사람은 아마도 이 세상에서 제일 행복한 남자가 아닐까 생각된다.

'그때 그 사람'이 심수봉을 만들었다면 '지금 이 여자'라는 타이틀로 곡을 만들어 심수봉을 좋아하는 팬들에게 주고 싶진 않은지 묻고 싶다.

아무쪼록 오래오래 좋은 노래 부르고 건강하고 행복한 삶이 되도록 기원할 뿐이다.

짱돌

공직에 입문한 지도 20여 년이 흘러 그렇게도 기다리고 기다리던 지방행정사무관(5급)으로 승진되어 전곡 부읍장직을 명받고 업무를 시작한 지 한 달쯤 되었을 때다.

읍장의 나이는 나보다 3살이 위이지만 중고등학교 동창으로 격의 없는 사이이다. 읍장은 덩치도 크고 해서 형이라고 부르지는 않았지만, 때로는 심한 농담 정도는 주고받고 할 수는 있었어도 대놓고 반말을 한다거나 친구끼리 할 수 있는 쌍소리 같은 말은 하지 않는다.

사람이 허리가 좋지 않으면 다리를 꼬고 앉는 버릇이 생기는데 나는 꼬고 앉는 자세가 훨씬 편하게 느껴져 자리에 앉을 때는 거의 다리를 꼬고 앉는 버릇이 있다.

그날도 이것저것을 챙기고는 소파에 앉아 있는데 갑자기 "야! 발 내려" 하더니 "너! 발 못 내려" 하면서 삿대질을 해가며 마구잡이로 행동을 하는 사람이 나타났다.

그는 체격이 좋은 데다 청색 자켓을 입었는데 앞 단추를 모두 풀어서 앞가슴이 다 보이고 게다가 얼굴이 붉어져 있었고 혀 꼬부라진 소리를 내는 것으로 보아 술에 취한 듯했다.

아닌 밤중에 홍두깨라더니 깜짝 놀라 처다봤더니 "너 말야 너" 손가락질을 하며 내게로 다가와서는 씩씩거리더니 갖은 인상을 써가며 혀 꼬부라진 소리를 해댄다.

하도 어이가 없어 할 말을 잃어버린 나는 앉은 채로 그를 쏘아볼 수밖에 없었다. 내가 다리를 꼬고 앉아있는 그 자세로 그를 무시하는 듯한 자세로 있었더니 "너 임마 혼 좀 나봐야 알겠어?" 하더니 밖으로 나가버린다.

"별 놈 다 보네"라 한 마디 하고 나는 잠시 생각을 골똘히 하고 있었다.

도대체 이름은 뭐고 어디 사는 누구이길래 관공서에 와서 깽판을 치나 생각하고 있을 때였다. 상의를 탈의한 채 그 자가 큼지막한 짱돌을 들고 와서는 "야! 이게" 하며 나의 머리를 내리찍으려는 행동을 취한다.

아찔한 순간이었지만 나는 조금의 동요도 없이 '어디 너 마음대로 해 보라'는 듯이 태연한 척했다. 속으로는 만약에 내 머리를 내리찍는다면 잽싸게 손을 올려 돌을 막고 반격할 생각을 하고 있었다. 상대는 만취 상태인 것 같아서다.

나도 이 지역의 토박이이고 초·중·고를 이곳에서 졸업해서 말 깨나 하고 주먹 깨나 쓴다는 웬만한 사람들은 다 알고 있는 처지인데, 나이도 어리고 초면인 사람이 너무하는 것 같아 화가 머리 끝까지 치밀어 올랐다. 하지만 공직자라는 신분으로서 자리를 이탈할 수가 없었기 때문에 그저 참고 있을 뿐이었다.

직원들도 웅성웅성대고 여기서 꿀리면 너무나 쪽 팔리고 남자답지 못하다는 생각이 드는 순간 '그래, 사나이 한 번 죽지 두 번 죽나' 하는 오기가 발동했다.

순간 에라 모르겠다. "야! 한 번 찍어봐." 그리고 머리를 내밀었다.

상황이 이쯤 되니 주변에서 업무를 처리하던 직원들이 와르르 모이고 다툼을 말리는데도 그는 아랑곳하지 않고 돌을 쳐들어 던지려는 시늉만을 계속 해가며 직원들에게 "저리 비켜!" 하며 밀어 제치면서 계속 공포분위기만을 조성하고 있다.

그러더니 "읍장님이 내 선배인데 너 까불지 마!" 하는 것이다.

어이가 없었다. 읍장한테 후배라면 나에게도 후배인데 이럴 수가 있단 말인가?

이에 나는 큰 소리로 "야! 이리 와. 너 누구하고 동창이야?" 하고 소리를 질렀다. 그 순간 총무계장이 그에게 "읍장님하고 동창이셔"라고 말을 전하자 그는 갑자기 난폭한 행동을 멈추더니 뒤도 안 돌아보고 쏜살같이 나가 버린다.

당시 나는 마치 미친개한테 물린 것 같아 기분이 엉망인 데다 새카만 후배한테 당했다는 생각에 억울하기 짝이 없었다. 그리고 직원들 앞에서 무슨 망신인가 싶었다. 더욱이 내가 돌덩이 앞에서 도망이라도 갔었다면 체면은 말이 아닐 텐데 그나마 버틴 것은 내심 잘했다는 생각이 들기도 했다.

이렇게 깡다구를 부리긴 했어도 술에 취한 사람이 제대로 몸을 가눌 수 없는 것 같았기에 아찔한 순간을 넘기기는 했어도 그날의 일진은 별로 좋은 날은 아니라는 생각이 들 뿐 어떻게 해볼 수는 없는 상황이었다.

한 30여 분이 지난 뒤, 총무계장이 "부읍장님! 잘못했다고 정문에서 엎드려 있는데 이젠 용서하시죠" 하는 것이다.

가버린 것으로 알고 있었는데 선배를 몰라보고 실수했다고 용서를 빌고 있다고 한다. 마음이 풀리지 않은 나로서는 괘씸한 생각이 들어 "내버려 둬" 그리고는 그의 이름을 물어 여기저기에 전화를 걸어 확인을 했더니 10살이나 아래이고 내 동생 친구라는 것이다. 정말 어이가 없다.

아무리 술에 취했어도 친구 형을 몰라보고 기어오르다니 괘씸하기 짝이 없다. 내가 공직자가 아니라면 보기 좋게 싸대기라도 몇 대 올리고 훈계라도 해서 따끔한 맛을 보여줄 수도 있었는데 말이다.

그러나 상황이 이런데도 내 마음대로 했다면 공무원이 사람 때렸다고 소문이라도 난다면 피곤해지는 건 나지 누구겠는가?

세상은 아니 이 사회는 공무원이 잘못 한다면 눈감아 줄 사람도 없고 편들어 주는 사람도 없으니 때로는 공무원이라는 직업이 야속할 때도 있다.

한 시간여가 지났을까. 그때까지도 후배는 끄떡도 하지 않고 버티고 있으니 할 수 없이 정문으로 갔다. 그 후배는 짱돌 네 개를 바닥에 깔고는 두 팔꿈치를 올려놓고는 또 다른 두 개엔 무릎을 올려놓고 상의가 탈의된 채 엎드려 있다.

아프기도 하겠지만 나로서도 조금은 화도 풀린 후라 보기에 애처로운 생각도 들었다. 덩치도 크고 몸집도 좋은 놈이 상의까지 훌러덩 벗고 엎드려 있으니 말이다.

옛 성현들께서는 지는 것이 이기는 것이라 하지 않았던가.

나는 정답게 팔을 잡아 일으켜 세우고는 "야! 그만하면 됐다"고 하였더니 그제서야 머리를 숙이며 "형님, 몰라봐서 죄송합니다" 하는 것이다.

나는 그의 등을 가볍게 두드려 주며 "이만 가 보게" 라고 하며 돌려보냄으로써 상황은 일단락됐지만 그로 인한 인연은 계속되었다.

지금도 가끔 전화도 하고 때에 따라서는 식사도 함께 하는 등 믿음직한 후배 노릇을 톡톡히 하고 있어 마음 든든하다.

인간사 뭐 있겠는가. 잘못이 있으면 용서하고, 남에게 해 되는 일 하지 않고, 가족과 이웃을 사랑하고, 나보다 못한 사람들을 배려하고, 의리 변치 않으며 살아도 짧기만 한 것이 우리네 인생사인데….

가고 없는 배반한 친구

*지금은 이 세상에 자네가 없어 이 글을 쓸까 말까 망설였네. 생전에 섭섭한 마음이 있었다면 하늘나라에서라도 마음을 푸시게. 나의 마음은 늘 자네를 향해 있었다는 말을 전하고 싶네.

친구는 헐벗고 굶주리던 시절 중·고등학교를 함께 다니며 글씨도 잘 쓰고 축구도 잘 하며 꼼꼼한 성격에 나름 마음을 주고받는 사이였다.

사회생활을 하면서도 늘 관심을 갖고 그를 대하였으나 그는 내가 생각하고 있는 것만큼 나를 이해하거나 가깝게 생각하지는 않은 것 같다.

친구는 나보다 공직생활을 일찍 시작했고 나는 늦게 입문해서 서열상으로는 고참이지만 중도에 이웃한 시(市)로 전근을 하였기에 가끔이나마 만나서 세상 사는 이야기를 나누고 사는 친구였다.

세월이 흘러 친구는 사무관(5급)이 되어 동장(洞長)직을 수행하고 있었고 나는 인사업무를 담당하는 군(郡) 행정계장이었다.

공직이란 타지에서 근무하는 게 언제나 이방인 취급을 받게 되는 경우도 있고 퇴직은 고향에서 마무리하고픈 바람이 보통 사람의 생각이다.

이에 퇴직을 앞둔 지방 공직자들은 어머님 품속 같은 고향에 가서 마무리해야지 하는 생각을 가슴에 담고 있다.

이를 위해서는 전근할 수 있는 방법을 찾기 위해 이리 저리 아는 사람을 통해 의견을 제시해 보고 옮길 수 있는 길을 모색해 본다.

어느 날 전화를 걸어 "야! 너 고향으로 오지 않을 거야?" 했더니 친구는 "받아줘야 가지" 하며 반가운 기색을 감추지 못했다.

사실 5급 공무원이 여타 시·군으로 전보하기란 막말로 빽이 없으면 힘들다. 이곳에도 승진 대상자가 기다리고 있는 실정인데 다른 지역에서 오게 되면 누군가는 승진의 기회를 잃게 되기 때문이다.

이러한 사유로 보통의 경우는 시·군간 직급과 직렬이 같은 직원끼리 교환하는 경우가 있을 뿐이고 받아주는 쪽의 직급이 높거나 5급(지방사무관)의 일방적인 전출입은 매우 어려운 실정이다.

이유야 어떠하든 친구이며 이곳이 고향인데 공직의 잔여기간이 짧더라도 함께하고 싶어 군수께 보고드려 허락을 받고 추진한 결과 전입이 허락되어 고향땅에서 새롭게 공직생활을 이어갈 수 있게 됐다.

그리고 나도 바로 5급으로 승진하여 면장 보직을 명받아 근무하던 중에 명예스럽지 못한 일로 조기 퇴직하는 아픔을 맛보게 되었다.

내가 퇴직한 이유는 앞서 '잊지 못할 경찰관들'에서 밝힌 바 있어 여기에서는 그 사유는 생략키로 한다.

퇴직 후에 나는 3개월 정도 지나서 경기일보에 입사, 주재기자로 활동을 시작했다.

사실 공직생활을 하다 보면 나만이 최고라는 이기적인 생각이 앞서 있기 때문에 가까운 사이라도 무시하거나 관심을 갖지 않는 습관이 몸에 배어 사회로부터 손가락질 받는 경우가 허다하다.

더욱이 나는 조기퇴직이라는 아픔 때문에 항상 경찰서 형사계나 조사계에서 진행되는 피의자 심문에 신경을 곤두세우고 일일이 체크하거나 자세한 사항을 파악하는 데 주력했다.

경찰관들하고 처음에는 서먹한 분위기였지만 친해지면서부터 그들도 인간이기 때문에 마음 터놓고 이야기를 주고받을 수 있었다.

내가 함께한 공직자들은 나 같은 전철을 밟지 않기 위해서 공무원과 관련된 사건이나 행정업무와 관련한 문제는 자문도 해 주고 때로는 정확한 사실을 파악해 주는 등 그들의 보호막이 되려는 노력을 아끼지 않았다.

당시 수사과 K과장과 K계장은 인간적인 아픔을 같이하면서 서로의 사생활까지 이야기할 수 있는 믿음으로 함께한 시간들로 퇴직한 지금까지도 인연의 끈을 서로가 놓지 않고 있다. 더욱이 K계장은 공직 초임 때부터 지금까지 30여년이 넘도록 가족처럼 지내오고 있어 이들에게 항상 부탁하는 것은 우리 친구가 누구누구 과장과 읍ㆍ면장이니 신변에 문제가 있으면 꼭 좀 알려달라고 하는 것이다. 그리고 그들에게 문제가 있다면 되도록이면 선처해 줄 것을 부탁하는 사이이기도 했다.

당시 동창들 7명이 5급 공무원으로 재직하기에 군 본청의 실ㆍ과ㆍ장이나 읍ㆍ면장으로 재직하고 있기 때문에 나름대로 친구들에 대한 여론도 듣고 조금이라도 도와줄 수 있는 일이 있다면 열일 제쳐두고 발 벗고 나서서 해결해 주려고 노력하고 있을 때였다.

어느 날 저녁 수사과장의 전화다. 좀 만났으면 좋겠다는 것이다.

저녁 무렵에 계장과 함께 사무실을 찾아와서는 무언가 이야기를 할까 말까 망설임의 눈치를 보이기에 "어떤 이야기도 괜찮으니 말하세요" 했더니 조심스럽게 말을 꺼낸다.

며칠 전에 서장님을 모시고 주민대화를 가졌는데 그 친구가 함께 동석하게 되어 나에 대한 이야기를 했더니 "비리공무원으로 모가지 잘린 애"라며 별 볼 일 없다는 식으로 답하더란다. 자기와는 초면인데도 친구를 한 마디로 나쁜 놈으로 취급하기에 너무도 놀랐다는 것이다.

그러면서 이 말을 당사자인 내게 해야 하나 말아야 하나를 두고 고민했다면서, 당신은 친구들을 그렇게 끔찍하게 생각하고 있는데 어이없게 그런 말을 듣는 자신이 민망해 아무 말도 하지 못하고 화가 났다는 것이다.

그 말을 듣는 순간 나는 시쳇말로 뚜껑이 열리는 것 같았다.

'정말 그럴 수가 있을까? 아니겠지. 그 친구가 그럴 리가 없어' 하면서 깊은 생각에 빠져 그날 밤은 한숨도 자지 못하고 크나큰 배신감에 분노만 끓어 가슴을 태우며 지새고 말았다. 밤이 가져다준 고요와 적막 속에서 행복한 꿈을 꾸며 내 영혼이 쉬어야 할 시간에 억울한 생각에 빠져 날밤을 새고 아침을 맞았는데 그 친구를 생각하면 생각할수록 괘씸하기만 하다.

며칠인가 골똘한 고민 끝에 인연을 끊자는 결론을 내린 나는 그 친구를 만날 수 있는 장소는 되도록이면 가지도 않았고, 만약에 공공장소에서 마주칠 기회가 생기면 미리 피해 버리고 말았다.

그러던 어느 날 그 친구 지역에서 부실공사로 인한 주민들의 불만이 증폭되면서 공무원들과의 마찰이 있다는 정보가 입수되어 취재에 나섰다. 현장을 실사해 보니 '실내 배드민턴장'을 발주했는데 쇠파이프로 세운 골격에 보온덮개와 비닐로 씌운 건물이 태풍도 아닌 잦은 바람을 견디지 못하고 쓰러져 버린 것이다.

공사개요와 문제점을 파악하고 심층취재해서 기사를 송고했다.

그러자 이번에는 주민의 제보다.

하천변에 건물주가 공유수면 허가도 받지 않고 임의대로 교량을 높여 해당관서에 항의해 보았으나 그 친구가 건물주 편을 들며 적법하다는 주장만을 고집하고 있다는 것이다. 생각다 못해 군의 담당과장과 함께 현장을 확인하니 그 친구가 눈감아준 게 사실로 드러났고, 불법이 확실하고 주민의 제보를 무시할 수도 없어 보도를 하기로 마음을 굳혔다.

사실 제보가 있는 내용을 보도하지 않으면 혹시 밥이라도 얻어먹고 무마하는 것으로 오해할 수도 있어 사실관계를 심층취재하고 분석하여 보도하는 것이 나의 일관된 생각이다.

이러한 경우 친구에게 보복하는 느낌이라 눈감고 못들은 척할 수도 있으나 밝힌 바와 같이 제보자의 편에서, 또 강자보다는 약자 편에 서지 않는다면 독자로부터 외면당할 수 있어 주민들의 대변자 역할을 충실히 실천하는 것이 언론의 바른 길이라는 것이 나의 신념이었다.

아니나 다를까. 기사를 본 선배공무원인 N과장이 찾아와 "친구 사이에 이럴 수 있냐"며 나만을 탓하고 있어서 어쩔 수 없이 자초지종을 털어 놓았다.

며칠 후에 친구를 불러다 혼을 냈다는 전화다. 그래도 친구는 나에 대한 불편함을 눈치 채지 못했는지 모른 척하는 시간만이 흐르고 있었다.

지금은 몰라도 지난 시절에는 각 읍·면에서는 한 해 동안 주민들을 위해 고생했다는 의미로 관내 이장과 남녀지도자들이 함께 산업시찰이라는 미명하에 '단풍놀이'를 떠난다.

보통 1박2일 코스인데 그해에는 태풍 '매미'가 남부지방을 휩쓸고 지나가서 엄청난 피해를 당해 정부에서도 모든 행정력을 동원해 복구작업에 총력을 기울이고 있을 때였다.

하필이면 눈치코치도 없이 상부기관에서 공무원들의 여행을 자제하라는 지시까지 무시해 가며 가을여행을 떠났는지 모르겠다.

지금은 이러한 비합리적인 행사는 사라지고 없지만 그때는 여행자들이 조금의 경비를 마련하고 관내 업자들의 후원금으로 매년 연례행사처럼 치러진 것도 사실이다.

물론 업자들의 후원금이란 공무원들의 부탁을 거절할 수 없어서 형편이 어려워도 '울며 겨자 먹기식'으로 기부하는 돈이기 때문에 차후에 공사수주를 약속하는 등의 편법이 동원되기도 하여서 다른 업자들의 불만이 잔존해 있던 것도 사실이다.

이러한 불만을 토로하는 업자들의 목소리가 수면 위로 떠오르게 되면 기자들에게는 좋은 취재원이 되기 때문에 일사천리로 보도를 하게 된다.

기사가 보도되자 10여 명에 가까운 이장과 지도자들이 나를 찾아와 "봉사활동을 갔었는데 왜 단풍놀이 갔다"고 보도했느냐고 강하게 항의하는 것이다. 나는 하도 어이가 없어서 불편한 마음을 표현하기 싫었으나 이에 대한 문제점을 자세하게 설명하여도 막무가내로 밀어붙인다.

그렇다면 지금부터 경비에 대한 출처며 봉사활동은 어느 곳에서 어떤 일을 했는지 등을 조사하겠다고 강하게 나가자 한 발 물러서며 돌아갔다.

보지 않아도 뻔한 일이다. 친구가 시킨 것이다.

이틀인가 지나 친구의 전화다. 같이 점심이나 하자고 한다. 기가 막힐 일이다. 싫다고 하자 다음날 사무실에서 기다린다. 마음이 허락하지 않아 피해 버렸더니 그 다음날에는 아예 집 앞에서 기다리고 있다.

어쩔 수 없이 편하지 않은 만남이기에 "식사는 됐고 차나 한 잔 마시자"며 찻집에 들러 지난날의 일들을 자세하게 이야기하였더니 친구의 얼굴이 붉어진다.

미안하단다. 말이 되는가? 미안하다는 말 한 마디로 내가 위로 받을 수 있고 마음이 편해진다면 얼마나 좋을까?

친구의 말 한 마디로 내 가슴은 새까만 숯덩이처럼 타버렸는데 이제서 어쩌란 말인가.

그런데 대화중에 친구의 몸에서 이상한 냄새가 나는 것 같아 얼굴을 자세히 보니 병색이 완연해 보인다. 겁이 덜컥 난다.

순간 나는 아무 이유 없이 미안한 생각이 들었으나 물어볼 수는 없었다.

차를 마시고 헤어진 후 친구의 주변을 이리저리 알아보니 어떤 병인지는 몰라도 생의 마감시간이 얼마 남지 않았다는 소식을 듣게 되었다. 그 충격으로 한참 동안이나 정신줄을 놓아야만 했다.

다음날 친구를 찾아 점심을 같이하며 학창시절부터 지금까지 살아오면서 함께 했던 많은 시간들의 추억을 되새기며 다시금 신의(信義)를 다짐하였다.

그러나 친구는 그 후 3개월여를 살고는 세상을 떠나버리고 말았다. 너무나도 일찍 떠났기에, 가슴 아프게 신의를 다짐했지만 지키지도 못하고 스러져 버렸다. 지금도 그 친구를 생각하면 정말 미안한 마음에 온몸이 숙연해진다.

　친구야, 아무 고통도 없는 하늘에서 늘 편안하게 지내거라.
　그리고 우리 다음 생애에 다시 만난다면 그때는 서로 얼굴 한 번 찡그리지 않고 항상 웃으며 지내는 좋은 친구가 되자꾸나.
　자네가 가고 없는 세상일지라도 내 가슴 속에 자리한 영원한 친구임을 잊지 않겠네.
　친구야! 이승에서의 불편하고 마음 상한 일이 있었다면 모두 풀어버리게나.
　나는 자네가 편히 쉬고 고이고이 잠들 수 있도록 항상 두 손 모아 명복을 빌고 있겠네.

아버지학교

지난 2006년으로 기억된다.

날씨는 조금은 쌀쌀했어도 그리 춥지는 않았던 것으로 생각되니 아마도 10월말이나 11월초쯤이 아닐까 생각된다.

지역을 돌아다니다 보니 '두란노 아버지학교 개교'라는 현수막이 걸려 있는 것을 보고는 '아버지학교? 나도 아버지인데 아버지학교라…' 왠지 궁금하기도 하고 무엇인가 알고 싶어졌다.

그런데 등록 학교가 교회여서 기독교를 믿지 않는 나로서는 잠시 망설일 수밖에 없었다.

며칠이 지나 우연한 기회에 후배를 만나 이런 저런 이야기를 하던 중에 함께 가자고 하기에 못이기는 척하고 등록 장소에 가보니 매주 토요일 오후 6시인가(?)부터 두세 시간 정도 교육을 할 계획이며 5주를 다녀야 하니 매주 늦지 않도록 시간 맞춰 오라는 당부와 함께 등록을 마쳤다.

며칠인가 지나서 토요일이 왔다.

오후 5시쯤 되니 왠지 설레고 긴장되고 갈까 말까를 반복하다가 에라 한번 가보자 마음먹고 차를 몰고 교회로 갔다.

교회로 들어가려니 쑥스럽기도 하고 또 어릴 때 상처받았던 기억도 되살아나고 해서 짧은 순간이었지만 머릿속에서는 만감이 스쳐 지나가는 기나긴 생각을 할 수밖에 없었다.

입구에 들어서니 90도 인사에 안내원이 "입교를 환영합니다"라는 말과 함께 반갑게 맞아주니 어리둥절하며 빈 의자를 차지하고, 신나는 건전가요로 들뜬 분위기에 젖어든다.

더욱이 5인조의 생음악을 연주하니 가슴이 더욱 설레여서 한순간에 망설임이나 쑥스러운 마음도 잊어버리고 내심 잘 왔다는 생각이 들었다.

서로가 인사하고 분임 나누고 자리 잡으니 즐거운 식사시간이다.

그런데 아버지학교 선배들의 헌신적인 봉사에 감탄할 수밖에 없었다.

정말 낮은 자세로 임하는 행동거지에서 인간적인 따뜻함을 느낄 수 있었고, 남을 위한 말씨나 조심스런 행동은 본받을 만한 것이기에 지금은 그 사람들을 잊고 있어도 마음의 양식은 아직까지도 가슴에 고이 남아있다.

아버지라는 자신을 되돌아보고 가족이 무엇인지를 깨우쳐 주는 교육이 계속되면서 정말 나는 못된 아버지였고 나밖에 모르는 아주 작은 사람이었다는 것을 깊이 느낄 수 있었다.

그리고 각 분임별로 한 분의 선생님이 배치되어 수업의 길잡이로서 서로가 친해질 수 있도록 가교 역할도 담당해 가며 좋은 분위기를 이끌어 갔다.

한 주가 지나서부터는 기독교의 가르침을 은근하게 비추기 시작하더니 신앙의 세계로 서서히 안내하기 시작한다. 그리고 좋은 아버지를 만들어 가면서 그리스도의 참된 복음을 이어간다.

과거에 이런 저런 죄를 지었으나 예수님을 믿으면서 새 삶을 찾았다는 간증의 시간도 있었지만 이 시간만큼은 별로 감동을 받지는 못했지만 나름 종교에 대해 한 번쯤은 깊게 이해하려고 마음을 열어보는 시간이었다는 생각이다.

그러나 간증을 하는 분들의 역량이 부족하다기보다는 찡한 그 무엇인가를 던져 주지 못하는 말들로 이어지고 현실과는 너무나 거리가 먼 이야기들로 조금은 가슴으로 느끼기에는 다른 사람은 몰라도 나에게는 별로라는 생각이 들었던 것이다.

기억은 가물가물하지만 어느 날 넓은 판자 위에 십자가 형으로 못을 박아 놓고 못 하나하나에 촛불을 켜 한 사람 한 사람이 못에 꽂으니 촛불십자가가 완성되었다. 이후 은은한 찬송이 흐르는 가운데 훨훨 타오르는 십자가를 보고 있으니 그 성스러운 분위기는 평생을 잊지 못할 것 같다.

또 그 시간에는 절대 죄를 지어서도 안 되고 남을 괴롭혀서는 더더욱 안 되겠다는 결심을 하기도 했다.

아버지학교에서는 매주 숙제를 내주는데 정말 하기 힘든 일이다.

자식에 대하여 칭찬 20가지를 써 오라고 하는 문제가 있었는데 별별 칭찬을 적어보고 적어보아도 20가지를 엄선해 쓰기가 쉽지 않다.

어쨌든 자식마다 20가지의 칭찬을 적어보니 정말 내 자식들처럼 잘나고 착하고 고운 아이들은 없는 것 같아 가슴이 뿌듯했고 가족의 소중함을 다시금 일 깨워준 교육에 고마운 마음뿐이다.

그 다음 주 숙제는 아내 칭찬 20가지다.

이미 저세상으로 가고 없는 아내를 칭찬하려니 가슴이 답답하면서 갑자기 보고 싶은 그리움으로 눈시울을 적셔야 했다.

먼저 앞 글자 20자를 만들고 한 자마다 좋은 뜻을 가진 말들로 이어갔다.

그 다음 주에 제출하니 우수작품으로 선정이 돼서 무대 위에 올라가 낭독을 하게 됐다. 박수로 이어졌고 선생께서 무슨 책자에 이 글을 실으려 하는데 동의하겠냐고 하기에 "네!" 라고 대답했지만 그 어떤 책에 실렸는지는 아직껏 알지 못한다.

다음 숙제는 자식들과 아내에게 편지를 써 오란다.

무어라 어떻게 무슨 내용으로 썼는지는 기억에 남지는 않았지만 내가 써서 내가 받아야 하는 편지지만 정말 가고 없는 아내를 생각하며 참된 사랑을 느끼며 썼던 것으로 기억하고 있다.

마지막 시간이었다.

아내에게 발을 씻어주는 세족식의 시간이다.

큰딸에게 전화를 걸어 참석케 하고 딸의 발을 씻어주니 닦고 있는 나도, 발을 내밀고 있는 딸도 아내의 그리움과 엄마의 보고픔에 눈시울을 적셔야 하는 가슴 아픈 시간이었다.

이 세상에는 많은 사람들이 가정을 이루고 살아가고 있다. 누구 하나 소중하지 않은 사람은 없지만 특별히 가족이야말로 그 무엇하고도 바꿀 수 없는 존재임을 알고 있으면서도 가족 사랑을 실천해 가며 살아가는 일은 그리 쉽지만은 않은 것 같다.

부부가 살아가면서 느끼는 것은 평소 50대 50으로 생각하는 것이 보통사람들의 생각일 것이다. 그러나 한 사람이 없다면 50이 아닌 99%를 잃는 것이다. 아니라면 그야말로 천만의 말씀이다.

나라는 존재는 겨우 1%밖에 안 된다는 사실을 잊고 살아가기 때문이다.

혼자 사는 것만큼 외롭고 쓸쓸한 것은 없다. 혼자 살면 항상 외톨이라는 생각을 지울 수 없고 게다가 나이 들어 가면서 느끼는 삶이란 정말 힘들다는 것 외에는 별로 즐거운 일은 없는 것 같다.

주변 사람들을 만나 주고받는 이야기 속에 언제부터인가 아내에게 잘해주라는 말을 빼놓지 않고 해 준다.

아버지학교!

그때는 아버지다운 아버지가 되기 위해 노력하는 계기가 되었기에 참 잘 다녔다는 생각이다. 지금도 가끔이나마 생각케 하고 보다 좋은 아버지가 되기를 마음 속 깊이 약속도 해 보았지만 살다 보면 가끔은 잊을 때도 있어서 마음먹은 대로 살기는 그리 쉽지는 않은 것 같다.

10여 년의 세월이 흘렀다.

집을 새로 짓고 이것저것 짐을 풀어 챙기다 보니 내 이름이 적힌 편지를 보게 됐다.

보낸 이는 두란노 아버지학교인 군남면 황지리 346-2 군남교회이고, 괄호 속에 연천5기라고 쓰여 있고 수신인은 내 주소 내 이름이다.

그때까지 뜯어 보지도 않은 편지를 보니 내가 어떤 내용으로 썼을까 궁금하기만 하다.

조심스럽게 뜯어 보니 B4 용지 4쪽에 바로 이렇게 쓰여 있었다.

당신에게 올립니다.

꽃샘추위가 봄을 시기하는 어느 날 당신과 나는 인생의 행복을 찾기 위해 사랑이라는 열매를 맺고 1972년 4월 15일 가족과 친지, 이웃과 지인들의 축복을 받으며 결혼행진곡에 맞춰 성인으로서의 삶을 시작했습니다.

당시 직장 상사였던 당신은 젊음을 믿고 또 잘살 수 있고 청운의 꿈을 키워가는 반려자로서의 의무를 다하며 살 것을 맹세도 했었습니다.

그때 나는 당신만 옆에 있어 준다면 무엇이든지 할 수 있었고 행복한 삶을 영위하리라는 기대도 적지 않았답니다.

아침이면 따뜻한 물을 데워놓고 세면을 하라면서 하얀 꽃들이 박혀진 청색 세타에 연탄집게를 들고 함박꽃처럼 웃어주는 모습이 지금도 잊을 수가 없답니다.

세월은 흘러 눈에 넣어도 아프지 않을 큰딸 유리를 낳고 2년 후엔 작은딸 연진이를 낳아 아들을 바라는 부모님의 권유에 연년생으로 아들 원석이를 탄생시켜 우리들의 울타리를 만들고 자식들이 씩씩하게 자라는 모습에 우린 맞벌이 부부로서 책임과 의무를 다하며 남부럽지 않은 가정생활을 영위하며 살아왔습니다.

이웃에게는 인정을 나누고 직장에선 일 잘하는 공직자로서의 본분을 다하여 상사로부터 칭찬이 이어졌고 부모님을 지극정성으로 모셔 효자 소리를 들으며 가정에서는 괜찮은 엄마로 사회에선 정말 좋은 여자로 소문도 났었지요.

그러던 어느 날 가슴이 아프다고 하여 병원을 찾았지만 고혈압과 심근경색이라는 진단을 받아 서울대병원에 입원을 시작하며 매월 진단과 진료를 받느라 고생도 많았지요.

세월은 흘러 나는 부서 계장으로 일해 오면서 경제적인 안정도 이루었고 공직이나 사회적 신분도 점차 올라가면서 타인들로부터 부러울 만큼의 삶을 이어갔었죠.

그러나 세상은 이를 시기라도 하듯이 내가 사무관으로 승진하면서 당신은 병치레에 시달리다 지난 2002년 월드컵의 환호성이 이어질 때 쯤 대동맥 수술로 건강이 회복되는가 싶더니 자주 통증을 호소해 다시 병원을 찾아 23일간에 걸친 검사에서 마지막으로 골수암이라는 판정을 받고는 나는 물론, 우리 가족 모두는 아픈 가슴을 쓸어안고 근심과 걱정으로 살았습니다.

당신이 항암치료를 받게 되면서 길고 예뻤던 머리카락은 모두 빠져 버리고 식음을 전폐하는 투병생활이 계속되면서 당신만을 살려달라는 나의 소망은 물거품이 되어버린 채 영원히 다시 오지 못할 곳으로 떠나고 말았습니다.

당신이 떠나기 전날 밤 온가족은 입원실에서 당신이 쾌차하기만을 기다리며 서로를 위해 무엇을 할 것인가를 생각하였습니다. 모처럼 웃음 지으며 화기애애한 분위기가 이어졌는데 그날 그 순간이 마지막 밤일 줄은 정말 몰랐습니다.

2003년 5월 8일 아침, 당황한 큰딸의 전화를 받고 중환자실을 찾았을 때 당신은 인공호흡기에 강심제를 주사해 살아있는 듯 보였으나 이미 몸은 얼음장처럼 차가워지고 그 누구도 알아보지 못한 채 싸늘한 시신으로 변해 있었습니다.

너무도 허무할 뿐 아무 생각도 나지 않았습니다.

앰뷸런스로 이곳까지 오면서 당신의 뺨을 만지며 왔었지만, 도착 즉시 의사선생님이 내린 사망선고는 청천벽력과도 같았습니다.

그래도 당신은 회생할 거라는 기대를 걸고 있었기 때문입니다.

그러나 당신은 이미 다른 세상으로 떠났으니 하늘이 무너지고 천지가 개벽이라도 하듯이 나는 아무것도 해 줄 수 없다는 것이 너무도 안타까웠습니다.

병원의 배려로 아무도 없는 독방에서 당신을 꼭 끼어 안고는 하염없는 눈물을 흘렸지만 나의 슬픔을 아는지 모르는지 당신은 누워만 있었습니다.

한참이나 시간이 흘렀을 때 출입문을 두드리는 소리와 함께 가족과 친지들이 몰려들었고 안타까움과 슬픔의 흐느끼는 소리와 함께 나의 손을 잡고 위로하는 목소리가 들리기는 하였으나 그땐 그 어떤 말도 그 어떤 소리도 나를 위로하기에는 아무 소용이 없었습니다.

당신을 군남면 육계리 산 261번지 묻어놓고 돌아서는 나는 죽고 싶은 마음뿐이었습니다.

밤이 되어도 잠은 오지 않고 오직 당신 생각에 며칠인가를 보낸 후 마음을 추슬러도 보았지만 세상은 불평등하다는 아쉬움만 남기며 나를 더욱더 깊은 슬픔의 구렁텅이로 몰아넣기만 하였습니다.

잠을 청하면 오히려 뚜렷해지는 당신의 모습.

혹시 화라도 난 걸까?

당신이 있는 곳을 향해 세 번의 절을 올리며 "화가 났으면 내가 사과할게"라고 미안해 하면서 혼잣말을 해 가며 밤을 새운 것도 여러 날….

당신은 사하라사막 한가운데 있어도 죽지 않을 여자라고 믿었었기에 내가 '철의 여인'이라는 별명도 붙여 주었지만 당신은 소박하고 진실하고 또 며느리로 아내로 그리고 엄마라는 본분을 다하는 억척의 아줌마일지는 몰라도 그저 가냘픈 여자일 뿐 그 이상도 그 이하도 아니었습니다.

지금도 잊지 못합니다. 면장으로 재직시 아침 출근길이면 생밤과 은행 몇 알을 구워서 은박지에 싸주며 오후에 잊지 말고 먹으라고 건네주던 그 모습.

집안을 정리하기 위해 무거운 보도블럭을 나르면서도 아무 내색도 하지 않더니 손가락이 잘 펴지지 않았던 일, 그리고 어린이집 원장으로 재직시 어린 꼬마들과 함께 웃으며 찍었던 사진 속의 인자함….

모두가 머릿속의 상상일 뿐 지금은 어느 곳을 보아도 당신의 모습은 찾을 수가 없답니다.

이른 아침 눈을 뜨면 해맑게 웃어주던 당신의 모습을 상상해 보며 그리워도 해 보지만 가고 없는 당신은 만날 수가 없답니다.

정말 잘 해 줄 수 있었는데….

정말 당신 마음에 꼭 드는 남편이고 싶었는데….

정말 사랑하는 당신이었는데….

실로 고귀하고 아름다운 말인 '사랑'이라는 말을 이제서야 당신께 바칩니다.

살아온 세월도, 오늘도 그리고 살아갈 인생의 마지막 날까지 당신을 사랑한다고….

2006년 11월 28일

남편 장기현 올림

아버지학교를 다니며 아내를 생각하며 쓴 이 편지는 내 생에 마지막으로 썼기에 이러한 나의 진심어린 마음을 가슴 속 깊이 고이고이 간직하고 살아갈 것을 다시금 다짐해 본다.

성직자의 길은 고행의 길이다

어느 종교치고 선구자적 입장에서 신도를 이끄는 책임자는 고행의 길을 가고 있음을 나는 알고 있다.

나는 목사님이나 신부님, 그리고 스님 중에 그래도 편하게 대할 수 있는 분은 신부님인 것 같다. 신부님은 담배도 피우고 가끔이나마 술도 한 잔 할 때가 있어서인지 보통 사람들과도 어울리기에 조금은 편한 느낌을 주기 때문이다.

나는 종교를 갖고 있지 않기에 별로 아는 상식도 없고, 그 분야에 대한 서적을 읽거나 특별한 강의도 들은 적이 없어 거의 문외한이나 다를 바 없다.

그러나 나는 종교를 믿는 사람들을 좋아하고 있다. 믿음을 가진 사람들을 대하게 되면 무언가 마음이 편해지고 우선 나쁜 사람은 아니라는 선입견이 잠재해 있기 때문이다.

성당이 우리집 주변에 위치해 있어 가끔 오다가다 신부님을 뵙게 되면 눈인사 정도만 할 뿐 대화는 없었다.

그러던 어느 날 차 한 잔 하자고 하여 신부님 방에 들어가 보니 모든 살림을 혼자 하고 계신 것 같다.

밥을 짓는 일이며 빨래며 청소까지 그리고 온갖 잡일까지 하시면서도 언제나처럼 나에게 평안함을 주는 느낌은 나만이 갖는 특별한 것은 아닐 것 같다. 따뜻한 물을 데워 커피 한 잔을 마셔도 신부님이 직접 하신다.

처음 알고 처음 본 사실이라 더욱 놀랐다.

'크지도 않지만 결코 작은 성당도 아닌데 이렇게 모든 일을 혼자서 하시다니…'

점심 후에 만나서 이런 저런 이야기꽃을 피우다가 오후 2시쯤이 지났을 때다. 신부님께서 "다음에 보자"며 돌아가라는 눈치다. "왜 무슨 일이 있느냐"고 했더니 묵상할 시간이란다.

나는 그저 신부님하면 예배 보고 설교하는 시간은 몰라도 다른 시간은 매우 한가하고 편한 생활로 영위하리라고 생각했기에 조금은 서운한 마음이 들기도 했다.

그런데 대낮에 방문 걸어 놓고 3~4시간 정도 묵상을 한다니 놀라운 사실을 알게 됐다. 신부가 되려면 7년인가를 교육 받아야 하고 신부가 되면 새벽 기도에다 낮엔 묵상하고 또 밤이면 기도해야 되지 않을까 생각하니 편한 것이 아니라 고생길임이 확실하다.

어디 그것 뿐이겠는가? 좁은 소견으로 보아도 자기 스스로를 희생하여 많은 신도들에게 복음을 전파해야 하고, 또 그 많은 믿음의 공부도 게을리 할 수 없지 않을까 하는 생각이다.

인간이 살아가는 데 크고 작은 일들이 얼마나 많은가. 그리고 혼자만이 그 큰 공간을 채우며 살아간다는 것은 결코 쉬운 일이 아님을 깨닫게 된 나는 인간으로서 대우 받는 것이 마땅하고 존경스럽기까지 하다.

그리고 신부님의 월급은 전국적으로 똑같고 아주 적은 최소한의 급여라는 말을 누군가에게 들었지만 사실인지는 모른다. 정말 성직자의 길은 몸은 고통스럽지만 믿음의 힘으로 마음의 평안함을 추구해 가는 것이 아닐까, 하고 내 자신을 되돌아보는 시간을 갖기도 했다.

목회를 주관하는 목사님들은 어떤가?

우리 군은 인구 4만 5천여 명이 살아가고 있는데 100여 개의 교회가 있다고 한다. 이중에 70% 정도는 미자립교회로 알고 있는데 아주 작은 시골마을의 교회는 신도수가 10여 명 남짓하고, 도심의 큰 교회는 수백여 명에 달하고 건물도 2~3층에 웅장하고 화려하고 크다.

많은 신도들을 인도하고 주관하는 목사님들은 저마다의 운영에 크고 작은 고민이나 어려움이 없을 수 있겠는가?

그래도 대형 교회들은 경제적인 부를 이뤄 운영은 별 문제가 없는 듯 보여도 많은 신도들이 있으면 나름대로의 다툼으로 이러쿵 저러쿵 하는 소문은 알려지게 마련인데 이를 조정하는 목사님들도 신경 깨나 써야 하지 않을까 싶다.

또한 작은 교회는 목사님들의 생활이 빈곤해 먹고 살기 위해 온갖 잡일에다 농사까지 지어가며 오직 믿음 하나만으로 버티고 있는 실정이다.

이런 실정에도 새벽기도부터 시작해서 밤늦은 시간까지 신앙을 실천하기 위해 믿음을 따르는 일이야말로 얼마나 힘들까, 하는 생각을 하게 되면 나를 아주 작은 사람으로 만든다.

더욱이 보통의 목사님들은 아주 두껍고 작은 글씨로 인쇄된 성경을 적게는 60번 이상 많게는 200번 이상을 읽는다는데 바쁜 생활을 틈내 신학을 공부하는 게 그리 쉽지 않은 일임에 틀림없다. 그것도 신약 구약을 합해 66권이나 되는 성경책을 말이다.

그리고 매일같이 반복되는 기도와 신방, 그리고 어렵거나 질병으로 누워 있는 신도들을 찾아 구원의 손길을 다하고 토요일에는 설교준비까지 하여야 하는 바쁜 일과를 계속해야 하는 것은 어쩌면 인간에 대한 크나큰 시련을 이겨가는 대단한 사람으로 표현하고도 싶다.

내가 알고 있는 목사님 한 분을 소개해 본다.

전곡 제일교회 박래진 목사님은 젊은 시절에 만나 이웃집 형님처럼 섬기고 있는 분이다.

함께하는 시간이면 항상 마음에 양식이 되는 좋은 말씀을 해 주시는데 그 분에게서는 삶에 진실함을 느낄 수 있어 나의 안식처일 뿐 아니라 가슴 가 득한 따뜻함을 느끼고 있다. 그 분이 왕성한 활동을 하고 계실 때는 군내 기 독교연합회 회장직과 군정 자문위원까지 하시며 군내 기독교인들의 리더 로서 추앙받은 분으로 지금은 명예로운 은퇴 목사님이시다.

한 번 목사님 집을 찾아 근황을 여쭈어 보고는 2층 서재로 자리를 옮겼다.

주택은 2층 건물로 1층은 살림집이고 2층은 큰 서재에 조그만 방이 하나 있는데 목사님은 이곳에서 책을 읽으며 차 한 잔의 여유로움을 갖는 곳이기 도 하다.

내 가슴이 쿵쿵대고 놀라는 것은 많은 책이 있어서도 아니다. 수십 년간 목회를 하시면서 설교할 자료를 정리해 놓았는데 '히브리어'로 그것도 자 필로 정리해서 봉투에 담아 진열해 놓은 것들이다.

얼마나 많은 책을 보고 얼마나 많은 생각으로 신도들을 위한 설교문안을 작성했기에 저렇게 많은 걸까? 수많은 날들을 아니 수많은 밤을 새우며 하 나님의 말씀을 전하기 위해 얼마나 몰두하셨으면 저런 역사적인 기록이 될 까를 생각하니 사람의 능력은 무한한 것임을 새삼 알게 된다.

어쩌면 성직자의 길은 자기 몸을 태워 주위를 밝히는 촛불과도 같아서 한 사람의 희생이 많은 사람들을 행복하게 만드는 고행의 길을 선택한 많은 성 직자 분들께 아낌없는 감사와 갈채의 박수를 보내고 싶다.

석가모니(釋迦牟尼)는 네팔 카빌라성 정반왕의 아들로 태어나 결혼하여 아 들까지 얻은 후 카스트제도에 따른 신분에 대한 제도적 회의에서 생에 대한 명상을 시작한다.

진리를 향한 번민으로 왕자의 자리도 사랑하는 아내와 아들까지도 버리 고 스물아홉에 출가하여 6년여의 고행 끝에 깨달음의 경지에 이르러 45년간이나 설법을 통해 자비의 가르침으로 불교(佛教)를 탄생시킨 성인으로 알고 있다.

불교는 나에게는 남다른 것이 앞서 '다시 불러보고 싶은 어머님' 편에서 밝힌 바와 같이 6.25 한국전쟁 시 피난 간 마을에서 개를 잡아 한 조각을 받아먹고 머리에 부스럼이 나자 어머님께서 "너는 부처님의 자식이니 개고기는 절대 먹지 말라"는 말씀에 지금까지도 국물 한 숟가락도 먹지 않았다.

아내가 불자라 가끔은 함께 사찰을 찾은 적은 있어도 정성을 다하는 믿음의 신도는 아니다.

어느 날 아내가 보운(普雲)이라는 법명을 가져오기는 했어도 나의 생각은 종교란 마음의 양식일 뿐이며 꼭 믿어야 좋은 사람이 되는 것은 아니라는 생각이다. 아내는 틈만 나면 사찰을 찾았는데 지난 2003년은 음력 4월과 양력 5월은 월은 다르지만 일자는 같은 날로 똑같이 흘러갔다.

나는 그해 죽어도 잊지 못할 날이 있기에 지금도 생생하게 기억하고 있다. 부처님 오신 날은 초파일로서 그날이 음력 4월 8일, 양력으로는 5월 8일로 어버이날이었다.

바로 이날 아내가 세상을 떠난 날이기에 부처님 오신 날은 나에게는 가슴 아픈 날이라 매년 초파일이면 가슴 깊이 그날을 기억하며 살아가고 있다.

그러면 스님들의 생활은 어떠할까?

스님도 타종교와 같이 새벽에 일어나 법회하고 낮에는 참선하고 자비의 가르침을 전파하는 등으로 하루해가 짧게 느껴질 만큼 매일 바쁜 하루를 보낸다. 다행이 사찰은 산에 있어 물 맑고 공기 좋다고 할 수 있으나 인적이 없는 속세에서 생활하는 스님들에게는 좋은지 나쁜 것인지 나는 알지 못한다. 다만 고요와 적막감으로 휩싸인 환경에서의 생활이란 그 자체가 고행의 길이 아닌가 싶다.

우리나라 역사를 보면 고려 때만 해도 사찰이 마을 주변에 있었다는데 조선왕조가 시작되면서 승유억불(崇儒抑佛) 정책으로 사찰이 점차 산속으로 밀려났다는 게 사실이고 보면 불교의 수난시대도 있었다고 생각되어진다.

다만 우리나라 불교는 호국(護國)이라는 기치를 내걸고 승병을 조직, 나라를 구하는 일에도 참여했었다는 것 하나만으로도 그들의 정신을 엿볼 수 있어 믿음이 간다.

그러나 성직자의 길이란 고행을 각오하고 가는 길인데 시대가 발달하다 보니 어쩌다 한 번쯤 스님들이 고급 승용차를 운전하고 다니는 것을 본 나는 왠지 마음이 씁쓸해진 것도 사실이다.

우리나라의 종교계를 크게 나눠 보면 불교, 기독교, 천주교 등 3개의 종교가 주류를 이루고 있으나 불교와 천주교는 그런대로 서로의 교리를 인정하는 듯 보이지만 기독교는 여타 종교를 인정하지 않는 것으로 보여 종교를 믿지 않는 나로서도 조금은 안타깝게 여겨진다.

어느 화보에서 본 신부님이 자전거 앞자리에 타고 뒷자리에는 밀짚모자 쓰신 스님이 타고 가는 모습의 사진 한 장이 오래도록 뇌리에서 떠나지 않는 것은 왜일까?

사진 속에서 그들은 너무나 편안해 보였고 정겨워 보였기 때문에 오래도록 기억하고 있다. 서로의 종교를 인정하는 풍토에서 함께 웃을 수 있는 날이 오기를 기대해 본다.

이런 군수(郡守) 저런 군수

지금은 시대가 변했고 지방자치단체장을 주민들의 손으로 직접 선출하고 있다. 내가 말하고자 하는 것은 현재가 아닌 군수가 임명직 때의 이야기다.

모든 공직자들은 개인이나 많은 사람들 앞에서는 본인이 제일 바르고 공정하게 그리고 주민을 위해 열심히 일한다고 말하고 있겠지만 대부분은 거짓인 것으로 생각되기 때문에 씁쓸한 마음을 감출 수가 없다.

오직 겉으로 표현되는 언어나 행동은 아주 정의롭고 주민들을 위해서는 마치 물불을 안 가리고 모든 업무를 신속하게 처리한다고 하는 것은 빛 좋은 색깔로 포장할 뿐이다. 이렇게 호화롭게 포장하는 것은 직급이 높을수록 더 심해지는 것도 사실이다.

자기들이 부정하면 정당하고 하급자의 조그만 부정은 당연히 벌을 받아야 하고 도저히 공직자로서 있을 수 없는 중범죄로 취급하며 아주 청렴한 척하는 것이 그들의 행동이다.

그러나 사건이 발생하면 우선은 철저하게 비밀을 유지하고 혹시나 불똥이 자기에게 튈까 하는 염려는 하지만 사건 당사자를 위한 노력은 하지 않는다. 어쩌다 사건이 공개되어 확대될 경우는 안면 접고 너는 나쁜 놈이니 다른 사람 끌어들이지 말고 너 혼자만 희생하라는 분위기는 어느 조직에서나 똑같을 것 같다.

만약에 사건이 무마되고 잘 정리된다면 일등공신은 말할 것도 없이 제일 높은 사람의 은혜가 있었다는 후일담으로 당사자에게 주지시켜 그 무엇인가를 바라는 것도 사실이다.

모든 공직자가 다 그렇다는 뜻은 절대 아니다. 어떠한 문제되는 사안들이 발생할 때 내가 보고 듣고 느낀 사항들만의 이야기일 뿐이라는 점을 강조해 둔다.

L군수 시절이다.

결재를 위해 군수실을 찾아 순서를 기다리는데 바로 앞에 모직원이 서류를 보이며 설명하자 군수는 결재하려던 사인펜을 내려놓으며 "국가가 공무원들을 위해 이렇게 해주는데 고마움을 모르냐?"며 정말 나라를 사랑하는 애국자처럼 행동한다.

그 내용은 기억이 확실하지는 않지만 공무원들의 직책급 수당이 처음 계상된 것으로 하위직은 3만원인가 되고 군수는 그보다 훨씬 많은 금액이 아니었나 생각된다.

군수는 하위직들을 어떻게나 의심을 하는지 사인펜 끝을 뭉개서 아주 굵게 그리고 직원들이 비슷하게라도 가짜서류를 만들까 아주 복잡하게 결재란을 꽉 채울 만큼 서명이 요란하다.

때로는 기안지가 찢어질 때도 있어서 다시 기안해서 재결재를 받을 때도 있었다. 회계와 관련된 서류는 숫자 하나하나를 일일이 따지거나 첨부된 서류까지 확인하지만 돈과 관련되지 않은 서류는 대충 넘어가는 것이 관례이다.

임명직 군수 때는 꽤나 많은 판공비가 예산에 편성되어 있지만 각 실·

과·소별로 행사비를 예산에 편성해서 운영하는 것도 사실이다.

행사를 치루면서 식대나 기타 비용을 지출하면 군수 판공비에서도 똑같은 금액을 집행해서 이를 착복하는 경우가 허다하다.

이렇게 군수는 판공비를 쌈짓돈으로 생각하고 마음먹은 대로 쓰고 있는 것도 사실이었다.

한때 내무부나 도청에서 미운 털이 박힌 군수나 시장을 강제 퇴직시키려 한다면 처음에는 유연하게 권고사직을 종용하다 자진사퇴를 극구 반대한다면 감사과 조사계가 동원된다.

조사계 직원들은 회계업무는 귀신인 데다 비리를 찾아내는 데는 베테랑들이다. 감사 초기에는 이런 저런 문서를 중점으로 보는 척하다가 본격적으로 회계장부를 뒤지기 시작하면 군수와 관련된 예산의 지출만을 집중적으로 파고든다.

결론은 판공비를 감사하게 되면 자진사퇴가 아니라 파면을 면치 못하기 때문에 군수는 두 손 들고 항복하고 마는 것이다.

자기 부하들에게는 밥 한 끼 사지 않으면서 여타 기관에 가서는 전 직원들에게 점심을 사는가 하면 크고 작은 관내 행사에 경찰서장과 함께 참석하게 되면 군수는 화분과 '축 발전'이라는 봉투까지 서장 이름으로 만들어 건네주는 시대도 있었다.

어쩌다 결재를 받다 보면 인터폰으로 "경리계장! 삼백만 가져와" 하면 경리계장은 빳빳한 신권으로 두꺼운 흰 봉투에 넣어 가지고 온다. 군수는 지체없이 양복 안주머니에 넣고는 "다녀와서 얘기할게" 하지만 그 돈이 정말 판공비로 쓰여질까는 의문이다.

누구에게 얼마를 준다고 해도 양심을 속인다면 알 수가 없다. 군수가 얼마나 많은 돈을 착복하거나 횡령하는지는 몰라도 돈을 밝히는 군수들 대부분은 월례조회나 또 다른 장소에서 훈계를 할 때 보면 유독 청렴한 척하는 것이 눈에 보인다.

군수에게는 판공비 이외에 포괄사업비라는 예산도 있었다. 갑작스런 재난이나 주민들의 불편한 사항이 발생하면 바로 집행할 수 있는 예산이다.

주로 이 예산은 주민들이나 읍·면장들의 건의가 있을 시에 사업의 타당성을 검토하여 바로 집행하게 되는데 어떤 군수는 읍·면장에게 전화를 걸어 포괄사업비를 배정하면 10%를 상납하라고 했었다는 이야기도 전해진다.

L군수는 돈에 대한 욕심이 남달랐다는 소문도 있었지만 물건에 대한 욕심도 대단했다. 군민의 날 행사 때에 많은 축하 화분들이 접수되었는데 다른 곳으로 전근명령이 나자 관사에 있던 냉장고며 세탁기까지, 그리고 대형 화분까지 자기 집으로 싣고 가느라 몇 대의 대형트럭까지 동원했으니 이별의 아쉬움보다는 "저런 놈이 군수를 하니 대한민국이 썩었지" 하는 생각을 지울 수 없다는 직원들의 표정이다.

N군수 시절, 1990년도 초에 나는 새마을계장을 수행하고 있었는데 그때 새마을운동을 재점화시키기 위해 많은 예산을 투입하고 있었다.

매주 새마을 남녀 지도자와 함께하는 캠페인이나 교육과 각종대회로 이어졌다. 한 해 동안 두꺼운 사업지침서만 6권인가 되어 지역실정에 맞게 계획을 세우려면 거의 야근을 하지 않으면 업무를 추진할 수 없었다.

그러나 지원되는 예산은 풍족해서 행사 때마다 식사를 제공하고 참석자들에게는 적지만 생활에 필요한 선물까지 사주며 사람 모으기에 박차를 가했다. 오죽하면 새마을사업에 필요한 예산을 확보하기 위해 특별 추가경정 예산까지 책정해 가며 모든 행정력을 총동원하는 중점 사업으로 추진하고 있었다.

그런데 행사 때의 필요경비를 집행하면 군수는 판공비에서 지출한 척 2중 집행으로 빼돌려 개인주머니로 들어가는 것이다.

N군수는 내가 기억하고 있는 사실이 확실한지는 몰라도 어쩌면 우리 직

원들이나 군민들을 위해 판공비를 지출한 돈은 한 푼도 없었을 것으로 생각된다. 자기 고향이 이웃한 곳이어서 그 지역 주민들을 위해서만 쓰거나 개인주머니를 채우지 않았을까 하는 생각이다.

지자체장을 선출한다는 정보를 듣고는 그 지역에서 출마하기 위한 수단으로 보여졌다. 당시 군 위관장교 출신이었던 군수는 미운털이 박혔는지 경기도내 S군수와 함께 사퇴압박을 받은 것으로 알고 있다.

결국 S군수는 사직했다는 소식을 접했고, N군수는 조사계에서 판공비까지 감사를 받았지만 겨우 살아났다.

내가 아는 고급장교가 있었는데 사정을 이야기하였더니 직접 청와대로 전화를 걸어 선처를 부탁하는 것을 옆에서 보았는데 효과가 있었는지는 몰라도 도청에 D국장으로 전보되었다. 그런데 군에서 D국장 업무와 관련된 서류를 올리면 "해 주지 말라"는 지시가 있었다는 소식에 실망했다.

그는 퇴직 후에 이웃한 지역에서 시장으로 출마했으나 낙선하고 말았다.

여러 공직자를 대하다 보면 이 사람은 윗사람으로 모시는 게 편하고 어떤 사람은 아랫사람으로 두고 부려 먹기에는 정말 좋은 사람들이 있다.

무조건적인 충성파가 있는가 하면 업무는 아주 깔끔하게 처리하고 모든 것을 알아서 잘 한다고 해도 아부하지 않으면 아무리 잘 해도 대우받지 못하는 것도 공직사회의 단면이다.

K군수 때다.

군수는 윗사람이거나 자기가 필요로 하는 사람들에게는 더할 나위 없이 아주 잘 해 준다.

그러나 부하직원들에게는 호랑이다. 조금의 실수도 절대 용서가 없는 군주라고 표현하면 맞을 것 같다.

한때 이곳에서 내무과장으로 재직하다 이곳보다는 훨씬 규모가 큰 지역의 부군수로 갔다가 군수로 부임했고, 감사실장이었던 오모 씨는 부군수가 되어 함께 근무하게 됐다.

그런데 부군수를 이유도 없이 그렇게 미워한다. 군수는 결재 사인을 해도 윗사람보다 항상 작게 하고 꼭 초록색 사인펜만을 사용한다. 부군수는 나름대로 멋도 있고 성격도 화끈한 데가 있어 사인도 우리가 보기에는 멋지게 하는데 군수보다 크게 하기 때문에 욕을 먹는다.

부군수가 알고 있는지는 몰라도 결재를 받다 보면 군수는 대놓고 흉을 본다. 사인이 지렁이가 꿈틀거리는 것 같다는 등 왜 이렇게 크게 하느냐는 등으로 이유 없이 씹어댄다.

군수가 되면 부군수를 아주 못마땅하게 생각하는 경우가 대부분이다. 아마도 자기를 속속들이 잘 알고 있어서 잘 모르는 부군수를 원하고 있는 것도 같다. 대부분의 군수들은 취임한 지 얼마 되지 않아서는 도청에다 대고 부군수를 바꾸어 달라는 요청을 많이도 하는 것으로 알고 있다.

청사 내에 아스팔트로 만든 테니스 코트가 있었는데 관사 옆이라 군수는 매일 아침이면 운동을 하는데 하루는 테니스 코트 옆에 있는 무기고의 문이 열려 있었다. 방위병들이 무기를 손질하고 안쪽 문만 잠그고 바깥 문은 깜빡하고 그냥 닫아만 놓고 퇴근한 것이다.

무기고는 이중 철문이었는데 잠겨지지 않은 문이 바람에 열려 있었다. 이를 본 군수는 당직실로 오더니만 당직계장을 테니스 라켓으로 팬다.

"안쪽 문은 잠겨 있어서 별 문제는 없었다"고 보고를 해도 라켓으로 가슴을 밀고 툭툭 치면서 직원의 인격쯤이냐 자기 마음대로 해도 된다는 식으로 제멋대로 행동한다.

옆에서 보고 있는 나도 매를 맞을까 두려웠지만 확 밀쳐 버리고 "너나 잘해라" 하고 공직을 떠나고도 싶은 충동을 느낄 정도로 무시당하고 있었다.

'녹두'라는 별칭이 있었던 군수는 고양 군수로 전근했는데 그 당시 속설은 '고양'으로 가면 '고향'으로 간다는 말이 있었는데 정말 고향으로 떠나지는 않았지만 직을 내려놓았다.

전근해 가는 날이다.

나와 라켓에 맞던 계장은 3번국도 변에서 꽃길 가꾸기 사업을 하고 있었는데 군수차가 보이자 뒤로 돌아앉아서 못 본 척해 버리고 말았다.

분명한 것은 그 계장은 절대 그럴 사람이 아니었는데 얼마나 마음이 아프고 섭섭했으면 모른 척했을까 하고 이해해 본다.

용감한 Y군수 이야기다.

역대 군수 중에서 제일 씩씩하고 용감했던 군수로 기억하고 있다. 내무부에 근무하다 군수로 임명되면 경찰서장을 조금은 무시하는 경향이 있다.

내무부 산하에 경찰청이 속해 있어 상ㆍ하 관계이기 때문에 경찰의 총경이라도 그리 높게 대접해 주는 것 같지는 않은 것 같다.

그러나 군수로 임명되면 총경인 경찰서장을 가까이 하고 지역의 크고 작은 일들을 쉽게 처리하기 위해서는 때로는 상전 아닌 상전으로 모시는 경우가 관례처럼 되어 있다.

군청에서 추진하는 사업이나 군수의 동향을 보고하고 있기 때문이다.

만약에 잘 하는 일도 악의적인 의도로 첩보를 올리게 되면 상부에서는 무능한 사람으로 평가 받을 수 있어서 대부분의 군수들은 되도록이면 좋은 평가를 받기 위해 안간힘을 쓴다.

Y군수 때부터 행사시에 경찰서장에게 주는 화분과 촌지가 없어진 것으로 알고 있다.

군수의 지론은 이렇다. 서장도 판공비가 있는데 왜 군수가 부담해야 하는 것이냐는 것이다. 급기야는 모 다방에 마담이 꽤나 미인이었는데 군수와 서장의 쟁탈전이 벌어졌다. 물론 뒷얘기이지만 나로서는 진실을 알 수는 없으나 한참 동안 이런 저런 소문이 돌았다.

아무튼 군수의 일거수일투족을 정보과 형사들이 체크하거나 입소문이라도 좋지 않은 일이라면 서장에게 보고하여 첩보를 올린다는 소문이 나도는 것도 사실이었다.

이런 문제를 서장이 지시하지 않으면 그 누가 개인적인 뒷조사를 할 수 있다는 말인가. 서로가 상대의 정보를 얻으려고 직원들을 동원시키는 일까지 벌어진 것이다.

나도 군수실에 끌려 들어가니 "너는 경찰들과 친한 사람이 많은데 돌아가는 이야기를 하라"고 하여서 당시에 있었던 사건을 보고하기도 했었다.

그래도 Y군수는 다른 군수와 달리 판공비를 직원들에게 꽤나 많이 쓰는 것 같았다. 국회의원 선거 때에는 두 번이나 불려 들어가 "열심히 좀 하라"고 격려금까지 받았으니 말이다. 그리고 여당 국회의원 당선을 위해 직원들까지 동원해 가며 판공비도 아끼지 않고 써가며 정말 열심히 도와준 군수는 이 분이 유일하다.

대부분의 군수들은 말로는 돕는다고 하지만 실제로는 별로 나서지도 않고 더욱이 자기 판공비는 일전 한 푼도 쓰지 않는다. 그리고는 당선이 되면 마치 자기가 열심히 뛰었기 때문에 당선된 것처럼 뻥튀기를 하여서 영전을 부탁하는 경우도 있는 것 같다.

한 번은 K도지사가 헬기를 타고 이곳을 방문했는데 지역 현안을 청취하고 탑승하려 하자 "새로운 군수가 일할 수 있도록 예산 좀 지원해 달라"고 건의하였다.

도지사의 답변이 없자 헬기 탑승을 못하도록 가로막아 사업비를 배정 받은 사실도 있었기 때문에 그때부터 깡다구 좋은 군수로 명성이 자자했다.

Y군수는 국회의원 선거로 당선자의 칭송이 있었으나 서장과의 다툼이 중앙에까지 알려지면서 각각 다른 지역으로 전보되었다.

C군수가 나는 미웠다.

도청에서 계장으로 재직시 나와 관련된 업무를 담당했었기에 친분도 있었다.

더위가 기승을 부리는 한여름이면 물놀이 한 번 오시라고 청하면 도청직원들과 함께 이곳 강변에서 물놀이를 하면서 친목을 다지기도 하였기에 허심탄회한 대화까지도 나눌 수 있는 조금은 친근한 사이였다.

이렇게 나와의 친분이 있는 분이 군수로 취임하시는데 나로서는 반갑고 기쁜 마음도 사실이었다.

취임식이 끝나고 출입구에서 직원 한 사람씩 악수를 하며 인사를 나누는데 나의 차례. "새마을계장 장기현입니다" 했더니 눈을 크게 뜨면서 환한 미소로 나를 보신 군수님은 부둥켜안으며 "너 아직 사무관 안 됐어? 내가 시켜 줄게!" 하는 것이다.

주변에 있던 실·과·소장이나 과장, 계장들이 이를 지켜보았으니 얼마나 시기를 하였겠는가?

이 후 군수는 새마을 사업장을 확인하기 위하여 출장길에 오르면 수행원으로 따라가 사업장에 대한 추진상황을 보고하는 등으로 가까운 사이를 유지하고 있었다. 때로는 남자끼리니까 진한 농담도 주고받을 수 있었고 군내 현황과 지역의 현안사항이나 문제점을 별도로 보고하기도 하였다.

정기 인사 시기가 되자 C군수는 "모 계장으로 가라"고 하기에 "네 알겠습니다"라고 대답하고는 뒤돌아서면서 내심 기대하고 있었다.

며칠 후가 되자 나를 보면 반가워하고 웃음을 잃지 않던 군수가 신통치 않다는 눈치다.

어! 이상하다. 아니나 다를까, 누군가가 씹어대는 것이다.

일은 잘 하는데 뭐 사생활이 복잡하다는 등, 직원들에게 너무 고자세로 한다는 등 말도 안 되는 소리로 폄하하고 험담만을 보고한 것이다. 또 내가 가장 믿었고 정말 괜찮은 사람으로 생각했던 모 계장은 같은 부서에 근무하는 여직원 집에 전화를 걸어 내가 모텔에 들어가는 것을 보았다고 보고하게 하는 등 말도 안 되게 씹어댄 것이다.

그 전화는 녹음장치가 되어 있었는데 여직원 남편이 테이프를 나에게 주어 목소리를 들어보니 누구인지 바로 알 수 있었다.

지금까지 나는 그 테이프를 간직하고 언제인가는 사과를 하겠지 하고 기다리고 있지만 그 사람은 아마도 내가 이 사실을 알고 있다고는 꿈에도 생각하지 않을 것이다.

결국은 좌천의 인사 발표로 나는 쓴맛을 보고 말았다.

세월이 흘러 군수는 영전하여 다른 곳으로 전보되었다.

하루는 분주하게 업무를 처리하고 있는데 직원이 "전직 군수님이 찾으세요" 하기에 출입문을 쳐다보니 그의 옆모습이 보인다. 순간 갑자기 지난날이 생각나서 일부러 통화하지도 않는 수화기를 들고 "뭐라고? 잘 안 들려 크게 얘기해" 하면서 한참이나 시간을 끌었더니 그만 가버리고 말았다.

지금 생각하면 그래도 모시던 분인데 정말 죄송하다는 생각이 든다. 차라리 봐주지 않으려면 말이나 꺼내지 말던지, 아니면 취임식 날 다른 직원들 앞에서 큰 소리나 치지 않았다면 나와의 사이를 의심치 않아 인사를 앞두고 섭히지나 않았을 텐데 하는 아쉬움이 남는다.

K군수는 누가 봐도 정의롭고 목민관의 도리를 다하는 사람으로 알려져 있다. 뒷얘기로 들었지만 도청 과장으로 재직시 업자와의 뇌물사건으로 중앙정보부에 끌려가 혹독한 시련까지 겪으면서도 결단코 사실이 아님을 항거한 인물로도 유명하다.

정말 시대가 소명하는 청렴한 공직자상을 몸소 실천하고 모든 업무는 말 그대로 공명정대하고 합리적인 사고방식으로 군정을 이끈 분이다.

아마도 판공비를 남겨서 반납하는 군수는 이분 밖에 없었던 것으로 알고 있다. 공무수행을 위한 일 이외에는 개인적인 일에는 절대로 판공비를 쓰는 일도 없었거니와 더욱이 다른 군수처럼 현금으로 인출해 사용하는 일도 없었던 것으로 알려져 있다.

판공비가 모자란다며 추가로 예산을 확보하거나 각 실·과·소에 감추어 놓고 자기 마음대로 쌈짓돈 쓰듯이 써버리는 사람과는 달리 연말이면 판공비가 남아서 잔액을 반납까지 했으니 얼마나 양심적인 공직자이며 올바른 사람인가.

대부분의 다른 군수들은 아침 일찍 당직실에 전화를 걸어 신문을 가져오라고 하였으나 K군수는 추운 겨울에도 두터운 점퍼를 걸치고는 정문까지 걸어 나와 중앙지와 지방지 등 조간신문을 옆구리에 끼고 관사로 들어간다.

이러한 모습 한 가지만을 보더라도 그의 인격이나 공직자로서의 윤리를 철저하게 실천하고 있기에 뇌물을 받는다든가 비리 공직자로는 아무도 의심치 않았다.

하위직들은 요즘 세상에 이렇게 올곧고 바른 사람이 있다는 게 오히려 이상하다고 생각할 정도였으니 말이다.

그러나 곧게 자란 나무가 먼저 베여진다는 속담이 있듯이 조금은 이상한 사건으로 공직을 떠났기에 많은 직원들은 무척이나 아쉬워하며 그를 존경하고 있다.

재판이 진행되는 동안 공판을 앞두고 도움을 요청하는 전화를 받았으나 도움을 드리지 못해 죄송하다는 말밖에 할 수 없었다.

그러나 그분의 시대정신과 바른 공직생활은 모든 공직자들의 귀감이 아닐까 하는 생각은 지금도 뇌리에서 떠나지 않고 있다.

2부

담배 이야기

민족의 정서적으로도 후덕한 우리나라 사람들의 인심에 있어 담배와 술만큼 가장 후한 인심은 없다고 보여진다.

담배를 피우는 사람끼리는 "담배 없어? 야! 하나 줘!" 하면 친구나 가까운 사이에서는 지극히 당연한 것처럼 담배를 주고 때로는 불까지 붙여준다.

또 술을 좋아하고 즐기는 사람들은 생면부지의 초면이라도 "한 잔 하시죠" 하며 서로가 술잔을 주거니 받거니 하면서 아주 짧은 시간 내에 친한 사이로 인연을 맺기도 한다.

담뱃값을 정확히 계산하면 보통 한 갑에 4500원으로 한 개비당 225원 꼴인데 만약 현금을 달라고 한다면 주는 사람은 거의 없을 것이다. 이토록 담배에 관한 인심은 매우 후한데 보통 사람들에게는 훈훈한 정(情)이 담긴 인사이기도 하다.

흡연을 시작하는 동기는 보통 호기심에서, 또는 학창시절에 무언가 남들에게 내보이고 싶은 영웅심에서 비롯되기도 하지만 대부분의 사람들에게 있어 금연이냐 흡연이냐의 갈림길은 주변 환경에 따라 좌우된다고 하겠다.

이런 상황에서 흡연은 무조건 나쁜 것이라고 강조하기보다는 논리적인 홍보나 경험을 바탕으로 한 설득력 있는 대화를 통해 금연의 중요성을 강조하는 것이 필요할 것 같다.

고등학교 시절에는 반에서 소위 어깨에 힘을 주는 친구들이 일찌감치 담배를 배우고서는 '선생님들 나 잡아 보슈' 하며 객기를 부리기도 한다. 그러나 담배를 피우는 학생들은 한 번쯤은 선생님께 걸려 교무실로 끌려가 반성문도 쓰고 때로는 엎드려 엉덩이를 맞거나 사정없이 싸대기를 맞기도 한다. 때로는 학부형을 부르기도 하고, 정도가 심하다 싶을 때는 정학처분을 내려 게시판에 이름이 오르기도 하지만 아이러니컬하게도 담배 피다 걸려 정학처분을 받았다면 때로는 영웅이 되기도 한다.

그런데 흡연을 금기시하는 기독교 재단의 학교에서는 퇴학처분도 불사한다고 들은 바 있다. 한 친구가 서울에 있는 모 고등학교에 다닐 때 담배꽁초를 영어책 갈피에 넣었다가 선생님이 "누구 몇 페이지 읽어봐" 해서 책을 들다가 꽁초가 떨어져 퇴학처분을 받고 전학온 사실로 보아 학교마다 처벌 기준이 조금씩은 달랐던 것 같다.

나는 지금도 그 백해무익(百害無益)하다는 담배를 '왜 배웠고, 왜 아직도 피우고 있을까'에 대하여 종종 깊은 상념에 잠긴다.

고등학교 시절에 밴드부 학생들은 거의가 담배를 피웠지만 처벌 받은 학생은 거의 없을 정도로 학교 당국으로부터 매우 관대한 대접을 받았다. 사실 연주를 끝내고 한 모금 빨아대는 담배가 가슴을 후련하게 한다는 속설이 있었기 때문일 것이다.

나는 밴드부장을 하면서도 학창시절에는 담배를 피우지 않았다. 담배를 피우는 부원들에게 핀잔을 줄 때는 있었지만 어린 것들이 몰래 피우는 모습이 귀엽기도 해서 그냥 모르는 체하였다. 오히려 방과 후 합주를 하다 쉬는 시간이면 으레 부원들이 담배를 피우는데 지도 선생님이 오실까 염려되어 가끔은 망을 보기도 하였다. 어쩌다 예고 없이 지도 선생님이 오시면 재빠르게 지휘봉을 들어 바로 연주에 들어가는 임기응변으로 흡연이 발각되는

위기를 넘기기도 하였다.

한 친구는 미국 담배인 '샐렘(Salem)'이라는 담배만 피워 별명이 'Salem'이다. 지금도 어쩌다 만나면 "야! 샐렘" 하고 부르기도 하는데 아무런 거부감 없이 웃으며 대답한다. 갑자기 이름이 생각나지 않을 때는 으레 별명을 부르는데 어김없이 "응!" 하고 대답한다.

대학교 1학년 때의 일이다.

여느 날처럼 책가방을 들고 등교하는데 벤치에 앉아있는 동기생들이 담배를 피우며 "야! 너도 담배 한대 쪼고 가" 하는 것이다. "나 담배 안 피워" 하고는 강의실로 가는데 자기들끼리 어이없어 하며 비아냥조의 말투로 "연극영화과 다니는 놈이 담배도 못 피우는 놈이 있어?" 하며 내 뒤통수에다 대고 들어보라는 식으로 큰소리를 치는 것이 아닌가. 그들이 나를 마치 희귀종으로 보는 것 같아 기분이 영 좋지 않았다.

그날 저녁 집에 돌아와 학교에서 있었던 일을 생각하니 왠지 기분이 점점 더 나빠진다. 담배를 안 피우면 바보처럼 보이나 싶어 새삼 곰곰히 고민을 하게 됐다. 그 때는 '아리랑'이나 '청자' 등이 최고급 담배였는데 학생들은 대부분 주머니 사정이 좋지 않아 한 갑이 아닌 개비 담배를 사서 피우던 시절이다.

도로변이나 버스정류장에 있는 노점상들은 담뱃갑을 뜯어놓고 한 개비씩 낱개로 판매하고 있었는데 학생들은 하루에 보통 4~5개비씩 사서 부러지거나 터질까 염려하며 윗도리 주머니 속 깊숙이 넣어두거나 종이로 둘둘 말아 책가방 깊숙이에 신주단지 모시듯 소중하게 모셔두곤 했다.

1960년대에는 정부가 흡연을 권장하지 않았는데도 언론 매체나 길거리에서 담배 광고가 홍수를 이뤄 간접적으로 충동구매를 조장하고 있을 때였다. 지금처럼 금연구역도 없었거니와 실내에서는 물론, 버스나 기차 안에서도 마음대로 담배를 피우고, 또 각종 회의 중에도 담배를 피우는 것이 용납되던 시절이었다.

정부 예산 또한 담배 판매로 인한 세금 수입이 높은 비율을 차지하고 있었기에 지금처럼 국민들의 건강을 위해 금연구역 지정이나 '담배를 피우면 해롭다'는 공익광고나 캠페인 등은 상상조차 할 수 없는 분위기였다.

더욱이 국산이 아닌 외제 담배는 경찰들의 단속이 심해 일부 끗발 좋은 사람 아니면 피울 생각조차 못했고, 전국 어디에서도 외국산 담배를 판매하는 상점은 볼 수 없었던 것으로 알고 있다.

그 시절 보통의 대학들은 강의실을 포함한 건물 안에서는 금연이고 밖에서는 담배를 피워도 되는 규정이 있었던 것으로 기억된다. 하지만 나이 어릴 때라 때론 반항심이나 영웅심으로 강의실에서도 담배를 피울 때도 있었다. 어느 쉬는 시간에 동기 친구가 강의실에서 담배를 피우자 "야! 나가서 피워" 하며 여러 친구들이 소리치며 킬킬대자 그 친구는 담배 잡은 손을 창문 밖으로 내밀며 "나는 밖에서 피우는 거야" 하며 함께 웃었던 기억이 난다.

또 이와 함께 이름도 모르고 얼굴도 기억나지 않는 어느 여학생이 친구의 담배꽁초로 인해 겪은 큰 아픔을 되새겨 본다.

이날도 담배를 피우던 친구는 엄지와 중지 사이에 꽁초를 끼우고는 창밖으로 힘껏 튕겼는데 하필이면 그놈의 꽁초가 건물 아래 화단 벤치에 앉아 있던 여학생의 목덜미 속으로 들어가고 만 것이다.

순간적으로 그 여학생은 어쩔 줄 몰라 하며 심하게 몸부림을 쳤는데 그 모습을 바라본 친구는 그만 사색이 되어 외마디를 지르는 긴박한 상황이 벌어졌지만 뾰족한 대책이 없었다. 친구 놈이 뛰어 내려갔지만 등속으로 들어간 담배꽁초를 꺼내려 여학생의 옷을 들출 수도 없고 벗길 수도 없는 진퇴양난의 상황이 벌어진 것이다.

그 시대에는 여학생이 대중 앞에서 옷을 벗어 속살을 보인다는 것은 상상도 할 수 없었고, 어쩌다 허리 살이라도 조금 보이면 세간에 화제가 되던 터라 아무리 뜨겁고 아파도 옷은 벗지 못하는 상황이다. 여학생은 몸을 좌우로 움직이며 꺼 보려 애썼지만 그렇게 쉽게 꺼지지 않는 것이 담배꽁초인지라 그저 고통스런 몸부림만 반복하고 있을 뿐이었다.

얼마의 시간이 지났을까, 담뱃불이 꺼지긴 한 것 같은데 얼마나 뜨겁고 아팠는지 그 여학생은 머리를 푹 숙인 채 두 손으로 얼굴을 감싸쥐고는 한참 동안이나 흐느끼며 몸부림치던 모습이 지금도 생생하다. 비록 얼굴이나 이름은 기억나지 않지만 아마도 그 여학생은 일생동안 지울 수 없는 화상과 마음의 상처를 안고 살아가고 있을 것이라 생각하니, 수십 년이 지난 지금 생각해도 정말로 미안하고 용서받지 못할 가슴 아픈 담뱃불 사건으로 기억하게 된다.

군에 입대하여 추운 겨울에 논산훈련소에서 비지땀을 흘려가며 혹독한 훈련을 받고 있을 때다.

3일에 한 갑씩 '화랑' 담배를 지급받는데 조교가 "담배 보급은 얼마나 주나?" 하면 "네 훈병 홍길동 하루 7개비 7개비 6개비, 3일에 한 갑입니다!" 대답하라고 철저하게 교육시킨다.

그때까지만 해도 담배를 피우지 않던 나로서는 한 갑 두 갑 모아두었다 주변 전우들이 달라고 하면 주기도 하고 흡연량이 많아 꽁초를 주워 피우는 전우들에게 한 갑이라도 챙겨 두었다가 건네주면 고맙다는 인사가 보통을 넘어 거의 아부의 수준으로 나를 대한다.

훈련이 끝나고 1군사령부에 배속되었는데 그곳에서도 담배 보급량은 같았다. 주변 전우들은 대부분 담배를 피워 가끔 고참들이 나에게 못 피운다는 핀잔을 줄 때도 있었기에 피우는 척이라도 해야지, 하고 한 모금 빨았더니 '콜록콜록' 기침에다 눈물까지 나온다. 갑자기 머리가 띵해지고 부풀어 오르는 것 같은 느낌이 들기도 하고 연기가 몸속으로 들어오니 가슴이 막히고 답답하여 '이걸 왜 피우나' 다짐하고, 그 후 혼자서는 절대로 피우지 않았다.

어쩌다 한 번 고참이나 동기들이 담배를 주면 차마 못 피운다는 말을 하지 못해 조금씩 살짝 빨아서 연기를 입 안에 담았다가 내뿜는 일명 '뻐끔담배'로 피우는 시늉만 했었다.

그런데 베트남전에 참전하면서 마음이 달라졌다. 국내에서는 구경조차 하기 힘든 미제 담배가 지급되는 것이었다. 말보로(Marlboro), 윈스턴(Winston), 켄트(Kent), 카멜(Camel), 럭키 스트라이크(Lucky Strike) 등 색상과 디자인도 화려할 뿐 아니라 종류도 다양하고 특히 팔뚝소매를 접어 올려 그곳에 담배를 넣고 다니는 장교들이나 하사관의 폼들도 멋있어 보였다.

그때 나는 처음 본 미제 담배를 남 주기가 아까워 조금씩 피우기 시작하여 지금까지 40여 년을 피우고 있는데 젊어서는 하루에 반 갑 정도 피우다 아내를 저세상으로 보낸 이후 요즈음은 하루에 한 갑씩을 피우고 있다.

결코 담배는 건강에 좋지 않다는데 피우고 있으니 사람들은 나를 보고 한심하다고 말할 수 있을 것이다. 그러나 술을 전혀 못하는 나로서는 외로움을 달래고 때로는 스트레스를 해소한다는 명분을 앞세워 계속 피우고 있는데 나 스스로가 한심하고 바보스럽기까지 하다.

담배! 피우면 입에서 냄새나고 주머니도 지저분하고 돈까지 버리는 일을 왜 계속 하는지 모르겠다.

청운의 꿈을 안고 살아가는 청소년들에게 꼭 해야 할 말이 있다면, '담배는 피우는 것보다 안 피우는 것이 훨씬 좋으니 아예 배우지 말라'고 부탁하고 싶다.

그리고 '선생님들이나 어른들이 하시는 말씀은 인생을 살아가는 데 약이 되면 되었지 결코 독이 되지 않는다'는 말을 전하고 싶다.

이젠 정말 나도 금연을 실천해야 하겠다. 이런 저런 눈치 보기 싫어서도 말이다.

화투(花鬪) 이야기

화투는 구한말 일본인들이 우리나라를 자주 드나들면서 퍼지기 시작하여 일제강점기에는 식민사관을 잊게라도 하듯이 화투놀이를 장려했다고 한다.

일본인들이 포르투갈 무역상들이 가지고 노는 '카르타(carta)'라는 딱지놀이를 보고 본떠 만든 것으로 일본에서는 '하나후다(花札)'로 꽃패라는 뜻으로 불리우고 있다.

그런데 왜 우리나라에는 꽃패로 전해지지 않고 화투라는 말로 전해졌는지 모르겠다. 하필이면 꽃화(花)에 다툴투(鬪)자를 써서 꽃싸움이라는 뜻으로 전해져서인지, 화투치다가 생긴 싸움으로 인해 감정도 상하고 또 살인사건까지 생겼다는 뉴스를 본 적이 있다.

지난 1970년대 초중반부터 독버섯처럼 유행한 '고스톱'은 우리나라 성년들이면 거의 못 치는 사람이 없을 만큼 번져 있고 이로 인한 폐해도 적지 않은 것으로 알고 있다.

삼삼오오 모이기만 하면 섞고 돌리고 광(光) 팔고 치고, 돈이 오고 가고 그리고는 가끔은 고성이 오고 가는 싸움판이 벌어지니 즐기기보다는 다툼이 많은 것도 사실이다.

과거 새마을운동이 요원의 불길처럼 훨훨 타오를 때 말려도 보고 단속도 해 보고, 화투만 보이면 불까지 태워 보았지만 '고스톱병' 은 지금까지 이어져 오고 있다.

현재도 부동산 사무실이나 마을회관, 경로당 등 어디를 가도 장소를 가리지 않고 젊은 사람에서 노년층까지 '고스톱' 에 열을 올리는 사람들은 무진장 많아 보인다. 아마도 우리나라에 마을별로 있는 경로당에 가 보면 '고스톱' 을 치지 않는 곳은 거의 없을 것 같다. 어디를 가도 화투놀이를 하지 않는 곳은 보지 못했으니 말이다.

지난 1970년대 말께 일이다.

면 직원으로 재직 중에 나는 '고스톱' 을 배웠는데 그때는 직원들 중 반 정도만 알고 있었고, 너나 할 것 없이 모두가 '고스톱' 을 치며 좋아할 때는 아니었다. 숙직날 저녁 몇몇이 모여 '고스톱' 을 치기 시작하였는데 밤 11시쯤 됐을 때 파출소 K순경이 찾아와서는 함께 어울리게 되었다.

자정이 조금 넘어서다. 모두가 정신없이 놀이에 열중하고 있을 때였다.

"야! 청단이야" "못 먹어도 고!" "원고다" 하며 사무실에 도둑놈이 들어와도 까맣게 모를 정도로 열중하고 있었기에 주변의 신경은 완전히 'OFF' 된 상태였다.

그런데 갑자기 창문에서 "뭣들 하는 거야?" 큰 소리가 들리기에 쳐다보니 파출소장이 숙직실 창문에서 화가 난 모습으로 쳐다보고 있었다. 당황한 우리들은 화투장도 감추지 못하고 조그맣게 "라면내기 칩니다" 하고는 궁색한 변명을 늘어놓았지만 믿을 사람도 아니고 믿고 있지도 않았다.

화투장이 나뒹굴고 담요 위에 각자의 현금까지 정리되어 있었는데 변명이 통할 리 없었다. 한참을 훈계하더니 K순경에게 "임마! 파출소를 비워놓고 화투를 쳐?" 그리고는 데리고 갔다.

그러자 우리들은 더하자 그만하자, 하다가 '전쟁통에도 포 떨어진 자리에는 포가 안 떨어져' 하는 말을 믿고 다시 치기 시작했다.

그때만 해도 한 번 걸리면 파출소로 끌려가 개망신을 당하기 일쑤였고 당하지 않으려면 이빽 저빽 동원하고 한 다리 건너 인맥을 동원해서 겨우 빠져 나올 때였다.

더욱이 공무원 신분으로 걸린다면 망신뿐만 아니라, 안면 접고 검찰로 넘기면 공직생활도 위태로울 때라 사실은 겁도 난다.

1시간쯤인가 지나서다. 우리끼리 희죽희죽거리며 판이 계속되고 있는데 K순경이 다시 왔다. 돈을 잃었으니 더해야 한단다. 그런데 파출소가 비어서 여기서는 곤란하니 파출소로 가자고 한다. 면사무소는 한 사람만 있으면 되니 가자고 졸라댄다. 가니 못가니 하다가 결국은 파출소 2층 방에 자리를 잡고 다시 판을 벌렸다.

새벽 5시쯤 동녘이 훤히 밝아 오면서 졸립기도 하고 입안에서 단내도 나고 돈마저 귀찮은 시간이 되어서야 끝이 났다.

오전 9시에는 그래도 특이한 사항 없었다는 당직일지를 부면장 결재를 받아놓고는 늘어지게 한잠을 잔 뒤 오후에 출근하니 동료직원들이 소곤소곤하며 말들이 오가고 어젯밤에 있었던 사건을 되뇌이며 웃음을 참지 못하는 분위기다.

'고스톱판' 을 벌리기에 좋은 곳은 말할 것도 없이 당직실이다.

당직원은 6명으로 당직과장과 계장, 그리고 직원이 4명으로 당직과장실은 별도로 있지는 않지만 쉬기 편한 곳을 골라 자리 잡고 계장과 직원은 함께하며 매시간 코스를 따라 순찰을 하게 된다.

'고스톱' 을 좋아하는 직원이 당직을 서게 되면 죽이 맞는 사람끼리 대직을 하는 등으로 멤버를 맞춰 그날 밤은 날밤을 새기로 작정하고 시작한다.

당직실은 정문에 위치하여 밖을 주시할 수 있는 곳에서 1명이 근무하고 다른 직원은 방에서 잠을 자다 시간계획에 의하여 교대로 근무하는 것이 보통이다.

그러나 한판 붙기로 작정하고 모인 멤버들인데 근무수칙대로 하겠는가?

오후 6시 당직근무보고를 마친 뒤 우선 교대로 저녁 식사를 하고는 옹기종기 모여 판에 대한 규정을 만든다.

그때만 해도 구국진 열끗과 빨간 똥피, 비피는 피가 2장이니 하고 정해야지 그렇지 않으면 종종 다투는 일이 생기기 때문에 꼭 사전에 정해야만 뒤탈이 없었다. 그리고 뻑이나 광박과 피박도 없던 때였다.

밤 10시쯤이면 야근하는 직원도 거의 없고 오직 당직실인 정문만이 까아만 밤을 비추는 백열등 전구가 주위를 밝히고 있다.

당직원 중에 나이도 어리고 직급이 낮은 직원에게 2만원을 걷어 주고는 밤샘보초를 세우고 방문을 걸어 잠그고는 판을 벌인다.

그리고 당부하는 것은 혹시 높은 사람이나 경찰 등이 오게 되면 문을 두드리고 교대시간이라고 크게 말하라고 교육을 시킨다.

그래야 시간을 벌어 잠자는 척하고 아무 일없이 당직근무 잘하고 있다는 것을 보여주어야 하고 안심하고 판에 열중할 수 있기 때문이다.

판을 벌리는 장소는 아마도 관공서의 당직실만큼 편안하고 안전한 곳은 없을 것 같다. 보초를 세워두고 판을 벌리니 말이다.

오전 9시 당직보고를 마치고는 약방에 들러 피로회복에 좋다는 '우루사' 한 알에 '원비' 한 병 마시면, 돈을 잃은 날은 피곤하지만 따는 날은 피로도 느끼지 못한다.

그리고 밤샘 판을 벌리고도 나름대로 그에 따른 명분도 있다.

당직을 하면 다음날 반나절을 쉬기 때문에 집에 가서도 꼬박 밤을 새며 열심히 근무했다는 핑계로 늘어지게 한잠 자고 오후에 출근하면 되는 그 누구도 말 못하는 당연한 근무 일정이기 때문이다.

죽이 맞고 경우에 밝은 사람끼리 판을 벌리면 기분도 좋고 시간 때우기도 제격이지만 가끔이나마 다툼이 생기면 순리에 밝은 사람이 판정도 해 준다.

이런 경우 '당신이 독박이다' 하고 저런 경우는 '독박이 아니라 어쩔 수 없다' 는 등….

'고스톱판' 도 세월이 흐르면서 짜고 치지 못하도록 '쇼당' (일본어)이라는 것이 나왔는데 '헛판' 또는 '게임끝' 이라는 의미를 가졌는데 그저 뜻도 모르고 사용했었지만 우리말로는 '협의' 나 '상담' 으로 해석된다.

그리고 친구끼리 "야! 고도리 한 판 하자" 하는데 '고도리' 는 일본어로 '다섯 마리의 새(五鳥)' 라는 말로 팔 열끗에 세 마리, 이매조 열끗에 한 마리, 사흑싸리 열끗에 한 마리를 모으면 보통 5점을 따는 것을 의미한다.

경찰서 수사과장과 형님 동생하며 지내던 때의 일이다.

동네 조그만 목욕탕에서 가끔이나마 마주치며 마음 속으로 '누구지?' 하는데 눈매가 날카롭고 아래 위로 훑어보는 인상이 그리 좋지는 않았다.

어느 날 후배와 함께 '스탠드 바' 에 갔었는데 우연히 동석하게 되어 정식으로 인사를 나누니 수사과장이란다. 솔직히 일반 공무원으로서는 경찰은 '불가원 불가근' (不可遠不可近)이라 하여 멀리도 가까이도 하지 말라는 윗사람들의 충고도 많았다. 그리고 수사과장이라면 웬지 주눅이 들고 상대하기 어려운 것도 사실이다.

인구가 밀집한 도심이면 몰라도 시골에서는 경찰들이 많이 다니는 식당이나 유흥업소 등에는 일반 공무원들은 마주치기 싫어서 되도록이면 그곳에는 가지 않는다.

사실 경찰들이 아쉬울 때는 같은 내무부 산하 공직자들인데 잘해 보자는 식이고 조금의 잘못이 있다면 안면 접는 일이 허다하기 때문이다.

그리고 국립경찰이라는 자부심 때문인지는 몰라도 경찰서 계장급은 일반직 과장급과 어울리고 정보과 직원들도 일반직 하위직과는 개인적으로 친하면 몰라도 가까이 하지 않는다.

하여튼 수사과장과 인사를 하고 난 후 가끔이나마 식사나 차 한잔을 하면서 차차 '형님 동생' 하는 사이가 됐다.

"오늘 저녁 뭐해?" 하고 전화가 오면 "별 약속이 없는데요"라고 답하는데, '나 오늘 당직이야' 하면 간식거리나 사가지고 당직실로 오라는 소리다.

밤 9시쯤에 경찰서 당직실로 가면 벌써 판이 벌어져 있다.

서너 명이 쪼그리고 앉아 패를 돌리고 맥주잔이 오고 가고 처음에는 화기애애한 분위기로 시작된다.

그런데 과장 옆에는 항상 전경이 앉아서 기다리다 과장이 선일 때는 화투를 섞고 패를 돌린 다음 7장의 화투를 과장에게 주어야 판이 돌아간다.

뒷이야기는 이렇다. 순경인가 경장 시절 그가 근무하던 파출소에 간첩이 들어와 권총을 발사하는 상황에서 몸싸움을 하다가 실탄이 오른손 중앙을 관통하는 부상을 당한 이후, 글씨도 제대로 쓰지 못하고 화투마저도 섞기 어렵고 돌리기도 불편해 화투판에는 항상 전경이 도우미로 등장한다는 것이다.

그 간첩사건 때문에 특진으로 경위까지 승진하기는 했어도 퇴직 때까지 더 이상은 진급하지 못한 것으로 알고 있다.

경찰서 당직실에서 화투를 치면 우선은 불편하다. 돈을 딸 수도 없고 그렇다고 잃을 수도 없으니 말이다. 몇 푼이라도 따게 되면 수사과장 왈, "군청 직원들은 매일 화투만 치나" 하면서 머리가 좋다는 등으로 비아냥거리는 통에 어떻게 해야 하나 꽤나 고민하게 된다.

전경에게 야식거리라도 좀 사오라고 돈을 주면 그때는 바로 말이 달라진다. 역시 군청 직원들은 멋있고 '매너'도 좋아 모든 게 한 수 위라며 칭찬 일색으로 바뀐다.

가끔이나마 지난 세월을 되돌려 보면 웃지도 못하고 화를 낼 일만은 아닌 것 같다. 지금은 다들 퇴직했거나 혹은 저세상 사람이 되기도 했지만 추억이라고 하기에는 공직자로서의 본분을 다하지 못한 것으로 생각되기에 조금은 양심의 가책을 느끼게 된다.

예비군 훈련을 받을 때의 일이다.

남자들은 예비군복을 입으면 왜들 그렇게 용감해지고 반항심이 증폭되는지 알 수가 없다. 아마도 군대생활을 할 때 억눌렸던 감정을 표출하지 못하고 잠재된 상태로 제대하였기 때문으로 생각되기도 한다. 무언가 절제되고 절도 있는 생활 속에서 가슴 속에 응어리가 풀리지 않은 채 사회생활을 하다가 군복을 입게 되면 이등병 시절은 생각하지 않고 고참 병장 때 하던 버릇이 남아있어서 그렇기도 한 것 같다.

하지만 예비군복을 입고 훈련하는 사람들은 거의가 병장 출신이니 그다지 잴 것도 없는데 마치 자기가 왕고참인 것처럼 큰소리 치고 씩씩거리며 자기만이 군대사회에선 짱이라고 생각되나 보다.

소집명령을 받고 군부대로 입소해서 훈련이 시작되면 오후에는 가족계획 담당자가 와서는 정관수술을 하면 훈련도 면제해 주고 먹을거리도 제공한다고 홍보를 한다.

몇몇 죽이 맞는 동료직원들은 서로가 눈치껏 신호를 보내면 각자 왼손을 번쩍 들고 나간다.

보건소 차를 타고 훈련장을 빠져 나오면 바로 여관으로 들어가 판을 벌린다. 막말로 허가 받은 외박에다 밤샘 '고스톱판'을 벌이는 즐거움이 시작되는 것이다.

저녁 7시쯤에서야 "주인 아줌마! 짜장면 두 그릇에 짬뽕 하나 시켜주세요" 하고는 식당에 가는 시간까지도 절약해 가며 판에 몰두하는 것이다.

잠시 후 허둥지둥 몇 분 안에 후르륵거리며 한 그릇을 후딱 비우고는 다시 판이 시작된다.

'야! 광 팔아.' '못 먹어도 고!' '쇼당이야! 받아? 안 받아?' 등 이웃집에 불이 나도 모를 무아지경에 빠지며 오직 판에만 몰두하고 희희덕거리다 날이 바뀌고 새아침의 먼동이 튼다. 아침 8시나 돼서야 판을 끝내고 씻고 닦고 하고는 식당을 찾아 아침을 해결한다.

훈련장에 들어갈 때는 정관수술을 해서 아픈 것처럼 양발을 벌리고 불편한 것처럼 어기적거리며 이맛살을 찌푸리며 엄살을 부리며 들어간다.

집합소리에도 계속 어기적거리며 조교에게 어제 정관수술을 받아 훈련을 받을 수 없다고 하면 그늘에 가서 쉬라고 한다. 나무 그늘에 누워 한잠을 자고 나면 점심시간이고 또 한잠을 자고나면 훈련은 끝이 난다.

아마도 '고스톱' 멤버들은 정관수술을 7~8회 정도 가짜 수술을 한 것으로 기억된다.

보건소 여직원 왈 "갈 때마다 다음번에는 안 된다"고 하지만 예비군 훈련을 할 때마다 또 해 주고 또 해 준다, 정관수술확인서를….

추억이라고 하기에는 욕먹을 짓거리를 했지만 그 시절 그때는 누구 빽을 믿고 까불고 깔깔거렸는지 모를 일이다. 지금 생각하면 무조건 잘못된 일이기에 미안하고 송구스러운 마음뿐이다.

화투의 종주국인 일본에는 막상 화투가 없다는 말을 들었다.

당시 떠도는 말에는 우리나라가 산업화 정책으로 눈부신 경제발전을 거듭하고 있어 일본 사람들이 '고스톱'을 만들어 산업역군의 발목을 잡는 방법으로 전파했다는 설도 있으나 어디에서도 이 사실을 증명할 만한 단서는 확인하지 못했다.

아무튼 '고스톱'은 다툼이 많기도 하고 도박으로 생각되기도 한다.

우리나라 사람들의 소일거리나 오락으로 자리 잡은 것도 사실이지만 화투가 일본 것이라는 사실에는 마음 한구석이 왠지 허전하고 쓸쓸한 심정은 지울 수가 없다.

논산훈련소

모든 일은 때려서 해결한다

지난 1967년 12월 28일 오후 2시께 추운 겨울 날씨임에도 국방의 의무를 다하기 위해 입대라는 긴장 속에 논산훈련소로 가기 위해 의정부 중앙초등학교에 수백 명의 장정들이 모였다.

옹기종기 모여 각자 떠들어대니 마치 난장판을 방불케 하지만 이들을 통제하고 정리하는 데는 기가 막히다. 누군가가 "모두 모여 주세요" 하니 그저 느릿한 걸음걸이로 와서는 그들 마음대로 아무렇게나 줄을 선다.

그리고 현역병이 앞에 버티고 서더니 "앉아! 일어서!"를 반복한다.

조금은 통제가 안 되는가 싶더니 "이 새끼! 저 새끼!" 해가며 갖은 욕설을 퍼붓는다. 욕 몇 마디를 듣고 나서는 "좌우로 정렬!" 하는 말 한 마디에 수백 명이 일사불란하게 움직이며 오(伍)와 열(列)이 바둑판처럼 정리된다.

징집점검 현역병은 입대할 때 필요한 서류를 보며 이름을 불러댄다.

"네!" 하고 뛰어나가면 장정이 나오는 것과 관계없이 인적사항이 적힌 서류를 공중으로 날려 보낸다. 장정들은 빨리 주워서 서 있던 자리로 돌아와 부동자세로 원위치에 선다.

본인이 입대했는지 개인별 신상을 확인하고는 저녁 무렵이 되자 의정부역에 대기하고 있던 기차에 몸을 실었다.

기차는 얼마나 길게 늘어져 있는지 끝이 잘 보이지 않을 정도다.

내가 탄 칸은 100여 명이 조금 넘는 것 같아 보였는데 앞에는 인천병력 약 30명 정도가 앉고 그 뒤로는 우리 동네 선·후배 장정이 함께 승차하였기에 그리 낯설지는 않았다.

겨울철 해가 짧아서인지 역 주변은 벌써 땅거미가 깔리기 시작한다.

기차는 긴 기적소리를 울리더니 천천히 출발한다. 어둠이 깔린 차창 밖은 가끔이나마 희미한 가로등 불빛만이 외롭게 비추고 달리는 기차는 어느 곳을 지나가는지조차 모르는 채 차가운 밤공기만을 가르며 달리고 있다.

동쪽이 어디고 남쪽이 어딘지도 모르면서 증기기관차의 칙칙폭폭 소리는 쉬지 않고 귓가에 맴돌고 있지만 입대라는 압박감에 긴장감은 가슴만이 아닌 내 몸 전체를 덮고 있다. 우리 지역 장정들은 말을 해도 소곤소곤 하는데도 앞에 탄 인천 장정들은 술을 마셨는지 큰소리로 떠들다가는 또 희희덕거리는데 그 웃음소리가 주변 장정들의 눈살을 찌푸리게 한다.

아니나 다를까. 잠시 후 와장창 유리창 깨지는 소리가 날카롭게 들린다. 그리고 호송병이 달려오더니 차려 자세를 시켜놓고 패기 시작하는데 실로 엄청나게 팬다.

때릴 때 움직이면 움직인다고 패고 가만히 서 있으면 오른발을 뒤로 걸고 가슴을 밀어 뒤로 발라당 자빠뜨린다. 그러더니 늦게 일어난다고 또 패고 하여튼 때리는 것도 기가 막힐 정도로 정확하게 싸대기만을 골라 때린다.

한참을 맞으니 얼굴이 부어오르고 입가에서는 피까지 흐르니 우리들은 막말로 쫄 수밖에 없었다. 호송병이 "허리를 펴고 두 주먹을 가볍게 쥐어 허벅지에 가지런히 올려놓은 자세로 입 다물고 가라"고 하니 열차 안이 쥐 죽은 듯 조용해진다.

그때부터는 혹시 매를 맞지나 않을까 두려워서 시키는 대로 꼼짝하지 못하는 긴장의 연속이다. 시간은 자정을 넘어 새벽에 열차에서 내리니 하얗게 눈 내린 벌판과 멀리 희미한 전등만이 바람에 흔들리고 있다.

여기가 도대체 어디일까?

한참동안 어둠을 헤치며 '왼발! 바른발!' 하는 구령소리에 맞춰 수용연대라고 쓰여진 정문에 도착한다. 한 군인이 앞에 서더니 "제군들 여기까지 오느라 수고 많았다. 혹시 아픈 사람 있으면 앞으로 나와!" 하니까 한 장정이 배를 움켜잡고 앞으로 나갔다.

그러자 "약 먹었습니까?"라고 묻는데, "네"라고 답하자마자 두 명이 달려들어 개 패듯 마구잡이로 손닿는 대로 한참을 패고는 "야, 이 새끼야! 약이란 먹은 후 24시간이 지나야 효과가 나는 거야" 하고는 "지금도 아픕니까?"라고 묻는다. 낌새를 알아챈 장정은 큰소리로 "네 이제 다 나았습니다"라고 답한다.

참으로 기가 막힐 노릇이다. 어쩌면 저렇게 때릴 수가 있을까 하고 생각할 겨를도 없이 또 좌우로 정렬이다. 오와 열을 정리하더니 그때서야 출발지에서 찍어준 완(完)자 도장을 한 사람 한 사람 확인하고는 정문으로 들여보낸다.

이곳이 바로 군대생활을 시작하는 논산훈련소 수용연대라는 곳이다.

캄캄한 길을 열을 맞춰 '왼발! 바른발!' 하는 구령소리에 발을 맞춰 가는데 쌓인 눈 밟히는 소리가 '뿌드득 뿌드득' 요란하게 들린다.

한밤중인데도 '앉아! 일어서!'를 반복하더니 뒤로 번호를 하고는 '몇 번 줄은 우로, 몇 번 줄은 좌로' 하니까 20~30명씩 딱딱 맞게 인원이 정리된다. 그리고는 막사로 이동하여 일렬로 들어가려니 너무 캄캄하여 살금살금 조용하게 들어가는데 잠을 자다 갑자기 일어난 사람이 눈을 비비며 백열등 전구를 켠다.

현역인지 장정인지는 몰라도 무조건 복종하는 것이 매를 피하는 길이라 시키는 대로 하기만 하면 되는 것이다.

인상이 험악한 사람이 버티고 서더니 침상 위에 모포(담요) 한 장을 깔더니 그 위에 서라고 한다. 그리고는 '하나, 둘, 셋' 하면 그 속으로 들어가라고 한다. 도대체 20명이 그 모포 한 장 속으로 어떻게 들어가라는 말인지 이해가 가지 않았다.

어쨌든 "실시!" 하고 명령이 떨어지니까 우왕좌왕할 뿐, 모포 속으로 들어갈 수는 없었는데 무조건 발로 차고 때리니 '퍽퍽' 소리와 함께 갑자기 내무반이 시끌벅적해졌다.

이 소리에 잠을 깬 사람들은 벌떡 일어나더니 얼씨구나 좋다고 달려들어 함께 발로 차고 때리고 막말로 인간이 아닌 개나 돼지처럼 두들겨 팬다.

그렇게 한참동안이나 패대더니 일장 훈시를 끝내고 잠을 재우는데 잠이 오겠는가?

다음날 기상시간은 어김없이 오전 6시다.

"기상!" 소리와 함께 이리 뛰고 저리 뛰고 정렬을 한 후 인원이 맞는지 점호를 취한다. 집에 있다면 한참 자고 있을 시간인데 어제와 오늘은 천당과 지옥의 차이라고나 할까.

아침식사를 하는데 양은으로 된 양재기 둘에 밥 담고 국을 담았으나 젓가락은 없고 달랑 스푼 하나만으로 식사를 해야 한다.

하기야 반찬이 없으니 젓가락은 필요하지도 않다.

잠을 못자 눈도 충혈이 되고 맥이 빠져 밥 먹을 힘도 없었지만 입안이 깔깔하여 그때의 밥맛은 진짜 모래알 씹는 것과 다를 바가 없었다. 그런데 아침을 먹고 나서 주변을 훑어보니 어젯밤에 우리들을 때린 놈들도 똑같은 장정들이다. 바로 우리들보다 하루나 이틀 정도 빨리 온 군번 없는 동급들이 때린 것이다.

그날부터 연말이다 연초다 하여 업무가 중단되는 공방기가 시작됐다.

군번도 받지 못하고 군복무기간으로 인정도 해 주지 않는 동안에 중대 기관병들은 쳐다본다고 때리고 얄밉다고 때리고 그저 여기저기서 매질하는 소리가 퍽퍽하고 들린다.

　어떤 기관병은 일부러라도 시비를 걸어 건물 벽 앞에 세우고 다리를 들어 벽으로 올려 아주 때리기 좋은 자세로 만들어 놓고 신나게 팬다.

　여기서 퍽! 저기서 퍽! 여기서 짝! 저기서 짝! 때려도 너무 때린다.

　재수가 없어서인지는 몰라도 이렇게 고통스런 18일을 수용연대에서 보내고 진짜 군대생활이 시작되는 매를 맞는 소굴인 훈련소로 입소했다.

훈련병은 조교들의 심심풀이 땅콩

　훈련소에 입소하여 중대와 소대로 배치되면 군복(훈련복)으로 갈아입고 6주간의 훈련이 시작되는데 첫날부터 겁주고 때리고 마치 동물 다루듯 조교들 마음대로다.

　내무반장이 하사인데 조교다. 침상 끝 20㎝ 안으로 정열을 시키더니 한 바퀴 돌아보며 마음에 들지 않는 훈련병은 "야! 이 새끼야!" 하고는 기분 내키는 대로 무조건 패고 본다.

　훈련병을 패는 데는 이유도 없다. 그저 때리면 맞아야 할 뿐이다.

　때리고 싶으면 때리고 기분에 따라 배를 쿡 찌르면 "네! 훈병, 홍길동" 해야 하고 가운데 손가락으로 코를 때려도 "네! 훈병, 홍길동" 하고 큰소리로 외쳐대야 한다. 아프다고 코를 만지거나 잠시 잊어버리고 관등성명이라도 대지 않으면 매를 버는 일일 뿐 죽으라고 하면 죽는 시늉까지 해야만 생존할 수 있는 곳이 훈련소다.

　일석점호가 시작되기 전 각종 보급품을 정리정돈하는데 옷이나 내복은 딱딱한 종이를 넣어 각이 서야 하고 철모에서 군화까지 모두 손질해서 반짝반짝 빛이 나야 한다.

　밤 10시가 되면 "점호준비 끝!" 하는 소리와 함께 내무반장이 들어서자마자 향도는 "제3중대 2소대 인원보고합니다" 하고는 총원과 사고자 등의 보고를 마치고 '번호'를 시작한다.

"번호!" 하면 머리를 오른쪽으로 틀어 "하나! 둘! …" 하면서 머리를 정면으로 되돌리는데 젖 먹던 힘까지 다해 큰 소리로 번호를 외쳐야 한다.

그때도 번호의 리듬이 맞지 않거나 빠르게 진행되지 않으면 속된 말로 허벌나게 맞는다.

어느 단체나 또는 조직사회에서는 별종인 꼴통이 있게 마련이다.

고문관 두 명 때문에 점호시간만 되면 웃지 못할 일이 벌어진다.

내가 열다섯 번째이고, 김모 훈련병이 열여섯, 다음이 소위 고문관이란 훈련병이 열일곱 번째다. 한글도 모르는 무학자에 제식훈련이며 그밖에 절도를 요하는 행동은 아무것도 모르는 자연인으로 살아온 산골 사람이다.

점호시간에 혹시라도 앞 번호에서 의무대를 가거나 심부름을 갔을 때는 한 명이 빠질 때가 있다.

내가 열넷이고 한 사람 건너 고문관은 "열여섯!" 해야 된다.

그런데 앞에 한 사람이 빠져서 옆에서 "열다섯!" 했는데 "열일곱!"이다. 어제 저녁 점호 때 열일곱이었기 때문에, 열일곱 밖에 모르는지 무조건 '열일곱'이다. 조교로부터 한참을 맞고서야 '열여섯'을 외우게 되어 '번호'를 마친다. 그런데 다음날 빠진 훈련병이 다시 돌아오고 옆에서 '열여섯' 하면 그는 다시 '열일곱'인데 그는 또 '열여섯'이다.

바로 옆에서 "열여섯!" 하는데도 '열일곱'이 아닌 '열여섯'만을 외치는 것이다. 그리고 누가 봐도 너무나 불쌍하게 매를 맞는다. 그것도 하루도 쉬지 않고 맞으니 내무반장도 나중에는 때리다 지쳐서인지 아니면 아주 고문관으로 취급해서인지 웃으며 넘어가기도 한다.

그리고 또 마흔두 번째가 문제다.

고향이 경상도인 훈련병은 앞 훈련병이 '마흔하나' 하면 '마흔둘'이라고 하여야 하는데 꼭 '사십둘'이다. '사십둘' 하는 순간부터 매를 맞으며 '마흔둘' 할 때까지 때리고 또 때려서 고쳐 놓는다.

이들 두 사람 때문에 저녁 점호시간만 되면 속으로는 웃음이 나오기도 하지만 쿡쿡 참느라 힘도 들고 그리고 매 맞는 모습을 보면 정말 안쓰럽고 측은하기까지 하다.

이밖에도 고문관 때문에 단체기합이나 매를 맞는 사례는 수없이 많았다.

제식훈련을 할 때면 손과 발이 함께 움직여 차디찬 얼음판 위에 엎드려서 단체기합을 받는가 하면 자세가 높다고 조교의 발길질로 궁둥이를 차이고, 자빠지고 뒹굴고 말도 아니다.

"뒤로 돌아!" 하는데 이걸 못한다. 궁둥이를 뒤로 빼고 앞으로 움직이는 반동으로 뒤로 도니 겨울에는 미끄러워서 돌지만 여름이면 어떻게 할까 하는 염려도 되었다. 또 총검술은 어떤가? 한 마디로 가관이다. '짧게 찔러'와 '길게 찔러'가 똑같다. 옆에서 보면 훈련이 아니고 코미디다. 그런데도 웃을 수가 없었으니 정말 힘들었다.

하루는 조교가 아침 훈련 시작 전 훈련병들의 모습을 요리조리 살펴보고는 나에게 다가오더니 '너는 오늘 훈련 받지 말고 내무반에 남으라'고 한다. 그리고는 문을 밖에서 잠그고 훈련을 떠나 버린다. 겁이 덜컥 났다.

그날 훈련이 끝나고 저녁식사를 마친 뒤 조교는 나를 부르더니 돈 2만원만을 걷어 달라고 한다. 지금이야 2만원은 부담 없이 적은 돈이지만 그때는 대학교 한 학기 등록금 정도나 되는 매우 큰 돈이었다.

고민 끝에 향도와 말 꽤나 하는 훈련병들과 협의하여 각자 돈을 걷기로 하였다. 만약에 돈을 주지 않으면 매를 맞는 게 뻔하기 때문에 조교가 요구하는 금액을 꼭 줘야 한다.

이렇게 저렇게 모은 돈이 2만원에 조금 모자라 별 수 없이 그대로 조교에게 전달하자 대뜸 "야! 이 새끼야, 누가 돈 걷으랬어?" 하며, "엎드려뻗쳐!" 하더니 M1 소총을 3등분해 궁둥이 밑 부분 허벅지가 으스러지도록 때리는 것이 아닌가.

다음날부터 나는 걸을 수가 없어서 야외 교장을 나갈 때는 20분 정도 먼저 출발했는데 있는 힘을 다해도 맞은 허벅지가 당기고 아파서 걸을 수가 없었다. 그래도 참아야 했고 어쩔 수 없이 어기적거리며 훈련장으로 이동하여 일주일여 동안 너무도 힘든 고통을 참으며 훈련을 받았다.

그때의 심정은 죽고도 싶었고 탈영이라도 하고 싶었지만 그래도 내일이 있기에 참아야 했다. 이를 악물고 버티고 훈련을 받았기에 바로 오늘과 같은 좋은 날들을 살아가는 것이 아닌가 하고 생각하지만 정말 너무나 참기 힘든 6주간의 훈련소 생활이었다.

PRI 6단계

PRI 6단계는 사격술에서 가장 중요한 탄착군을 형성하는 단계로 3발의 실탄이 표적지에 담배 필터만큼의 크기 안에 모여 있어야 한다.

3발씩 3번인가(?)를 사격해서 탄착군이 형성되지 않으면 불합격으로 실로 지옥문을 드나드는 기합에 사정없이 두들겨 맞아야 하는 벌칙이 뒤따른다. 그리고 이 훈련은 매우 중요하기 때문에 비가 오나 눈이 오나 실시한다.

이 훈련만큼은 철저히 하기 위해 다른 교장과는 달리 지붕이 설치돼 있어 어떠한 악조건에서도 이 훈련만은 빼놓을 수 없는 중요한 코스로 더욱 혹독하게 가르치고 기합도 세다.

"훈련병! 엎드려! 사격준비!" 하면 M1 소총에 실탄을 장전하고 조교가 확인하고는 "좌우선 사격준비 끝!" 한다. 그러면 통제관이 마이크로 "준비된 사수부터 사격 실시!" 하면 여기서 빵! 저기서 빵! 하며 사격이 시작된다.

나는 아무 준비 없이 그저 방아쇠를 당기니 '빵' 소리는 났는데 표적지에도 맞추질 못한 것 같았다. 세 발을 쏘고 지시에 따라 일어서고는 표적지를 뜯어 와 조교에게 보이니 나는 틀림없는 불합격이다. 난생 처음 훈련도 받지 못하고 사격을 했으니 불합격을 받을 수밖에 없었다.

PRI는 1단계부터 6단계까지 이어지는데 나는 그 훈련을 한 번도 받아 보지 못했다.

불합격이 되면 수백 미터 떨어진 조금은 낮아 보이는 산봉우리를 넘어갔다 와야 한다. 그곳에 가고 오는 동안 M1 소총을 거꾸로 들고 오리걸음에 낮은 포복과 높은 포복을 번갈아 하면서 조교의 발길질 세례와 욕설을 정신없이 들으며 기고 눕고 뒹굴고 하는데, 나는 오직 매를 맞지 않기 위한 생각뿐 아무 생각도 없다. 마치 지옥문을 들어갔다 나오는 것으로 인간으로서 참을 수 있는 한계를 느껴야 할 정도로 힘든 과정이다.

그 작은 산봉우리는 훈련병의 기어다니는 기합으로 인해서 풀 한 포기 자라지 못하는 붉은 흙만이 남아 있어 벌건 민둥산으로 1년 4계절을 쉬는 날도 없이 훈련병을 맞이하고 있다. 또 이곳을 다녀오면 훈련장 지붕을 받쳐주는 기둥에 보조기둥을 세운 모양이 마치 Y자 모양으로 되어 있는데 그곳에 발을 걸고 거꾸로 매달아 놓고 몽둥이로 찜질까지 하니 그들은 인간이 아닌 저승사자로 보일 뿐이다.

그날 나는 불합격으로 그 지옥과 같은 기합을 받기 위해 M1 소총을 거꾸로 들고 오리걸음 자세로 출발하려 하는데 조교가 "훈병! 장기현! 중대장님이 찾으신다!" 하는 이 소리에 '아이고 나는 죽었구나' 하고 야외 천막 속으로 들어가 중대장을 향해 거수경례를 하며 "훈병! 장기현! 중대장님이 찾으셔서 왔습니다" 하며 보고했다. 그런데 중대장은 생각 외로 차분한 목소리로 "자네는 학벌도 있고 한데 왜 사격을 못하나?" 하는 것이었다.

사실 나는 연대 배구선수로 차출돼 별도의 숙소에서 합숙을 하였기 때문에 훈련을 받지 못했고 사격술에 대한 훈련은 그날이 처음이었다.

9인제 연대대항 배구대회였는데 이 대회에서는 아무리 잘 해도 3등이 고작이다. 대회마다 항상 1등은 보안부대이고, 2등은 수용연대가 차지하는 것이 관례라는 사실을 뒤늦게 알았다.

보안부대는 국가대표 정도의 실력을 갖춘 배구선수가 군 입대를 하게 되면 보안부대 소속으로 운동을 계속하므로 국내에서는 거의 모든 대회에서 우승을 싹쓸이할 정도다. 그때는 국군체육부대도 없었고, 또 실업팀도 거의 없었던 것으로 알고 있다. 그런 이유로 어느 부대에서건 배구대회가 있으면 이 보안부대 선수들이 원정팀으로 뛰었기 때문이다.

그리고 수용연대는 군 입대를 앞둔 장정을 수용하는 곳이어서 군인신분이 아닌 선수들, 특히 전국 어디에서나 실력 좋은 사람을 데려와도 부정선수가 아니기 때문에 합법적인 선수로 기용할 수 있었다. 이러한 상황이었기에 애초부터 일반연대는 우승할 수가 없는 형편이었다.

그런데 우리 연대가 3등을 차지했으니 연대장과 간부들은 축하 분위기다. 수년간 꼴찌만을 해 오다 3등을 하였으니 우승한 것이나 다름없는 분위기였다.

어쨌든 이러한 사정을 자세하게 보고 드렸더니 중대장은 "조교! 이 훈련병 별도로 지도하고 보고해!" 하니까 조교는 V자 막대기를 땅에다 박고는 그 위에 총구를 올려놓고 가늠쇠 상단에 표적을 겨냥하고 방아쇠 1단, 숨을 멈추고 2단을 당기면 백발백중이라고 아주 친절하게 지도해 준다.

다음날 훈련시간에도 그 조교가 따로 불러서 지도하고 그렇게 3일인가를 특별 교육을 받아서인지 나는 사격에 대한 자신감이 생겼다.

며칠 후 엄동설한에 눈보라가 휘날려 표적이 잘 보이지 않는 악천후 속에서도 기록사격을 실시했는데 나는 만점에 가까운 점수로 합격해서 유급되는 불행을 막을 수 있었다.

그 당시의 중대장은 논산훈련소 28연대 3중대 박연수(?) 대위로 기억하고 있는데 나에게는 그 상황에서 중대장은 하나님 같은 존재로 생각되어 감사의 마음을 잊을 수가 없다.

지금까지 살아오면서 가끔이나마 훈련소 생활이 생각날 때면 쌍욕을 먹고 매를 맞는 것이 거의 일상이었지만 젊음이 있었다는 추억 하나만으로도 소중하게 인생을 이야기할 수 있다. 결코 참기 힘들었던 군대생활이었지만 가슴 따뜻한 그리움으로 아련해진다.

베트남(Vietnam) 이야기

월남(越南)은 중국 한자로 표기된 나라명이고 영어로는 베트남(Vietnam) 인데 그 나라 국민들은 다소 차이는 있지만 '트' 발음을 하지 않고 '비엔남' 이라고 빠르게 발음한다.

1960년대 말 맹호부대에서 2년 6개월을 근무하며 베트남 사람들을 만나면서 전쟁 중에 그들만의 삶에 대한 방식과 애환, 그리고 지형적 환경으로 인한 인간의 변화를 소개해 본다. 베트남은 북부와 중부, 남부로 이어지는데 맹호부대는 중부지방인 빈딩성 퀴논시로 지도를 보면 중부지방의 허리쯤에 위치하고 있는데 이 지역의 동서의 폭이 약 50㎞가 조금 넘는 지역으로 아주 가늘고 길게 뻗어 있는 지역이다.

당시 '티우' 군사정권은 월남을, 그리고 '호치민' 은 월맹을 지배하던 시대로서 통상의 호칭은 '월남' 과 '월맹' 으로 우리나라의 분단 현실과 같이 남·북으로 나눠져 민주주의와 사회주의와의 전쟁이었다.

월남의 수도는 '사이공' 이었는데 사회주의 국가로 통일이 되면서 현재는 '호치민' 시로 호칭이 바뀌었고 월맹의 수도이던 '하노이' 는 통일 이후에도 베트남 수도로 알려져 있다.

프랑스에게 1858년부터 1945년까지 약 87년간의 긴 세월을 지배당했던 월남은 수난의 역사를 가지고 있으면서도 국민성은 아주 순수하고 급하기보다는 여유로운, 어떻게 보면 게으름으로 이해할 수도 있겠지만 그 나라 특유의 기후 탓도 국민성과 무관하지 않다는 생각이다.

매년 5월부터 11월까지는 우기(雨期)로 이어지다가 12월부터 다음해 4월까지는 건기(乾期)로서 아주 따가운 햇살로 선풍기를 틀어도 따뜻한 바람이 일어 오히려 틀지 않는 것이 훨씬 더 시원할 때도 있다.

이 시기에는 섭씨 40도를 웃돌아 뜨거운 지열로 인해 토착민이 아닌 이방인들은 맨발로 길을 다니거나 신발을 신지 않고 생활하기는 매우 어려운 실정이다.

그러나 무덥긴 해도 늘 잔잔한 바람이 일어서 직사광선을 피해 나무 그늘이나 햇빛을 가릴 수 있는 장소이면 어느 곳이나 그런대로 시원함을 느낄 수 있다. 이는 우리나라 더위처럼 습도가 높지 않기 때문에 건기 때는 그늘진 곳이면 시원하고 우기 때는 밤 기온이 쌀쌀해 약간의 추위를 느끼기 때문에 야전 점퍼를 입기도 한다.

군인들은 우산을 사용하지 않기 때문에 비를 피하는 비옷으로 대신하고 체온을 유지하기 위해 장병들은 건물 밖에 나갈 때는 야전 점퍼를 착용하고 활동한다.

베트남 사람들은 우리보다는 체구가 작은 듯하여 정글전에서는 미군이나 한국군보다는 유리한 체형으로 보인다.

그러나 우리 군(軍)이 기동력과 화력에서 월등하게 앞선 전쟁이었으나 8년 동안에 무려 5천여 명의 장병들이 세계평화와 자유를 위해 이역만리 먼 이국땅에서 전사한 사실을 잊어서는 안 될 것이다.

우리나라가 6.25 한국전쟁의 피의 대가로 대한민국을 세웠다면 모두가 헐벗고 굶주린 시대에 월남전에 참전한 젊은 장병들의 피와 땀으로 종자돈을 만들어 경제발전과 조국근대화사업을 추진한 것은 그 누구도 부인하지 못할 것이다. 이에 오늘과 같은 풍요로움을 만들었다는 사실을 부정해서도 안 되며 더욱이 잊어서도 안 될 것이다. 다만 월남전에서 전사하신 분들에게는 항상 살아 숨쉬고 있는 것도 미안하고 죄스러운 마음이기에 산화하신 영령들께 명복을 빌 뿐이다.

먼저 베트남의 대부분의 국민들은 불교를 믿으면서도 프랑스의 영향을 받아서인지 성(性)에 대한 생각은 우리와는 비교가 안 될 만큼 개방적으로 보였다.

지금부터 50여 년 전의 일들을 기억해 보면 그 시대에 얼마나 개방되었는지를 알 수 있다. 전투가 없거나 비상시가 아니면 일요일은 대부분 쉬는 시간을 갖게 되지만 월요일에 계획된 일들이 많을 경우 일요일에도 근무해야 하므로 토요일이 조금은 한가한 편이다.

'퀴논시'에 나가면 우선은 '타이거랜드'(Tiger land)라는 한국식당에서 우리 쌀로 지은 밥에 상추에 된장을 올려 쌈을 싸 먹을 때면 나에게는 더 좋은 음식은 없었다. 매일 안남미 쌀밥에 '스테이크'를 먹는 것도 나에게는 어울리지도 않았고 오직 살기 위해 먹을 뿐이며 맛으로 먹지는 않았기 때문이다.

맛있는 쌈밥을 배불리 먹게 되면 어쩌다 한 번쯤은 매춘부를 찾게 되는데 분명히 부부로 보이는 사람에게 장난끼 많은 병사가 굳이 그 여자를 택하면 남자는 계면쩍은 웃음을 지으며 살며시 자리를 피해 주는 것을 보았다.

그런데 이상한 것도 있다. 우리나라 같으면 매춘부는 어떤 남자를 호객하여 먼저 잡는 여자와 관계를 갖지만 그들은 그렇지 않은 것 같다. 만약 A라는 여자와 관계를 가졌었다면 몇 주일이 지나 그곳에 갔을 때 다른 여자를 택하게 되면 '당신은 A여자가 있으니 그 여자에게 가라'고 하며 받아주지 않는다.

세상의 모든 남자는 아니더라도 대부분 20대 초반의 군인 신분으로서 여자의 넓적다리만 봐도 흥분이 되고, 또 이성에 대해 민감할 때라 여자란 상상 속에 늘 존재하는 성적 욕구의 대상이다.

하지만 인간은 자기 욕구를 참을 수 있는 지혜와 스스로의 행동을 바른 길로 가도록 터득하고 법을 지키며 살아가는 것을 알고 익히고 배웠기에 평정심을 잃지 않는다.

아무리 참지 못할 극한 상황이 닥쳐도 자기 자신을 지키는 도의적 책임을 다하는 것이 인간과 동물의 차이가 아닐까 생각해 본다.

사단사령부에는 '원호처' 라는 부서가 있는데 PX와 위문공연단을 관리하는 조직으로서 생활도 편해서인지 병사들이 선호하는 부서이기도 하다.

위문공연단은 주월한국군 산하에 3개조가 편성되어 있고 매분기 특별위문단이 고국에서 오기 때문에 한 달에 한 번쯤은 쇼를 관람하는데 공연단 1개 팀은 항상 부대에서 숙식을 한다. 주로 공연은 노래 한 번 하고 춤추고 또 노래하고 '스트립쇼' 를 하는 것으로 진행되는데 이름난 사회자로 코미디언 '신소걸' 씨의 인기가 높았다. 그는 1군사령부 연예단에서도 사회자로 활동하였기 때문에 나오는 구면이었으나 월남전 종전 이후 국내 방송활동도 왕성했으나 지금은 연로해선지 보이지 않는다.

쇼를 진행하는 첫 '멘트' 는 대부분 "꽃피는 봄이 와도 봄소식도 모르시고 눈 내리는 겨울이 와도 겨울도 모르시고 불철주야 세계평화와 자유를 위해 고군분투하고 계신 맹호장병 여러분 안녕하십니까?" 하게 되면 '짠짜라 짜잔~' 하는 연주소리와 함께 쇼가 시작된다.

젊은 시절에 쇼하면 스트립쇼가 병사들에겐 최고의 약이다.

'스트립 걸' 의 옷이란 화려하기도 하지만 남자들을 유혹하는 색상으로 가슴이 거의 다 보이다시피 하고 주요부분을 가리기는 했어도 보일 것 같기도 하고 어쩌다 흘러내릴 것 같은 상상을 해 보게도 만든다.

게다가 핑크색 조명을 받고 있는 여자의 육체는 아름답기까지 한데 남자들의 성욕을 자극하는 '슬로우' 음악에 맞춰 흔들고 튕기고 얼굴은 마치 흥분된 것처럼 섹시한 미소를 짓고 무대 위에 누워 마치 성행위를 하듯이 '히프'를 돌리고 튀기고 하는데 조그마한 원형 조명은 주요부분만을 비추고 있다면 세상 어느 목석이라도 흥분되지 않을 남자가 있을까?

이를 관람하는 장병들은 그 순간만은 숨소리 죽여가며 그 여자를 갖고 싶다는 생각뿐 세상에 그 어떤 귀한 보물을 준다 하여도 바꾸지 않을 태세다.

더욱이 여자에 대한 경험이 없는 장병들이 대부분이어서 그들의 간절함을 말로는 표현하지 못할 정도다.

내무반에 들어서면 스트립 걸이 무대에 누워 가랑이 쫙 벌리고 있는 컬러사진을 '클로즈업' 해서 모조지 크기만큼 크게 확대해서 붙여 놓았는데 병사들은 내무반을 나갈 때나 들어올 때는 으레 사진 속의 여자 중요부분을 한 번씩 만져보고 툭툭 치고 다니기 때문에 그 부분은 손때가 묻어 아예 검게 변해 있다.

그리고 전쟁터에서는 여자 팬티를 입고 있으면 죽지 않는다는 속설이 있기 때문인지 본부중대 병사들은 대부분 여자 팬티를 입고 있다. 작지만 신축성이 좋아 모두들 입고 다닌다.

점심시간이 정오부터 2시간이라 15분 내에 식사를 마치고는 업무가 바쁘지 않을 때는 낮잠을 자는데 침대에 누워있는 병사들은 노랗고 빨갛고 하얀 팬티를 입고 자는 모습들을 종종 볼 수 있다.

이러한 사실을 알고 있는 위문공연단의 일부 여자들이 많은 팬티를 가지고 다니면서 밤이 되면 빨랫줄에 널어놓아 병사들이 이를 몰래 훔쳐가게 하여 간접적으로 나누어 주기도 한다는 소문이 있었는데 사실인 것 같다.

병사들은 여자 팬티를 기분 좋게 입고 다니며 자랑도 하고 때로는 팬티 차림으로 내무반을 헤집고 다니기도 하지만 일상생활로 보여서인지 별로 튀는 행동으로 느껴지지 않는다.

전장에서의 스트레스를 푸는 방법은 말할 것도 없이 여자와 관계된 일이 최고일 것이다.

사단장이나 참모 등의 생일이면 장교클럽에서 파티가 벌어지는데 위문

단원과 밴드가 동원되어 고급장교들은 먼 이국땅에서의 외로움을 달래기도 한다. 그러나 병사들에게는 그림의 떡이고 클럽 잔디밭에서 가끔이나마 영화를 관람할 수 있어서 예하부대 병사들보다는 나름대로 특권을 누리기도 한다.

그곳에서 영화 '사운드 오브 뮤직'(Sound of music)을 감상했는데 귀국 후 2~3년이 지나서야 대한극장에선가 개봉하여 추억을 새롭게 하기도 했다.

미국은 부자 나라라 장병들에 대한 지원과 배려가 대단하다는 생각을 지울 수가 없었다. 미군부대는 심지어 '섹스무비'까지 공급하고 있다는 말이 사실인 것 같았다.

우리 사무실에는 영어를 잘하는 K대위가 있었는데 가끔은 미군 34헬리콥터 중대에서 '섹스무비'를 빌려와 하얀 천으로 스크린을 만들고 소형 8mm 영사기로 상영하기도 하여서 장교들과 함께 관람도 하였는데 다른 참모부의 사병들에게 부러움을 사는 것이었다.

어느 토요일, 오전 11시쯤 퀴논시내에 나가 상추쌈밥을 먹고 '레드비치'(Red beach)에 가게 되면 쇼를 관람하게 되는데 미군들과 함께 무대를 중심으로 모이게 된다.

무대를 중심으로 가운데 길을 만들고 양쪽으로 긴 의자가 관람석인데 항상 오른쪽은 백인들만 앉고 왼쪽은 흑인들만 관람해서 말로만 듣던 인종차별을 실감할 수 있었다.

미국 공연단의 쇼는 우리 연예단과는 '장르'가 조금은 다른 것 같다.

우리는 공연 따로 관객 따로 쇼가 진행되지만 미국의 쇼는 관객과 함께하는 쇼로 진행되어 함께 흔들고 노래도 따라 부르고 굉음도 질러대고 정말 즐기는 모습을 연출한다.

그리고 스트립 쇼걸의 옷도 비키니 수영복보다도 훨씬 가늘고 작게 입어 가슴이 튀어 나올 것 같은 데다 하의는 팬티가 아니라 주요부분을 겨우 가리는 실오라기를 걸쳐 입었다.

흑인 댄서가 나와 춤을 출 때는 허리를 구부려 가슴을 보여주는데 크기도 하지만 만져 보고 싶은 충동이 생길 만큼 남자들을 유혹하며 자극하는 율동으로 이어진다. 하지만 우리들 정서에는 너무 지나칠 정도로 개방적이라 조금은 심하다는 생각도 들거니와 태양빛 아래 밝은 대낮의 공연은 관람한다는 그 자체의 볼거리일 뿐이지 밤 공연처럼 흥분되거나 여자를 갖고 싶다는 간절함은 별로 느낄 수 없었다.

쇼가 끝나면서 많은 사람들이 흩어질 때면 흑인 여자의 팔이나 피부가 나를 스쳐갈 때가 있는데 그 촉감은 말할 수 없이 곱고 비단결 같은데 백인 여성이 스치게 되면 거칠다는 느낌이 들기도 하거니와 가까운 곳에서 보게 되면 얼굴이나 몸에 주근깨가 아주 많은 것을 볼 수 있었다.

미국잡지에서 보는 것처럼 피부가 곱고 섹시한 모습은 아닌 것 같아서 조물주가 인간을 창조할 때 참으로 공평하게 만들지 않았나 하는 생각이 든다. 그때의 경험으로 나는 지금까지 살아오면서 우리 한국 여자가 세상에서 제일 예쁘다는 생각은 변하지 않고 있다.

20대 초반, 게다가 군대생활을 하면서 이국땅에서의 생활이란 가끔은 배부르고 쇼까지 관람하게 되면 함께한 전우들에 의해 자이든 타이든 베트남 여자와 어쩌다 한 번쯤은 깊은 관계를 가질 때도 있다.

베트남은 우리나라처럼 욕조에 물을 담아 탕에 들어가는 목욕탕은 없는 것으로 알고 있다. 유럽 문화를 일찍 받아서인지는 몰라도 모두가 증기목욕인 '스팀배스' (Steam bath)이다.

돈이 있는 장교들이나 주머니 사정이 좋은 병사들은 한가한 때 이런 곳을 가끔이나마 찾아 회포를 풀기도 하면서 이국땅에서의 외로움을 달래기도 한다. 그런 곳에 갈 때면 남의 눈치도 보이고 가슴도 두근거리기에 선뜻 들어가기는 쉽지 않다.

일단 용기를 내어 들어가게 되면 옷을 탈의하고 둥그런 통속에 들어가 앉게 하고 목덜미 부분에 수건을 감아서 수증기가 밖으로 나오지 않도록 하고 스팀을 틀어준다. 그렇게 높은 온도는 아닌데도 겪어보지 못한 데서 오는 일종의 두려움이나 화상을 염려해서인지는 몰라도 매우 뜨겁게 느껴진다.

그 통속에 있는 동안에 서비스해 주는 여자는 섹시한 팬티 하나만을 입은 채 몸을 이리 꼬고 저리 꼬고 하여 도저히 참을 수 없을 만큼의 성욕을 불러 일으킨다.

성질이 급한 내가 뜨겁다고 큰소리로 스팀을 빨리 꺼 달라고 하면 못들은 척하다가 시간이 조금 지난 뒤 더 큰 소리를 질러대면 그제서야 통을 열어 밖으로 나오게 한다.

하지만 정말 쑥스럽다. 여자 앞에서 아무것도 걸치지 않은 몸을 보이는 것이 얼마나 창피한지 두 손으로 가려보지만 두 팔을 올리라고 하고 찬물로 샤워를 해 준다.

물기를 닦고 양 겨드랑이에 핑크색의 분말을 발라주고는 손짓 발짓 해가 며 침대에 엎드리라고 한다.

여자 경험이 없었던 나로서는 여자의 가슴을 아주 가까운 곳에서 보니 왈 칵 껴안고 싶은 충동이 일어난다. 꾹꾹 참고 침대에 엎드리면 안마를 해 주 는데 젊은 시절이라 삭신이 쑤시는 것도 아니어서 안마는 뒷전이고 나의 몸 을 만지고 두드리는 촉감에 모든 신경이 그녀에게 집중돼 있다.

등 안마를 마치고 가랑이를 벌리며 몸을 뒤집으라고 하면 몸을 마주하게 되는데 그때는 정말 치솟는 성욕을 참는 것은 고문이라도 받는 것과 다를 바 없다. 더 이상 참지 못해 "또이 붕붕 오케이?"하게 되는데, '또이' 는 나 를 지칭하고, '붕' 은 배를 뜻하는데 '붕붕' 하면 배를 맞대는 뜻으로 성관계 를 의미하며, 오케이(OK)는 물론 영어이고 여자와 관계를 요구할 때는 이렇 게 말을 하면 다 알아 듣고 통하는 것이다.

처음에는 5달러부터 시작한다. "파이브(Five) 달라 오케이?"하면 "노노 (No)" 하며 목에 손을 대고 "또이 깨골랑" 하며 시치미를 딱 뗀다. 월남어로 '나 죽는다' 는 뜻이다.

그리고는 정말 안 된다는 식으로 정색을 하지만 가슴이며 허벅지를 비비고 움켜쥐었다 풀고 하면서 여자는 민감한 성감대를 자극한다. 이를 참지 못한 나는 다시 "텐(Ten) 달라 오케이?" 하지만 역시 안 된다는 대답이다.

　이럴 때는 정말 미친다. 강제로 할 수도 없고 그렇다고 참을 수도 없고⋯.

　가격을 5달러 높여 15달러에 가격이 흥정되면 자기 입술에 손을 대고 소리 내지 말라는 시늉을 한다. 밖에서 들리면 자기는 죽는다고 엄까지 까는 것이다. 돈 아까운 줄도 모르고 손짓발짓 사정 사정하여 어렵게 허락을 받고 관계를 가지려고 그녀의 배를 맞대면 이미 참기 어려울 정도의 흥분상태여서 삽입은 하지도 못하고 그만 사정해 버리니 너무도 아쉽게 끝이 나고 만다.

　아쉬움만을 남기고 귀대길에 오르지만 그런 대로의 추억이어서 지금도 가끔이나마 그 시절을 뒤돌아보면 그립기도 하고 더불어 인생의 무상함을 느끼기도 한다.

　베트남 여인들은 우리나라 사람들과 같이 금을 좋아하는 것 같다. 금반지에 목걸이 그리고 팔찌까지 금으로 된 장신구를 많이도 하고 다닌다. 그도 그럴 것이 전쟁 중에는 다른 재산보다 금을 모으고 소유하는 것이 제일이라는 생각을 그들도 알고 있기 때문일 것이다.

　그리고 불교를 믿는 국민들이 대다수여서 목걸이는 부처님상을 조각한 것들이 많은 것 같다.

　그녀들의 생김새는 눈은 크고 선명한 쌍꺼풀에 거무스레한 피부는 촉감은 좋은 것 같아 보이지만 콧날은 낮고 끝이 약간이나마 들려 있는 것 같아서 우리의 정서와는 조금은 거리감이 있어 보인다. 그러나 날씬한 몸매와 가벼운 체중은 섹시해 보이고 바람에 펄럭이는 '아오자이' 자락은 우리들에게는 이국적이고 매력이 넘쳐 보이기도 한다.

　'아오자이'는 검은색과 하얀색이 있는데 젊은 학생들이나 처녀는 흰색을 주로 입고 나이가 들거나 생활형편이 조금 어려우면 검은색을 입는 것으로 알고 있으나 자세한 것은 모른다.

'아오자이' 속에는 아주 질감 좋은 비단 같은 천으로 몸뻬바지처럼 입는데 통풍이 잘 되도록 통이 넓어 무척이나 시원함을 느끼게 하는 것 같다.

보통의 여인들의 허리가 우리나라 건장한 남자 허벅지 정도로 가늘고 날씬하며 체중도 가벼워 보이는데 보통의 키가 1m 50cm 정도가 평균으로 보이고 지금은 시대가 변한 만큼 평균 신장이 이보다 좀더 크리라 짐작된다.

그런데 어떤 여인들은 보기만 하여도 민망스럽고 가까이 하기에는 싫은 여자들도 있다. 무슨 나무인지는 기억하지 못하는데 그 나무 뿌리를 씹으면 악취가 나고 잇몸과 치아가 빨강색과 검은색을 혼합한 지저분한 느낌을 주어 남자들을 일부러 멀리하려는 방법으로 사용하는 것 같다.

아마도 프랑스 식민지시절 여인들의 정조를 지키기 위한 방법이 아닐까 하고 추상도 해 본다.

"짜옹 만조이" 하면 남자들의 인사로 "안녕하십니까" 아니면 "편안하십니까"로 알고 있고, "짜오꼬 만조이" 하면 여자들의 인사법으로 뜻은 같다. '옹'이 붙으면 남자이고 '꼬'가 붙으면 여자를 뜻하는 것으로 알고 있다.

이러한 인사말을 우리들은 흔히 아부하라는 말로 쓰고 있다. 높은 사람한테 잘 보이려면 "야, 짜옹 좀 해" 하는 말은 뇌물을 주거나 아니면 선물을 주라는 말로써 인사를 하라는 뜻으로 쓰고 있다.

베트남 전쟁에서 사용하던 말이지만 가끔은 이 말을 쓰는 사람도 있어 정확한 뜻을 알려 주고도 싶었다. 당시에는 우리 군부대에서도 유행했던 말들이다.

보통의 남자들도 여자와 같이 체구도 작고 몸도 날씬한데 행동은 민첩해 보인다. 아무래도 작아서 그렇게 보일 수도 있겠다.

당시 월남은 정규군 외에 성(省)이나 시(市)·군(郡)에는 민병대가 조직되어 있는데 우리나라의 예비군과 비슷하나 그들의 근무는 교량이나 중요시설을 경계하는 임무를 수행하고 있었는데 막말로 군기는 개판이었다.

나무와 나무 사이에 그물망을 쳐놓고 그 위에 누워 흔들거리고 있거나 복장도 입은 후에 재봉질을 했는지 더운 나라에서 몸에 아주 꽉 끼게 입는 습관으로 가느다란 다리가 아주 더 가늘게 보인다. 그리고 머리도 장발을 선호해서인지 길게 길러서 우리가 볼 때는 군대도 아니다.

담배를 피우는 것도 아래 위가 없는 것으로 보인다. 나이가 많은 어른들이거나 아이들까지 가리지 않고 함께 피워대니 우리로서는 이해가 가지 않지만 그들만의 풍습인 걸 어찌 하겠는가.

총은 아무데나 팽개쳐 놓고 그저 히죽히죽 웃으며 근무하니 우리 눈에는 열불이 난다. 그래도 우리들은 그들 나라를 지키기 위해 피와 땀을 흘리며 전쟁하고 있는데 말이다.

마을마다 주민들은 베트콩과 함께 생활하다 보니 이들의 치안상태는 불안하고 마음 편한 날이 없는 듯하다.

'정글'이라는 자연환경이 이들을 그렇게 만든다는 느낌도 든다.

우리 맹호부대가 관할하는 구역은 퀴논시를 중심으로 남북으로 잇는 1번 국도(하노이~호치민시) 구간 약 120km 정도가 되는 광활한 지역이다.

주간에는 그런대로 치안이 유지된다고 보겠지만 야간에는 마을에서 일어나는 사건이나 사고에 대비하기는 극히 어려운 실정이었다.

야간 매복조도 주요지역에 한정적으로 투입되기 때문에 야간에 발생하는 사건이나 사고는 사후 처리가 대부분이라 이들의 생활에서 100% 치안을 유지하지 못하는 게 사실이다.

정글(Jungle) 속은 마치 영화관에 처음 들어가면 자세히 보이지 않다가 시간이 흐르면 점차 선명해지는 것과 비슷하나 이보다는 조금 밝게 보인다.

만약에 어떤 사람이 죄를 짓고 정글로 도망이라도 간다면 그를 찾기는 매우 힘들기 때문에 아마도 프랑스의 식민지 시절에도 '베트콩'이라는 반군은 존재했을 것으로 생각된다.

월남과 월맹으로 분단된 상태에서도 베트콩의 활동은 계속되고 있었다.

정글 속에서는 잠을 잘 수 있는 천연 동굴도 많고 또 야생 '바나나'와 '파인애플' 등의 열대과일이 풍성하니 생활은 불편하겠지만 삶을 영위하기에는 어렵지 않은 것으로 보인다.

정글은 게릴라전에 안성맞춤이기에 베트콩과의 전쟁에서 우리로서는 악전고투할 수밖에 없는 실정이었다. 건기와 우기 밖에 없는 기후라 정글은 월맹군이나 베트콩들의 은신처로는 더 이상의 은폐나 엄폐하기 좋은 곳이 없다. 겨울이라는 계절이 없기 때문에 정글은 사계절 내내 손색 없는 은신처가 되는 것이다. 아마도 월남에 겨울이라는 계절이 있었다면 전쟁은 빨리 종전됐고, 또 우리 연합군이 승리했을 것으로 나는 확신하고 있다.

우리 맹호장병들이 세밀한 수색작전을 전개할 때가 1개 분대를 2개조로 나누어 일렬 종대로 하산하면서 작전을 실시하는 것이었고, 산정상을 향한 등산작전은 없었던 것으로 알고 있다.

이러한 환경적인 영향으로 미군들은 우리보다 덩치도 크고 하여 정글전에는 약한 것이 사실로 증명되었다.

원활한 작전을 위해서 휘발유를 뿌려 정글을 태워 보려고 하였으나 사시사철 푸른 데다 낙엽도 많이 쌓이고 습도도 높아 산불이 일어나지 않는 것이 특징이라면 특징이다. 궁여지책으로 미군들은 원활한 작전을 위해서 고엽제를 살포하기 시작했다.

미군이 비행기로 고엽제를 살포할 때 우리들은 아무것도 모른 채 더위를 피하려 윗도리를 벗어 버리고 시원한 물줄기를 맞으며 웃어가며 몸에 바르고 문지르기도 하였다.

지금 고엽제로 인해 고통 받고 살아가는 전우들을 생각하면 긴 한숨과 함께 내가 태어나 내가 살아가는 대한민국을 때로는 원망도 해 본다. 사전에 비행기로 살포하는 것이 물이 아니고 나무를 말라 죽게 하는 고엽제라고 왜 알려 주지 않았는지 말이다.

사실 전쟁의 와중에서 제일 생활하기 어렵고 힘든 사람들은 어린이와 노인들이다. 젊은 사람들은 나름대로의 살아가는 방법이 있고 여자들은 쉽게 돈을 벌 수 있는 일이 많은 것 같으나 힘없는 아이들과 늙고 병든 노인들은 하루 살기가 매우 힘든 것을 느낄 수 있었다.

더욱이 치안상태도 좋지 않고 베트콩(Vietcong)들이 날뛰고 있으니 더욱 그렇다. 한국군들이 마을을 수색하기 위해 이동하게 되면 주민들은 도착하기도 전에 매달아 놓은 포탄껍데기를 땡땡 치면서 "만호! 만호!" 하며 베트콩을 도망치게 하거나 숨어버리라는 신호를 보낸다.

'만호' 라는 말은 베트남 사람들은 맹호라는 발음을 하지 못해서 이렇게 부르고 '따이한' 이라는 단어도 '대한' 이라는 발음을 못하기 때문에 만들어진 말들이다.

지금도 이해가 되지 않는 것은 베트남 사람들은 부모나 가족이 죽어도 눈물을 흘리며 울고 있는 모습을 보지 못했다.

전쟁 중이라 겁먹고 그랬는지는 몰라도 교통사고로 주민이 사망하는 사고가 발생했는데 가족들이 오기는 왔어도 울지는 않는다. 웃고 있지는 않지만 별로 경건한 모습도 아닌 걸 보면서 이상하다는 느낌은 들었지만 이유는 알지 못한다.

그런데 조상의 묘(墓)는 아주 정돈이 잘 되어 있다. 시멘트로 기둥 세우고 꽃 장식하고 봉분까지 만들어 우리나라 꽃상여와 거의 같은 모양으로 만들어 놓았다. 불교신도가 70% 이상이라는데 매장 문화가 이어지고 있는 것은 아이러니하다.

그리고 기원전 111년에 중국 한나라에 속해 있다 938년에 베트남 왕조가 탄생했다는데 한자(漢子)를 아는 사람을 보지 못했다. 다만 남자 화장실은 남(NAM)으로 표시하여 중국의 영향으로 한자로 남(男)으로 쓰는 게 아닌가 하고 추정할 뿐이다.

베트남 사람들의 생활 중 돈을 주고받는 약속은 칼날같이 잘 지킨다.

만약 동전 100원짜리를 주머니에 넣어 "이거 백만 원이다" 하고 준다면 단돈 100원도 차이나지 않고 정확할 것이다. 이들은 왜 이렇게 돈에 대해서는 셈이 바른 것일까, 하고 많은 생각을 해 보았다.

이것 역시 정글이 주는 환경의 원인이라는 점에서 풀어 본다.

만약에 베트콩이 어느 부잣집에 몇 년 몇 월 몇 시까지 어느 곳에 30㎝ 깊이에 돈 100만원을 비닐봉지에 싸서 묻어 놓으라고 한다면 아마도 어김없이 이행할 것이다.

이 같은 전통이 왜 이어질까 하고 곰곰이 생각해 본 결론은 식민지 시대나 전쟁시에도 반군이나 베트콩이 존재했기 때문에 만약에 그들이 돈을 요구한다면 응하지 않을 수 없었기 때문인 것으로 보인다. 돈을 주지 않으면 그의 집을 폭파시킨다던지 가족들을 살해하지는 않을까 하는 생각에서다.

그런데 우리나라 사람들은 100만원을 요구하면 다소 금액이 적어도 정(情)이 많아 조금은 용서가 되지만 이들은 단 1원이라도 부족하다면 용서가 없다는 것이다.

정글은 소중한 자원인 동시에 풍요로움을 줄지는 몰라도 정글이 주는 아픔도 도사리고 있다고 생각되어진다. 이는 베트남뿐 아니라 이웃하고 있는 미얀마나 캄보디아, 라오스 등 동남아 국가들의 크나큰 자원이겠지만 범죄자들의 소굴로도 이용될 수도 있어 그들 나라들은 이에 대한 치안부재나 고민거리가 공존하는 환경이 아닐까도 생각해 본다.

전쟁은 이기는 자만의 것이다

전쟁을 극한 표현으로 한다면 승리하면 살고 패하면 죽는 것이다. 오직 승자만이 존재하고 또 전쟁으로 인한 크고 작은 피해는 물론, 인간이 살아가는 모든 것을 송두리째 빼앗아 가기 때문에 절대 일어나서는 안 될 재앙인 것이다.

젊은 시절 월남전에 참전하면서 국가에 대한 고마움과 전쟁은 적군을 죽여야 나의 생명을 유지할 수 있다는 강한 정신력을 스스로 익히고 배웠다.

지금까지 살아오면서 만약에 북한과 아니면 그 어떤 나라와의 전쟁이 일어났을 때 지금도 나는 국가가 불러준다면 전장에 나가 싸우겠다는 신념을 버리지 않고 있다. 내가 살고 가족이 살고 국민이 살아야 대한민국이 영원히 존재하기 때문이다.

사실 이 지구상에 많은 국가 중에 우리 대한민국만큼 전쟁의 위험성이 높은 국가는 없을 것이다. 더욱이 접경지역에 살고 있는 나로서는 투철한 안보의식으로 무장돼 있기는 하지만 만약에 한반도에서 전쟁이 발발한다면 어떻게 될까 하는 생각을 가끔이나마 해 보곤 한다.

나의 결론은 항상 이길 수 있다는 자신감이 넘친다.

나이 들어 전장에 나가 적군 1명만 죽이고 내가 죽어도 북한 인구보다 배가 많은 대한민국이 1:1로 죽고 사는 전쟁만 치루더라도 2,500만은 남아 대한민국은 존재하지 않을까 하는 생각에서다.

월남전에 참전키 위하여 7박 8일간의 항해를 시작하면서 함께한 장교들의 고민을 들어보면 '저런 병사들을 데리고 어떻게 전쟁을 치룰까?' 하는 염려 속에 남지나해를 지나간다고 했다.

월남 중부지역 퀴논항에 도착하게 되면 모두가 긴장한 가운데 하선을 하면서 바로 트럭에 올라 엄호를 받으며 목적지인 맹호부대 보충중대로 들어선다. 모든 것이 낯설어 성하(盛夏)의 더위도 잊은 채 몇 번을 헤쳐 모이고 이름을 불러대다 보면 부대배치가 완료된다.

사단 사령부에 배치되면 어느 병사건 3박 4일간의 '즉각조치훈련'을 받게 되는데 조교들의 훈련 신호는 어깨 위에 총을 올리고 실탄사격을 하게 되면 그 총소리에 맞추어 구르고 엎드리고 또 거총자세로 들어가는 민첩한 행동을 반복하는 것이다.

세계에서 즉각 조치가 가장 빠른 사람은 미국의 영화배우 '게리쿠퍼'라고 가르치며 수색훈련 중에 '빵!' 하면 바로 엎드려 총부리를 적을 향해 겨누고, 또 '빵!' 하면 다시 수색을 시작하는 것을 몸소 익히는데 사단 내에 위치한 훈련장이라도 주변엔 정글로 뒤덮여 있어 혹시 베트콩이라도 나타나지 않을까 하는 의문 속에 긴장감을 풀지 못하고 신중한 자세로 훈련에 임하게 된다.

본부중대 소속으로 G-4(군수처) 수송과에 배치되어 헬리콥터 보급 지원 담당 병사가 되었다.

위로는 보좌관인 소령과 대위 2명에 사병은 단 2명뿐이다. 주요 업무는 육로(陸路) 수로(水路)와 항로(航路)로 구분하는데 초임병인 나는 모든 전장(戰場)에 물과 전투식량, 그리고 탄약 등을 보급하며 작전병력이 육로로 이동할 때는 수송차량을 지원하는 등으로 업무에 숙달이 되면 지금은 어느 부대가 어디에서 어떤 작전을 수행하고 언제쯤 철수할 것인가를 알게 된다.

헬기 신청은 영문으로 작성하는데 물(Water) 전투식량(Ration) 탄약(Ammunition) 등으로 구분, 이륙 장소(Pickup Zone)와 착륙지점(Landing Zone)을 좌표로 표시하고 병참품의 중량은 파운드(Pound)로 계산하며 카피를 작성하여 TOC(작전상황 통제실) 헬기담당 장교에게 접수한다.

TOC에는 미군 34헬기중대 장교가 이를 접수, 처리하는데 거의 100% 지원된다.

26개월간 근무하면서 단 한 번도 지원을 미루거나 거부된 적은 없었다.

다만 헬기를 이용한 병력 이동은 작전처 소관이고 병참 품목만을 수송과에서 처리하는데 반대로 육로를 통한 병력이동은 작전처에서 우리 부서로 차량을 신청한다.

신청내용은 일자와 시간 이동 병력수와 승하차 지점을 역시 좌표로 작성하는데 오랜 시간 근무하다 보면 맹호부대 작전지역의 주요지점이나 각 부대 위치(중대별)까지의 좌표를 자연적으로 암기하게 된다.

맹호부대 편제는 증강된 사단으로 전부는 아니더라도 대부분 중대단위로 부대가 위치해 있어 대대와 중대거리가 수십 km 이상 떨어진 곳도 있다.

나는 직접 총을 들고 전투에는 참가하지는 않았으나 크고 작은 작전이나 전개되는 상황은 시작에서부터 종료될 때까지의 상황파악은 물론, 진행과정을 세밀하게 알고 지원을 담당했다.

적어도 참전기간 동안 아주 자세히는 모르지만 전개된 전투나 작전에 대한 사항을 사병치고는 꽤나 많은 것을 알고 있다.

이에 숙달된 업무를 실수 없이 처리해 항상 장교들의 칭송이 이어졌고, 또 모르는 업무가 있을 때는 문의하는 등으로 자칭 타칭 주임병장이라는 별호까지 얻었었다.

파월 초 내무반 구석에 조그마한 피켓에 영어로 'Operation Duko' (두코 작전)라고 쓰여져 있어 고참에게 물어보니 기갑연대 9중대에서 얼마 전에 전개된 작전인데 아주 치열한 전투였다는 것이다.

그날 중대장 간에 인수인계가 이루어지던 밤 월맹 정규군 1개 대대가 9중대를 공격했으나 아군 전사는 10여 명에 불과하고 적군은 무려 수백 명을 사살해 전사에 길이 빛날 전투였다는 것이다.

그날 밤 10시께 시작된 전투는 새벽까지 이어져 동이 틀 무렵에나 끝이 났다는데 후일담이고 보면 얼마나 치열한 전투였는지 짐작이 간다.

전투가 끝난 상황을 알게 된 주월 미군사령관이 전과를 믿지 못해 직접 현장을 확인까지 하고는 "도저히 이해할 수 없다"며 한국군의 용맹함에 감탄까지 했다고 한다.

평소에 중대장은 적의 공격을 대비해서 중대 울타리를 따라 교통호를 파고 이를 내무반과 중대 CP까지 연결해 아군의 피해를 최소화 하고 철통같은 경계로 적을 섬멸하는 훈련과 정신력을 강조했다는 것이 승전의 요인인 것으로 알려졌다.

이 지역은 정글과 숲이 많아서 원시에 가까운 '방칸족'이 살고 있는 지역인데 이들은 야생동물을 피하기 위해 나무 위에다 집을 짓고 생활한다.

남자나 여자나 신체의 중요 부분만 나뭇잎으로 가리고 여자도 때로는 서서 소변을 보는 모습이 목격되기도 하여 우리들에겐 아주 생소하게 느껴지기도 한다.

월남전은 대부분 분대나 소대원들이 매복을 하다가 또는 수색 중에 적과 마주치게 되면 전투가 시작되는 경우가 많은 편인데 규모에 따라 대대나 연대작전으로 확대되는 것이 보통의 전투이다.

처음부터 작전계획을 세우고 작전명을 하달하는 경우를 사단에서는 볼 수 없었다. 다만 Y사단장이 '창군기념작전'이라는 명칭 아래 작전이 전개되었는데 말 그대로 사단이 총동원되는 작전이었다.

D-Day 전날 병력이 하강할 위치에 밤을 새워 수백 발의 포사격을 실시하고 혹시 모를 '부비트랩'(Booby trap)을 폭파하기 위해 건십(Gun ship)을 동원

해 사격을 하는데 4발이 발사되고 5발 째는 예광탄이라 마치 밤하늘을 아름답게 수놓는 불꽃놀이로 보이기도 한다.

그것도 한 번이 아닌 여러 대가 동원해 1대씩 교대로 저공으로 비행하면서 한참동안이나 사격을 한 후에야 아군이 착륙할 장소를 안전하게 만들고는 사라진다.

이렇게 철저한 준비를 하는데도 어쩌다 한 번쯤은 헬기가 착륙할 때 '부비트랩'을 밟게 되는 경우가 발생한다.

자세한 기억은 나지 않지만 어느 날인가 TOC에 올라가니 헬기 담당자인 한국군 장교와 미군 장교가 말다툼을 벌이고 있었다.

사고 전날 미군 장교는 사격을 더 실시하자고 하고 우리 장교는 그만하면 됐다고 했는데 작전개시일(D-day)에 1개 분대를 태운 헬기가 '부비트랩'을 밟아 병사들이 전사하고 헬기의 형체를 알아볼 수 없을 정도의 사고가 발생했기 때문이다.

말다툼이 시작되자 한국 장교는 "I am a old captain You are new captain" '나는 고참이고 너는 신참이니 까불지 말라'는 식이었다.

그런데 미군 대위가 가만히 있나. "똑같은 계급에 고참 신참이 어디 있냐?"고 영어로 쏼라쏼라대며 가슴으로 밀어대니 성질 급한 한국 장교가 밀릴 리가 없다.

이제는 쌍소리로 욕을 해댔다. '개새끼'라고 말이다.

이를 마주치는 미군은 아주 된 발음으로 액센트를 이상하게 '깨쌔끼?' '깨쌔끼?' 하면서 서로의 가슴을 들이대며 싸우던 모습이 어렴풋이 생각나기도 한다.

이 작전은 군 병력을 수송하는 헬기만 100대가 투입되는 사상 유례가 없는 작전이었다.

1개 분대가 탑승하는 UH-1H가 64대에 1개 소대가 탑승하고 105mm포까지 매달고 이동시키는 씨니쿠라는 팔망아지처럼 생긴 CH-47이 36대가 창

공을 날아다니고 있는데 이날 D-Day에는 정신이 없을 만큼 눈코 뜰 새 없이 바쁜 날이기도 했다.

어느 하늘을 봐도 헬기가 없는 곳이 없다.

작전 중에 사단 상황실을 천하제일연대(비호)로 옮기게 되었는데 정말 물이 귀해서 '콜라'로 이도 닦아 보고 발도 닦아 보았는데 끈적거림이 너무 심해서 바로 후회하고 말았다.

상황실 밖에서는 뜨고 내리는 헬기소리가 요란한 가운데 빗발치듯 걸려 오는 전화는 음어로 해야 하기 때문에 정말 바쁘다 바빠.

특히 좌표를 유선으로 받을 때는 오늘은 정 좌표에서 100을 더해라 내일은 얼마를 빼라 하는 식으로 계산하여 음어를 사용해야만 했다.

지금은 가물가물하지만 군대생활을 하면서 좌표란 누가 만들었는지는 몰라도 참으로 없어서는 안 될 귀중한 재산으로 작전시에는 없어서는 안 될 꼭 필요한 것이라고 생각하게 됐다.

일반 병참품을 수송할 때는 종·좌표를 따기 위해 연필심을 길고 뾰족하게 깎아서 mm자를 이용해 3자리를 따는데 첫째 숫자는 10km를, 둘째는 100m, 셋째는 10m를 의미한다.

전 세계를 10km 단위의 정사각형으로 군사지도에 표시하고 있는데 단위 표시는 100km 단위로 부호가 바뀐다.

맹호지역은 B·R인데 유선으로 좌표를 부를 때는 B를 브라보로 R을 로미오로 "브라보 로미오 283 567"로 전해 주면 된다.

그런데 포사격을 위한 좌표는 4자리를 딴다. 정확하게 타격하기 위해 m 단위까지 탄착시키기 위한 수단이라고 생각된다.

한 번은 제대 후에 우리 지역의 군사지도를 보았더니 부호가 C·T로 나가 베트남과는 아주 먼 거리임을 알 수 있었다.

아무튼 좌표를 잘못 표시하면 병참품이 적게 공수될 수도 있기에 신경을 곤두세우고 카피를 작성하여야 한다. 작전 중에는 노획품을 전시하는데도 동원되고 잡일도 많다 보니 편할 날이 없다.

그리고 여기저기서 승전의 소식이 들린다. 어느 중대는 드럼통에 모래를 담아 엄폐하며 적을 소탕한 일이며, 어느 부대 누구는 맨손으로 2명의 적을 생포했다는 등 모두가 박수치며 환호해야 할 일이지만 정신없이 바쁘다 보면 승전소식에 신경 써야 할 시간조차도 없었다.

그러나 우리가 하는 일은 목숨과는 거리가 있는 행정업무를 처리하는 것이지만 정글 속에서 월맹군 또는 베트콩들과 총부리를 맞대고 머리카락이 바로 서는 생사를 넘나드는 전투를 치루는 장병들이야말로 얼마나 많은 피와 땀을 흘렸는지 경험해 보지 못한 사람들은 이해하지 못할 것이다.

어쩌다 적이 쏜 총탄에 숨지거나 피 흘리는 부상병이라도 생긴다면 그야말로 물불 안 가리고 그들을 죽이기 위해 돌진하는 용사들이 바로 우리 대한민국의 아들들이었다.

싸우면 이긴다는 신념 하나로 분대장이나 소대장, 중대장의 돌격명령이 없어도 아군피해가 발생하면 신에 홀린 듯 적을 향해 돌진하여 꼭 승전을 이끈 장병들, 결코 물러설 수 없는 전장에서의 용기는 우리 대한민국 군인들이 갖고 있는 모두의 생각이기에 우리들은 이길 수 있었고, 또 승리를 쟁취할 수 있었다.

요즈음 사람들은 군인들 이야기가 나오면 "전쟁나면 군인들이 싸울 수나 있을까?" "아마 총 버리고 도망가지 누가 싸우겠어?" 하는 말을 듣게 된다.

정말 민망한 말이다. 정말 그럴까 하고 자문해 보지만 가끔이나마 군부대 사고 소식을 뉴스를 통해 접하게 되면 한심하다는 생각이 든다.

도대체 누구를 위해 싸워야 하는지를 모르고 있는 것 같아서다.

전쟁은 바로 나 자신을 위해 싸우는 것임을 알지 못하는 병사들이 많은 것 같다. 대한민국이라는 나라가 없다면 전쟁도 없을 것이며 싸울 일도 없겠지만 우리들 모두가 존재하거나 살아 있지도 않을 것이다.

우리가 우리를 지키기 위해 싸워야 한다는 사명감을 국민 모두가 외면해서는 안 될 것이다. 시멘트 입자가 모래보다는 작지만 물로 섞으면 강해지듯이 우리 민족은 평소 모래알같이 흩어진다고 하지만 이 모래알이 뭉쳐 반만년 역사를 지키며 이어오고 있지 않았던가.

젊은이들이여 겁먹지 말라.

나의 한 목숨 나라를 위해 바친다면 그 얼마나 영광스러울 것인가.

그리고 우리들의 후세들에게 얼마나 떳떳하고 명예로운 일인가?

적어도 우리들은 대한민국의 아들딸들임을 자랑스럽게 생각해야 되지 않겠는가.

삼복(三伏) 더위에 정장차림 교통정리

태양이 이글거리는 삼복더위가 계속되고 있는 어느 여름날이다. 수원에서 '경기일보' 편집회의를 마치고 귀가 중이었다.

의정부를 지나 동두천 입구에서 좌회전하여 강변로를 진입해 50여 미터 정도 지났을 때다. 그때가 아마 오후 2시가 조금 넘은 시간으로 기억되는데 휴대폰 전화벨이 울려 받아보니 취재 지시다. 그 순간 갑자기 '앵~' 소리가 나더니 경찰 싸이카가 내 차 앞을 막더니 오른쪽으로 주차하라는 수신호를 보낸다.

나는 편도 2차선 2/3쯤 되는 지점에 주차를 하고는 창문을 내리니 무릎까지 올라온 검은 승마용 가죽 장화에 진한 선글라스를 낀 교통순경이 다가온다. 운전자라면 누구나 경험했겠지만 이들이 운행 중에 옆으로 지나가거나 또는 차라도 세우면 겁이 벌컥 나고 '내가 어떤 신호를 무시했나? 과속을 했나?' 생각하고는 달려온 길을 되새겨 보는 것이 일반적인 사람들의 생각일 것이다.

아니나 다를까. "지금 운전 중에 핸드폰 사용하셨죠?" 하고 묻는다.

나는 양심대로 목례를 하며 "네"라고 답했더니 운전면허증을 가지고 하차하란다. 나는 마음 속으로 '오늘 되게 재수 없는 날이구나' 생각하고 차 시동을 켜 놓은 채로 내리면서 면허증이 든 수첩을 제시하자 그 경찰은 내 아래 위를 훑어보더니 경례를 하고는 "운전 중에 휴대폰 사용하시면 위반 인 거 아시죠?" 하기에 머리만 끄덕이며 스티커 발부를 각오하고 있었다.

내 잘못은 명백하고 또 아니라고 잡아뗄 수도 없는 상황이었기 때문이다. 그런데 그 순간 갑자기 승용차에서 '삑' 하는 경보음이 울리더니 차문이 잠 겨 버리는 것이 아닌가. 시동이 걸려 있는데 문이 잠기다니 이상하다는 생 각에 문을 열려고 하였지만 열리지 않는다.

경황이 없던 차에 면허증과 기자증을 함께 넣은 조그마한 명함수첩을 제 시하자 기자증을 본 교통순경이 "어디 취재기자냐?"고 묻기에 "연천지역 입니다"라고 대답했다. 다시 "연천경찰서 교통계장 ○○을 아느냐?"고 하 기에 '지역 후배'라고 했더니 '자기하고 동기'라며, "앞으로는 운전 중에 휴대폰을 사용하지 마십시오" 하고는 '부웅' 소리를 내며 자리를 떠나 버 렸다.

순간 고마움이야 말할 것도 없이 언젠가 다시 만나게 되면 점심이라도 한 번 사 줘야지, 하고는 차문을 당겨 보았지만 열리지 않는다.

승용차를 구입한지 일주일 정도 되었을 때라 성능도 모르고 해서 답답하 기만 한데 3번 국도에서 좌회전 신호가 되면 물밀듯이 차량들이 질주하지 만 내 차 때문에 편도 2차선은 진입하지 못하니 차 뒤에서 1차선으로 진입 하기 위해 빵빵거리고 야단이다.

가까운 곳에 쌍용자동차 정비센터가 있기에 뛰어가 사정을 이야기했더 니 30㎝ 짜리 뿔자와 꼬챙이를 가지고 와서는 뒤 창문 옆을 이리 저리 쑤시 는데 차문은 열리지 않는다.

답답한 정비사는 자동차 회사에 전화를 걸어 한 손에는 전화기를 들고 또 한 손에는 꼬챙이를 가지고 회사직원이 설명하는 대로 창문 뒤쪽에서 5㎝ 정도 밑을 쑤셔 본다. 또 이 창문 저 창문을 30여 분 정도 오가며 애를 써 보았지만 끝내 문은 열리지 않는다.

날씨는 푹푹 찌는데 그도 땀을 뻘뻘 흘리며 도와주려 하지만 생각대로 되지 않는 모양이다.

그러는 동안 나는 신호가 바뀔 때마다 2차선으로 진입하는 차량을 1차선으로 돌리기 위해 수신호를 계속하며 운전자들의 불편을 최소화 하려고 최선을 다하고 있었다.

그날은 본사 회의라 신사복 정장에 넥타이까지 매고 도로에서 교통정리를 하고 있으니 덥기도 하고, 또 짜증도 났지만 어쩔 수 없이 밀려드는 차를 안내할 수밖에 없었다. 끝내 문을 열지 못한 정비업소 기사는 차량설계 도면을 보면서 열려고도 했는데 도무지 차문은 열리지 않는다. 결국 "이 차는 신형이라 도저히 문을 열 수가 없다"며 기권해 버리니 난감할 뿐이었다.

이렇게 정비기사는 문을 열려고 애를 쓰고 나는 1시간여를 교통정리하느라 뻘뻘 땀을 흘렸지만 해결방법이 없었던 것이 더 큰 문제였다.

그 때 갑자기 보조키가 생각났다. 아들에게 전화를 걸어 책상 둘째 서랍에 자동차 키가 있으니 빨리 가지고 오라고 하고는 계속해서 교통정리를 했다.

정장차림에 땀 흘리며 교통정리하는 것이 분명 내 잘못이기는 하지만 2차선으로 진입한 차량들은 갑자기 1차선으로 운행해야 하니까 빵빵거리며 나에게 짜증을 내고 지나간다.

어떤 운전자는 혀끝을 차며 '이 새끼, 저 새끼' 하면서 인상을 쓰고 지나가거나 어떤 나이 어린 놈은 쌍욕을 해대며 팔뚝질까지 해대고는 헛바닥을 날름거리며 약까지 올리고 '윙~' 하고 달아난다.

정말 기분 더럽다. 어째서 저렇게 어린 놈이 나이 먹은 나에게 놀리고 욕을 할까, 정말 어이가 없다.

땀 흘리며 욕만 바가지로 먹고 게다가 하루 일과를 도로 위에서 보내고 할 일도 못했으니 일진치고는 되게 재수 없는 날이다. 강한 햇볕이 뜨겁기도 하지만 한참을 손을 흔들고 서서 있으니 팔다리가 아프고 쑤시고 피로감에 온몸이 축 늘어진다.

이렇게 2시간여를 물 한 모금 마시지 못하고 도로변에서 허덕이다 겨우 자동차 키를 받아 운전석에 앉으니 기운이 빠지고 넋이 나간 사람처럼 멍해진다.

잘못했으면 벌을 받아야 하는 것은 당연하지만 벌 치고는 너무나 고생이 심했던 터라 지금도 그 곳을 오갈 때는 그때 그 교통경찰관에게 미안한 마음도 들지만 욕먹은 생각을 하면 억울하기도 하고 웃음도 나온다.

세상에 공짜는 없는 것 같다. 운전 중에 휴대폰 사용이 얼마의 범칙금이 부과되는지는 몰라도 그 돈만큼의 벌은 충분히 받은 것이 아닌가 하는 생각이 들기도 한다.

다음날 정비업소를 찾아 상황을 설명했더니 시동이 걸려 있으면 차문은 절대로 잠기지 않는다는 것이다. 몇 번의 실험을 해 봤지만 설명대로 차문은 잠기지 않았다.

그런데 어제는 왜 그랬을까? 아무리 생각해도 이해가 가지 않는다.

차라리 2시간여를 남을 위해 땀 흘리는 봉사라도 했다면 마음도 따뜻해지고 나 자신에게 긍지도 느꼈을 텐데 하는 아쉬움이 남는다.

나는 그날 이후로 지금까지 자동차에서 내릴 때는 아무리 짧은 시간이라도 반드시 키를 뽑고 내린다.

그리고 차문의 개·폐 여부를 확인하는 습관을 생활화하여 이후 단 한 번도 문이 잠기는 실수를 되풀이하지 않았다.

공직사회의 어둠과 놀고 먹는 공무원

정부를 비롯한 지방자치단체에 이르기까지 공조직에 몸담고 있는 공무원들은 철밥통이라는 수식어가 따라다닌다.

시대가 바뀌면서 점차 경제가 어려워지고 일자리가 부족한 실정에 이르자 공무원들의 선호도가 제일이라는 소식을 접할 때면 많이도 달라진 세상을 엿볼 수 있다.

공조직이나 사조직을 망라해 업무를 처리함에 있어 바쁜 사람은 항상 바쁘고 이럭저럭 눈치 보며 놀고 먹는 사람은 그런대로 한몫을 차지하는 게 모든 조직체의 특성이다.

공무원들도 IMF 때 구조조정이라는 시련을 겪었지만 그 이후 정원은 더 늘어나고 공공근로라는 계약직이 늘어나면서 오히려 공직사회는 훨씬 더 편해지지 않았나 하는 느낌이다.

사실 IMF 이전에는 새마을 대청소라는 명분하에 한 달에 1일과 15일은 아침 6시부터 거리를 청소하거나 사무실 주변 등의 잡초를 제거하는 등으로 주민들을 독려하고 함께하는 기회가 있었다.

지금은 이마저도 공공근로 요원들이 하고 있으니 철밥통이라는 단어가 확실해진 것 같다.

공무원들의 근무시간은 오전 9시부터 오후 6시까지로 되어 있으나 업무가 바쁜 부서는 오전 7시 30분쯤 출근하기도 하고 그리 바쁘지도 않고 별로 책임질 업무가 없는 하위직들의 경우 오전 9시가 가까워져서야 출근하는 경우도 있다.

퇴근시간도 그렇다. 업무가 많아 야근까지 하는 직원들이 있는가 하면 오후 6시 땡소리가 나자마자 퇴근하는 직원도 있으니 똑 같은 공직자라도 근무시간은 다를 수 있다.

그런데 승진이나 전보 등의 인사 때가 되면 땡소리에 맞춰 퇴근하는 직원들의 불평이 제일 많은 것으로 보아 자기 자신을 모르는 공직자가 많은 것은 매우 실망스럽다.

인사가 발표돼 임명장을 줄 때는 대부분의 열심히 일하는 직원은 우선해서 승진시키겠다는 일장의 훈시를 하지만 30년 가까이 해온 내 공직생활 중에서 이를 실천하는 임명권자를 본 적이 없다.

그저 임명권자 눈앞에서 알랑거리고 아부하고 손바닥 지문이 없어질 때까지 비비는 사람이 대부분 승진대상이 되니 열심히 일하는 직원들의 불만은 항시 존재하게 마련이다.

특히나 지자체장이 선거직으로 바뀌면서 줄서기 잘못하면 좌천되는 사례가 허다하고 또 사돈의 8촌이라도 선거에 도와주면 상상치 못한 발탁인사도 서슴없이 시행하는 것을 보면 인사의 기준은 제반 법규나 '룰'을 정했을 뿐, 이를 비켜나가기는 식은 죽 먹기나 다름없다.

이 같은 임명권자의 횡포를 바로잡기는 아마도 불가능하다는 것이 나의 생각이다.

공무원들의 위조된 학력은 수없이 많았던 것으로 기억된다.

공무원들은 법으로 학력을 폐지하였기에 개인들의 인사기록 카드도 엉

터리가 많다.

다니지도 않고 졸업하지도 않은 학력을 마음대로 기록해도 학력이나 경력조회를 하지 않기 때문에 한 동네에서 함께 자라고 그 가정의 내력까지 알고 있는데도 초등학교만 졸업한 사람의 인사기록카드 학력란에는 ○○고등학교 졸업이라고 기록해 놓는 것이 다반사다.

물론 첨부된 서류에는 졸업증명서가 없어도 학력란은 고등학교 졸업이다. 이 같은 학력위조는 과거 내무부에서 5급으로 승진하는 직원은 적어도 고등학교는 졸업해야 하지 않느냐 하면서 법으로 정해진 학벌은 폐지하지만 내적인 방침을 정했다는 말이 퍼지면서 가짜 학력이 기재됐지만 이를 조사하거나 감시하는 사람은 한 사람도 없었다.

또 그때만 해도 5급 승진은 시·군 단위에서는 임명권자인 시장·군수가 아닌 도청에서 시행하기 때문에 대개가 도청직원이 5급으로 승진되면 시·군에서 1~2년 근무하다 다시 복귀하는 형식이다. 어쩌다 시·군에서 날고 기는 6급 계장이 5급으로 승진하는 경우도 있기는 했었다.

실상이 이렇다 보니 도청 직원들, 특히 인사부서나 고위직들에게는 욕을 먹어도 '예! 예!' 할 뿐 상명하복의 체제가 철저해 말도 안 되는 사적인 지시가 많았던 것도 사실이다.

그런 데다 집권당 연락소장의 끗발은 또 얼마나 센가?

지자체 인사를 '이리 왈 저리 왈' 하며 당(黨)에 충성치 않으면 또 진급하기 어려웠다. 진급 후에도 지역구 국회의원에게 금 거북을 만들어 주었느니 금 돼지를 주었느니 하는 말들이 오고 가기도 했는데 확실한 근거는 없어도 소문은 무성했다.

하지만 6급에서 5급으로 진급을 하게 되면 무엇인가를 보답하는 사례는 꼭 해야 한다는 인식이 팽배해 있었던 것도 사실이다.

사람이 사람을 평가하는 것처럼 어려운 일은 없고 어느 기준이나 잣대를 대어도 누구에게나 설득력을 얻을 수 있는 아주 공정한 인사는 있을 수도 없고 있지도 않다.

그러나 그 인사가 하위직 공무원들이 보편타당하다고 인식하고 있다면 성공작이 아닐까 하는 생각이다.

누가 일을 잘하고 누가 못하고, 땡만 까다가 일에다 꿀을 발라 놓으면 꿀만 핥아 먹고 있는 직원이 누구인가는 하위직들은 대부분 다들 알고 있기 때문이다.

하지만 하위직들은 절대 말하지 못한다. 만약에 어쩌구 저쩌구 못마땅한 말이라도 했다가는 어떤 불이익을 당할까 두려워서 말이다.

그리고 상급자로 모셔야 하기 때문에 불만은 불문율이나 마찬가지다.

더욱이 지금은 업무 능력을 향상시키기 위해 모든 사무실을 O/A 시설로 바꿔 구석진 곳의 자리는 잠을 자도 모르고 컴퓨터로 오락을 해도 모를 수 있어 통제하기 어려운 면이 있다.

실제로 어떤 직원은 하루 종일 고스톱이나 포커만 하다 퇴근해도 아무도 모르고 게다가 전자결재를 하다 보니 특별한 업무가 없을 때는 얼굴을 마주하지도 않는다.

이 같은 O/A 사무실을 만들 때는 적어도 상대방의 목부분까지는 보이도록 했어야 했는데 그저 생각 없이 설치하다 보니 앉아 있어도 보이지 않기에 이는 실패작으로 보인다.

물론 할 일이 서로 다르고 알아서 한다고 하지만, 관리자는 직원들을 한눈에 누가 무엇을, 어떤 업무를 어떻게 하고 있는지 알아야 통솔할 수 있기 때문이다.

그리고 공직자는 자기보다 직급이 높은 사람보다 똑똑해서는 안 된다.

흔히 공직자들은 직급이 높으면 하위직보다는 아는 것도 많고 업무처리도 훨씬 잘하고 있는 것으로 착각하고 있기 때문이다. 아무리 좋은 아이템이나 보편타당한 계획을 세워 진행하려 해도 절대로 받아들이지 않는다.

설사 그 계획이 돈이 들지 않는 비예산 사업이라도 대부분의 관리자는

"귀찮게 무얼 해" 하며 시행치 않는 것이 보통이다.

다만 상급기관에서 시달된 사항이나 군수 지시사항은 어떤 일이 있더라도 남보다 더 잘 만들고 타업무에 우선해서 처리한다. 그래야만 칭찬도 들을 수 있고 유능하다는 말을 들을 수 있기 때문이다.

정말 일 잘하고 똑똑하면 경쟁자들에게 인사 때마다 씹히는가 하면 장점은 단 1%도 없고 단점만을 퍼뜨려 마치 죄라도 지은 사람처럼 윗사람에게 일러바쳐 아주 나쁜 사람으로 만들어 버리는 경우도 허다하다.

한 번은 과장께서 출장 중이라 간부회의에 대리로 참석하여 실·과·소별로 업무보고를 하는데 어느 과장이 이비에스(EBS) 방송에서 관내에 대한 내용이 방영된다고 보고했다.

이에 K대 출신인 H모 군수가 EBS의 뜻을 영어로 말하라고 하자 보고자는 얼굴만 붉히고 있자, 다시 아는 사람은 말해 보라고 하였으나 아무도 답하지 못했다.

나는 교육방송으로 'Educational Broadcasting System' 이라고 말하고 싶었는데 회의 끝나고 "아는 척하지 말라"는 핀잔의 소리라도 들을까 싶어 할까 말까 망설이다 모르는 체하고 말았다. 회의에 참석한 그 사람들의 면면을 살펴보니 정말 EBS를 알 만한 과장은 없었던 것으로 생각되었다.

물론 관심이 없다면 모를 수도 있다. 하지만 9급 공채시 행정직은 영어시험 과목이 분명히 있었는데 모른다면 어떻게 합격을 했는지 의심스럽다.

직원들은 영어를 배우지 않은 그들의 학력을 다 알고 있지만 단지 모르는 척할 뿐이다.

조금은 창피한 이야기지만 그런 사람들이 북치고 꽹과리 치고 하였으니 그 앞에서 똑똑한 척하거나 아는 척하다가는 자신의 앞길을 스스로 망치는 길밖에는 없는 것이다.

보통 인사 때가 되면 이번 인사에는 누가 어느 자리로 옮기고 누가 승진이 될 것이라는 예상의 말들이 오고 가는데 그런 말들이 거의 80%는 맞는다.

새마을 부서에서 5년간이라는 시간을 보낸 나는 승진할 수 있는 자리로 옮기겠지 하는 기대감에 들떠 있었지만 천만의 말씀이다.

더욱이 도청에서 실시하는 '새마을총열'이라는 평가에서 3위를 차지했는데도 말이다. 감사계장으로 옮긴다는 이야기가 들리더니 결과는 좌천의 자리만이 기다리고 있을 뿐이다. 후에 알게 된 사실이기는 하지만 감사계장 얘기가 나오자 누군가가 부군수를 찾아가 "걔가 가면 아마 부군수도 감사하려고 할 걸요" 하고 시쳇말로 씹었다는 후문이다.

도대체 그 사람들은 어떤 잘못을 얼마나 하였기에 그렇게 겁을 내고 감추려 하는 것인지 지금 생각해도 그때의 일들이 정말로 이해하기 어렵다.

지금도 생각하기조차 싫은 일들이 있다. 놀아도 아주 깡그리 노는 공직자! 무슨 염치로 매월 25일에 봉급을 받아 가는지 미안하지도 않은지 묻고 싶다. 허우대도 좋고 언변도 좋아 그 사람과 대화라도 하면 아주 호감 가는 모 계장 이야기인데 일을 할 줄 몰라서 안 하는 건지 하기 싫어서 안 하는 것인지는 모르겠다.

옆자리에서 그를 보면 늘 전화통만 잡고 있다. 사실인지는 몰라도 그 사람이 쓰는 시외전화 통화비가 한 달에 일백만 원이 넘었다는 소리까지 들렸으니 업무는 뒷전이고 개인적인 일에만 매달리고 있다는 표현이 맞을지도 모른다.

웃지도 못하고 울지도 못할 어느 지방세 사건을 옮겨 본다.

각종 지방세 부과는 시 · 군에서 처리하지 못하고 자료를 도청에 제출하면 전산으로 고지서를 출력하여 시 · 군으로 송달하면, 관외분은 우편으로 관내분은 이장이나 반장을 통해 고지하고 납부대상자는 정해진 금융기관에 납부하면 되는 시스템을 운영할 때의 사건이다.

접적지역 주변에는 군(軍)의 통제지역이 많아 출입이 자유롭지 못한 곳의 토지는 재산권의 행사조차도 못하는 부동산들이 많았는데 대부분 비과세로 처리하고 있을 때다.

지난 1994년인가로 기억되는데 조금은 가물가물하다.

국회에서 국정감사를 앞두고 우리나라에서 종합토지세를 가장 많이 납부하는 납세자들의 자료를 내무부(현재 안전행정부)에 요청하여 이 자료가 중앙일간지에 보도되었다.

이를 본 지주는 너무나 황당하여 군청에 항의하자 사실관계를 확인한 바 고지가 잘못된 것을 그때서야 알게 되어 담당자가 홍역을 치룬 사건이다.

어느 지역이라고 밝히지는 않겠지만 40여 만 평의 임야(林野)가 4명의 공유지분으로 등기되어 있었다.

군부대 통제로 재산권을 행사하지 못하는 관계로 비과세인 데다 토지등급(현재는 공시지가)까지 실제보다 100여 등급이나 껑충 띈 세액을 산출, 전산입력이 잘못되어 전국에서 종토세 1·2·3·5위라는 기록을 세우게 된 것이다.

사건이 터지자 군의 담당과장과 종토세 담당자는 '아이고 죽었구나' 하고 도청에 가서 빌고 내무부에 가서 혼나고 말도 못할 지경이었다.

그 시절 도청이나 내무부가 어떤 곳인가? 정말 무서운 곳이다. 시쳇말로 죽으라면 죽는 시늉까지 해야지, 막말로 그들에게 찍히게 되면 공직생활을 그만 둘 날을 재촉하는 꼴이 되는 것은 자명한 일이다.

담당직원은 사비를 들여 특산품을 구입해 전달하고 두 손 모아 싹싹 빌고 잘못했으니 "죽여 주십시오" 하여 경미한 징계도 받지 않고 무마됐다. 당시 내무부의 담당과장이 이곳 군수를 역임한 터라 용서되었지 아니면 중징계를 면하기 어려웠을 것이다.

그런데 담당계장인 그는 강 건너 불구경하듯 모르쇠로 일관하였으니 주변직원들의 원성은 무척이나 높았었고, 또 그에 대한 책임감 운운하며 공직사회에서는 있을 수 없는 사건으로 알려졌지만 쉬쉬하며 한동안 뒷얘기만이 무성했었다.

하루 종일 점 하나 찍지 않고 퇴근하는 사람, 그래도 윗사람들은 그를 일 잘하는 공직자로 알고 있기에 정말 땀 흘리고 열심히 일하는 공직자들은 때로는 명예까지는 아니더라도 사기는 땅바닥으로 떨어지게 마련이다.

한 번은 H모 군수가 실·과·소별로 각 계장들로 하여금 추진하고 있는 업무를 직접 보고하라는 지시사항이 있었다.

일주일 여를 앞둔 보고를 위해 그는 직원에게 보고서를 만들어 오라고 하더니 왼쪽 지면은 현황을, 오른쪽은 시나리오를 써서 하루 종일 그것만 읽고 외우다 땡하면 퇴근한다.

드디어 우리 부서의 보고일이 왔다.

언변 좋은 사람이 고저를 맞춰가며 달변으로 보고하니 군수가 만족해 하며 '보고 잘해 주었다' 고 격려까지 하였으니 그 누가 일 안 하고 놀고 있는 공직자로 알겠는가?

진실을 모르는 군수가 한심할 뿐이지….

공직사회도 여러 직종과 직렬로 조직된 단체이므로 가끔은 돌연변이처럼 사고를 치는 경우가 많지만 고의냐 실수냐를 따져 용서를 받기도 하지만 보통사람들의 생각으로는 이해하기 어려운 가벼운 일도 침소봉대하여 중징계를 받을 때도 있다.

경기일보에 재직할 때다.

어느 날 저녁에 별로 가까운 사이도 아닌 후배 직원의 전화가 왔다. 모시는 계장이 참 좋은 사람인데 실수를 해서 징계를 받게 되었는데 도와달라는 간곡한 부탁이다.

기자는 뭐 대단한 빽이라도 있는 것처럼 부탁하니 난감하였으나 그 직원은 성품이 착하고 성실하였기에 모처럼의 부탁을 외면할 수가 없었다.

다음날 감사계에 알아보니 그리 대단한 일은 아닌 것 같았다. 모 술집에서 술주정을 한 것이 여론의 뭇매로 악화되자 모종의 조치를 취하는 정도였다.

그런데 이 사람 언제인가 민망한 사건으로 망신당한 일이 생각난다.

확실하게 이 사람인지는 모르겠지만 모 업자에게 일백만원을 받아 벌건 대낮에 모텔에 들어가 직업여성과 관계를 가졌는데 지갑에 돈이 많으면 여자가 팁을 달랠까 염려되어 30만원은 화대로 주고 70만원은 매트리스 밑에 감춰두고 관계를 가졌다는데, 모텔에서 나와 보니 70만원이 없어진 것으로 착각하여 이를 파출소에 신고했다는 것이다.

파출소장은 수사업무에 노련한 형사 출신으로 신고자의 행적을 확인하고 모텔에 가 70만원을 찾아냈다.

그러나 찾아낸 돈을 "여기 있소" 하고 바로 주는 경찰관이 어디에 있겠는가? 돈의 출처를 캐물으니 들통이 나고 말았다.

나와 소장은 오랜 인연으로 30년 가까이 허심탄회하게 흉금을 털어놓는 사이로 지내고 있었다.

그날 저녁 생면부지의 경찰관의 전화다. 좀 만났으면 하는 내용이었다.

만나보니 모 파출소장이다. 그 사건의 주인공이 고향 후배인데 전출 온 지 며칠 되지 않아 이곳 실정도 모르고 아는 사람도 없으니 도와달라는 부탁이다. 내가 그 소장과 친한 것을 알고 후배사건을 해결하려는 의도였던 것이다.

그런데 그 소장은 정말로 정의로운 경찰이라는 닉네임이 따라다닐 정도로 불의와는 타협하지 않는 이름난 사람이지만 나하고는 죽이 맞아 초임 때부터 아주 가까운 사이로 지내오고 있었던 터라 참으로 난감했다.

나와 두터운 친분을 유지하고 있는 그 소장의 평소 주장은 '죄를 지으면 벌을 받아야 한다' 는 철두철미한 법 집행자이자 사건을 절대로 봐 주지 않는 사람으로 정평이 나 있어 나 역시 아무리 친해도 단 한 번도 부탁해 본 적이 없었다.

하지만 오죽하면 같은 직책을 수행하는 직장 동료인 소장에게 말하지 못하고 나에게 부탁을 할까 하는 생각에 조금은 내 마음이 흔들렸다. 저녁을 함께하는 것으로 약속하고 셋이서 만났다.

식사가 끝날 무렵 어렵게 말을 꺼내기에 부탁한 소장 편을 들어 "후배를 위한 부탁이니 한 번 봐 줍시다" 하였더니, 항상 편하게 만나 우리들의 이야기만 하였기 때문에 나의 부탁은 의외라는 눈치다.

이런 저런 대화를 하다 보니 서로를 알게 되었고 없었던 일로 접어둔 사건인데 내가 나서서 해결해 준 것을 그는 모르고 있을 것이다.

세월은 쉬지 않고 소리 없이 흐르기에 또 한해를 넘기며 아무 일도 없었던 것처럼 오늘도 해는 뜨고 다시 지고 있다.

그러나 사건과 사고는 끊이지 않고 일어나는 것이 사람 사는 사회가 아니겠는가.

한 직업여성이 매춘을 강요한 주인을 고발해 경찰이 조사에 나섰다. 그런데 이게 웬일인가? 압수한 장부에 어느 날 몇 시에 누구와 관계한 사실이 자세하게 기록되어 있는 것이 아닌가. 그 직원의 이름까지 말이다.

그 장부를 보니 놀라지 않을 수 없는 사실을 알게 됐다. 육군 중령에서 이 사람 저 사람, 그리고 더 놀란 것은 매춘의 횟수인데 어느 날은 27회가 기록되어 있는데 당시 화대는 6만원이라고 적혀 있어 환산해 보니 162만원이나 된다.

정말 놀라운 사실이다. 그렇게 많은 성관계를 하고도 정상적인 생활을 할 수 있는지 의심스럽기까지 하다.

경찰은 이 장부에 오른 사실을, 군인 신분은 해당부대로 공직자는 군청에 통보하니 명단에 오른 사람들은 징계를 면할 방법이 없는 것이다.

어느 날인가 전화벨이 울린다.

술에 취한 듯 한숨을 푹 내쉬고는 약간은 혀 꼬부라진 소리로 "면장님! 한 번만 봐 주십시오" 하고는 염치가 없는지 끊어 버린다.

감사계에 알아보니 이번에는 어쩔 수 없이 중징계를 해야 한단다.

당시 경징계는 군청에서, 중징계는 도청에서 처리하기 때문에 중징계는 직위해제나 면직, 정직이나 파면 등으로 자칫 공직생활이 끝날 수도 있는 상태에 이른 것이다. 어려운 사람은 지푸라기라도 잡는 심정을 이해하려 하니 도와줄 수밖에 없었다.

때마침 주무부서 국장이 공직생활 때 가까운 사이라 사정사정하여 부탁하니 경징계에 해당하는 감봉 2월에 처해 공직을 연명할 수 있게 되었다.

그런데 이 사람은 부탁할 때뿐이고 고맙다는 전화나 인사마저 없는 파렴치한 인간이다. 때로는 후회도 해 보지만 인간은 어려울 때 돕는 것이라 생각하였기에 내 스스로를 위안하고 말았다. 다만 이런 사건이 일어나지 않기를 바라면서 말이다.

한 번의 사건은 사건을 또 만들고 그 속에서 헤어나려 하면 터지는 것이 사건인 것 같다. 잠잠해진 줄 알았던 사건은 또 꼬리에 꼬리를 물고 발생한다.

그 다음 해인가, 지방경찰청 매춘부 단속에서 그 이름이 또 올라있어 잘못된 운명의 끈은 잘려지지 않고 계속된 것이다.

사건의 연속은 자기 자신을 스스로 힘들게도 하지만 혼쭐이 났으면서도 이런 행동이 계속될 수 있을까도 생각해 보았지만 억세게 재수도 없는 사람인 것 같다.

또 다시 구원을 요청해 왔다.

사실 나라면 천지가 개벽하고 태산이 무너진다 해도 창피하고 더러워서 부탁하지 않을 것 같은데 이 사람은 몰염치하게도 또 '살려 줍쇼' 다.

하지만 부탁할 사람은 나밖에 없었기에 맨 정신으로는 도저히 말하지 못하고 술에 취에 한숨 쉬며 사정하는데 괘씸한 생각이 든다.

그렇다고 사건이 해결되면 '고맙다'는 인사를 하는 것도 아니다.

그리고 얼굴 한 번 맞대고 사정하는 것도 아니고 술에 취해서 내뱉듯이 부탁한다고 읍소한다.

아주 괘씸한 생각이 들지만 나의 여린 마음은 젊은 놈이 직장을 잃게 되면 뭘 하겠나 뻔할 뻔자지 하고 다시 구원의 길을 택하는 것이 당연할 것 같아서다.

만약에 모른 척한다면 다가올 앞날은 '행복 끝 불행 시작'이라는 어둡고 긴 터널 속만을 걸어야 하는 것이 내 눈에 훤히 보였기 때문이다.

무릇 세상은 한 사람을 궁지로 몰아넣기는 쉬워도 한 사람을 영웅이나 지도자로 만들기에는 수많은 사람들이 동원되어도 결코 쉽지 않은 것이 사실이기 때문이다.

어쩔 수 없이 또 다시 구원투수로 나설 수밖에 없었다. 또 다른 인맥을 동원해 정직 3월을 받게 되니 운이 좋은지 목숨이 질긴 것인지는 몰라도 행운의 여신은 언제나 그 사람 편이다.

그런데 정말 화가 난다. 볼 일이 있어 사무실에 들러 그를 마주하였는데 밑도 끝도 없이 하는 소리가 쪽 팔려서 못 다니겠단다. 참으로 어처구니가 없다.

"야! 이 새끼야 너 하나 그만둔다고 군청이 흔들리냐? 너 밖에 나가봐. 한 달에 백만 원 벌기가 얼마나 힘든지 알아?" 하면서 욕을 해댔다.

고맙다는 얘기는 고사하고 쪽 팔린다는 말에 정말 실망했다.

정직 3월이면 석 달만 버티면 다시 제자리를 찾는 징계 양정규정이라 공직을 떠나는 일은 없는데도 자기가 저지른 죄에 대한 반성은 고사하고 쪽이 팔린다는 말에 싸대기라도 올리고 싶었다. 그를 도와준 일을 후회하지는 않지만 지금도 생각하면 마음 한구석이 왠지 허전해진다.

가끔이나마 뉴스를 접하다 보면 '공직자 공금횡령'이라는 보도에 한심스러운 생각이 든다.

적어도 2~30년 전에는 공무원들이 뇌물이나 향응을 받는 직원들은 있었어도 공금을 횡령했다는 이야기는 듣지도 못하고 보지도 못했다.

모든 업무가 전산화되면서 생겨난 문제가 아닐까 하는 생각이다.

지출결의서가 작성되면 작성자가 계장의 결재를 받을 때는 단식부기이기는 했어도 장부와 함께 지출될 금액 앞에 마미인이라는 조그만 도장을 찍고 결재란에 큰 도장을 찍고 또 과장에게 결재를 받을 때도 똑같은 순서를 거친다.

그리고 금액에 따라 부군수나 군수까지 결재를 받아야 지출이 가능한데 현재의 지출 시스템을 알고 있지는 못하지만 아무래도 전산은 젊은 직원들이 능숙하기 때문에 나이든 관리자는 익숙하지 못해 통제나 확인이 다소 어렵지 않을까 하는 염려가 앞선다.

어떻게 해서 수십억 원의 공금을 횡령할 수 있을까? 참으로 답답하다.

첫째는 본인의 잘못이라 생각하지만 그를 관리 통제하는 윗사람도 책임을 져야 한다는 게 나의 생각이다. 관리감독에 소홀함은 직무유기라 생각되기 때문이다.

공직자! 약간의 직위가 있거나 관리자가 되면 자기가 최고인 양 꺼떡거리고 안하무인(眼下無人)으로 행동하는 사람들이 많다.

하지만 퇴직해 보라. 최고의 악질 공직자라도 사회에 나오면 최고로 순한 사람보다 더 순하다. 사회물정 모르는 초등학교 학생 수준이라고 하면 어떨지 모르겠지만 사회는 공직자 출신을 절대로 포용해 주지 않는다.

도시는 몰라도 내가 사는 시골에서는 공직자 출신은 겉으로는 좋은 척 할지 몰라도 속으로는 아니라는 것이 정답일 것이다.

지방자치시대가 열린 지 20년이 지났지만 자치단체장이나 의회의원에 출마해 당선된 사람은 지난 2010년 지방선거 때 군 의원 1명이 고작이다.

그동안 나를 포함한 4명이나 군수에 도전했지만 당선된 공직자 출신은 아무도 없다.

왜 그럴까? 한 번쯤 되짚어 볼 일이다. 오직 정답이 있다면 재직시 '주민에 의한 주민을 위한 행정' 이 아니고 주민 위에 군림하며 위세부리고 무슨 일이든 자기 마음대로 할 수 있다는 거드름이 낳은 산물이다.

이제라도 모든 공직자들은 공정하고 신속한 업무 처리는 물론, 주민들을 가족 대하듯이 친절하게 하고, 또 섬기는 자세로써 눈높이를 주민들에게 맞추어야 할 것이다.

그리고 작은 소리도 크게 듣고 불편부당한 일들은 바로잡고 스스로를 주민들을 위한 봉사자라는 자세로 땀 흘린다면 공직자들을 신뢰하는 첩경이 될 것으로 보인다.

보리파종

'선거는 민주주의의 꽃'이라는 표어는 극히 타당하고 사회적 분위기에 걸맞는 용어라 할 수 있으나 과거 군부독재시대의 '국민투표'는 '민주주의를 후퇴시킨다'는 말이 훨씬 더 어울릴 것 같다.

공직생활 중에 2번인가의 국민투표와 대통령 선거, 국회의원 선거를 치루면서 투표율을 올리기 위한다는 미명하에 주민들을 독려하고 개표종사원으로 참여하면서 터득한 말하지 못할 선거의 진실을 파헤쳐 본다.

과거 장기집권을 위한 '유신헌법'과 전두환 정권 초기에 대통령 임기를 7년 단임제로 하는 새 헌법을 만들어 국민투표를 실시할 때로 기억된다.

국민투표 때는 전 공무원이 찬성표를 이끌어 내기 위한 홍보요원으로 둔갑한다.

군청에 각 실·과·소는 각 읍·면을 담당하고 각 리별로 군청과 읍·면직원이 복수로 담당해 주민들의 성향을 일일이 체크하고, 또 야성이 강한 인물들의 회유책에 앞장서게 된다.

아마 그때의 암호명이 '보리파종'인가로 기억되는데 겉으로는 보리파종을 위한 홍보지만 실제로는 투표율과 찬성률을 높이기 위하여 전쟁을 방불케 하는 총력전을 펼친다.

만약에 마을에서 말 꽤나 하고 정치를 비판하는 주민이 있다면 일단은 회유책으로 막걸리도 받아주고 다독거리며 좋은 말로 당위성을 집중 홍보한다. 그래도 시쳇말로 씨가 먹히지 않으면 집이라도 뒤져서 땔감이라도 나오면 산림과에 통보하여 무단벌목이나 불법채취 등으로 몰아가 혼쭐을 내기도 한다.

그리고 담당자는 봐주는 척하고 산림경찰은 큰소리치며 감방이라도 보낼 듯이 옥박지르고 소위 밀고 당기고 하다 봐달라고 사정하면 그때서야 이번 선거가 잘 되게 앞장서달라는 부탁과 함께 풀어주는 방법까지 동원한다.

그뿐인가. 담당자와 읍·면장들은 누가 찬성하고 반대할 사람을 체크하다 도저히 저 사람은 야당 골수분자라는 타이틀이 붙게 되면 투표당일 소주잔을 나눈다든지 하는 방법으로 투표를 못하도록 잡아두는 경우도 있다.

언제나 국민투표의 목표는 98% 참여율에 98% 찬성이다.

그때만 해도 읍·면장들이 별정직이다 보니 반대표가 많을 경우 그만 둘 수도 있어 우리 일반직보다는 더 열심히 해야 했기 때문에 목숨 걸고 매달리는 것은 자명한 일이다. 별도의 선거자금이 내려오는지는 몰라도 필요경비는 대부분 읍·면장들이 조달한 것으로 알고 있다.

한편 군청 주무부서는 어떻게 하면 전국에서 최고로 높은 투표율과 찬성률을 올릴 수 있을까 하는 아이디어를 동원한다.

그 사례를 지금 생각하면 어처구니없지만 그 시절에는 통했으니 세월의 무상함을 느끼기도 한다. 우선 기표장은 비밀투표인 만큼 두꺼운 광목으로 가림막을 설치하여 밖에서는 볼 수 없도록 하여야 한다. 그러나 가림막을 기표하는 책상 높이보다 조금만 올리면 기표하는 손이 보이기 때문에 찬성인지 반대인지를 밖에서도 알 수 있다.

오른쪽이면 찬성이고 왼쪽이면 반대이기 때문에 투표종사원으로 임명된 공무원은 그것을 체크하여 투표시간 종료와 함께 이를 집계하면 투표율은 물론, 찬성과 반대표가 얼마나 되는지를 거의 맞추는 방법이다.

어디 그뿐이겠는가?

투표용지 크기와 같은 규격으로 합판을 만들어 기표소 책상 위에 설치한다. 그리고 기표를 하는 도장을 공문서 편철에 사용되는 검은색 실로 만든 철끈으로 묶어 놓으면 찬성을 찍을 수는 있어도 반대는 찍지 못하게 만든다.

다시 말하면 투표용지를 제작된 합판 위에 바르게 올려 놓으면 찬성이 오른쪽, 반대가 왼쪽인데 기표 도장에 인주를 묻히고 반대를 찍으려면 철끈의 길이가 짧아 반대쪽까지 가지 못하기 때문에 투표용지를 반대로 돌려 놓고 찍으면 몰라도 반대를 찍을 수 없게 만든 것이다.

게다가 가림막까지 올라가 있으니 겉보기는 정상적인 투표소로 보이지만 천만의 말씀이다. 짜고 치는 고스톱보다 더하면 더했지 못하지 않다.

그래도 누구 하나 따지는 사람이 없다. 만약에 이를 따지면 빨갱이 취급 받는데 그 누가 잘못 되었다고 항의할 수 있단 말인가?

투·개표구 종사원으로 명을 받게 되면 투표 전일 투표함을 지키는 입회 경찰과 종사원이 함께 밤을 새우는데 지원된 경비로 야식도 먹고 지루함을 피하려 고스톱을 칠 때도 있다.

투표인수가 적은 시골 마을이라 인적도 드물고 하여 함께한 직원과 "야! 우리 히트 한 번 쳐보자" 하여 전국에서 제일 먼저 투표를 끝낸 지역으로 매스컴을 타기 위해 일을 벌일 때도 있다.

보통 오전 6시에 투표시간이 시작되는데 오전 10시에 마감하는 걸로 약속하고는 이를 시행하기도 한다.

투표소 문을 안에서 걸어 잠그고 오지도 않은 사람들을 골라 찬성표를 만들어 무더기로 넣고 또 주소지만 이곳이고 거주지가 다른 사람들을 골라 똑같은 방법으로 투표를 마감하는 것이다.

그런데 그날 하필이면 경찰서장이 투표소에 온다고 하여 바쁘게 문을 다시 열고 아무 일도 없었다는 듯 평온한 것처럼 했지만 두세 명이 투표하러 오자 재빨리 직원이 나가 안부를 묻는 등의 말로 시간을 끈다.

경찰서장이 떠나자 요리조리 핑계를 대며 투표를 지연하면서 시간을 끌다 12시쯤 마감해 버렸다. 개표결과는 100% 투표에 100% 찬성이다.

선거 후에 고생했다는 의미로 실·과·소 대항 축구시합을 가졌는데 유니폼 상의에 '올백'이라고 표시하자고 하였으나 웃음거리가 될까 봐 그렇게 하지는 못했으나 그때부터 '올백'이라는 새로운 유행어가 탄생하기도 했다.

투표시간이 종료되면 2~30분에 걸쳐 투표율을 집계하지만 투표종사원인 공무원들은 별도로 찬성과 반대를 예상하여 읍·면장에게 보고하면 나중에 예상된 수치가 개표결과와 비교했을 때 별로 차이나지 않는다.

투표소별로 모든 집계가 끝나면 경찰 입회하에 투표함을 버스에 싣고 지정된 개표소로 집결시킨다.

개표 종사원으로 검표나 집계 등의 중요한 업무는 일반 행정공무원이 임명되고 투표용지를 선별하는 작업은 대부분 교육공무원인 선생님들이 담당하는 것이 보통이다.

개표소는 만약의 사태에 대비하여 한전과 소방대원 등이 대기하고 원활한 질서유지를 위해 경찰들이 출입을 통제한다.

개표소에는 선거관리위원과 개표종사원, 정당에서 지명한 참관인과 보도를 위한 기자, 그리고 선관위에서 허락된 자들만이 출입이 가능하며, 개표상황을 생중계하기 위한 방송국과의 직통전화가 가설되기도 한다.

지금은 자동선별기가 동원되는 IT시대이므로 개표상황이 즉시 보도되고 방영되지만 그 때는 모든 작업을 손으로만 해야 하기 때문에 시대변화를 감안하는 것이 좋을 것 같다.

선거관리위원장의 개표선언에 이어 투표구 안내가 되면서 개표가 시작된다. 대체로 부재자 투표함이 제일 먼저 개표되는데 투표함의 봉인여부를 참관인이 확인하고 개봉하면 길고 넓게 마련된 책상에 투표용지를 쏟아 놓는다.

종사원은 찬성과 반대를 분리하여 백장 단위로 고무 밴드로 묶어 바구니에 담아 검표를 거쳐 집계하여 몇 투표구 투표인수 몇 명에 찬성이 몇 표 반대가 몇 표 등을 기재하여 위원들에게 전달시킨다.

위원들은 다시 검표를 실시하고 제반사항을 확인한 후 위원장이 그 결과를 발표한다.

선거관리위원은 지역에서 주민들의 신망이 두터운 사람 중에서 선임되고 보통의 경우 7명 정도로 구성되며 위원장은 관할지역 법원의 판사가 임명되는 것으로 알고 있다.

여기서 잠깐 시대적인 배경과 상황을 뒤돌아보고 부정선거의 의혹들을 열거해 본다.

군수는 임명직으로 대통령이나 국회의원 선거시 결과가 좋지 않으면 사실 크나큰 부담감을 갖게 되는 것도 사실이다.

특히 국민투표의 경우는 더욱 그렇다.

여당(與黨)세가 강한 농촌지역에서 결과가 좋지 않으면 질타는 물론, 좌천까지 당하는 경우가 있었다는 말을 들은 적은 있지만 사실인지는 모른다.

우리지역에서는 항상 여당의 공천을 받으면 잠만 자도 당선이 되는 지역이니 군수의 질타나 좌천은 보지 못했기 때문이다.

만약에 군수가 투표율이나 찬성률이 적을까 염려되면 개표종사원 중에 머리회전이 빠른 계장급을 상대로 인터뷰를 하는 경우가 있다. 그 표현의 방식은 이렇다. "모 계장, 이번 선거에 몇% 참여율과 몇% 찬성은 되겠지?" 했을 때 당사자는 군수의 희망사항을 스스로 알아채야 똑똑한 사람이다.

'나의 뜻이 이러니 알아서 하라'는 말이다. 선거 후에 문제가 될까 싶어 '이렇게 하고 저렇게 해서 좋은 결과를 만들어라' 하는 말은 절대 하지 않는다.

후에 선거법 시비나 문제가 되더라도 손톱만큼의 책임도 지지 않기 위해서다. 알아서 충성하면 인사 때 알아서 해 주겠다는 의미로 해석할 수 있는 것이다.

국민투표! 아무리 반대해도 찬성하는 지지율을 올리기는 식은 죽 먹기보다 쉬운 일이다. 군청 실·과·소가 경쟁하고 각 읍·면이 지지율을 높이기 위해 무한 경쟁에 총력전을 펼치는데 공무원이 개입해서 안 된다는 것은 있을 수 없는 일이다.

개표 전에 실·과·소장이나 읍·면장이 사전에 예측한 집계결과가 언론이 예측한 전국 평균보다 조금 높으면 문제이고 아주 높아야 하기 때문에 어떻게 하든지 목표달성을 위해 수단과 방법을 가리지 않는다.

또한 개표가 진행되면서 상황을 판단하여 95% 이상이 찬성으로 나와야 하는데 그렇지 못할 경우 목숨 걸고 시행한다.

반대 99장에 첫 장만 찬성표를 얹어놓은 채 제반 절차를 밟아 위원들에게 올려보아서 반응을 살펴보고 어느 누가 묻지도 따지지도 않는다면 부족한 찬성률을 앉아서 높인다.

사실과 현실이 잘못됐어도 눈감고 넘어가야지 그 누가 부정이라고 이야기할 사람도 없다. 시대가 시대인 만큼 눈치 보며 살아야 하는 때라 거역할 수 없는 사명감이라 할까?

그때의 느낌은 '이거 국민투표는 하나마나로구나' 하는 생각이었다.

정당에서 추천된 개표 참관인들도 처음에는 이곳 저곳을 살피고 투표용지가 몇 장 정도 똑같이 접혀 나오기라도 하면 큰소리쳐 보지만 그때뿐 말짱 도루묵이다.

투표용지가 똑같이 접혀 나오면 바로 섞어 흩트려서 증거가 없어지는데 무엇을 어떻게 따지겠는가? 오직 양심만이 부정선거를 알고 있을 뿐이다.

나도 공직생활 중에 몇 번의 개표종사원으로 참여했었지만 대통령이나 국회의원 선거는 부정이 없었던 것으로 알고 있고 그렇게 기억하고 있다.

대선이나 총선은 공무원들이 대놓고 지지 의사를 밝히지도 않고 입조심 말조심해야 오해 받지 않을 뿐더러 줄서기 잘못하면 바보가 될 수 있기 때문이다.

부정선거는 상상도 하지 않는다. 그리고 부정도 할 수 없고 어느 누가 지시하는 사람도 없고 지시를 한다 해도 들어줄 직원은 아무도 없다.

그리고 공무원은 중립을 지키라는 엄명도 있지만 군수 의지에 따라 지지를 홍보할 수는 있어도 부정선거는 있을 수 없다.

아주 용감하고 거침이 없는 군수가 있었다.

선거기간 어느 날인가 호출명령이 떨어져 군수실에 가니 "어느 부락을 담당하느냐"고 묻기에 작은 부락을 담당한다고 했더니, "지역 중·고등문회 사무국장이니 일개 면을 담당하라"며 봉투를 주기에 거절했는데 괜찮다고 하며 강제로 주머니에 넣어준다.

역대 군수 중에 국회의원 선거에 그렇게 열심히 도와준 사람은 처음 보았고 직원에게 돈 봉투까지 주는 것도 처음이었다.

선거결과는 압승이었다. 지역에서 6선이라는 기록을 세운 L의원은 지금은 정계를 떠났으나 최장수 국무총리에다 대통령 출마까지 하였으니 이 지역에서는 참다운 일꾼으로 명성이 나 있고 지금도 그를 지지하는 세력도 꽤나 많은 것으로 알려지고 있다.

선거! 지금처럼만 시행된다면 문제가 없어 보인다. 다만 편향된 언론사 문제는 시급히 대책을 마련하여야 할 것으로 보인다.

어느 누가 출마해도 보수니 진보니 하면서 일방적 지지를 유도하는 방송은 국민 정서에 반하는 일이기 때문이다.

선거란 국민들 각자의 참정권을 이행하는 일이기에 언론매체는 보편타당한 공영의 길로 가는 것이 시대적 사명이고 국가와 국민을 위한 길이라고 생각한다.

그리고 선거로 뽑힌 사람들은 당선 즉시 공인이라는 사명감을 인식하고 공익을 위해 한목숨 바칠 줄 아는 사람이 되어야 할 것이다.

국회의원은 정당이나 정파, 또는 각자의 이익을 챙기기보다는 어떻게 하면 국가와 국민을 위하는 일인지 생각하고 보다 낮은 자세로 임하여 하늘을 우러러 한 점 부끄럼 없는 의정활동을 하는 것이 필수적인 실천 덕목일 것이다.

입법부(국회)는 국가와 국민의 편에서 국민을 위한 법률을 만들어야지, 국회의원들만을 위한 법을 만든다면 어느 국민이 의원들을 믿고 신뢰하겠는가.

사법부는 인간이 살아가는 데 가장 보편타당한 법집행이야말로 국민을 보호하고 국민을 위한 극히 정의로운 길이라 생각된다.

행정부는 국민의 편에 서서 생각하고 국민의 편에서 지원하고 어떻게 하면 국민이 편하고 행복한 삶을 영위하도록 할 것인가를 항상 고민하고 실천한다면 정말 살기 좋은 대한민국이 되지 않을까 하는 생각이다.

그리고 앞으로는 공직자로 인하여 국민의 재산이나 정신적 피해가 발생한다면 무한의 책임을 지도록 해야 할 것이다.

세무와 관련한 잘못된 납세고지나 추징에 있어 대상자는 하소연도 해 보고 정당성을 주장하면 결코 법원의 판결에 따라 시시비비가 가려지는데 잘못 고지한 공무원은 아무 책임도 지지 않는 것은 잘못된 관행이다.

반드시 응분의 대가를 치뤄야 하고, 제반 소요된 경제적 정신적 시간적 책임을 보상해야 하는 것도 당연하다는 생각이다.

경찰이나 검찰도 잘못된 수사로 인해 죄 없는 사람을 범인으로 몰아 개인의 자유와 인권을 침해했다면 수사를 담당했던 사람은 반드시 처벌되어야 할 것이다.

어떠한 공직자도 잘못된 법집행으로 국민생활에 불편을 초래하거나 인신을 구속했다면 담당자가 누구든 반드시 책임지는 제도가 도입된다면 모든 행정의 하자(瑕疵)는 지금보다 훨씬 줄어들 것으로 보이고 밝고 명랑한 사회는 앞당겨지리라 믿어 의심치 않는다.

특히 국민의 손으로 직접 뽑는 대통령에서 기초의원까지 모두는 어떠한 도덕적 가치기준에 미달되거나 조그마한 비리나 부정이 있었던 사람은 출마해서도 안 되고 당선돼서는 절대로 안 된다는 나만의 생각을 해 본다.

오직 공직에 당선된 지도자들은 나라를 사랑하고 국민들 편에서 생각하고 힘없고 약한 사람들을 위해 인간적으로 따뜻한 마음을 베풀어 주는 것이 제일의 실천덕목이 아닐까 싶다.

그리고 주어진 권리와 의무를 본인이 아닌 국민을 위해 행사해야 할 것이다. 투명하고 공정한 나눔을 실천한다면 그 누가 쓴소리를 하고 추운 겨울 촛불이나 현수막을 들거나 높은 크레인 위에 올라가 억울함을 호소하는 사람들이 생겨나겠는가, 깊이 생각해 본다.

가깝지만 먼 나라 일본

나는 일본 국민들은 좋아하지만 일본이라는 국가는 싫다.

나는 일본어도 모르거니와 그 사람들을 직접 만나거나 이야기해 본 적이 없어서 자세히는 모르지만 과거 일본강점기 때 탄압자가 아닌 일반인들이 우리들의 조상들을 대해 주었던 이야기와 일본에 다녀온 관광객들이 느낀 감정 등을 살펴보면 정말 대단한 사람들이라는 걸 알 수 있을 것 같다.

일본 사람들처럼 친절하고 상냥하고 또 남을 배려하는 마음은 아마도 세계 제일이 아닐까 하는 생각이다.

지난 1960년대 초쯤에 중학생이었는데 그 시절 농담으로 미국 집에 일본 여자에 중국 음식을 먹고 사는 것이 세상에서 제일 행복한 남자라는 말을 어린 시절에 듣고 말하곤 하였다.

그 때는 그저 일본 사람들은 나쁜 사람으로만 배웠고 침략만을 일삼고 남을 괴롭히는 존재로만 알았지만 점차 우리나라도 경제성장을 이루면서 조금은 일본을 잊고 살아 왔는지 자신에게 되묻고 싶을 때도 있다.

40여 년도 넘은 이야기다.

어느 날 퇴근하고 집에 오니 우리나라 사람과 똑같이 생긴 사람이 찾아와 어머니에게 큰절을 올리고 있었다. 나는 처음 뵙는 분이라 먼 친척이거나 옛날 부모님의 지인이겠지, 하고 별로 깊은 생각은 하지 않았다.

그렇지만 누구인지 몰라 답답해 하고 있을 때 어머니께서 "인사해라 일본에서 오신 분이시다" 하시기에 머리를 숙여 "안녕하세요" 하고 인사를 드렸다. 나의 마음 속에는 '나쁜 일본 사람이 왜 우리 집에 와?' 하고는 반말로 묻고 싶었지만 참아가며 인사를 나눈 것이다.

그 분은 처음 본 나를 얼마나 반가워하는지 몸둘바를 몰랐는데 두 손을 꼭 쥐고는 여러 번 머리를 끄덕이며 마치 오랫동안 알고 지낸 사이쯤으로 생각할 만큼 친절함을 느끼게 했다.

어머니가 생존해 계실 때는 매년 가을쯤 한 번씩 오시곤 하였는데 올 때마다 정성이 담긴 선물을 가지고 왔다. 지금도 명절이면 제사상에 올릴 밤을 까야 하는데, 밤을 까는 가위를 선물 받아 고맙게도 지금까지 아주 잘 쓰고 있다.

어머님의 말씀은 이러했다.

일본이 조선을 침략해 들어와서 세운 공장으로 현재 5일장이 서고 있는 자리에 누에고치에서 실을 뽑는 잠사공장이 있었는데 14살부터 결혼하기 전까지 3년간을 다니셨는데 바로 그 공장의 사장 아들이란다.

그 때도 사장이나 아들이 그렇게도 친절하게 대해 주었다는 이야기다.

어릴 때 가끔이나마 일본 사람들은 나쁜 사람들이라고 말하면 어머니께서는 나를 꾸짖기도 하셨는데 "아니다. 일본 사람들이 얼마나 예의 바르고 좋은지 알아?" 하시고는 언제나 일본 사람들 이야기만 나오면 좋은 사람들이라고 말씀하셨다.

수년 전 친구가 찾아와서는 일본을 다녀왔다며 하는 이야기 첫마디가 "정말 친절하더라"는 말을 입이 닳도록 하고는 "일본 사람들의 자식교육에서 제일이 무엇인지 아냐?"는 질문이었다.

물론 나는 일본하면 관심도 없고 그저 나쁜 사람들로 생각하고 있던 터라 의아한 눈으로 친구를 쳐다보았더니 "절대 남에게 피해주지 말라"는 게 제일의 교육이란다. 나는 잠시 골똘한 생각으로 바로 되물었다.

"야! 그러면 왜 우리에겐 피해를 주고 사과도 안 하냐?" 하면서 반문하니 많은 일본 사람들이 그렇다는 이야기다.

어느 날인가, 또 나보다 5~6년쯤 연상 되는 분이 일본담을 이야기해 준다.

식당엘 갔는데 서빙하는 여자가 다소곳이 무릎을 꿇고 앉아서 어떤 음식이 떨어지는지 계속 살피다 떨어지기 바로 전에 아무 말 없이 상냥하게 웃으며 채워주고 또 물이 없는 걸 보면 빨리 물을 따라주는 등 너무도 세심하게 신경을 써 줘서 오히려 식사하기가 불편할 정도였다는 이야기다.

또 어떤 사람은 길가던 사람이 길을 물으면 아무리 바빠도 목적지가 멀지 않은 경우 그곳까지 직접 안내도 해 준다는 것이다. 사실 일본 사람들을 이토록 칭찬한다면 정말 좋은 사람들이 분명한 것 같다.

그런데 일본을 이끌어가는 일부 정치인들은 왜 이토록 우리 대한민국을 괴롭히고 있는지 모르겠다.

일본의 역사는 우리가 보기에는 한 마디로 침략(侵掠)으로 일관된 것 같은 생각이다.

5세기경에 세워진 광개토대왕비를 저희들 마음대로 해석하면서부터 왜곡된 역사는 시작된다.

고구려, 신라, 백제의 삼국시대에는 우리들의 문물과 문화를 빼앗아 가거나 기능인들을 납치하거나 강제로 데리고 가서는 자기네 것들로 만들었는데도 신라나 백제 등을 지배했다는 실로 터무니없는 주장을 해오고 있다.

더욱이 고려 말에는 왜구들이 침략해 일 년 동안 땀 흘려 가꾼 곡식을 약탈해 갔는가 하면 가옥을 불태우고 인명을 살상하는 일까지 빈번했었다.

오죽이나 빈번했으면 고을 수령들이 백성들을 보호하기 위해 읍성(邑城)까지 쌓아가며 대비해야 하는 한(恨) 맺힌 역사를 가지고 있었을까.

조선시대에도 침략은 계속되었고 급기야는 1592년 임진년에 명나라를 정벌하려고 하니 길을 내달라는 명분으로 침략하여 부산 함락을 시작으로 7년간의 전쟁을 일으켜 우리들의 금수강산을 피로 물들이고 수많은 백성들을 살상했다.

그리고 조상들의 얼과 혼이 담긴 10만여 점의 문화재를 강탈해 가고도 지금까지 되돌려주지 않고 있다.

일본은 메이지유신(明治維新)을 전후해 서구문명을 받아들이면서 급격히 근대화되기 시작하면서 세계로 눈을 돌리면서도 침략의 야욕을 드러내기 시작한다.

1876년 강화도조약을 체결하면서 일제강점기의 신호탄을 쏘아 올린다. 그리고 청일전쟁으로 우리나라 지배를 우위로 점령한 일본은 1905년 을사조약을 체결하면서 국권(國權)을 강탈해 갔다. 이전에도 러시아하고 가깝게 지낸다는 이유만으로 1895년 조선의 국모인 명성왕후(明聖王后)를 시해하는 철면피한 만행까지 저질렀다. 그것도 낭인들에 의해서 말이다. 이 낭인들은 메이지유신을 일으켰다가 권력투쟁에서 밀려난 사무라이 출신들로 주로 구성된 자들인데 이들은 일본 정부가 하기 곤란한 일들을 도맡아 했고, 특히 대외침략을 일삼는 군부(軍部)와 깊은 관계를 유지하고 있는 집단이다.

이들의 명분은 아시아를 이끌고 갈 나라는 일본이며, 일본 밖에는 할 수 없다는 이유를 내세워 일본 정부가 침략의 야욕을 드러내면 곧 바로 앞장서는 단체이기도 하다.

아무튼 1910년 9월 28일 한일합병조약으로 일제강점기가 시작된다.

일제강점기 36년 동안 수많은 지식인들을 학살했는가 하면 우리말마저도 못쓰게 했다. 게다가 이름마저 일본 명으로 바꿔야 했던 우리들의 조부모와 부모님들이시다.

어디 그뿐인가. 전쟁을 위한 노동자로 강제 징용하여 사할린 등지의 탄광에서 노역을 해야만 했고, 또는 동남아지역의 군사기지 건설이나 철도공사 등에 동원되었다. 그리고는 전략적 약화를 보충하기 위하여 동원령을 만들어 학도병이라는 이름으로 젊은이들을 전쟁터로 내몰아 총알받이로 이용하였다.

또 꽃다운 어린 여자들을 강제로 데려가 성노예로 짓밟은 일이야말로 천인공노할 일인데도 지금까지 사과는커녕 돈 벌려고 스스로 따라왔다는 등의 터무니없는 말로만 일관하는 일본은 정말 이해하려 해도 이해가 가지 않는다.

특히 6만 명에 달하는 한국인이 강제 동원됐던 시설들을 유네스코에 세계문화유산으로 등재하기 위해 아베 총리가 각국에 친서를 보냈다니 정말 철면피중의 철면피라 하겠다.

그리고 731부대에서 생체실험은 어떻게 했나. 살아 있는 사람을 별별 실험을 다해서 죽이고 해부하고 인간으로서는 도저히 할 수 없는 일들을 저질러 놓고도 발뺌만 하려는 일본의 속셈을 생각하면 너무나도 화가 난다.

물론, 몇몇 정치인들이나 우파라는 사람들이 안면 접고 범하는 일들이지만 일본을 대표하는 아베총리는 침략이 당연했다는 식의 발언으로 우리 민족을 너무나 깔보는 것 같다.

만약에 한 마을에서 함께 자라면서 한 친구는 덩치도 크고 힘도 세고 하여 한 친구를 괴롭히며 성장했다고 가정(假定)해 보자.

학교생활에도 괴로움을 주고 때로는 폭행까지 했지만 이를 참아가며 학생시절을 보낸 후 성인이 되어 만난다면 어떠할까.

아마도 괴롭힌 친구는 미안함에 어색한 행동을 할 수밖에 없을 것이고, 또 진정한 사과라도 하는 것이 인간된 도리이며 가장 지켜야 할 양심이 아닐까 생각된다.

그런데 일본은 왜 이럴까?

국민들 한 사람 한 사람을 본다면 우리에게 잘 해 줄 수 있는 민족이라고 생각되는데 이들을 이끌고 있는 정치인들의 망언은 그칠 줄 모르니 참으로 억울하고 한심스럽기까지 하다.

나는 어느 누가 공짜로 일본 여행을 시켜준다 해도 가지 않을 것이다. 땀 흘려 어렵게 번 달러를, 단 1달러라도 일본에 주고 싶은 생각이 없기 때문이다.

나의 생각이 최선이고 옳다는 이야기는 아니지만 진정으로 사과하고 위안부 문제를 해결하고, 독도는 대한민국 영토라고 말한다면 이웃으로 생각하겠지만 그렇지 않으면 나의 생각은 바뀌지 않을 것이다.

막말로 독일은 일본만 못한 국가여서 매년 총리가 영전에 꽃다발 놓고 무릎을 꿇고 사과하고 또 참회하는지 일본은 정녕 모른다는 말인가.

잘못된 역사가 있기에 아니 과오가 있었기에 진정으로 사과하는 것이 아니겠는가.

말로만 선진국이라 외치지 말고 그만큼 괴롭혔으면 이제는 정말 참회하고 잘못을 빌고 구하는 태도야말로 현대를 살아가는 국가 간의 예의가 아닐까 생각해 본다.

우리의 소원은 통일

통일!! 생각만 해도 가슴이 뛰고 설레는 것은 내 고향이 38선 이북인 경기도 연천이라 그런 것이 아니고, 한 민족 한 핏줄이 함께 살아갈 수 있다는 기대감 때문이다.

통일에 대한 염원을 얼마나 바라고 기다리면 '우리의 소원은 통일'이라는 노래까지 만들어 어려서부터 백발이 된 지금까지 불러야 하는 현실이 안타깝기만 하다.

어디 그뿐인가. 1983년도 초에 KBS에서 방송한 '이산가족 찾기 연속 특별 생방송'은 우리 모두의 가슴을 슬픔의 눈물바다로 만들었다. 당시 가수 설운도를 탄생시킨 '잃어버린 30년'의 노래도 벌써 30여년이 훌쩍 넘어갔으니 6.25 한국전쟁이 발발한 지 65년이 된 것이다. 그러니 그동안 참고 견디어 온 세월도 무심하기만 하다.

또 현인이 불렀던 '굳세어라 금순아' 3절 끝 부분의 "금순아 굳세어 다오 북진통일 그날이 오면 손을 잡고 울어를 보자 얼싸 안고 춤도 추어보자"는 노랫말은 전쟁으로 헤어진 연인의 아픔을 노래했지만 이 노래를 불렀던 가수마저 이세상을 떠나신 지 오래다. 얼마나 긴 세월동안 통일을 기다렸지만 현재 통일은커녕 남북대화마저 끊긴 현실이 너무나 가슴 아프다.

더욱이 정부에서는 세계 어느 나라에도 없는 '통일부' 까지 만들어 통일에 대한 집념을 불태우고 있지만 체감온도는 언제나처럼 차갑게만 느껴지고 있다.

그렇다면 왜 남북이 분단되는 아픔이 시작되었을까.

내가 알고 있는 분단의 비극은 이렇게 시작된다.

2차 세계대전인 태평양전쟁에서 패한 일본은 1945년 8월 15일 정오를 기해 무조건 항복 선언을 하게 된다.

일본의 패망이 가까워지자 당시 미국과 소련은 같은 연합군으로 소련은 이해 8월 초에 일본에게 선전포고를 하고는 일본군의 무장을 해제하려는 목적으로 만주를 공격하면서 극동군이 두만강을 건너 북한 땅으로 들어와 8월 말 쯤에 평양을 비롯한 주요 도시를 점령하기에 이른다.

이에 미국은 소련보다 한 달쯤 늦은 9월 초에 서울에 진주하여 일장기를 성조기로 교체하면서 남북이 분단되는 비극의 역사가 시작된 것으로 여겨진다.

우리나라는 일본의 36년간에 걸친 강제점령은 벗어날 수 있었지만 이렇게 미국과 소련이 38도선을 경계로 남북으로 분할 점령되었지만 이는 일시적인 경계선에 불과했지 분단의 고착화를 확정짓는 것은 결코 아니었다.

그러나 미국과 소련의 분할 점령은 필연적으로 친미(親美) 친소(親蘇)적인 정부를 구성하려는 정치적 이유로 남한은 이승만이 북한은 김일성이 정국 주도권을 잡아 친탁이니 반탁이니 하는 설전이 오고 갔지만 단독정부 수립 등의 우여곡절을 거치면서 두 정권이 하나가 되지 못하고 오늘에까지 이르고 있다.

'통일은 대박' 이라는 박근혜 대통령의 말씀이 유행처럼 번지고 있지만 정말 통일은 되는 것일까? 하고 심각하게 생각하게 되면 왠지 허전해지고 그저 막연히 언젠가는 되겠지 아니면 오겠지 하는 기대감의 세월만 멈추지 않고 흐르고 있다.

　나이 어릴 때부터 반공교육을 철저하게 받고 자라온 나로서는 북한은 헐벗고 굶주리고 인권탄압에 폐쇄된 사회이고 공산당만이 우글거리는 집단으로만 알고 있을 뿐이지 좋은 것이라고는 단 한 가지도 찾아볼 수가 없다.

　더욱이 초등학교 시절에는 북한 사람들은 도깨비처럼 머리에 뿔이 나있고 사람들을 괴롭히는 무섭게 구는 악당으로만 배운 것 이외에는 기억에 남는 것은 거의 없는 것 같다.

　나는 지금도 통일은 꼭 이루어야 한다는 마음은 변함이 없지만 이에 대한 찬성과 반대의 설문조사는 씁쓸한 마음을 가질 수밖에 없다. 물론, 찬성이 다소 많기는 하지만 반대도 만만치 않은 숫자이기 때문이다.

　이렇게 씁쓸한 마음은 나 혼자만의 생각일까, 아니면 다른 사람들은 어떤 생각을 가지고 있을까 하고 궁금증을 더해 보지만 무언가 개운치 않은 생각은 지워지지 않는다.

　지난 2014년 연천군평생학습센터와 경기북부지역 통일교육센터가 주관하여 '통일탐방 해설사 양성교육'이 있어 이를 이수했다.

　무엇인가 배우고 싶었고, 정부의 통일에 대한 정책적인 세부계획을 알고 싶은 충동에서다. 강의가 시작되는 첫째시간 "통일을 원하는 사람, 손들어 주세요" 하고 교수가 오른손을 번쩍 들어 올렸지만 50여 명쯤 되는 수강생 중에 20명쯤 될까 말까 하는 정도의 사람들만이 손을 들었다.

　교수는 손을 들지 않은 수강생들에게 "통일을 원하지 않느냐?"고 질문했고, "지금 경제가 어려운데 통일비용이 너무 많이 들게 되면 우리도 못 살게 되지 않느냐", "이념적으로 함께하기가 어렵다"는 등의 답변으로 결코 원하지 않는다가 대다수여서 정말 놀랐다.

　더욱이 남자들보다는 여성들의 반대가 많았던 것으로 기억하고 있다.

　그리고 셋째 주엔가는 탐방길에 올라 강원도 고성 남북출입국사무에서 30분 정도 되는 현황과 통일의 염원이 담긴 DVD를 시청했지만 북한에는

지하자원이 많다는 것과 통일 후 30년이 되면 지금의 GDP가 배로 된다는 내용뿐이어서 무엇인가 알고 얻으려는 마음에 조금은 부족하다는 아쉬움으로 남았다.

통일을 원하면서도 왜 이렇게 북한에 대한 좋은 점은 없을까 하고 골똘한 생각 끝에 얻은 결론은 이렇다.

우리나라의 통일정책이 어떤 내용으로 어떻게 진행되는지는 나로서는 별로 아는 바가 없다. 또한 교육과정에서도 요즈음에 가장 강조되고 있는 '한반도 신뢰프로세스의 실천의의와 통일 지향적 가치' 시간에도 통일이 꼭 필요하고 꼭 해야 한다는 구심점 등을 보아도 나로서는 이해가 되지 않는 부문들이 있는 것 같다.

한반도 신뢰프로세스는 박근혜 정부의 출범과 동시에 제시된 공식적인 대북정책으로 튼튼한 안보를 바탕으로 남북한 신뢰를 형성함으로써 남북관계를 발전시키고 한반도에 평화를 정착시키며 통일기반을 구축하려는 정책임에는 틀림없다. 물론 이 분야의 전문가들은 좀 더 깊이 있는 내용으로 아니면 비밀에 속하는 사항이 있는지는 몰라도 나로서는 아주 세부적인 사항들을 알지 못해 아쉬움이 남는다.

현재로서는 아무리 좋은 통일정책이 마련되어도 이를 추진하기에는 너무 많은 문제점과 걸림돌이 있는 것 같아서다.

먼저 지금의 남북한은 서로를 이해하려 하지 않는 것 같다. 정치적인 면에서 보면 서로가 한 치의 양보도 없이 평행선만을 달리며 다투고 있는 느낌이고, 경제적으로 지원할 것은 다 주고도 북한의 의도대로만 끌려다니는 모습 같아서다.

또한 북한에서 일어나는 소식에 대해 조금은 지나치고 민감하게 반응하고 때로는 너무나 확대해석해서 국민들에게 전하고 있는가 하면 일부 종편방송은 지나치다 싶을 만큼 집중적인 분석으로 오히려 안보불안을 야기시킨다는 느낌이 든다. 그리고 불필요할 정도로 너무나 많고 지루하게 토론이 이어지기도 한다.

동해로 미사일 몇 발을 발사했다. 김정은이 어느 부대를 시찰해서 전쟁준비를 독려한다는 등 어떤 때는 거의 낮 시간대를 모두 할애해서 뉴스특보나 속보라는 타이틀로 매일같이 방송하는 것은 대폭 줄였으면 하는 것이 나의 개인적인 생각이다.

사실 대부분의 소식들이 북한방송을 통한 뉴스가 대부분인 것 같아서다.

특별히 우리 정보기관에서 얻은 특별한 뉴스거리라면 불만없이 봐 줄 수 있다.

물론 천안함사건이나 연평도 포격사건 같은 긴박한 상황이라면 당연히 국민에게 알리는 것이 방송매체의 사명이라고 하겠지만 그저 보통의 뉴스라면 짧게 보도해서 국민들에게 안보불안이나 불필요한 심적 부담도 줄여주는 것이 공영방송의 사명중 일부분이 아닐까 한다.

북한의 크고 작은 도발이 어제 오늘의 일이 아니고 스스로 남한(대한민국)을 어느 면에서도 이길 수 없다는 것을 그들도 알고 있기에 언제나 트집잡기가 일쑤이고 괜한 시비거리로 괴롭히려는 의도를 우리 모두는 잘 알고 있기 때문이다.

그들은 선동하지 않으면 체제를 유지할 수 없고 무슨 일이든 트집을 잡아서라도 얻을 수 있는 것은 얻어야 하는 절체절명의 처지이기에 앞으로도 변화를 기대하기는 어려울 것이 자명하다.

절대로 머리 숙이고 잘 좀 봐달라든지 아니면 경제적 지원을 부탁한다는 저 자세는 없을 것으로 보인다.

이를 어떻게 대처하고 발전시켜야 할 것인가 하는 문제는 전문가가 아니라서 깊이는 모를지라도 한 사람의 국민의 입장에서의 생각은 이렇다.

만약에 남북을 형제간이라 부른다면 어느 누가 보거나 생각해도 대한민국이 맏형이고 북한이 동생이라 보는 것이 지극히 당연한 표현일 것 같다.

모든 면에서 남한(대한민국)이 우세하다는 것은 우리들뿐만 아니라 세계의 모든 국가가 알고 있고, 또 우리 국민 스스로도 동생으로 생각하는 만형의 모습이기 때문이다.

이에 지금까지 양보하고 사정도 해 보고 하였지만 우리 정부가 노력한 만큼의 성과는 북한에 대한 우위를 점하지 못하고 있는 것은 조금은 아쉬움으로 남는 것도 사실이다.

남북문제는 왜 이렇게 힘들고 발전하지 못하고 있는 것일까?

아무리 생각해도 답이 없다. 도대체 무엇 때문에 한 민족 한 핏줄이면서도 우리들 조상들을 짓밟은 일본보다도 더 멀게 느껴지고 언제까지 적대시해 가며 살아야 하는 것일까?

그리고 북한을 조금이나마 편이라도 들고 자칫 옹호하는 듯한 말 실수라도 한다면 '종북' 이니 '빨갱이' 니 하며 세상에서 제일 나쁜 사람들로 취급하는 일부 세력들이나 정치인들의 인식도 통일을 전제한 북한의 장점을 이야기한다면 이제는 조금이라도 이해해 주면 안 될까 하는 바람도 있다. 그러나 남북한 관계는 생각만 하면 답답해지고 할 말이 없어진다.

북한도 그렇다. 6.25 한국전쟁을 일으켜 수백만이 죽었고 또 재산피해는 얼마나 되나. 그러면 조금이라도 미안해 하고 조금이라도 고분고분해 주면 얼마나 좋을까.

그저 하루가 멀다 하고 불바다를 만드느니 살아남지 못하느니 등등 떠들어대니 막말로 도와주고 싶어도 도와줄 수 없게 만드는 것이다. 그리고는 곧바로 '뭐 달라 뭐 달라' 하니 들어줄 국가나 국민은 아마도 지구상에는 없을 것이다.

더욱이 천문학적인 돈을 들여가며 '핵무기' 개발은 또 무슨 날벼락 같은 일인가. 핵무기 만들어서 도대체 어디다 쓰고 어느 나라에 발사하겠다는 말인가.

북한을 둘러싸고 있는 국가들 중에 북한만 못한 나라가 어디 있으며 겁먹을 나라가 정말 있을지도 의문이다.

그것도 주민들의 의식주 문제를 충분히 해결하고 경제적인 여유가 있다면 체제 유지를 위한 어쩔 수 없는 명분이라면 아주 조금은 이해할 수도 있다. 그러나 허리띠를 조르다 못해 굶어서 죽어가는 주민들이 얼마나 많은지를 정말 모른 척한다면 지구상에서 없어져야 할 집단이 아닐까 생각된다.

북한의 실정이 이러한데도 통일을 해야만 하는 이유는 도대체 무엇일까.

통일이란 여러 가지 의미를 내포하고 있지만 우리나라 헌법 제4조의 "대한민국의 영토는 한반도와 그 부속도서로 한다"는 법에 명시된 것 말고도 분단 이전의 상태로 회복해야 한다는 것은 지극히 당연한 것이다.

그리고 서로 다른 두 개의 체제를 자유민주주의와 시장경제의 기반을 원칙으로 하여 우리들 백의민족의 미래를 향한 새로운 역사를 창조해 나가기 위한 필연의 조건이기에 통일은 꼭 이루어져야 할 것이다.

그런데도 통일을 반대하는 국민들은 어떤 생각으로 이를 거부하는 것일까.

인간의 생각이야 표현하지 않으면 남의 속을 알 수 없지만 이러한 문제들은 정부의 정책이나 정치지도자들의 책임도 없다고는 하지 못할 것이다.

8.15 광복으로 나라를 되찾았으나 이념갈등이 시작되고 이승만 정부가 시작되면서 좌파라고 생각되면 무조건 빨갱이로 몰아 죽이고 군부독재 때는 정부를 비판해도 좌파라고 몰아내고, 또 간첩이라고 구속시키거나 사형시키고 하는 일들이 많았던 것은 다소 독재체제를 유지하는 수단으로도 쓰이지 않았나 하는 의구심이 일기도 한다.

더욱이 손톱만큼이라도 북한과 연계되었다는 사실이 알려지면 앞뒤 안 보고 무조건 국가보안법 위반으로 처벌은 지극히 당연한 것이었다.

정치인들로부터 존경받는 지식인들까지도 북한에 대해 조금의 좋은 말이라도 한다면 색깔 운운하며 곤욕을 치른 사람들이 어디 한두 사람이던가.

특히 선거 때만 되면 색깔론이 활개를 치면서 과거 들추기에 별의별 말들을 다 만들어낸다.

나는 국가보안법을 철폐하자는 데는 동의할 수 없다. 아직까지 우리의 주적은 북한이고 우리 대한민국을 도발하고 인명을 살상하는 파렴치한 체제가 북한이기 때문이다.

그러나 이제는 북한에 대해 조금은 의연해져도 되지 않을까 하고 생각해 본다.

시대가 변하고 있고 민주주의에 성숙된 국민으로서의 본분을 다하고 지키려고 노력하는 모습들이 우리들이고, 오직 대한민국을 수호하려는 애국정신은 모두가 한 마음으로 뭉쳐 있다고 생각이 돼서다.

아직까지도 일부 정치인들은 종북이니 좌파니 또는 보수니 진보니 하고 쓰는 말들은 정치적 이념보다는 정권을 잡기 위한 수단으로나 비춰질 수도 있어 되도록이면 앞으로는 사용하지 않는 것이 좋을 것도 같다.

대한민국의 보통사람들은 절대 그런 말은 쓰지도 않거니와 어떤 대화에서도 들어본 적이 없고 그 뜻을 알지도 못하며 이해하려고 하지도 않는다. 오직 편을 가르기 위한 용어로 밖에는 들리지 않는다.

물론 극소수이기는 하지만 북한을 편드는 사람들도 있기는 하겠지만 그들은 정말 북한이 좋아서 편들고 우리 대한민국을 비판할 수 있을까 생각하면 이해가 가지 않는다.

만약에 당신은 '보수요? 진보요?' 하고 물어 본다면 말 같지도 않을 걸 물어본다고 화를 내는 사람이 많을 것도 같고, 또 그 뜻을 말해 보라면 어느 누가 설명할 수 있을까 의문이 간다.

통일을 원하면서도 북한을 이해하지 못하는 것도 통일에 대한 의지가 부족해 보이고, 정치권에서 권력을 잡기 위한 수단으로 안보를 내세워 북한을 이용하기도 했던 것도 숨길 수 없는 역사적 진실이 아닐까 생각되기도 한다. 이제는 정말 국가보안법을 악용해 생사람 잡는 일은 없어야 하겠고 권력을 잡기 위한 수단으로 안보를 이용하는 일도 있어서는 안 될 것이다.

더욱이 통일에 대한 전문가들의 강의를 들어보아도 통일은 반드시 이루어야 한다는 신념은 보이지만 남북통일에서 북한의 장점은 무엇이고 또 우리에게 무엇이 도움이 되는지를 이야기하는 사람은 없었던 것으로 기억된다. 왜 그럴까 하고 생각한 것은 국가보안법이 가지고 있는 '북한의 찬양고무죄' 가 아닐까 생각된다.

통일을 이야기하면서 북한의 장점이나 자랑이라도 아니면 이런 것은 좋다는 등의 표현이 따르게 된다면 바로 비판의 대상이 되고 종북 좌파로 몰리거나 어쩌면 간첩이라는 누명까지 쓸 수 있을지도 모르는 일이기 때문에 북한을 표현하기에 많은 걸림돌이 있는 것 같다. 실정이 이러하다면 어느누가 통일을 논하면서도 북한의 장점을 이야기할 수 있을까.

오직 지하자원이 많다는 이야기와 통일 후 30년이 지나면 지금의 GDP가 두 배로 늘어난다는 지극히 당연한 말 이외는 할 말이 없어 보인다. 또 그렇다고 북한의 장점이나 자랑할 만한 것도 없거니와 더욱이 칭찬할 일은 눈을 씻고 봐도 찾을 수 없는 것도 사실이지만 그래도 찾아보면 우리와 동질성의 문화나 아니면 찬란했던 고구려 역사라도 있지 않을까 .

지금 우리들이 통일을 준비한다면서 정부조직이나 국가의 기간사업체들의 지방이전은 정말 이해하기가 힘들다.

왜 통일을 원하면서 북한과 가까운 곳으로 이전하지 못하고 남쪽으로만 이전해야 되는지를 모르겠다. 모두가 불편해 하고 또 유사시에는 어떻게 대처할 것인지 답답하기만 하다.

평상시는 통신과 미디어가 발달해 화상회의를 하느니 KTX를 타면 몇 분이 걸리니 하지만 정말 전쟁이 일어나면 전기 물 가스 등이 보급될 수 있고 지금처럼 교통수단을 이용할 수 있을지도 의문이 간다.

물론 수도권의 발전으로 인구 집중이 심화되어 국민들의 삶의 질을 떨어뜨리고 불편하다는 이유가 성립된다면 경기북부나 강원도 지역으로 이전한다면 통일이 되면 많은 돈 들여가며 다시 옮기지 않아도 되지 않을까 생각된다.

그리고 통일을 대비한다면 휴전선 주변 접경지역을 집중적으로 개발해야 할 것이다. 어느 날 갑자기 독일 통일처럼 우리나라가 통일될 경우 배고픔을 달래기 위해 수백만 명의 북한 주민들이 대한민국으로 내려올 것을 가정해 보면 바로 수도 서울로 올 것으로 보이는데 치안부재로 크나큰 혼란을 야기시킬 것은 당연하다 할 것이다.

이에 접경지역을 중점 개발한다면 완충지대로서의 역할이 될 것으로 보인다. 그렇기 때문에 지금부터라도 통일정책에 포함시키는 게 좋지 않을까 생각된다. 도로망을 비롯한 SOC 시설을 확충해야 갑작스런 통일에 대비하게 되고 유사시에도 기동력이 확보되어야 승전(勝戰)할 수 있는 여건 조성으로도 보인다.

진정한 의미에서의 통일을 원한다면 국민들이 이해할 수 있는 적극적인 홍보도 필요하고 또 북한에 대해 지나치게 관대하고 배려하는 것도 좀 더 신중(愼重)하게 검토해야 하겠지만 때로는 조금은 양보해 주는 것도 그들로 하여금 변화하는 계기를 만들지 않을까 하는 생각이다.

무엇보다 중요한 것은 북한에 대한 지나친 반응은 조금은 자제하는 의연한 맏형 된 자세가 아닐까 생각되어진다.

통일!!

언젠가는 이루어지고 오겠지만 70년의 긴 세월동안 서로 다른 체제와 생각으로 살아온 날들을 하루아침에 하나가 된다는 것은 매우 어려운 것이다. 그래도 반드시 통일은 되어야 한다는 신념은 우리 대한민국 국민마다의 가슴 속 한(恨)은 꼭 풀어야 한다는 시대적 사명이기에, 통일은 꼭 올 것이기 때문에 오늘도 내일도 기다리고 기다려 본다.

비밀은 감추려면 먼저 샌다

경기일보에 입사하여 두 달여 쯤 지역 활동을 하고 있을 때다. 대충 세상 돌아가는 것도 알고 정보의 근원지나 크고 작은 사건 사고도 여기 저기 체크하면 관내 상황은 그런대로 파악이 된다.

어느 날 새벽에 전화벨이 울린다.

경찰이 몽골인 피의자에게 권총을 발사했는데 얼굴에 스치는 사건이 발생했다는 것이다. 그날 오전 9시 기자실에 앉아 있으니 정보 2계장이 와서는 "별일 없으십니까?" 하고는 눈치를 살피더니 지난 새벽사건을 모르고 있구나, 하며 안도의 숨을 쉬는 듯 보이더니 그와 친분이 있는 기자와 가벼운 농담을 주고받으며 함께 나가 버린다.

기자들이 사건을 알고 있는지 모르는지를 알아보려고 일찌감치 기자실을 들러본 것을 나는 눈치채고 있었다.

경찰들에게도 절대 대외비로 하라는 서장 지시까지 있었으니 밤새 일어난 사건을 나 말고는 알고 있는 기자가 없었다.

가슴은 두근거리고 어떻게 해야 하나, 하고 고심하며 사건을 취재하기는 하여야 하는데 친한 사람들에게 안면을 접을 수도 없고 그렇다고 모른 척할 수도 없고 진퇴양난이다.

사무실로 와서는 데스크에 정보보고를 올렸다.

내용은 이러저러한데 지역사회에서 도저히 내가 취재하기는 어려우니 사회부에서 처리할 것을 건의하고는 나는 사건을 모르는 척했다.

다음날 '정신 나간 경찰'이라는 제목으로 박스기사 처리되어 단독 보도되었다.

점심을 마치고 기자실을 들러보니 여타 신문사 데스크에서 "너희들은 뭐 하냐"며 물먹은 기사에 대한 문책성 전화가 빗발치자 해당사 기자는 궁색한 답변으로 일관하며 나만을 주시한다.

나는 오른손을 들어 가로 저으며 모른다는 사인을 보냈더니 "본사에서 취재된 기사"라고 답변하는 것이다.

전화를 끊고는 모두들 지방경찰청에서 나온 사건 같다며 본사로 밀어 버리니 여타 신문사 기자들은 믿을 수밖에 없었고, 이미 보도된 사건을 취재할 수도 없어 시쳇말로 중요한 사건에서 물먹은 것이다.

기사가 보도되자 경찰청은 경찰서로, 경찰서는 경찰청에서 비밀이 샜다고 서로를 의심하며 책임을 전가시키기에 급급했다는 후문이 들리기도 하였다.

그날 오후 경찰서 담당과장이 기자실을 찾아 "사건을 브리핑하지 못해 죄송합니다" 하고 정중한 사과로 마무리되기는 했지만 내 마음 속은 미안함으로 가득했다. 누구보다도 담당과장과 나는 '형님, 동생' 하는 사이로서 허물없이 지내고 있기 때문이다.

다음날 우리 신문은 이 사건을 '사설'로 바꿔 또 한 번 경찰들을 질책하는 내용으로 보도하였는데 이는 나로 하여금 미안함을 더하게 하여 마음 편치 않게 두고두고 가슴에 담아두게 되었다.

그리고 담당과장 한 번 만나면 사실을 이야기하고 미안한 마음을 전하겠다고 다짐하고는 세월을 낚고 있었다.

그 담당과장도 다른 경찰서로 전근을 했으나 가까운 곳이어서 내심 언젠가는 만나겠지, 하다가 1년 후쯤에 우연한 기회에 점심을 함께하는 자리가 마련됐다.

두근거리는 가슴을 진정시키며 할까 말까 망설이다 말을 꺼냈다.

"L과장 그땐 정말 미안했어" 하니 바로 답변이 나온다.

"다른 기자는 몰라도 형님만은 알고 있는 줄 알았습니다."

그리고는 웃음으로 지난날을 회상하는 시간을 가졌었다.

사건의 전말은 이러했다.

관내 모 파출소의 순찰차가 노인을 사망케 하는 교통사고가 발생했었다. 운전을 한 경찰이 징계를 받고 타파출소로 옮겼으나 전 파출소에서 발생한 도난사건의 용의자는 파악하였으나 체포하지 못하자 인적사항을 검문소에 통보까지 해가며 그를 잡으려고 최선을 다하고 있었다.

사건이 발생한 그날 저녁 용의자가 불심검문에 걸려 파출소로 인계되었는데 교통사고로 인해 징계를 받은 파출소 직원은 어떻게 하든지 이 사건을 해결하려고 의지를 굳히고 있었다. 그래야 징계로 인한 벌점을 만회할 수 있는 기회이었기에 끈질긴 심문이 이어진 것으로 추정된다.

평소 그 직원은 정의감과 사명감이 투철해 칭송이 자자할 만큼 열심히 일하는 경찰관으로 알려져 있었다.

심문은 계속됐지만 부인도 계속되니 폭행을 가했지만 실토는커녕 버티기만 하고 있었다. 이에 경찰은 생각다 못해 겁을 주기 위해 5구경 권총에 1발의 실탄을 장전하고 '러시아 룰렛'처럼 얼굴에 대고 방아쇠를 당기며 용의자가 실토하도록 유도하려 하였지만 마지막에 발사되어야 할 실탄이 그만 첫발에 발사되고 만 사건이다.

실탄은 피의자 왼쪽 볼에서 오른쪽 턱으로 관통함에 따라 사고 경찰관을 바로 구속시키고 사건을 쉬쉬하며 아침 회의에서 대외비로 숨기려다 알려지게 된 사건이다.

사실 취재 초에는 이러한 자세한 상황은 알지 못하여 실수로 탄환이 얼굴을 스친 정도의 경미한 사고로 보도되어 크나큰 이슈나 경찰에게 데미지를 주지는 못했었다.

세월이 흘러 화물연대가 파업에 돌입할 때 공중파 방송이 화물차 기사들의 실정을 보도했는데 바로 방송기자 인터뷰에 응한 화물차 기사가 바로 당시 담당경찰관으로 보였다.

이름까지 자막으로 나오니 틀림없는 그 경찰관이다.

이를 보는 순간 나는 왠지 미안한 마음이 들면서 저 사람 지금 얼마나 가슴이 아프고 또 감옥살이하느라 얼마나 고생이 많았을까.

그래도 그 사람은 뜻한 바 있어 경찰학교를 졸업하고 민중의 지팡이가 되겠다고 마음 속 깊이 다짐하며 시작했을 직업이었는데 말이다.

사람이 한 직장을 다니다 실수로 그만 두는 것은 누구에게나 가슴 아프고 힘든 삶을 살아가야 하는 어려움과 고난의 길이기에 지금도 그를 생각하면 내 속이 쓰리고 답답하다. 젊은 나이에 험한 세상을 어떻게 살아갈까 하고 말이다.

교회를 다니지 않는 이유

종교의 역할이란 자신의 마음을 다스려 악(惡)한 것은 선(善)하게 만들고, 나의 아픔보다는 남의 아픔을 먼저 치유하고, 어려운 이웃을 내 몸같이 보살피며 불행한 사람에게는 행복을 찾아주고, 모든 사람들이 서로 아끼며 사랑하고 마음의 안식을 찾아 함께 더불어 사는 세상을 만드는 것이 아닐까 생각된다.

세상에는 여러 종교와 종파들이 있지만 이들이 추구하는 목표나 용어의 표현은 다소 차이가 있는지 몰라도 한 마디로 집약하면 성결 · 봉사 · 사랑의 길로 가기 위해 노력하는 것이라 생각된다.

그리고 이러한 가치가 사회 전반에 퍼져 믿음으로 인한 인간으로서의 참된 길로 인도하는 것이 종교의 기본 목표가 아닐까 생각되어진다.

나는 성경이나 불경 같은 서적을 읽어 보지도 않았고 신학에 대한 공부는 한 번도 해본 적이 없어 종교에 대한 깊이도 모른다. 다만 내가 살아오면서 보고 느끼고 체험한 사실을 글로 옮겨 적어 볼 뿐이다.

내가 어릴 때는 6.25 한국전쟁 후로 모두가 가난하고 헐벗고 굶주리는 생활이었기에 크리스마스 날이면 교회에서 과자와 사탕 그리고 빵 등을 나누어 주었기 때문에 11월 말이나 12월 초쯤이 되면 다니지 않던 교회를 다니게 된 아이들이 많았었다.

초등학교 4학년인가 5학년 때쯤의 일로 기억된다.

크리스마스 때 보여줄 연극을 준비하게 되었는데 주인공을 맡은 나는 학교에 가는 것보다 교회에 다니는 것이 더 좋았고 밤마다 연극을 연습하는 시간이 기다려지고 또 열심히 했다.

바로 크리스마스 날이다.

저녁에 여러 가지 프로그램이 있었으나 오직 내가 하는 연극만큼은 잘해야 하고 또 멋지게 해야 한다는 각오로 연습한 대로 열심히 했다.

연극을 하는 동안 나는 대사 하나 틀리지도 않고 나에게 주어진 역할을 충분하게 해냈기에 박수소리를 듣는 순간 어린 마음에도 용기와 함께 자부심이 충만한 기쁜 마음을 감추지 못했다.

무대의 막이 내리고 그날 행사가 거의 끝나갈 때 나는 인사를 하고 집으로 가려는데 누구인가가 초등부 선생에게 달려와서는 교인들의 신발이 모두 없어졌다는 것이다. 누구인지는 몰라도 교회 입구 신발장에 있던 신발들을 마당과 하천변에 모두 내다버렸다.

순간 크리스마스 행사를 마치고 돌아가려던 교인들이 너도나도 신발을 찾기 위해 뛰쳐 나가는 바람에 삽시간에 아수라장이 되어 버린 것이다.

지금은 하천을 복개해서 도로와 공원으로 사용되고 있지만 그때는 하천변에 교회가 있었다.

그런데 초등부 지도 선생님이 나를 쳐다보면서 "네가 그랬지?" 하는 것이다. 어리둥절하며 "저는 모릅니다" 했더니, 언성을 높이며 내가 한 짓으로 몰아가는 것이다. 나는 아니라고 오른손을 저으며 단호하게 말했는데도 "그럼 누가 그랬어?" 하면서 계속 나만을 의심하고 있으니 갑자기 눈물이 왈칵 쏟아진다.

너무나 억울해서 허둥지둥 맨발로 집으로 달려와서는 이불을 뒤집어쓰고 얼마나 울었는지 모른다.

다음 날은 얼굴이 퉁퉁 부었고 눈은 새빨갛게 충혈이 되었지만 억울한 마음은 60년 가까운 기나긴 세월이 지난 지금까지도 사라지지 않고 있다. 어린 가슴에 너무나 큰 충격을 받았기 때문에 이날 이후로 나는 오며 가며 십자가 달린 건물만을 쳐다볼 뿐이지 교회를 다니거나 예배를 보는 곳은 단한 번도 들어가 보지 않았다.

그러나 나에게는 70 인생을 살아오면서 교회를 통해 진실한 믿음을 실천해 가는 좋은 친구들이 있다.

중·고등학교 동창생인 김유삼이라는 교회 장로로 있는 친구다. 바로 우리 집 앞에 형님 댁이 있어 설날이나 추석 또는 동창회라도 있는 날이면 만나곤 하는데 언제라도 다정다감하고 항상 배려하는 마음은 변하지 않고 있다. 혹여 화를 낼 일이 있어도 웃음으로 넘기고 또는 친구끼리 주고받는 심한 농담도 못 들은 척하기도 한다.

그리고 언제나 좋은 말로만 친구들을 대하는 그의 모습을 보면 성인(聖人)이 따로 없는 것 같다. 그 친구를 만나거나 전화를 통화할 때도 늘 마음이 편안함을 느낀다. 조금이라도 남에게 해롭지 않게 하고 항상 좋은 말만 하고 또 참되고 바른 행동만을 하고 있기에 그 친구를 볼 때마다 진정한 크리스찬의 믿음을 실천하고 있다는 생각을 지울 수가 없다.

또 한 친구도 동창생인 이한휘 장로로 학창시절에 단거리 육상선수를 하면서도 열심히 교회를 다녔던 친구다. 모든 생활은 남을 배려하는 마음이 몸에 배여 있어서인지 항상 남을 험담하거나 나쁘다는 말을 단 한 번도 들어 본 적이 없다. 친구로서의 믿음도 가고 또 이 친구에게는 거짓말이나 농담하기가 부끄럽기도 하고 나 자신이 죄를 짓고 있다는 느낌이 들어서인지 언행을 조심하는 편이다.

지금은 서울에 살면서도 일요일이면 이곳까지 부부가 함께 교회를 다니고 있는데 어쩌다 만나면 늘 밝은 모습으로 반겨주는데 그에게서는 변함없는 진실한 마음이 얼굴에 쓰여 있는 듯 보인다.

나보다 두세 살 연배여도 만나면 항상 낮은 자세로 대해 주고 때로는 성질 급한 친구가 욕을 하더라도 그냥 웃고 넘어간다. 또 친구는 오직 주예수를 믿으며 여타 사람들의 귀감이 되는 참된 신앙생활로 인간다운 삶을 살아가고 있다. 나 또한 그 친구를 생각하면 마음마저 평안해짐을 느끼게 된다.

또 한 친구는 아주 어릴 때부터 교회를 다니는 착하고 또 착한 한영석 장로다. 더욱이 친구의 아들은 현직 목사로서 서울에 있는 어느 교회에서 열심히 목회를 하고 있어 친구는 항상 마음 든든해 하며 자랑스러운 아들로 생각하고 있는 듯 보인다.

어려서부터 믿음을 바탕으로 한 삶을 살아오고 또 살아가기 때문에 한 마디로 아주 얌전하고 겸손이 몸에 배여 있어 처음 본 사람이라도 착하디착한 사람으로 한눈에 짐작할 수 있을 정도다. 아주 작고 조그마한 꼬투리도 잡을 수 없는 참된 인간으로서의 모습 그 자체인 친구다.

젊어 한때 친구 10여 명이 친목모임을 가졌었는데 이 친구가 일정이 바빠 일찍 가야 한다고 일어선 적이 있다. 약간의 취기가 있던 친구가 따라나서더니 출발하려던 승용차를 가로막고는 못 가게 한다.

부부는 이러저러한 사정을 하면서 이해를 구해 보지만 막무가내다.

급기야는 돌멩이를 들고 오더니 양쪽 백미러를 깨어 버린다.

그리고는 와이퍼를 뜯어버리는가 하면 본넷트에 누워버리고는 "어디 가 봐라" 하면서 추태를 부리는 것이다.

사실 이 친구도 평소에는 서로 간에 의리도 있었고, 또 정의롭고 바른생활로 꽤나 인간성이 괜찮았는데 이날은 무슨 일로 이러는지 도무지 이해가 되지 않는다.

그것도 부부가 함께한 자리였는데 아무리 신앙심이 강하고 착하고 좋은 사람일지라도 정말 참을 수 없는 상황이었다.

그런데도 친구는 화도 내지 않고 오히려 "네가 마음 풀릴 때까지 하고 싶은 대로 하라"며 웃고 있는데 너무나 감동적이어서 지금도 가끔이나마 그를 볼 때마다 그의 착한 성품과 남을 배려하는 신앙심을 내 머릿속에 이입시켜 늘 가슴이 따뜻함을 느끼며 살아간다.

또 다른 친구는 J대 정외과를 졸업하고 ROTC 장교로 제대한 친구인데 모 고등학교 교련선생 시절에는 술에 취해 파출소를 때려 부수기도 하였고, 험한 욕설을 입에 담고 살던 친구다.

그러던 그가 어느 날부터 교회를 다니기 시작하더니 마침내 뜻한 바 있어 신학대학을 졸업하고는 전도사 생활을 하다 내가 살고 있는 지역에 교회 목사님으로 부임했다. 정말 꿈같은 이야기다.

신도수가 그리 많지 않은 개척교회에 온 친구는 힘차게 울부짖으며 때론 낮은 목소리로 사람을 감동시키는 설교로 하루가 다르게 부흥교회로 만들어 가고 있었다.

가끔이나마 만나면 차 한 잔을 마셔도 또는 점심이나 저녁을 함께 하는 자리가 마련되면 나를 위한 간곡한 기도를 올린다. 내게 교회에 나오라고….

그때는 나도 어쩔 수 없이 눈을 감고 두 손을 무릎에 얹어 놓고 기도소리를 들으면 정말 교회에 다니지 않으면 죄를 짓는 듯한 느낌이 들 정도로 찡한 마음의 여운이 가슴을 채우기도 하였다.

그때 나는 군청에서 지역개발을 담당하였는데 3번국도변 정비사업을 계획하고 있었다. 도로변 상가를 보기 좋게 '바라베트'를 설치하거나 불량주택을 정비하여 쾌적한 주거환경을 만드는 데 역점을 두고 추진한 사업이다.

관청이나 단체, 공공건물은 이 사업에서 제외시켜야 되는데 바로 친구 교회가 도로변 가시지역에 있어 무엇인가 도와줘야 한다는 생각에 계획에 포함시켜 교회 외벽을 보수하고 정리하는 데 사업비를 지원하기도 했다.

물론 교회명이 아니고 개인명으로 말이다. 그래도 그리스도의 성전을 보수하는 데 신자는 아닐지라도 일조했으니 친구도 기뻐했을 것이다.

크리스마스 날이다. 아침에 일어나니 아내가 어젯밤에 교회에서 심방으로 우리 집에 와서 찬송가를 부르고 갔다는 것이다.

교회에서 우리 집은 10여 km나 떨어져 있어 도보로는 불가능했는데 타인의 봉고차까지 대여해 가면서 나 하나만을 위해 먼 곳까지 여러 신도들과 함께 와서는 즐거운 크리스마스 캐롤송과 찬송가를 부르며 새해맞이 복을 선물하고 간 것이다.

나는 다녀간 줄도 모르고 있었기에 미안함에 몸둘 바를 몰랐다.

그 다음 해부터는 사탕과 과자 빵 등을 상자에 담아 모조지로 예쁘게 싸고 스카치테이프로 '축 성탄 ○○교회' 라고 매직펜으로 써서 붙이고 자정쯤 문밖에 내다놓음으로써 먼 곳까지 찾아와서 나를 위해 애쓰는 친구와 성도들을 위한 선물로 고마움을 표했다.

이렇게 죽마고우처럼 친하게 지내며 나를 교회로 인도하기 위해 노력하고 있는 친구를 생각하면 다녀야 하는 것이 도리이겠으나 어릴 때의 그 충격으로 아직도 마음이 허락지 않는다. 그가 나를 위해 베푸는 기도는 내 마음을 어루만져 주기도 하지만, 잊으려 하면 떠오르고 지우려 하면 선명해지는 어린 시절의 가슴 아픈 충격이 트라우마가 된 채 머릿속에 뚜렷하게 각인되어 교회하면 아직까지도 마음 한구석이 쓰리고 아프다.

어느 날인가, 친구를 만나 어릴 때 그 이야기를 자세히 했더니 얼굴을 붉히면서 긴 한숨을 내쉰다. 나의 일이지만 자신의 잘못인 것처럼 미안해 하는 마음을 읽을 수 있었다.

그 친구는 서울 서초교회에서 목회자로 활동하다 미국으로 이민 갔다는 소식을 친구를 통해 알게 되었지만 이제 친구도 나이 들어 머나먼 이국땅에서 나처럼 외롭게 살아가지는 않는지 모르겠다.

부디 오래도록 건강하고 행운이 늘 함께하기를 마음 속 깊이 기도 올려본다.

대포와 박격포

박격포와 대포는 성능이나 화력, 살상반경에서 큰 차이를 보이는 군대의 중화기를 말한다.

어느 단체나 직장, 아니면 친목모임이나 동호인 클럽 중에는 꼭 말을 해도 부풀리거나 아니면 사실을 과대포장해서 말하는 사람들이 있다.

믿을 수도 안 믿을 수도 없는 상황을 만들어 내는 사람들을 소위 뻥을 잘 친다고 하기도 하고 때에 따라서는 대포를 잘 쏜다고 하여 성씨 앞에 포(包)를 붙여 이(李)포니 박(朴)포니 하는 별호를 얻을 만큼 유명세를 타는 사람들이 있다.

이러한 유명세를 타다 보면 그들의 이름보다는 별호를 먼저 부르기도 한다. "어이 오(吳)포" 하고 말이다.

내가 공직에 있을 때의 일이다.

우리나라 지자체(地自體)인 군(郡) 단위에 부군수(副郡守)의 직책은 과거 조선시대에 영의정을 '일인지하 만인지상'(一人之下 萬人之上)이라 하여 위로는 임금 한 사람밖에 없고 밑으로는 모든 관료와 백성이 있다 하여 한 나라의 2인자임을 나타내는 말이었듯이, 아마도 군(郡)단위에서는 옛날 영의정에

버금가는 막강한 권력을 갖고 있는 직책이 아닐까 싶다.

지방자치법에 의해 군(郡) 단위에서 군수라는 직책은 모든 행정을 총괄 지휘하고 행정의 3대 권력이라는 직원에 대한 임명권인 인사(人事)권과 징벌할 수 있는 감사(監査)권, 그리고 세입과 세출의 예산(豫算)권을 행사하지만 행정을 집행함에 있어 책임질 일들을 따지고 보면 별로 없는 것도 사실이다.

부군수가 인사위원장에 경리관을 수행하고 게다가 모든 행정력이 새마을운동에 집중되어 있을 때는 부군수실에 감사와 예산부서까지 있어 막강한 권한을 행사할 때도 있었다.

우리 군의 오(吳) 모라는 부군수는 얼마나 포(包)가 센지 그가 나타나면 모든 직원들은 일단은 움츠리며 혹시 나에게 뭐라 하지는 않을까 겁부터 먹고는 벌벌 떨기도 한다.

관내의 크고 작은 행사시에는 참석자들이 함께한 자리에서 식(式)이나 대회(大會)가 시작되기 바로 전에 나타나 단상에 오른다.

메인 마이크를 잡고는 관계자들을 불러댄다. "○○ 계장 어디 있나" "○○ 과장 어디 있나" 등 하면 관계자는 큰 소리로 "네" 하고 뛰어가면 많은 관중 앞에서 이것저것을 묻고는 때론 호통까지 치기도 한다.

이에 얻은 별호가 오(吳)포다. 그것도 군대에서 가장 화력 좋은 8inch 포에 비교할 만큼 목소리도 우렁차고 쇼맨십도 강하고 행동 역시 군중들을 압도하는 분위기에 직원들은 조금은 불편해 하지만 그 앞에서는 어느 누구든지 겉으로는 찍소리 못한다.

부군수님이 기분이 좋을 것 같은 느낌이 들 때 살짝 여쭤본다.

"왜 그렇게 사람들 앞에서 호통을 치십니까" 하면 "아, 내가 그렇게 소리라도 치고 법석을 떨어야 긴장하고 행사가 잘 치러진다"고 한다.

뭐 이렇게 약한 것 가지고 포(包)라는 별호까지 얻었냐고 묻는다면 할 말이 많다.

한탄강 관광지에서 자연보호 캠페인을 실시할 때 그를 수행했다.

어떤 사람이 낚시광이라며 한참 수다를 떨고 있으니 부군수가 참견하지 않을 수 없다.

"여보 나는 일 년 열두 달 낚싯대를 트렁크에 싣고 다니는 사람"이라고 한 수 접고 말을 시작한다. 그리고는 월척을 이야기하면 정말 대단하다.

팔뚝만한 잉어에 사람 다리만한 메기에 그것도 담을 그릇이 없어 일부는 놓아주고 왔다는 등 그 누구라도 상대하게 되면 한 마디에 KO다.

어찌나 포를 쏴대는지 주변에 화약 냄새가 코를 찌른다는 말은 그 분을 알고 있는 직원들이 모이면 가끔씩 빗대는 말로 바로 오포를 지칭하는 표현으로 사용한다.

그것뿐인가? 어디에선가 사냥 얘기가 나오자 마자 맞장구를 치는데 지프차를 타고 갔는데 얼마나 많은 꿩을 잡았는지 실을 수가 없어 끈을 매어 위에까지 실었는데 도저히 더 실을 수가 없어 버리고 왔다고 큰 소리로 해대는 것을 보면 좌우지간 엄청나다.

그래도 어느 누가 반문할 사람은 없다.

그저 "정말 대단하십니다" 할 수밖에….

테니스장에서 생긴 일이다.

공직자는 윗사람이라면 사실 부모님보다 더 성실하게 모시는 것이 관례가 아닌가 생각된다.

그래야만 전보나 승진 때에 그 직원 똑똑하고 일 잘한다는 말 한 마디가 운명을 바꿀 수도 있기에 공직자들의 아부는 아마도 역사와 함께 계속해서 함께 흘러갈 것으로 보인다.

몇 번의 시합을 하다 보면 부군수 팀의 패색이 짙어질 때 쯤이면 그는 라켓으로 네트를 탁탁 친다. 그쯤 되면 눈치 빠른 직원은 바로 감을 잡고 스매싱하기 좋은 공으로 띄워 준다.

그러면 힘차게 스매싱을 하고 역전의 빌미를 줘가며 경기가 진행된다.

그리고는 약한 볼로 치기 좋게 그의 앞으로 볼을 주면 자기 편 선수의 몸에다 강한 볼로 쳐서 스스로 실수하게 만든다.

나는 아니었지만 이렇게 아부하는 직원들이 종종 있어 때로는 "차라리 지고 말자"는 생각을 갖게도 한다.

반대로 약한 선수를 만나게 되면 살살 약을 올려가며 요리조리 공을 뽑아 전의를 상실하게 만드는 기술도 있다.

나는 한 번도 양보해 본 적이 없어 때로는 미움을 사기도 했지만 내 마음이 허락지 않았다. 게임이 끝나면 테니스에 대한 열변이다.

일제강점기 때부터 테니스 선수였는데 당시 의정부와 포천이 대회를 갖게 되면 포천이 고향인 그는 의정부가 맥도 못 추고 항상 패배했다는 이야기가 단골이다.

그리고 두 손바닥을 대고는 "이것 좀 보라"고 테니스를 하도 많이 해서 오른팔이 길다는 것이다. 오른팔이 손가락 한 마디쯤 길게 보이게 대고는 오른팔이 길다는데 그 누가 아니라고 반문할 수 있겠는가?

한 번은 군민의 날 체육대회에서 읍면간 축구대회를 치루다 싸움이 벌어졌다.

그런데 그들 중 한 젊은이가 야구 배트를 가지고 설쳐대는 바람에 난장판이 되었는데 나와 동료 몇이서 달려가 싸움을 말리고 배트를 빼앗아 오니 "이리 가져 와" 하여 드렸다. 그런데 큰 소리로 "이놈들 어디서 싸움질이야" 하며 배트를 자신의 승용차에 실어 놓으란다.

다음날 그분을 수행하여 출장길에 올라 모 면장댁에서 함께 점심을 하게 됐다. 막 밥을 먹으려고 하는데 그분 왈 "면장! 어제 행사장에 있었지?" "네" 그런데 갑자기 버럭 소리를 지른다.

"이놈들 어디서 쌈박질이야" 하고 배트를 빼앗고 그놈들을 혼내 주었는데 꼼짝 못하고 싹싹 빌었다는 것이다.

야구 배트를 뺏어다 준 장본인이 바로 앞에 있는데도 곁눈 한 번 안 보고

포를 쏘아댄다. 뭐 이 정도면 오포라는 별호는 마땅한 별명이 아닐까 생각한다.

그러나 이 분의 마음 씀씀이가 항상 그런 것은 아니며 몸에 밴 공직생활로 나름대로의 멋과 부드러움 그리고 부하를 통솔하는 방법과 윗분을 모시는 의전은 어느 누구보다도 확실하고 업무에 빈틈이 없는 분이라 본받고 싶은 부분도 많았던 것으로 기억하고 있다.

그리고 오포보다는 다소 약하기는 하지만 마구잡이로 쏘아대는 작은 포(包)인 박(朴)포가 있었는데 직급이 높은 사람이 지시하면 가능하건 불가능하건 No라는 대답은 없다.

업무보다는 아부가 지나치다는 부하직원들의 평에다가 Yes맨으로 불려지기도 하지만 자기 부하는 마치 종부리듯 하며 심한 욕설도 서슴지 않는다. 사실 마음 속으로는 직원들을 아낌에 있어 남들이 모를 만큼 따뜻한 분으로 알려져 있기도 하다.

이를 모르는 직원들은 그 부서로 발령이 나면 "너는 이제 죽었다고 복창해라" 하며 놀려대기까지 하는 직원들도 있었으니 그의 명성이 어느 정도인지 짐작하리라 생각한다.

지난 1980년대 중반까지만 해도 도청 직원이 시 · 군 직원들에게 반말을 하거나 욕을 하는 것은 다반사였고, 또 군직원이 읍 · 면 직원들에게 심한 욕을 해도 어쩔 수 없이 당할 수밖에 없었던 시대였다.

더욱이 박포의 논리는 마누라하고 면직원은 동급이라고 큰소리 치고 욕을 해도 당연하다는 식의 언행을 보여주고 있어 눈살을 찌푸리는 직원들이 많았으나 그 횡포를 잠재울 사람은 아무도 없었다.

소위 자기보다 끗발 좋은 사람들에겐 항상 굽신대고 잘 했으니 말이다.

다만 지역 토박이 선후배 관계는 직급에 관계없이 후배가 반말을 한다든지 하는 일은 절대로 있을 수 없다.

이것이 지방공무원들의 특색이라면 특색이라 하겠지만 지금은 이러한 비합리적이고 구태의연한 짓거리는 찾을 수 없어 지방공무원들의 변화된 모습을 볼 수 있다.

지방자치단체장인 시장, 군수가 선출직으로 바뀐 이후 극소수이기는 하지만 선거 때면 후보자의 줄서기 양상은 심도 있는 연구와 함께 보완책이 필요한 것으로 보인다.

읍·면 감사반을 편성, 시행하게 되면 건설 업무에 꼭 이 박포가 낀다.

감사장이 요란하다. "뭐 이 따위로 일을 했냐?" "업무처리가 엉망이야" 하면서 포를 쏘아대기 시작하면 피감사직원들은 얼굴이 붉어지고 고개를 숙인 채 답변 한 번 제대로 하지 못하고 당하고만 있을 뿐이다.

그러나 절대로 징계를 주는 일은 거의 없었던 것으로 알고 있다.

포(包)소리만 요란했지 남을 못살게 굴거나 구렁텅이로 몰아넣는 일은 없었기에 인간성 그 자체는 나쁜 사람은 아닌 것으로 보인다.

그러나 박포는 요직으로 꼽히는 계장들에는 동료이지만 정말 잘해 준다.

인간이 살아가면서 자기 본인에 대한 처신은 모두가 다르겠지만 박포의 색깔은 너무 선명해서 웬만한 사람들은 이해하기 어려울 정도다. 그의 방법은 그 나름대로의 만족함이 있지 않았을까 하는 생각도 해 본다.

내무과에 근무할 때다. 건설과에 협조사항이 있어 정식 문서로 의뢰했는데 업무가 바빠 못해 준다는 회신이 왔다.

행정관서 내에서는 있을 수 없는 일이 발생한 것이다.

소위 군행정의 심장부인 인사부서에서 통보한 협조문에 못해 준다는 답변은 차라리 날 잡아 잡수하는 것이나 다를 바가 없기 때문이다.

당시 박포는 과장이었는데 출장간 사이에 계장이 못한다고 가짜 서명으로 협조문을 회시(回示)했으니 막말로 내무과에 도전한 꼴이 되어 버렸다.

조직으로 보나 업무적으로 보나 또는 관례로 보아도 있을 수가 없는 일이다.

회시문을 접수한 내무과는 한 마디로 화가 날 대로 난 상태에서 누구 짓인지 알아보기 위해 바로 서류를 가지고 박포에게 가서 설명하니 바로 노발대발이다.

쩌렁쩌렁하는 목소리로 "이 문건 누가 작성했어? 누가 협조전을 계장이 서명해서 보내 응?" 하며 담당계장을 불러 세워 혼을 내는데 옆에 있는 내가 민망할 정도로 막말이 쏟아진다. 한 마디로 CPX(비상시태)가 걸린 것이다.

세월은 흘러 바로 박포가 모 읍장으로 전보되어 읍 · 면 순회 점검사항이 있었기에 읍장실에 들어가니 반갑게 맞아준다.

추운 겨울이었다.

나는 바로 창문을 열어 놓고 코를 막는 시늉을 했더니 "추운데 창문은 왜 열고 그러느냐"고 해서 얼마나 포를 쐈으면 "이렇게 화약 냄새가 심하냐"며 농을 걸어 서로 한참이나 웃었던 기억이 난다.

이 두 분은 공통점이 있다.

남에게 큰 소리 치거나 허풍을 떨면서도 잘못한 직원들에 대해서는 결코 공직생활의 어려움을 겪게 하거나 징계처분으로 인한 불이익을 한 번도 준 사례가 없는 것으로 알고 있다.

그들이 퇴직한 후에도 나쁜 사람으로 생각하는 후배는 없는 것으로 알고 있다.

이제 그분들은 이 세상에 살고 있지 않기에 젊어 한때는 미워도 해 보고 모시기 힘든 사람으로 생각했었지만 함께한 추억들이 가슴에 남아있다.

그때 조금 더 잘해 드려야 했었는데 하는 아쉬움을 남기며 그리움의 시간을 가져 보기도 한다.

그리고 그 분들의 영혼이라도 편안한 세상에서 오래도록 큰 소리 치시며 그때의 너털웃음으로 후배들을 돌보아 주기를 바라고 있을 뿐이다.

우유팩 이래도 좋은가

우유를 담는 팩은 도대체 언제부터 만들어 보급되고 있는 것일까? 우리나라에는 크고 작은 팩에다 여러 종류의 우유나 음료수를 담아 판매하고 있다.

나는 팩을 만드는 재질이나 규격 같은 것은 알지도 못하고 또 용량을 표시했어도 관심 없이 그저 항상 작은 것으로 사는 것이 보통이다. 때에 따라서는 음료가 담긴 것은 큰 것을 살 때도 있기는 하지만 극히 드물다.

어린 시절에 분말로 된 우유가루를 가끔씩이나마 보급하던 때도 있었다.

이 분말을 먹다 보면 숨이 막히기도 하고 또 물에 타서 먹으려면 한참동안을 숟가락으로 저어도 잘 풀리지가 않는다.

한참을 저어도 마치 순두부 모양의 덩어리로 남을 때면 떠먹어도 입천장에 붙기가 일쑤이고 해서 먹고는 싶었지만 어린 마음에도 기분은 항상 개운치가 않았다.

모두가 먹을 것이 없어 헐벗고 굶주리는 때라 우유를 먹는다는 것은 상상도 할 수 없었고 부잣집이라고 해도 국내에서는 생산도 되지 않았고 사서 먹을 돈도 없었다. 그리고 판매하는 곳도 없었던 시절이었다.

그래서인지 지금도 흰 우유를 마시게 되면 배탈이 나서 마음 놓고 먹을 수 없어 어쩌다 마시고 싶으면 딸기나 초코 또는 바나나 우유만을 마시는 것이 고작이다.

그런데 지금처럼 팩에 담긴 우유를 마실 때마다 팩을 뜯게 되는데 그때마다 마시기 좋은 모양으로 개봉하기란 불가능할 뿐 아니라 제대로 한 번 뜯어 보지를 못했다. 팩을 뜯었을 때 V자 모양으로 되어야 편한데 잡아 뜯다 보면 모양 없이 찢어져서 마실 때 흘리게 되거나 잘못 마시면 목을 타고 흘러내릴 때도 있어 영 기분이 엉망이다.

내가 우유를 마시고 싶을 때 내 마음대로 먹을 수 있었던 때는 지난 1968년 파월하여 맹호부대에 근무할 때부터다. 그때 그 시절에는 우유를 먹는다는 것은 상상도 하지 못할 때이다.

그런데 내 마음대로 마실 수 있었다니 얼마나 영광스러운 일인가.

아침식사를 마치면 우유와 커피, 코코아 등 세 종류의 후식이 준비되어 있는데 모두 양은으로 된 큰 통에 담아놓아 얼마든지 마음대로 마실 수 있었다.

파월 초기에는 누구든지 우유가 영양분도 많고 건강에도 좋다고 하니까 많은 병사들이 마음껏 마시게 된다. 그러다가 한두 달 정도 마시다 보면 설사를 시작하는데 위장병이라도 발생한 것으로 착각하기 쉽지만 뱃속에 기름기가 없으니 당연히 마시고 돌아서면 화장실로 뛰어간다.

원인을 알게 되면 그때부터는 커피를 마시게 된다.

그 시절에는 커피를 마시고도 이쑤시개를 쓴다는 말이 있듯이 정말 돈 많은 사람들의 전유물처럼 여겨지던 때라 커피를 마신다는 자체가 자랑거리였다. 비록 군부대라 그런 분위기는 아니었어도 아무튼 폼 잡고 마실 때다.

커피도 한두 달 마시다 보면 이제는 속이 쓰리고 아파진다. 때에 따라서는 니글거리기도 하여 배를 문지르거나 움켜잡고 고통을 참으려고 애써 보지만 별 효과는 없다.

이러한 과정을 겪고 나게 되면 그때부터는 코코아를 마시기 시작한다. 자세히 주변을 살펴보면 월남 고참들은 대부분 코코아를 마시고 신병들은 우유나 커피를 마시는 광경을 볼 수 있어 신참과 고참들의 분류는 후식을 먹는 것을 보고도 대충 한눈으로 알아 볼 수 있다.

당시 부대 식당에서는 지금과 똑같은 우유팩에 담긴 것을 수령해 입구를 뜯어 용기에 담아 병사들이 마음대로 마실 수 있도록 준비한다.

숙달된 취사병들은 한 손으로 엄지와 검지에 힘을 주면 우유팩이 V자로 탁하고 벌어진다. 취사병들은 많은 양의 우유를 담아야 하니 한 손으로는 팩을 개봉하고 또 한 손으로는 통에 붓는데 팩을 눌러 '탁' 하면 마시기 좋게 틀림없이 V자 모양으로 백이면 백 개 모두가 잘 뜯어지고 모양도 마시기 좋게 만들어진다.

나는 우유팩은 모두가 그런 것으로 알고 있었고 누르면 당연히 마시기 좋은 모양으로 되는 줄 알고 있었다.

제대를 한 후 세월이 한참이나 지나서 언제부터인지는 몰라도 처음에는 병으로 된 용기로 우유가 보급되더니 깨지지 않고 마시기 편한 현재와 같은 우유팩이 등장하게 된다.

그런데 어찌된 일인가. 팩을 개봉하려고 하면 눌러도 안 되고 뜯게 되면 아무렇게나 찢어지고 마음대로다. 억지로 잡아 뜯다 보면 불규칙하게 찢기고 뜯기고 하여 우유를 마시려면 입가로 줄줄 흐르거나 옷에까지 묻기도 하여 꼭 휴지로 닦아야만 한다.

현실이 이렇다 보니 우유를 마실 때는 정말 조심하지 않으면 입 옆으로 흐르는 것이 보통이어서 마신 후의 기분은 먹는다는 기쁨보다는 찝찝한 기분이 앞서기도 한다.

우유팩이 처음 등장했을 때에 가족이나 직원들이 우유를 사오기라도 하면 내 딴엔 "이건 이렇게 개봉하는 거야" 하며 경험을 바탕으로 시범까지 보이다가 망신까지 당하기도 했다. 월남에서의 우유팩과 모양은 똑 같은데 개봉방법은 전혀 다른 것이다.

도대체 우유회사가 잘못 만드는 것인지 소비자가 모르고 있는 것인지 궁금하다. 원래 팩을 개봉하려면 그렇게 아무렇게나 찢어지고 뜯어지도록 제작해서 소비자들은 다른 컵이나 용기에 옮겨 담아서 마셔야 되는 것이 옳은 것인지 모르겠다.

분명히 월남에서 팩을 살펴보면 입구 부분에 양초를 발라 힘이 약한 사람들이라도 엄지와 검지만으로 누르기만 하면 마시기 좋은 V자 모양의 팩이 되는데 말이다. 왜 우리나라 우유제조업체에서는 개봉하기 어렵게 만드는 것일까 모르겠다.

위생이나 수송문제로 팩이 자연적으로 개봉될까 염려되어 접착제로 아주 단단하게 제작하는 것일까? 아니면 제작비가 많이 들어서, 아니면 우윳값의 이윤이 남지 않아 소비자들의 불편을 모른 척하고 외면해 버리는 것인지 모르겠다.

우윳값을 인상할 때는 원가가 오르고 국제유가의 인상폭이 높아 기업이 생존하려면 어쩔 수 없이 값을 올려야 한다며 소비자들의 주머니 사정은 생각하지도 않고 올리고 싶으면 언제든지 마음대로 올리고 있지 않은가?

위생상의 문제라면 미국 같은 선진국은 입구에 양초를 두껍게 발라 개봉시 마시기 편하게 제작하고 또 수송시에도 우유가 부패되거나 변질을 염려해 입구를 강하게 접착시켰단 말인가?

그렇다면 미국은 그 많은 양의 우유를 장기간에 걸쳐 베트남까지 수송해서 보급하는데도 문제가 있었다는 것인가?

이미 50여 년 전에 내 눈으로 보았고 엄지와 검지로 약간의 힘만으로 우유팩을 개봉하면 V자 모양으로 입을 대고 편하게 마실 수 있는 용기가 보급되었는데도 우리나라에서는 왜 아직까지도 소비자들이 마시기 좋은 팩을 만들지 않는지 묻고 싶다.

밤새워 울어도 눈물은 마르지 않았다

남자로 태어나면 일생동안 세 번만 운다는데 나는 너무 많은 눈물을 흘린 것 같다.

누구든지 태어날 때는 우는 것이고 나라를 잃어버렸을 때 눈물 흘리고 또 부모님이 돌아가셨을 때 통곡하며 운다는 사나이들의 세 번의 눈물이다.

그런데 나는 정말 국가를 생각하며 눈물을 흘려 보았다.

월남전 참전의 기간을 끝내고 귀국선에 몸을 싣고 출발하려 할 때다.

"부~우~웅, 부~우~웅" 하며 뱃고동소리가 울려서 쳐다보니 우리나라 화물선에서 울리는 소리다.

아마도 선장은 우리를 확인하고는 반가워서 일부러 울린 것 같다.

갑판 위를 쳐다보니 선명한 태극기가 바닷바람을 이기지 못하는 듯 힘차게 펄럭이는 모습을 보니 나도 모르게 눈물이 주르륵 흘러 고국에 대한 그리움을 눈물로 쏟고 말았다.

부모님이 돌아가셨을 때 목 놓아 울어봤고, 또 아내가 세상을 달리했을 때는 엉엉 소리내어 울어보지는 못했지만 하염없는 눈물을 흘리기도 했다.

그러나 나이가 들면서 감성이 약해져서인지는 몰라도 가끔은 공중파 방송이 종료되면서 애국가가 연주될 때 눈물이 난다. 화면의 화려함보다는 내가 태어나고 내가 자유를 누리며 살아가는 내 나라의 애국가를 들을 때 눈물이 흐르는 것은 애국심의 발로인지 아니면 살아온 세월에 대한 그리움인지는 나도 모르겠다.

더욱이 나이가 들면서 '드라마'의 슬프고 가슴 아픈 사연이나 인간의 굴욕이나 진실을 애써 감추어야 하는 현실 속에서의 주인공이나 조연들이 자기 자신을 희생하며 인내하는 모습을 볼 때도, 흐르는 눈물을 두 손으로 닦아야 하는 때는 나 자신의 슬픔인 양 울어대기도 한다.

더욱이 내가 젊어 한때 연극영화를 전공하였기에 많이는 몰라도 배우들의 연기나 촬영현장을 대충은 알고 있는 터라 시나리오에 의해 연출되는 눈물을 알고 있으면서도 따라 우는 것은 기쁨과 슬픔은 모든 인간이 공유하기 때문이 아닐까 생각된다.

월남전에 참전한 덕으로 보통 32개월 정도를 복무하면 제대하던 군대생활을 남보다 4개월이나 더 복무한 것은 제대일이 지나서야 귀국특명이 났기 때문이다.

귀국특명이 날 때마다 사무실 장교들이 부관부에 이야기했으니 다음 기회에 귀국하라는 종용 때문에 파병 1년이면 귀국해야 하는 원칙을 무시하고 26개월이라는 긴 시간 동안 파병생활을 했었다.

그것도 1년을 연장 근무할 때는 고국으로 휴가를 다녀올 수 있는 기회를 주는 것이 원칙인데도 바쁘다는 명분으로 이마저 허락하지 않았다.

항상 업무가 바쁘기도 하고 듣기 좋은 이야기로 필수요원이라는 타이틀을 붙여 주었기에 조금의 불평이나 불만도 없었지만 군 생활이 편안하고 행복하지는 않은 것도 사실이 아닌가.

"너 없으면 안 돼" 하며 치켜 세워주는 장교들이 있었기에 사병이었지만 대우받는 생활에 익숙해 있었다. 하기야 근무기간 동안 사단장이 세 번이나 바뀌었으니 오래 하기는 했나 보다.

지난 1970년 12월 말 남지나해의 거친 파도를 뒤로하고 부산항에 도착하니 보충대에서 3일인가를 묵고는 25일간의 휴가증을 받았는데 이것이 내가 군대생활 동안 받아본 처음이자 마지막 휴가였다.

얼마나 그리운 조국인가! 그리고 얼마나 보고 싶은 부모님과 가족들인가! 난생 처음 고속버스에 몸을 싣고 경부고속도로로 상경하는데 저 앞에 조그마한 승용차가 달리는 모습을 보노라면 어느새 내가 탄 고속버스가 추월하고 또 추월하는 등 신나게도 잘 달린다.

더욱이 그렇게 곱고 예쁜 안내양은 곳곳의 전설이나 에피소드 등을 정성 들여 설명해 준다. 능수버들 늘어진 천안! 이곳은 하늘 아래서 제일 편안한 곳이라는 등, 우리나라 지도를 보면 아주 작은 나라라고 생각했는데 5시간 여를 달려오니 작지도 않은 것 같다.

서울에 도착, 단숨에 충무로 거리를 누비며 입대 전 함께했던 감독님을 찾았으나 허탕을 치고 촬영감독이신 일만이 형은 만날 수 있었다.

기쁨을 나누는 인사와 함께 과거사를 이야기하며 영화배우의 꿈을 버리지 못하고 장래에 대한 일들을 주고받는 등의 이야기꽃을 피웠다.

3일인가를 기분 좋게 보내며 청운의 꿈을 꾸며 나는 꼭 서울에서 출세하여 부모님을 비롯한 가족들을 행복하게 해 드려야 한다는 굳은 결심을 하고 고향땅을 밟았다.

구릿빛 얼굴에다 스몰 작업복에 날을 세워 입고 머리에는 월남에서 고급 장교들만이 쓰는 미제 빵모자에 반짝반짝 빛나는 미제 정글화에 야전점퍼 왼쪽 팔에는 맹호마크가 선명하게 달려있는 아들이 집을 찾은 것이다. 게다가 누가 보아도 세련되고 멋있는 고참 군인의 폼을 잡으면서 집에 들어서니 온 가족이 기다렸다는 듯이 멀리 누님과 매형도 함께 기다리고 있었다.

어머님! 하고 소리치니 깜짝 놀라시며 우리 아들 살아왔다고 얼싸안고 우시는데 나도 진한 눈물을 흘려야만 했다.

아버님이 다가오시더니 "고생했다"며 눈시울을 적시신다. 전쟁터에서 살아 돌아왔다는 안도감과 함께 기쁨의 눈물이었을 것이다. 정말 보고 싶은 가족들이었기에 한잠의 잠도 자지 못자고 밤샘 이야기로 화기애애하고 행복함을 느끼던 즐거운 시간들은 새벽이나 돼서야 잠을 청했다.

다음날 우르르 모여든 동네사람들과 친구며 후배며 동생 친구들에게도 초콜릿과 과자 등을 나누어 주니 모두가 싱글벙글 즐거운 표정들이다.

꼬마 녀석들은 콩알같이 생긴 초콜릿을 주니 기쁜 마음을 감추지 못하고 팔딱팔딱 뛰며 좋아하고 생전 처음 맛보는 과자인지 아끼고 아껴 먹는 모습이 지금도 머릿속에서 지워지지 않는다.

그리고는 멸치를 삶고 국수를 끓여 동네잔치를 벌이니 모두가 대견하다는 눈치다. 모두들 아들 잘 됐다는 어르신들의 작은 목소리가 귓가에 맴돌기도 하여 뿌듯함에 나는 신이 났었다. 그리고는 동두천이나 의정부 친구들을 만나 세월 가는지 모르게 시간을 보내다 보니 어느덧 휴가는 끝이 나고 제대를 하기 위해 부천(소사)에 있는 예비사단에 들어갔다.

그때는 경기도에 주소를 둔 제대 장병들은 모두가 월요일에 입소하여 토요일에 제대증을 받아야만 군복무를 마치게 되어 있었다.

예비사단 정문으로 들어가려니까 근무헌병이 "어이, 어이" 하며 부른다.

힐끔 쳐다보니 상병이다. 갑자기 화가 나서 "나 말이야" 했더니 말도 없이 머리만 끄덕이는 꼴을 보니 참을 수가 없었다.

"너 헌병학교 몇 기야" 했더니 바로 부동자세로 돌아오더니 경례를 붙인다. 그리고는 "선배님!" 하더니 신고 있는 워커를 달랜다.

마음 속으로 헌병도 아닌 놈이 헌병인 척했으니 시비를 걸 것도 같아 "뭐? 나는 어떻게 하라고?" "반납하실 건데 그냥 주십시오" 잠시 머뭇거리다가 벗어주니 왼쪽은 크고 오른쪽은 작은 짝짜기 워커를 나에게 건네준다.

정말 놀랄 노자다. 세상에 이런 일이 있다니, 다행히 정글화는 집에 두고 미제 워커를 신고 왔기에 다행이지, 내가 아끼던 정글화를 빼앗길 뻔했다는 생각에 안도감이 든다.

W백을 메고 한참을 걸어가는데 철조망 넘어 상병 한 놈이 또 "어이 어이" 하며 부른다. 도대체 이놈의 군대는 어떻게 계급에 대한 존엄성은 온데 간데없고 그저 반말뿐이다. 내가 알고 있는 군대는 분명 고참을 하늘같이 모시는데 이 부대는 개판인가 보다.

"야 너 상병이 까불어?" 했더니 삽질을 하고 있다가 바로 철조망을 뛰어 넘어 오더니 "이 개새끼 죽고 싶어" 하면서 삽날을 목에다 갖다 댄다. 순식간에 일어난 일이다.

"이 새끼야, 나 군대생활 8년째야" 하는 것이다. 순간 아찔한 생각이 들며 무언가 머리에 스쳐간다.

그러고 보니 예비사단에는 사고자들이 많다는 이야기를 들은 적이 있어서다. 이에 나는 약간 꼬리를 내려 몰랐다고 하니까 쓰고 있는 모자를 달랜다. 한국에서는 그런 모자 돈 주고도 못사는 작업모인데 달라고 하니 정말 아까웠다.

그래도 줘야지 어쩔 수 있나. 병장이 상병 모자를 쓰고 내무반을 찾아가니 낯선 병사들이 이리 저리 뒹굴고 있다. 나는 W백을 대충 놓고 따뜻한 '페치카' 옆을 차지하고 누워 있는데 옆에 있는 일반 하사에게 병 군번을 물었더니 나보다는 몇 개월이나 뒤진 졸병이다.

잠시 후 일등병이 들어오더니 누워 있는 나를 발로 툭툭 차면서 "야! 석탄 불 좀 봐" 하고 큰소리를 지르고 있다.

마치 나를 이등병으로 취급하는 것 같아서 이게 겁이 없어 하는 눈치로 빤히 쳐다보았더니 대뜸 "야, 이 새끼야. 뭘 봐. 까라면 까지" 하면서 발길질을 해댄다. 정말 기가 막히고 코가 막힐 노릇이다. 고참도 제대가 2~3개월이나 지난 아주 고참 병장한테 이게 말이 되는 군대인가.

일등병한테 당하고 나니 기분도 나쁘고 해서 옆에 있던 일반 하사에게 "야 네가 좀 봐라" 했더니 "이 새끼 눈깔을 뽑아 버릴라" 하면서 난로 꼬챙이를 얼굴에 대고 쑤실 것같이 덤벼들며 겁을 준다. 그리고는 "까불지 마,

이 새끼야. 군대생활 10년째야" 라고 한다. 하는 수 없이 꼬리 내리고 못마땅한 표정으로 꼬챙이를 받아서 난롯불을 쑤셔댔다.

이거 군대생활 마치고 제대하기 되게 힘들다는 이야기를 들릴 듯 말 듯한 말로 투덜대며 밖으로 나와 버렸다.

날씨는 추운 데다 내무반은 그렇고 해서 나오기는 했어도 더운 나라에 있다가 와서인지 살을 에는 추위인지라 젊은 나이였는데도 참기가 힘들었다.

그러나 머릿속에는 군기도 없는 이곳에서 일주일을 버티려면 군대생활 1년은 더 하는 것 같은 기분이 들어서 돈을 주든지 빽을 쓰든지 나가야 살 것 같았다.

저녁식사를 마치고 내무반에 모이니 중사 한 사람이 들어오는데 낯익은 얼굴이다. 이름을 확인해 보니 틀림없는 고등학교 후배다. 시선이 마주치자 나를 알아보고는 왼쪽 눈을 깜빡이며 밖으로 나오라는 신호를 보낸다.

"아이고 살았구나!" 하고는 따라나서니 웬일인가, "형님 오신다는 소식은 들었습니다." 그리고는 창고로 데려가더니 입고 있는 군복은 모두 벗어 반납하고 예비군복으로 갈아입히고는 내무반 뒤편 산길을 따라가니 부대 철조망이 보인다.

철조망을 번쩍 들어주더니 그리로 나가란다. 그리고는 토요일 오전 10시에 소사다방으로 나와 제대증을 받아가면 된다고 한다.

산속을 헤매이며 도심의 가로등 불빛을 따라 시내로 와서는 계산동 누나 집에 가서 토요일이 되기를 기다리며 밖으로 나오지도 못하고 지루한 며칠을 보냈다.

드디어 제대증을 찾는 토요일이 왔다.

약속된 장소로 시간 맞춰 나가 제대증을 받았는데 한참이나 보고 또 봐도 신기하기만 하다.

3년여 동안 지내온 세월이 주마등처럼 스치고 지나면서 아주 긴 꿈을 꾼 것 같으면서도 한편 자유의 몸이 되었다는 기쁜 마음은 마치 하늘을 날아갈 것 같은 기분이다. 소사역 앞에서 버스에 몸을 싣고 오면서도 제대증을 보고, 넣고 또 꺼내보고 하면서 제대 기분을 만끽하고 있었다.

그런데 버스차장이 다른 승객들에게는 승차요금을 받으면서 나에게는 받으러 오질 않는다. 차장에게 가서 "왜 차비를 안 받느냐"고 물었더니 "군인은 돈이 없잖아요" 하며 손짓으로 그냥 자리로 돌아가라는 신호를 보낸다.

얼굴이 화끈거림을 느끼며 돌아서려는데 자기 애인이 군인인데 아라비아 숫자 네 글자를 대며 그 부대에 근무하고 있다고 하면서 어디인지 알고 있느냐고 물어보는데 모른다고 대답할 수밖에 없었다.

이름도 모르고 얼굴도 기억나지 않지만 그때의 그 버스차장에게서 느낀 고마움은 지금도 잊지 못하고 있다.

서울에 도착, 충무로에 들러 몇몇 알고 있는 사람들과 커피 한잔 하면서 집에 가서 3일만 있다가 올라와 다시 시작하자고 이야기하고는 경원선 열차에 몸을 실었다. 기차를 타고 오면서도 마음이 들떠 있기는 마찬가지다. 제대증을 보고 또 보고를 반복하였는데 아마도 7번인가를 꺼내 보고 넣고 한 것으로 기억된다.

집에 오니 할 일도 없을 뿐 아니라 심한 추위를 견디지 못해서 입술이 갈라지는 아픔까지 겪으면서 그때부터 더위는 타지 않아도 추위를 심하게 타기 시작했다. 겨울이 되면 손이 차서 악수하기가 미안할 정도였다. 다른 사람과 악수를 하면 따뜻한 온기를 느끼게 되어 내가 몸이 약한가 하며 고민도 했지만 나이 들면서 몸무게도 늘고 하니까 지금은 겨울에도 그리 차가운 손은 아닌 것 같다.

며칠을 쉬며 저녁이면 선·후배를 만나 술집엘 간다. 술은 한 잔도 마실 줄 모르면서도 노는 재미가 좋았기 때문이다. 고등학교 시절 밴드부장을 지냈기에 노래도 좀 부르는 편이고 젓가락 장단은 누구도 따라올 수 없는 특기였다.

트롯은 물론, 차차차에 블루스, 게다가 웬만한 리듬은 노래마다 잘도 맞추어댔다.

그저 나는 흥에 겨워 놀고 있는 즐거움에 흠뻑 빠져 있었다.

그때는 주머니 사정도 좋았고 또 내가 태어나 술집을 드나들기는 처음이었기에 나도 모르는 미지의 세계로 황홀함을 알게 되었다.

보름여를 그렇게 보내면서 빨리 서울로 가야지 하고 생각하면 부모님이 마음에 걸린다. 어떻게 해야 하나. 가야만 하는데 마음뿐이지 도저히 떠날 수가 없다.

연로하신 부모님을 이곳에 남겨놓고 장남이라는 자식이 나 몰라라 하며 냉정하게 떠날 수가 없었기에 시름의 고민은 깊어만지고 있었다.

내일은 가야지 하고 하룻밤을 새고 나면 서울로 향한 발걸음은 한 발자국도 내딛지 못하고 멈춰 버리고 만다. 밤이 되면 긴 한숨만 쉬게 되고 아무리 골똘한 생각에 생각을 거듭해 봐도 대책이 없다.

도대체 어떻게 할 줄을 몰라 고민의 밤샘을 하고 나면 핼쑥한 모습에 붉게 충혈된 눈은 피로감을 더해가고 3일만 있다가 상경하겠다던 약속은 점점 멀어져만 가고 있었다.

그래 가야 돼. 그리고 출세해서 돈 벌어 부모님을 서울로 모시면 되지. 아니야 출세한다는 보장이 있는 것도 아닌데 만약에 내 생각대로 되지 않으면 또 그때는 어떻게 할 것인가를 되뇌이며 복잡한 마음으로 하루하루를 생활하고 있는데도 시간은 멈추지 않고 흘러만 간다.

한 달여를 고민 끝에 내린 결론은 고향땅에서 보모님 모시고 살면서 아주 작지만 소박하게 그리고 이 세상에 태어나서 주어진 운명이 이 길이라면 후회 없이 살기로 굳게 마음먹고는 그래 이렇게 사는 것도 생의 보람이라는 생각에 그만 눌러앉고 말았다.

하지만 마음 속으로는 홀가분하게 정리했다 하더라도 또 한구석의 마음은 아쉬움이 남는 것도 부인할 수 없는 사실이었다.

지루하기만 했던 한해 여름을 이곳저곳을 찾아다니며 보고 듣고 했지만 세상에서 나를 반갑게 맞아주는 곳은 아무데도 없었다.

찌는 더위가 꼬리를 감추는 8월말께 오토바이 소리에 나가 보니 후배가 찾아와 "형! 군청에서 오래" 앞뒤 자르고 무조건 오라는 말에 당황도 했지만 무의식 속에 그냥 따라나섰다.

군청에 가 보니 평소 안면 있는 사람도 꽤나 있었으나 그곳에서 무슨 일을 하는지는 알지도 못하고 사람들은 왜 이렇게 많은지 모르겠다. 안내에 따라 어느 사무실로 들어가니 직위가 높은 분 같아 보이는 사람이 "군청에 근무할 생각이 없느냐"고 해서 나는 싫다고 하였다. 잠시 후 "시간을 두고 생각해서 연락해 달라"고 하여 알았다고 하고는 집으로 돌아왔다.

"어디를 다녀왔냐"고 어머님이 물으신다. 자초지종을 이야기하였더니 "남자는 서푼벌이라도 해야 사람 구실을 한단다"는 어머님의 짧은 충고의 말씀이다.

나는 어머님의 말씀을 그때는 이해하지 못했으나 수년이 흘러서야 그 뜻을 알게 됐고 이해하게 되었다.

며칠이 지나 독촉이 왔다. 되도록이면 빨리 출근하면 좋겠다는 말에 용기 내서 한 번 무슨 일을 하는지 알아나 보고 결정한다는 생각에 후배에게 전화를 걸고는 사무실을 찾았다.

내가 살고 있는 지역이 북한과 접경지역이기에 군정 홍보를 위한 라디오 방송 시스템을 군청과 읍·면에 고성능 스피커를 설치해 하루 3시간씩 녹음방송을 실시하고 있었다. 나는 행정요원이 아닌 방송요원, 다시 말하면 아나운서로 일하는 것이었다.

방송이라면 학교에서 실습도 해 보고 대본 연습도 많이 했지만 나는 표준어에 목소리도 좋은 편이라 이 분야라면 자신 있었다. 그리고 내 능력에 맞는 일이었고 적성에도 어울리는 일이라서 하겠다고 하였더니 출근 일을 통보하면 바로 근무하라는 말을 듣고 돌아왔다.

그때는 공무원이 어떤 일을 하는지도 모르거니와 직위나 직급이 무엇인지도 모른 채 월급을 준다니 다니기로 마음먹었던 것이다. 더욱이 스튜디오까지 설치되어 있고 방송기사가 2명이나 근무하고 또 함께 방송할 여자까지 있으니 숨은 실력을 발휘할 때가 온 것 같은 기분이었다.

열흘인가 지나 출근하라는 통보에 아침 일찍 몸을 단정히 하고 입기 싫은 정장차림으로 군청에 가니 오전 10시에 임명장을 준다고 하여 잠시 기다렸다.

출입문 위에 '군수실'이라는 팻말이 달린 사무실로 들어가니 정장을 말끔하게 차려 입은 분이 "이 사람이야" 하니 동행한 분이 "네 맞습니다" 하고 대답한다.

검은색에 하얀 새 깃털을 새긴 자개함에서 조금은 두꺼운 종이쪽지를 들더니 정면을 향해 앞으로 서라고 한다.

그분은 종이쪽지를 들고 있고 옆에 있는 사람이 "차렷! 경례!" 하고는 "임명장!" 하면서 대리로 읽어 주는데 마지막에는 '연천군수 김광준' 하기에 '이 분이 군수구나' 생각했다.

군수는 임명장을 건네주면서 "유능한 사람이라는 말을 들었으니 열심히 하라"고 한다. 머리 숙여 인사를 하고는 사무실을 나와 공보실로 가서 직원들에게 인사를 했다. 계장이라는 사람이 근무는 어떻게 하고 아침에 몇 시까지 출근하라는 등 제반 규정과 규칙을 알려준다.

방송실에 들어가 임명장을 보니 이게 무슨 날벼락인가. 아니 봉급이 월 1만 2천원이라고 쓰여 있어 내 눈을 의심했다. 아니 1만 2천원 이건 말도 안 된다. 혹시 타자를 잘못 쳐서 오타인가 하고 타이프실에 가서 물으니 틀림없이 맞는다는 것이다.

다시 돌아와 기사에게 당신은 얼마를 받느냐고 물으니 1만4천원이라고 하며 근무를 하다 보면 매년 조금씩 올려준다고 했다.

군대생활할 때 월남에서 받는 돈이 하루 1달러 80센트로 한 달에 54달러

정도 되는데 그때 환율이 300대 1 정도니까 약 1만 5천원이 넘었는데 병장 봉급만도 못하다는 생각이 문득 들면서 낭떠러지로 떨어지는 실망감이 나를 슬프게 만들고 있다.

그날 저녁 식사를 함께 하면서 "군청에 취직이 되어 좋겠다"며 웃음 짓는 가족들을 대하니 만감이 교차하는 슬픔에 젖어 든다. 가슴이 찢어지는 아픔을 참고 있으려니 비록 흐르는 눈물은 없었어도 가슴은 흠뻑 젖어버리는 아픈 시간만이 이어지고 있었다. 차마 월급이 얼마라고 이야기할 수도 없었지만 그렇다고 많은 돈을 받는다고 뻥을 칠 수도 없었다.

2층 다락방으로 올라가 양손 손깍지를 끼어 머리 뒤로 받치고 누우니 아무 생각도 나지 않고 그저 인생은 슬픔이라는 테두리 안에서만 살아가는 것인가 하고 자문자답을 해 본다. 그리고는 나도 모르게 아주 깊은 수렁으로 빠져드는 기분을 멈출 수가 없었다.

그냥 슬퍼진다. 눈물이 흐른다. 소리 없는 눈물은 양볼을 타고 목덜미를 감더니 하얀 광목으로 감싼 베개를 적시기 시작한다. 한참을 울어도 눈물은 그치지 않는다.

옆으로 누워도 또 눈물이 난다.

오른쪽 눈의 눈물이 코를 타고 넘어와 왼쪽 볼을 흥건히 적시더니 축축했던 베개를 흠뻑 적셔가고 있다. 멀리서 야경꾼이 쳐대는 방망이소리가 들리기는 하지만 귓가에 멈추고는 "딱! 딱! 딱!" 하는 소리마저 들리지 않는다.

참으려고 하면 더 흐르기만 하는 눈물은 그칠 줄 모르고 숨소리조차 들리지 않는 밤은 깊어만 가는데도 속절없는 눈물은 하염없이 흐르기만 한다.

적어도 나는 즐거운 인생을 살고 싶었고 남자로 태어나 부모님 잘 모시고 행복한 가정을 이루어 남부럽지 않은 생을 살려고 했는데…. 나의 꿈을 포기한 것도 모자라 슬픔만을 가슴 가득히 안고 살아야 한다는 아픔이 뇌리에서 떠나지를 않는다.

얼마나 울었을까? 어느덧 새벽을 알리는 닭 울음소리가 멀리서나마 들린다. 훤하게 밝아오는 새벽공간은 틀림없이 찾아왔어도 밤새워 흘린 눈물은 마를 것도 같았지만 끝없이 흐르기만 한다.

베개 하나가 푹 젖도록 흘린 눈물은 나의 몸을 차디찬 또 다른 공간에서의 몸부림으로 바뀌며 퉁퉁 부은 얼굴에다 붉게 충혈된 눈은 남들이 볼까 두려워해야 했다.

첫 출근이었지만 그날은 감기 몸살이라는 핑계로 하루를 쉬었지만 세상에 태어나 밤새워 울어본 적은 이것이 처음이자 마지막이었다. 인생을 살면서 가끔은 지내온 세월을 뒤돌아보는 시간을 추억이라는 두 글자에 희석시켜 버리기도 한다.

하지만 나에게는 밤새워 울었던 그날 밤만은 죽는 날까지 내 머릿속에 잠재되어 있는 의식 속에 선명하게 남아있는 아픔으로 간직하고 있다.

"밤새워 울어보지 않은 사람은 인생을 이야기하지 마라."

지금까지 살아오면서 나를 알고 있는 사람들은 내가 눈물 한 방울도 없을 것 같은 사람으로 생각하고 있을 것이다. 나는 항상 명랑했었고 자유분방하며 슬픈 모습을 단 한 번도 보인 적이 없기 때문이다.

누구에게나 기쁨과 슬픔이 공존하고 있다는 사실은 부정할 수 없는 인간들의 삶이 역경이라는 그늘지고 힘든 길을 모두가 겪어야 하는 산물이기 때문일 것이다.

지금까지 살아오면서 그날 밤에 흘렸던 눈물 이야기는 그 누구도 알지 못한다. 오직 나만이 나에 대한 가장 슬프고 가슴 쓰린 기억을 간직하고 있을 뿐이다. 다만 친구들이나 선후배들에게 "밤새워 울어보지 않은 사람은 인생을 이야기하지 마라" 라고 농담을 던지기는 했어도 그들은 농담으로만 알지 깊은 뜻은 이해하지 못했을 것이다.

그날 밤 흘린 나의 눈물은 내 가슴을 흠뻑 적시고도 남았다는 사실을 어느 누구에게도 말하지 못하고 살아온 나만의 아픔이었다는 진실을 이제는 말하고 싶다.

벌금 백만 원

나에게는 아주 작지만 소박한 바람이 있었다.

공직생활 중에는 어떠한 비리에 연루되거나 뇌물을 받거나 업무를 잘못 처리해서 단 한 번이라도 징계를 받지 않는 것이었다.

그리고 사회생활을 하면서 어떠한 범법 사실로 인해서 피의자 신분으로 파출소나 경찰서 또는 검찰청에는 한 번도 가지 않고 바른생활로 생을 마감하고 싶은 마음이었다.

경기일보 부장으로 재직하던 지난 2005년 즈음의 일이다.

그때 나는 지방자치단체장의 꿈을 실현하기 위하여 언제나처럼 살아온 나의 방식대로 바른 행동과 올바른 생활은 물론, 그늘진 곳에서 살아가고 있는 힘없고 약한 사람들 편에서 일하며 살아갈 것을 다짐까지 해가며 살아갈 때다.

더욱이 다음해에 실시되는 지방자치단체장 선거에 출마하기로 마음먹고 행동으로 옮기기 시작했다.

어느 날인가 정당관계자가 찾아와 출마와 관련한 안내를 받게 되었다.

그 방법이란 앞으로는 하향식이 아닌 상향식 공천으로 바뀌기 때문에 당원 확보가 필수적이라는 말을 듣고 실천에 옮기기 시작했다.

수개월에 걸쳐 400여 명의 당원들을 확보하고 나를 지지하는 세력을 만드는 데 초점을 맞추고는 정당 활동의 폭을 넓혀 나갔다.

해가 바뀌어 공천시기가 다가오면서 공천방식을 알려준 내용과는 달리 엉뚱한 방향으로 진행되고 있었다.

이에 나는 긴장감과 조바심으로 잠을 이루지 못하고 잠을 자도 선잠으로 새벽을 맞는 등으로 피로함에 몸과 마음이 지쳐가고 있을 때였다.

그러던 어느 날 동두천에 L씨와 또 한 사람이 사무실로 찾아와 반갑게 맞으니 지역 후배라며 인사를 나누며 명함을 받고 주면서 그들의 이야기를 들어 주었다.

요지는 후배가 우리 지역에 농지를 구입했는데 도와달라는 부탁이었다.

나는 농지를 구입하였는데 무슨 일을 도와달라는 것인지 이상하기도 했었고 도와줄 일도 없다고 생각되었지만 이곳 연천으로 이사를 온다는 말에 힘을 보태겠다는 마음을 가지게 되었다.

나는 이들과 인연을 맺게 되면서 내 생애 처음으로 재판정에 서서 변호사법 위반으로 벌금 일백만 원을 선고 받아야 했는데 지금도 그 때를 생각하면 울분이 터지고 너무나도 억울하다.

그때가 5월초인데 6월초에 전국동시지방선거가 예정되어 있었는데 공천이 확정되지 않아서 혼자 고민하며 누구를 찾아가 어떻게 해야 공천을 받을 수 있는 방법도 모르는 채 오직 나의 마음만을 믿고 제출하라고 하는 정해진 서류에만 의존하고 있었다.

공천이 오늘 내일할 때쯤에 토지 소재지의 면장을 만나게 해달라는 부탁을 하기에 나는 "전화로 연락해 놓을 터이니 직접 찾아가서 상담하라"고 말했다.

그러나 그들은 함께 갈 것을 간곡히 요구하기에 "30여 ㎞나 되는데 시간이 없으니 이해 좀 해 달라"고 오히려 내가 부탁을 하는 처지가 됐다. 그래도 막무가내로 이번 한 번만이라도 함께 가줄 것을 간곡히 사정하기에 일시와 장소를 약속하게 되었다.

약속된 날 나는 조금 늦게 가게 되면 서로의 뜻을 주고받을 수 있다는 생각에 30여분 정도 쯤 지나서 도착하니 서로가 안면을 트고 의견까지 나눈 상태였다.

점심을 빨리 먹고는 "나는 시간이 없어 먼저 일어나겠다"고 말하고 바로 출발하였다. 5분여를 달리다 보니 뒤에서 빵빵거리며 경적을 울리더니 L씨와 후배라는 사람이 내 차 앞을 가로 막으며 정차하라는 신호를 보낸다.

나는 급브레이크를 잡고 정차하였더니 조수석 창을 내리라는 손짓에 지금 시간이 없다는 뜻으로 손목시계를 가리키며 손을 내저었으나 창을 내리라는 시늉만을 계속한다.

할 수 없이 문을 내리니 만원권 지폐 한 주먹을 조수석에 던지기에 "이게 무슨 돈이냐" 하며 돈을 집어 돌려주니 다시 던지고 다시 주고를 서너 번쯤 반복하는 상황이 벌어졌다.

나는 "우리 지역에 집짓고 이사 오는 것으로 나는 만족하니 돈은 받을 수 없다"며 거절하였으나 급기야 차에서 내리더니 콘솔박스에 쑤셔 넣고는 부응하고 떠나버렸다.

며칠 후 다시 찾아와서는 매입한 토지가 목장 자리인데 불법으로 지어진 축사까지 있으니 이를 사용할 수 있도록 도와달라는 것이다.

이에 담당 계장에게 문의한 바 건물 사진과 지적도 등을 면사무소에 제출하면 차후 양성화 조치가 시행될 경우에 처리가 가능하다고 하여 알려주었다.

오월 중순께나 돼서야 공천이 확정됐는데 탈락의 쓴 맛을 보니 가슴이 답답하고 마음 둘 곳을 몰라 전전긍긍하며 "이럴 수가 있나" 하는 실망감으로 가슴만 태우고 있었다.

분명히 공천서류에는 금고 이상의 형을 받은 사람은 제외한다고 명기해

놓고 공천자는 수형사실이 있는 후보자인데 그에게 공천장을 주는 현실이 정말 믿기 어려웠다.

선거사무실에 가 보니 총재의 난까지 진열돼 있고 그를 추종하는 몇몇 사람들이 축하의 말을 전하고 있었다.

한 달여를 잠 못 자며 고민하고 바라던 공천은 보람도 없이 물거품이 돼 버리니 정신적 육체적인 고통이 주는 아픔은 경험해 보지 못한 사람은 이해하지 못할 것이다.

이런 저런 후유증으로 한 달 가까이 병원을 들락거리며 입·퇴원을 반복했으니 견디기 위한 자신과의 싸움은 처절할 만큼 힘든 과정이었다. 게다가 나는 아내마저 없기 때문에 누구와도 타협할 수도 없었고, 위로 받거나 격려해 주는 사람조차도 주변에 없었으니 사람들이 그립고 따뜻한 손길이 기다려질 때였다.

그런데 3일인가 지나 이변이 일어났다. 당시 열린우리당 공천신청은 나와 공천된 사람이었는데 이미 공천장까지 준 후보를 탈락시키고 민주당 후보를 데려다 공천장을 주니 참으로 정치란 알 수 없는 묘한 것이다. 정치인들도 사람인데 믿을 수 있을까? 하고 반문해 보았다.

어느덧 따가운 햇살이 온누리를 뜨겁게 달구는 여름도 서서히 꼬리를 감추어 가는 가을의 문턱에서 세차나 해야겠다는 생각에 콘솔박스를 열어보니 돈이 있었다.

처음에는 이게 무슨 횡재냐 했지만 바로 그때 받은 돈이라는 사실을 알고는 얼마인지 세어 보니 오십만 원이기에 '돌려줘야지' 하며 다시 박스에 넣어 두었다.

며칠이 지나 매입자가 찾아와서는 매입한 농지에 축산분뇨 수백 톤을 불법으로 투기하여 오염이 심각하고 출입로를 확보하기 위해 주변 토지를 고가에 매입하게 되어 억울하다는 탄식을 털어놓았다.

그리고는 이 사건을 취재해서 혼내주라는 청을 해오기에 나는 환경에 관한 법률이 엄한데 분뇨투기자에게 내용증명을 보내고 행정관서에 진정서를 제출하고 경찰에 고소장을 제출해서 법의 심판을 받도록 권고하였다.

이어서 바로 행정대서소를 찾아가 3부의 문안을 작성하여 군청과 경찰서에 제출했다. 그리고는 불법 투기한 자에게는 등기우편으로 내용증명을 발송했다.

이러한 모든 행위를 끝내고는 사무실에 앉아 차 한 잔을 마시는데 "경찰조사자에게 혼 좀 내주라"고 부탁을 하는 것이다. 하지만 나는 내가 부탁을 한다고 해서 조사자가 내 말을 들어주지도 않거니와 나 또한 그런 부탁은 하고 싶지 않다는 마음을 강하게 전달하였다.

그런데 갑자기 만원짜리 지폐 한 주먹을 테이블에 놓고는 잽싸게 나가버린다. 나는 재빨리 돈을 잡고 벗고 있던 구두를 신고 뛰어나가 "어~ 여기!" 하며 그를 잡으려 했지만 그는 벌써 자동차 시동을 걸어 '웅~' 하고 출발하며 손을 흔들며 떠났다.

다음날 전화를 걸어 "나는 정말 돈을 받는 일은 할 수 없으니 다음에 오게 되면 꼭 돌려줄 테니 가져가라"고 말을 하고는 끊었다.

그리고는 내심 시간이 나면 찾아가 돌려줘야지 하는 생각이었다.

핑계 같기는 하겠지만 기자라는 직업이 사건이나 사고를 놓칠까 항상 긴장된 생활이고 공천탈락의 후유증으로 심신도 피곤하고 생활에 대한 의욕마저도 잃어가고 있었다.

그리고 무엇보다 힘든 것은 숙면을 취하지 못함에 따라 아침이면 늦게 일어나게 되고 끼니를 거르게 되어 생기를 찾을 수가 없었다.

이렇게 세월이 흐르면서 돌려주어야 할 그 돈을 깜박 잊고 있었다.

그러던 어느 날 아참!! 하고 돌려주어야 할 돈 생각에 저녁시간에 L씨를 찾아가 80만원을 전달하였더니 미안해서인지는 몰라도 직접 본인에게 주라는 것이다.

조금은 이상하다는 낌새를 느낀 것은 L씨는 2년여를 알고 지내오던 사이였지만 나는 그를 잘 알지도 못하는데 어떻게 해야 하나를 잠시나마 고민을 하고는 집으로 돌아왔다.

다음날 명함첩을 뒤적여서 주소를 확인하고는 우체국 소액환을 동봉하여 등기우편으로 발송하니까 마음도 개운하고 가벼워졌다.

그런데 며칠인가 지나 그는 나를 찾아와 성질을 부리며 "형님은 누구 편을 드느냐"며 상상할 수 없는 막말을 해가며 한바탕 하고는 휑하니 가버린다. 무엇이 문제고 어떻게 된 사실인지는 몰라도 나는 마음 속으로 "차라리 잘 됐다. 이런 인연은 끊는 게 났겠다"고 생각하니 오히려 마음이 편안해진다.

어느 덧 해가 바뀌고 엄동설한의 겨울이 끝나갈 무렵 경찰서에서 전화가 왔다. 무슨 일인지 몰라서 바로 가겠다고 했더니 내일 오후에 출두하라고 한다.

그동안 내가 무슨 잘못한 일이 있었나, 하고는 살아온 주변을 아무리 생각해 봐도 선뜻 떠오르는 일도 없었다. 그런데 왜 조사계에서 나를 부르지어? 이상하다.

다음날 오후 조사실을 찾으니 바로 매입자가 검찰에 고소를 했기 때문에 조사해서 검찰에 송치해야 한다는 것이다.

아닌 밤중에 홍두깨라더니 내가 지금 피의자가 되어 조사를 받는 것은 꿈속에서라도 생각해 본 적도 없고 있어서도 안 될 일이기에 너무도 황당해서 할 말을 잃어버렸다.

사실 그대로를 진술하고 당사자에게 전화를 걸어 이럴 수 있느냐고 화를 냈더니 자기도 경찰에서 오라고 했는데 이곳에서 조사를 받으면 불리할 것 같아 검찰청으로 직접 가서 진술할 것이라고 말할 뿐 조금도 양심상 거리낌이 없는 당당한 말투에 정말 기분 나쁘다.

나는 그때까지만 해도 그 어떤 사람이 나를 궁지에 몰아넣거나 음해하려는 사람이 있어서 잘못된 정보를 가지고 진실을 규명한다는 차원으로만 생각하고 있었다.

그러나 내용이야 어떻든 이 사건으로 검찰청까지 가야 한다니 걱정이 아닐 수 없었다. 내 딴에는 정직하고 약한 사람 편에서, 그리고 없는 사람 편에서 정의만을 생각하며 살아간다고 자부하는 삶이었는데 이 꼴이 뭐람, 검찰청까지 불려 다녀야 하니 참으로 한심스럽기까지 하다. 자신을 탓해 보지만 이미 엎질러진 물처럼 다시 담을 수도 없는 사건이 되고 말았다.

드디어 검찰청에서 출두지시가 왔다. 조마조마한 마음은 어디 머무를 곳도 없이 긴장의 연속이다.

검사는 세 사람을 나란히 앉혀 놓고는 대질심문을 할 테니 서로 다투지 말 것을 강조하더니 조사가 시작됐다.

나는 있는 그대로 사실만을 진술하는 데도 매입자 그는 있지도 않은 일을 있는 것같이 나에게 불리한 말만을 늘어놓는다. 어떻게 하든 나를 구렁텅이로 밀어 넣으려고 트집을 잡으려는 것이 역력해 보인다.

뭐 만나는 동안 식사대가 150만원이 들었느니 하면서 나를 몰아세우니 함께 조사받던 L씨가 아니라고 강하게 항변했지만 소용없는 짓이었다.

그를 만나는 동안 점심식사를 네 번인가 함께 했는데 한 번은 내가 식대를 지불하고 주로 오리고기를 먹었다고 진술했더니 원고는 왜 거짓말을 하느냐고 검사의 질책이 있었다.

이에 검사는 "왜 금액을 늘려 말하느냐"고 하자 또 엉뚱한 변명으로 일관하고 있어 조사중에 L씨와 매입자간 말다툼까지 일어났다.

조사가 끝나자 검사가 매입자에게 "처벌을 원하느냐"고 묻자 "네!" 하고 대답하는 그가 그렇게 미울 수가 없었고 한심할 수가 없었다.

내 입장에서는 사실 따지고 보면 아무 일도 아닌데 단지 돈을 늦게 돌려주었다는 이유만으로 이렇게까지 할 수 있을까? 하고 너는 인간도 아니라는 생각이 들었다.

옛날 말에 열길 물속은 알아도 가랑잎 하나 사람 속은 모른다더니 참으로 얼굴 두껍고 뻔뻔한 인간을 여기서 본다는 것에 오기가 생기니 두려움도 점차 멀어져 간다.

매입자가 더욱 나를 화나게 한 것은 그동안 몇 번을 만나면서 나는 반말 한 번 안 했는데 조사 때 신상을 들여다보니 열 살이나 아래인 것이다.

더욱이 화도 나고 이렇게까지 나를 욕되게 하니까 "앞으로는 이렇게 살지 마, 이놈아" 하고 욕까지 하고 싶은 충동을 꾹꾹 참으며 조사를 마쳤다.

조사 중에 느낀 바로는 검사는 나를 어떻게 하든지 기소하려는 눈치가 보여서 인간으로서의 비정함을 알게 되었다. 기자라는 신분을 가진 사람이라 하여 나쁜 이미지로만 몰고 가는 생각도 들어서 씁쓸한 생각을 지울 수가 없었다.

며칠 후 벌금 삼백만원의 약식기소를 하였다는 소식을 접하고 보니 너무나 억울해 변호사를 선임하여 재판을 준비했다.

난생 처음 재판정으로 입정해 보니 여러 사람들의 재판이 있었는데 판사가 누구하고 이름을 호명하니까 어떤 사람이 벌떡 일어난다.

그러자 판사는 "그 돈을 물어주지 않느냐"고 하자 "경제적 능력이 안 된다"고 대답하자 바로 "징역 10월에 처함" 하고 법봉을 두드리니 갑자기 교도관이 들어서고 수갑을 채우더니 포승줄을 묶고는 교도소로 데려간다.

말로만 듣던 법정 구속이다. 그 모습을 보면서 나는 그 순간에도 절대 죄 짓지 말자고 마음 속 깊이 다짐을 했다.

순서가 되어 앞에 나가 서 있으니 판사가 기록을 넘기며 내용을 확인하기에 조사 때와 같이 사실을 말하고 또 변호사도 나의 과거사나 살아온 생활 등을 변호했다.

원고는 물론 매입자 K씨다. 첫 재판에 나와 변호사가 불리한 질문을 던지자 성질을 내가며 막말까지 내뱉는데도 내가 피고인이니 판사도 내 편은 아닌 것 같아 보였다. 나는 누가 나쁜 사람이고 좋은 사람인지 한눈에 알아볼 것 같은데 말이다.

한 달 후에 두 번째 재판도 비슷하게 진행되고는 다시 한 달 후에 선고 공판이 있었다.

그날 법정에 서니 마지막으로 할 말 있으면 하라고 하기에 나는 "살아온 인생보다 살아갈 삶이 짧게 남아 있는데 부끄러운 생을 마치고 싶지 않으니 금회에 한하여 용서해 주시고 차후 여사한 사례가 없도록 특단의 노력을 다하겠다"고 나의 진실을 말하였으나 나에게 내린 판결은 단호하기만 했다.

50만원 건은 대가성이 없어 무죄이고 30만원 건은 대가성이 인정되므로 벌금 일백만원에 처한다는 판결이다.

이렇게 억울할 수가 있나. 내 마음은 이런 게 아니었는데 하며 갑자기 머리가 핑 도는 느낌이 들어 잠시 눈을 감고 자리에 앉자 변호사가 팔을 잡기에 법정을 나왔다.

도저히 참을 수가 없었다. 내가 무엇을 얼마나 잘못하였기에 이토록 법은 나에게 가혹하단 말인가?

그 작은 아니 조그마한 소망마저도 이루지 못하고 깨어지다니 정말 생의 허무함이 내 가슴을 갈기갈기 찢어 놓는다.

항소를 하면 나의 진실을 밝힐 수 있겠다는 생각에 변호사를 찾아가 다시 재판준비를 하였으나 합의부 재판에서도 벌금 일백만원은 변함이 없었다.

이 사건으로 대법원에 항소하기는 마음이 허락지 않았다. 항소를 하여도 승소하기는 아주 멀어 보이기도 하고 더 이상의 진실을 밝힐 수 있는 기회를 스스로 포기하고 말았다.

이 사건으로 인해 마음고생도 심했지만 경제적 손실도 꽤나 많았다. 오고 가는 경비에 두 번에 걸친 변호사 선임료를 합하면 일천여 만원이나 되는 돈을 썼다.

내가 만약에 남의 돈이 탐이 나거나 받고 싶어서 행한 일이라면 굳이 변호사까지 선임하면서 많은 돈을 써가며 진실을 밝히려 했겠는가?

철학자인 소크라테스의 악법(惡法)도 법이라 지켜야 한다는 말을 공감하고 있는 터라 나를 기소한 검사나 판결해 준 판사를 미워하거나 원망하지는 않는다.

다만 법에도 눈물이 있듯이 알지도 못하는 사람이 찾아와서 도와달라는 말을 믿고 말품이라도 판 것이 죄라면 죄일 것이다.

다만 나는 범법자(犯法者)가 되지 않기 위해 노력했고 죽는 날까지 법정에 서지 않겠다는 자신과의 약속을 지키지 못해서 부끄럽기도 하고, 또 자신에게 실망이 매우 큰 것이다.

이를 지키기 위해 단 한 푼의 벌금형도 없는 깨끗하고 정의로운 삶을 위해 무죄를 주장했지만 세상은 나의 진실을 이해하지 않으려 하고 외면하였는지 나의 가슴만이 새까맣게 타 버리고 말았다.

공무원은 절대로 업자들을 이기지 못한다

보통의 지방공무원들은 9급 공채를 통해 임용되면 20여 년이 훨씬 지나서야 6급으로 승진하여 계장의 직책을 맡게 된다.

지금은 팀장으로 바뀌기는 했어도 부서에 따라 4~5명에서 많은 곳은 7~8명 정도이며 환경미화원을 담당하는 청소부서는 꽤나 많은 직원들을 통솔하거나 관리하는 것이 보통 6급 공무원들의 일이다.

오랜 동안 직원으로 근무하다 6급이 되면 자기 자신도 모르게 모든 일에 만능인 것처럼 착각에 빠지기 쉽다. 직원들이 하는 업무를 자기중심적으로 끌어가려고 하거나 그 부서에서 처리하는 업무는 자기가 최고로 잘 알고 잘하는 것으로 생각하기 때문이다.

그러나 담당제로 바뀌고 난 이후에는 과거 계장이라는 직책을 수행하던 때와는 달리 통솔력이나 업무추진력이 다소 약화된 느낌이 드는 것은 나만의 생각은 아닌 듯하다.

행정을 크게 나누면 사업부서와 지원부서로 나눌 수 있고 조금 더 세분하면 공무원들을 관리 감독하는 행정지원부서가 있다.

일반주민들은 자기의 생업과 관련된 업무 담당자를 최고로 알고 있을 것이다. 음식점을 경영하면 위생업무 담당자를 제일이라고 생각하고 임업(林業)에 종사한다면 산림과를, 그리고 농업(農業)이면 농정업무 담당이 최고이다.

그러나 조직내에서는 인사(人事)부서가 가장 파워(Power) 있는 부서이며 행정을 이끌어가는 아니 인간의 신체로 비유하면 심장에 속할 만큼 중요한 부서이다.

군수의 하명을 직접 받기도 하지만 의전(儀典)이나 종합적인 군행정 전반에 걸쳐 추진하고 있기 때문에 항상 긴장하고 군내의 사건 사고나 동향 등을 수시로 파악하는 일도 게을리 할 수 없는 부서다.

지금은 모르겠지만 모든 실 · 과 · 소의 주무계장들은 행정직이다. 행정관서이기 때문에 행정직들이 모든 업무를 총괄하고 있다고 해도 과언이 아닐 것이다.

지금은 대부분의 공무원들이 청렴하고 비리와 타협하지 않는다고 생각할 수도 있다. 그러나 공무원들도 사람들이어서 비리를 근절하는 특별한 대책이 있다 해도 모두가 청렴해지기란 국민들의 바람일 뿐이지 뿌리를 뽑기에는 어려울 것으로 보인다.

지자체의 연간 일반회계 예산중에 35% 정도가 개발사업비로 편성되는 것이 보통이다. 이 개발사업을 추진하는 부서는 건설이나 도시건축부서이지만 과거에는 소규모 사업은 새마을부서가 담당했다.

새마을운동이 시작되면서 관서는 자재를 지원하고 주민들은 노력동원으로 추진하는 사업을 주민직영 1호니 2호니 하는 타이틀을 달아 주민들이 직접 공사를 추진했던 때도 있었다. 이러한 사업들이 추진되면서 새마을지도자들이 마을 공사를 추진하면서 많은 땀을 흘리기도 하지만 때로는 큰 소리를 칠 때도 있다.

이에 투철한 봉사정신을 발휘하기도 했지만 시대가 변하면서 이권에 개입하는 사례들이 발생하면서 점차 사라져 갔다.

어떤 공사를 발주하려면 우선은 사업부서에서 설계를 하고 형식적이나마 설계심사위원회를 거쳐 계약부서로 넘기게 되면 건설업법이나 재무회계규칙 등에 따라 공개입찰이나 수의계약으로 사업을 시행한다.

지금은 대부분의 설계와 감리를 별도로 하여 사업의 하자를 줄일 수 있도록 하고 있다.

그러나 그때는 토목(土木)직 공무원이 설계하고 감독하고 준공검사까지 처리하기 때문에 업자들은 알아서 길 수밖에 없었기에 공무원들은 업자들의 유혹을 뿌리치기가 정말 어렵다.

업자와 만나면 밥 먹으러 가자, 술 먹으러 가자, 고스톱을 치자는 등의 유혹은 물론이고 퇴근 후에도 집으로 찾아오는가 하면 얼마나 굽신거리고 친절한지 간이라도 빼 줄 것 같은 행동을 서슴치 않는다. 물론 업자 모두가 다 그렇다는 이야기는 아니지만 대부분의 업자들 행태가 그랬었다.

지난 1980년대 초의 일이다.

새마을과 개발계라는 곳에서 직원으로 재직할 때인데 전곡시가지 버스터미널 주변에 하수도를 설치하고 도로포장과 함께 인도를 설치하는 등의 사업으로 당시 많은 예산을 투입하여 쾌적한 환경을 조성하는 사업이었다.

계장과 나, 그리고 토목직 등 4명의 직원들은 원활한 사업추진을 위해서 심혈을 기울이고 하자 없는 공사를 위하여 최선을 다하고 있었다.

물론 8급 토목직이 설계하고 추진하고 공사감독까지 담당 부서에서 실시하기 때문에 우리들만 잘 하면 부실공사는 막을 수 있다는 신념으로 사업추진에 만전을 기하고 있었다. 가끔은 시행사 관계자가 만나자고 하여도 뿌리치고 밥 한 끼 함께 하자는 말도 못 들은 척하면서 사업에만 집중하고 있었다.

공사가 50% 정도 진행될 때 현장을 확인하고 오라는 지시로 현장소장을 만나 진행되는 사항을 파악하고 귀청하려는 순간 점심을 같이하자는 소장의 말을 뿌리쳤지만 집요한 설득에 어쩔 수 없이 인부들이 대놓고 먹는 현장식당(일본어로 함바)에서 1인분에 천 원짜리 백반을 함께하고 귀청했다.

공사가 시작되면 시공사는 주변에 밥집을 지정하여 인부들이 함께 식사하는 것이 관례였다. 이에 나는 감독공무원인 토목직원과 함께 했기에 부담감도 없었고 인부들이 먹는 음식이라 값도 싸고 업자에게 신세까지 지는 일이라고는 생각하지도 않았다.

그리고 일주일 후쯤에 다시 현장사무실을 찾았으나 소장이 없어 기다리던 차에 공사일지 비슷한 노트가 있어 몇 장을 넘기다 보니 '군청직원 접대 9만 7천원' 이라고 적혀 있는 것이다.

어처구니가 없었다. 귀청을 한 후에 감독 공무원에게 사실을 전해 주었더니 매우 놀라는 표정이다. 그리고는 현장 확인은 감독공무원에게만 맡기고 한 번도 사업장을 확인하지 않았고 절대로 업자에게 얻어먹지 말라는 충고도 잊지 않았다.

1990년대 초의 일이다.

새마을계장으로 재직시에 도로포장 공사가 완공되어 준공검사가 실시되는 날이었다.

준공검사를 실시할 때는 사업을 추진한 부서와 감독공무원, 검사관으로 지정된 기술직과 회계부서 등이 참여하여 현장을 확인하고 하자 유무를 파악하여 준공을 마치게 된다.

오전 10시가 조금 지나서 현장으로 향했지만 현장이 아닌 한탄강관광지 내 매운탕 집에 도착하여 하차를 하라기에 "아니 현장으로 가야지?" 했더니 "점심을 먹고 가자" 며 모두가 차에서 내린다.

어쩔 수 없이 식당으로 들어가 보니 업자가 미리 와 있었다. 자리에 앉자마자 군인담요를 펴더니 '고스톱' 이나 한판 치자고 한다. 처음에는 거절했지만 주변 사람들과 업자의 유혹을 뿌리치지 못하고 또 분위기를 깨트릴까

봐 그 판에 끼어들게 됐다.

한 시간 쯤이 지났을까? 매운탕이 끓고 식사 준비가 되자 화투판은 끝이 나고 점심식사를 함께하는데 업자의 친절함이 도가 지나칠 정도라 조금은 이상한 분위기를 느끼기도 하였다.

식사를 마치고 현장을 출발하려는데 업자가 내 주머니에 봉투 하나를 넣어준다. 갑자기 가슴이 벌렁벌렁 뛰고 얼굴이 빨개지는데도 어쩔 수 없이 참고 견딜 수밖에 없었다. 다른 사람들이 눈치 챌까 두려워서 다시 꺼내 줄 수도 없는 아주 짧은 시간이었다.

마음 속으로 "그래 현장에 도착하면 좀 더 꼼꼼히 봐야지" 하였지만 목적지에 도착하고 나니 차에서 내리지도 않고 준공검사관은 "잘 됐어" 하고는 귀청길에 올랐다. 나보다 직급이 높은 준공검사관이어서 무어라 투정 한 번 부리지도 못하고 들러리를 서고 온 것이다.

사무실에 와 봉투를 열어 보니 3십만 원이었다. 양심상 가질 수가 없어서 토목직에게 주면서 업자에게 돌려주라고 하였지만 전달 여부는 확인하지 않았다.

어느 해인지는 자세한 기억이 나지는 않지만 홍수로 인한 피해가 심했던 그 다음 해였다.

소규모 사업으로 계상된 사업이 무려 100건이나 되어서 도저히 타부서와의 협조 없이는 추진이 불가능한 상태로 많은 사업을 추진하게 되었다.

연초에 각 읍면 토목직들을 합동설계반으로 구성하고 미끄러운 눈길을 오가며 측량을 실시하여 한 달여의 기간 동안 밤잠을 설쳐대며 설계를 마치니 100개의 홀더가 쌓였다. 모두가 사업장별로 작성된 설계서다.

연초에는 각 실과소별로 업무보고를 하게 되는데 당시 재무회계규칙에는 300만 원 이상의 사업비나 공사는 읍면으로 재배정할 수 없다는 규정이 있었기에 고민이 아주 많았다.

나는 업무보고시 군수에게 토목직 1명이 이 많은 사업을 추진하기에는 불가능하니 2천만 원 이하의 공사비는 재배정하는 안을 건의하기로 하였다. 그래도 100건 중 54건이나 직접 추진해야 하기 때문에 어려움이 뒤따랐다.

업무보고를 마치고 사업추진에 따르는 어려움을 건의한 바 군수의 승낙을 받고는 내부결재 서류를 만들어 관계부서의 협조를 받아 재배정하기로 하는 안을 확정하였다.

엄동설한에 꽁꽁 얼어붙은 대지도 봄이라는 계절 앞에서는 어쩔 수가 없나 보다. 눈이 녹고 대지가 풀리고 꽃피는 봄이 오니 사업을 추진해야 하는 계절이 온 것이다.

재배정할 수 있는 2천만 원 이하의 공사만을 선정해서 부군수 결재를 받기 위해 사업에 대한 설명을 드렸으나 불가하다고 결재를 하지 않는다. 경리관의 입장에서는 안 된다는 것이다.

화가 나서 따지기 시작했다.

"그러면 먼저 서류는 왜 결재했느냐? 도대체 일을 하라는 것이냐? 아니면 하지 말라는 것이냐?" 하면서….

급기야는 언성이 높아지기 시작했다.

항상 직급이 높은 사람들은 코너에 몰리게 되면 "그렇게 밖에 못해? 어디서 배운 버릇이야?" 하는 것이 보통의 훈계이고 당당한 자세다. 나는 못들은 척하고 조목조목 설명을 하면서 사업의 타당성을 강조했지만 허사였다.

다시 사무실로 와서 설계서 모두를 부군수 테이블에 쌓아 놓고 출입문을 잠그고는 "이 많은 사업을 토목직 1명이 추진하겠느냐?"며 재고를 건의했다.

하기야 부군수쯤 되면 하급직원이야 죽든 말든 업자가 공사를 달라면 "경리계장! 누구 공사 좀 줘" 하면 "네!" 할 때이니까 자기는 인심 쓰고 대우 받을지 모르지만 사업부서 직원들은 죽을 맛이다.

내가 하도 강하게 밀어 붙이니 오후에 관계부서 회의를 거쳐 결정하자는 안으로 일단락되어 당초 건의했던 안으로 확정되었다.

그 해의 사업추진은 정말 힘들었고 많은 어려움을 겪어야 했다. 당시 부군수를 면담하기 위해 부속실에 대기중이던 한 업자가 고성이 오가는 소리를 듣고는 훗날 밑도 끝도 없이 고맙다는 말을 해 준다.

업자들은 원칙이나 규정만을 따지는 군청발주 공사보다는 대충 넘어가는 읍면에서 시행하는 공사가 수주하기에는 훨씬 편하다는 이야기다.

하기야 읍면에서 발주하는 공사는 총무계만 상대하기 때문에 일하기도 쉽고 대금받기도 쉬우니까 업자들은 수단과 방법을 가리지 않고 공사만 수주하면 장땡이지 더 바랄 것이 있겠는가.

보통의 시멘트 도로포장 공사의 경우 T(높이)는 거의 20cm로 설계하는 것이 관례다. 설계서는 겨울철에 얼고 녹을 때 깨지지 않기 위해 60cm 정도를 파고 모래와 자갈이 섞인 합판사로 되메우기를 하면서 다짐을 하고 레미콘 10cm를 타설하고 강철로 제작된 와이어 메시(Wire-mesh)를 연결해서 깔고 다시 10cm의 레미콘을 타설하고 양생토록 설계한다.

그러나 설계대로 시공하는 업자는 거의 없다. 오랫동안 자연적으로 다짐이 잘 된 지역이어서 시공사는 굴삭기(Poclain)로 튀어나온 돌이나 대충 정리하고 거푸집을 대고는 바로 레미콘을 타설하며 와이어 메시를 툭툭 던져 넣고는 마감한다. 그리고는 지표면만 깔끔하게 정리하면 누가 보아도 하자 없는 공사로 준공한다.

그 당시 업자들이 어느 공사보다도 도로포장공사를 선호한 까닭도 여기에 있다. 설계금액에 85% 정도로 낙찰이 되어 눈 가리고 아웅하는 식으로 공사를 마치면 아마도 설계금액에서 적어도 60% 이상 이윤을 챙기지 않았을까 하는 생각이다.

더욱이 어떤 업자는 도로 중앙은 모래와 자갈을 높게 깔고 양측은 20cm에 맞추어 레미콘을 남겨서 개인용으로 이용하는 업자도 있었으니 가관이다.

그래도 공사감독이나 준공검사 공무원이 재시공을 지시한 경우는 한 번도 보지 못했다. 지적을 한다 해도 "시정하겠습니다" 해놓고 야간작업을 해서 레미콘을 타설해 버리고 시정했다고 하면 감독공무원도 레미콘으로 타설된 속을 뚫을 수도 없고 파볼 수 없으니 그냥 넘어가는 수밖에 없는 실정이었다.

그때는 지금처럼 포장을 뚫어 검사하는 '코아 채취기'나 또 다른 기기도 없었기 때문에 확인할 방법도 없었다.

연천군에 백학면이라는 곳이 있다.

몇 년도인가는 기억이 나지 않지만 아미리에 이르면 백학저수지라는 곳이 있다. 강태공들이 낚시터로 이용하기도 하지만 주변 전답에 농업용수를 저장하는 곳이다.

이곳을 돌아 내리막길에서 오른쪽은 석장리로 가고 왼쪽은 면사무소로 가는 길이다. 이곳부터 석장리 방면 군부대 정문까지의 구간에 도로포장 공사를 실시하게 됐다. 이 공사 역시 시멘트 포장으로 다른 공사장과 똑같이 T(높이)를 20cm로 하는 현장으로 역시 토목직이 설계하고 감독을 하고 있었다.

군청에서는 30km 정도 떨어진 거리여서 현장을 확인하기 위해서는 큰 마음 먹고 특별한 시간을 할애하여야만 출장길에 오를 수 있는 곳이었다. 감독공무원인 직원은 업무폭주로 사무실 일을 처리하라고 지시하고는 내가 현장을 찾았다.

철판으로 제작된 20cm 높이의 거푸집을 도로 양면으로 대놓고 레미콘을 타설하고는 양성하는 기간으로 보여서 공기에 맞춰 사업추진이 잘 되고 있는 것으로 보였다.

그런데 이게 웬 일인가?

현장을 확인해 보니 20cm 거푸집에서 레미콘이 3~4cm 정도가 떨어져 있는 것이다. 거푸집에 꽉 차게 레미콘이 타설되어야 하는데 설계대로 시공치 않은 것이다. 기가 막힐 일이다. 현장에서 이런 일이 벌어지다니. 수백 m 나 되는 구간을 확인하고 또 확인해도 아니 내 눈을 씻고 봐도 똑같이 시공 해 놓았다.

사무실에 들어와 토목직인 감독공무원에게 설계서를 가져오게 하고 확 인을 했지만 틀림없이 20cm의 높이로 되어 있는데 현장은 사실과 달랐다.

이에 재시공을 지시하고 재시공이 어렵다면 덜 들어간 레미콘 양의 용적 을 계산해서 포장을 연장토록 했다.

다음날 아침 집 앞에서 "계장님! 계장님!" 하면서 나를 찾기에 나가 보니 시공사 사장이다.

불쑥 흰 봉투를 내민다. "이게 뭐야?" 했더니, "좀 봐 주십시오" 하는 것 이다. 나는 단호하게 "지시대로 시정해 주시오" 하고는 돌아서려는데 주머 니에 또 그 봉투를 넣으려고 한다. 손을 뿌리치고 집에 들어와 생각하니 한 심스럽기도 하고 또 괘씸하기도 하다.

보통의 업자들은 돈으로 모든 것을 해결하려고 하지 재시공은 어떠한 빽 을 동원해서라도 절대 하지 않는 것이 그들의 속셈이다. 그리고 담당 공무 원이 돈을 받게 되면 그것은 폭탄을 받은 것이나 다름없는 것이다.

업자들이 불리할 때는 돈으로 막아 놓고 공무원들의 코를 꿰고 조금이라 도 본인이 불리하거나 섭섭하게 한다면 돈 준 것을 빌미로 으름장을 놓기도 하고 공갈도 치는 것이 그들의 생리이기 때문이다.

아침 일찍 출근하여 하루일과를 계획하고 있는데 토목직 직원이 들어왔 다. 대뜸 하는 소리가 웃긴다.

"계장님! 그 사람 안 찾아갔어요? 제가 찾아가 인사 좀 하라고 했는데…"

그냥 쥐어박고 싶은 충동이 일어났지만 억지로 참고 넘겼다.

막말로 그놈이 그놈이다. 딱 잘라 말했다. "어제 지시한 대로 해!" 하고는 안면을 접어 버렸다.

그런데 다음날부터 이른 아침에 집으로 찾아오고 점심때가 되면 점심먹

자고 찾아오고 저녁때가 되면 저녁을 함께하자고 하는데 정말 사람을 아주 지치게 만든다.

밤이면 전화해서 술 한 잔 하자고 하고 그야말로 찰거머리처럼 착 달라붙어 떨어지지를 않는다. 일주일이 넘게 업자를 피해 다니고 했으나 별 소용이 없었다.

십여 일이 흘렀다. 현장을 재차 확인해 보니 양생을 끝내고 아예 거푸집을 뜯어내고 양측에 되메우기까지 하고는 완공단계까지 공사를 진척시켜 놓았다. 머리가 멍해진다. 그야말로 팔짝 뛸 노릇이다.

그리고는 3일인가 지나자 준공검사 서류가 접수됐다. 결재를 미뤄 놓고는 "어떻게 하려고 해?" 했더니 직원은 아무 말도 하지 않는다.

'내가 져야 하나?'

자신이 원망스럽기도 하고, 또 기술직도 아닌 내가 너무 나서는 것이 아닌가를 반복하면서 조금씩 스스로가 무너지는 순간이 오고 있었다. 어떻게 내 뜻대로 할 수 없게 만드는 것이 공직인가 하면서 회의를 느끼기도 하였다.

어떠한 일이 있어도 준공검사는 나가지 않기로 다짐했었지만 이번만큼은 내가 나가서 꼭 시정을 해야지 하며 결재를 하였다.

준공검사를 실시하는 날이다. 준공검사관은 기술직이고 직급도 위였지만 평소 친구처럼 지내고 있는 처지여서 현장에 도착하면 이러한 사실을 알리고 재시공토록 처리하겠다고 다짐했다.

한참을 달려 현장에 도착하여 내리려 하자 코를 골며 자고 있던 준공검사관이 "다 왔어?" 하더니 "내리긴 뭘 내려. 그 냥 쭉 가봐" 차안에서 눈으로만 확인하는 것이다. 그리고는 "잘 했네!" 하고는 "차 돌려!" 이것으로 준공검사가 끝난 것이다.

공직생활 중에 부실공사를 눈 감아 준 것은 지금 생각해도 창피스럽고 후회스럽지만 불가항력이었다면 조금은 변명의 여지를 남기는 나 자신의 명분이었을 것이다.

　전방지역인 이곳은 군부대의 입김이 거센 곳이다.

　군수가 취임하게 되면 군부대의 호된 신고를 치르게 된다.

　물론 들은 이야기다.

　취임 후에 사단에 초청이 되면 술자리가 벌어지는데 처음에는 조그마한 잔에 술이 오고 가다 시간이 흐르면 "워커 가져와" 하는 소리가 나오고 시범으로 워커에 술을 따라 마신다고 한다.

　그리고는 군수에게 워커를 돌리면 사단에 참모가 여러 명인데 돌아가면서 한 번씩만 돌리게 되면 죽지 않는 게 다행이다. 초주검이 돼서 돌아오지만 다음날 출근조차 못하는 경우가 허다하다는 것이다. 그래도 만약에 군수가 다운(Down)되지 않으면 '철모'로 술을 돌린다는 소문도 있었다.

　물론 그 크기에 맞추어 술을 채우지는 않겠지만 군부대의 신고식은 혼수상태에까지 이르게 되는 심한 고통이 따른다는 것을 소문으로만 들었다

　S면사무소 소재지에 헌병파견대 진입도로가 비포장이어서 불편하다는 건의로 예산을 확보하고 사업계획을 확정하여 설계서를 첨부하여 추진할 것을 하달했다.

　어느 날 사업의 착공여부를 확인하기 위해 현장을 찾았다.

　시달한 지 얼마 되지도 않았는데 벌써 도로포장이 완공돼 있었다.

　귀신이 곡할 노릇이다. 자초지종을 물으니 부대에서 일찍 시공해 달라고 해서 미리 사업을 시행했다는 것이다.

　잊을 수 없는 일이 벌어졌다.

　다음날 감독공무원에게 현장을 확인하고 '시말서'를 받아오라고 하였다. 설계서와 시공이 전혀 다르게 추진된 사실도 밝혀졌다.

　출장복명서를 첨부해서 감사를 의뢰하기로 생각하였다.

　다음날 아침이 되자 집 앞에서 누군가가 나를 찾고 있기에 나가 보니 면 담당계장이다.

보자마자 흰 봉투를 내민다.

"이게 뭐야" 했더니, "잘 좀 봐 주세요."

거두절미하고 그냥 봐달란다. 어처구니없는 일이다.

그리고는 "헌병대가 막강하니 이해해 주면 고맙겠다"는 말을 첨언한다.

하기야 그 시절에는 군부(軍部)의 힘에 누가 도전하겠는가. 서슬이 시퍼렇게 날이 서 있는데 말이다.

담당계장이 후배여서 원만하게 해결하려고 생각을 해 보아도 도저히 이해가 되지 않는다.

주는 봉투를 뿌리치고는 "어떻게 하면 되느냐?" 하고 물었으나 묵묵부답이다. 이미 저질러진 일이고 부대에서 압력을 행사해도 받아들일 수밖에 없는 것이 현실이었다.

순간 설계서를 시행한 공사에 맞춰 설계하면 문제를 해결할 것 같았다.

"일주일의 기간을 줄 터이니 알아서 처리해 보라"고 하고 돌려보냈다.

약속한 일주일이 지나도 답이 없다.

공무원들은 문제가 생기면 그저 돈 몇 푼으로 때우려는 것이 통상적이라 지나치게 다그치면 돈을 달라고 떼쓰는 것 같은 오해를 받을 수 있어서 이러지도 저러지도 못하는 때가 있다.

그렇다고 답을 가르쳐 주면 차후 문제가 터지면 누가 시켜서 그랬다고 잘못을 뒤집어씌우기 때문에 이래라 저래라 할 수도 없는 것 또한 사실이다.

사무실로 불렀다. 좋은 방안이 없느냐고 물어도 답이 없다. 그저 침묵뿐이다.

"면사무소에 토목직 있어?" 했더니 "네" 하고 대답하기에, "설계할 줄 알아?" 하니 잘한다는 대답이다.

하여튼 직접적으로 말하지는 않았지만 간접이나마 시공에 맞추어 재설계를 하도록 유도해서 문제점을 해결했지만 그 계장의 한심한 짓거리와 무능함은 오래도록 잊혀지지 않고 있다.

어떠한 공사를 추진하다 보면 업자의 농간에 놀아날 수밖에 없는 경우가 허다하다. 공사의 설계는 크게 나누어 인건비와 자재대금으로 구분할 수 있는데 인건비와 필요경비가 도급액이다.

입찰을 볼 때는 도급액을 산출하여 입찰가를 결정하는데 계약부서는 도급액에 따라 경쟁 입찰이나 수의계약을 결정짓는다.

지금은 모르지만 그때만 해도 도급액이 7천만 원 이상은 경쟁 입찰이고 이하일 경우는 수의계약으로 시공사를 결정했다.

경쟁 입찰은 도급액에 따라 제한경쟁이나 전국경쟁 입찰로 결정하고 정해진 규약에 따라 낙찰된 시공사가 사업을 추진한다.

시공사는 설계서에 명기된 자재를 검토하면서 관급(官給)으로 설계된 자재를 사급(私給)으로 조달해 줄 것을 강하게 요구하는 것이 보통이다.

보통의 경우 철근이나 시멘트 등은 관급으로 설계해서 조달청에 요구하지만 공사가 긴급을 요하거나 또 다른 이유가 발생하면 사급자재를 이용하는 때도 있다.

어떤 지역에 시멘트포장이 깨지고 갈라지고 하여 통행에 불편을 초래하는 곳이 있었다. 이에 주민건의를 받아들여 시멘트 포장 위에 아스콘(Ascon)을 덧씌우는 사업으로 확정하고 추진하게 됐다.

두께를 7cm로 설계하고 시공사까지 확정되어 자재에 관한 이야기를 상의하는데 시공사는 아스콘은 사급으로 해달라고 애원을 한다.

영문도 모르는 나는 관급이 좋으니 설계대로 시공토록 했지만 업자는 관급은 시간도 걸리고 기초공사가 없는 이런 공사는 공사기간을 단축해야 한다는 등의 논리를 내세우며 사급만을 고집한다.

"다시 검토해 보겠다"고 했지만 다음날에도 똑같은 이유에다 "관급 가격과 같은 가격으로 공급 받을 수 있다"고 하며 간곡한 청을 늘어놓는다.

그때까지만 해도 사업을 열심히 잘하려고 한다는 생각이 들어서 설계한 직원과 협의하여 사급자재로 공사를 진행키로 했다.

사업이 완공되어 현장을 확인하니 구석구석까지 깔끔하게 정리도 잘 되고 해서 사업자에게 고맙다는 인사까지 올렸었다.

그런데 2년의 하자보수기간도 지나지 않아 그 지역에 홍수가 발생했다. 그렇게 많은 강우량도 아니었는데 아스콘이 물에 휩쓸리고 군데군데 조각이 난 채로 시멘트포장이 드러나 있는 것이다.

아스콘의 두께를 보니 3cm가 될까 말까.

그제야 알 것 같았다. 사급자재로 해달라고 애원하던 이유를 말이다. 업자들의 특성이 있다면 겉으로는 깨끗하고 단단하게 보이도록 하고 보이지 않는 곳은 아무렇게나 눈속임을 하는 것이 보통이다.

정말 공사를 그렇게 해놓고도 다른 지역에 같은 공사가 낙찰되면 또 그렇게 하겠지 하는 생각을 해 보면 정말 억울한 심정을 누구에게 이야기할 수도 없고 답답할 뿐이다.

도대체 감독공무원은 무엇을 감독했고 준공검사관은 무엇을 확인하고 준공해 주었는지 모를 일이다.

마을안길이나 농로 등의 도로포장 공사는 '레미콘'으로 타설하는 것이 보통이다.

설계서에 의해 조달요구를 하게 되면 지역에서 가까운 곳에 레미콘업체가 지정된다. 레미콘업계의 영업사원들은 평소 사업부서 공사담당자에게 머리를 조아리고 명함을 주는가 하면 때로는 점심까지 사는 경우도 있다.

레미콘은 포장용과 건축용 등 강도에 따라 품질이 다른데 공사가 완공되면 강도시험서를 첨부하여 준공의 순서를 밟게 되는데 거의가 레미콘업체에서 시험서를 가지고 온다.

보통 공업고등학교나 전문대학 토목과를 졸업하고 공직에 입문하게 되면 초임 때는 원리원칙으로 업자를 대하기 때문에 업자들이 가끔은 망신을 당하기도 한다.

도로포장용 레미콘은 건강한 사람의 대변이 떨어지듯 하여야 하는데 물의 양을 너무 많이 혼합하기 때문에 항상 강도문제가 거론되기도 하지만 시정하는 업체는 보지 못했다.

노태우 정부시절 주택 2백만 호 건설이 추진될 때에 원활한 레미콘 공급은 하늘의 별 따기보다 더 어려웠다.

당시 듣기로는 아파트 건설시 지층을 튼튼히 하기 위해 박을 '파일'을 생산하는데 양생도 되지 않은 파일을 웃돈을 주어가며 공급하고 있었으니 관급이라도 후순위로 미뤄질 수밖에 없는 실정이었다.

사정이 이렇다 보니 영업직 직원들은 위세를 떨고 심지어는 기사까지 한통속으로 레미콘이 도착하면 차당 보통 5천원에서 1만원까지 웃돈을 주어야 원활하게 공급하고 돈을 주지 않으면 현장 접근이 어렵다는 등의 이유를 들어 "현장이 좁다"며 거푸집을 건드려서 현장을 망쳐 놓기도 하는 사례가 빈번하게 일어나고 있었다.

심지어 그해에 레미콘 영업 직원들은 집 한 채씩 벌었다는 뒷이야기도 들리곤 했었다.

보통 10월초가 되면 공사를 마무리해야 하는데 레미콘 공급이 지연되어 현장이 마무리되지 못해서 업체에 통사정을 해 가며 공급을 약속 받았다.

그런데 약속한 날짜가 경과하였는데도 감감 무소식이다.

이미 대금까지 지불된 상태라 다음해로 이월시키지도 못하고 큰일이다.

업체에 전화를 하면 여직원은 "손님과 대화중이라 바꿔 줄 수 없다"는 대답뿐이다.

나는 너무도 화가 나고 괘씸한 생각에 공사담당자에게 군내 업자들을 회의실로 모이게 할 것을 지시했다. 지금까지 보고 듣고 한 사례들을 모아 방송국이나 신문사에 폭로할 생각이었다.

업체에 소식이 전해졌는지 그때서야 재약속을 다짐하는 등으로 무마하려 하였다. 나는 조금도 굽히지 않고 내 뜻대로 시행키로 하고는 내심 "누가 이기나 해 보자"고 마음을 굳게 먹었다.

다음날이 되자 업체에서 상무와 공장장 등이 찾아와 물량이 부족하니 이해하라는 회유책으로 나를 달래려 했지만 나는 막무가내로 버티었으나 업자를 이길 수는 없었다. 이런 사건을 치루고 나서야 업체의 공급은 일사천리로 이루어졌다.

나는 지금도 레미콘에 대한 강도를 믿지 않는 편이다. 공사현장에 타설하는 레미콘을 직접 떠다 강도실험을 해 본다면 잘못 알고 있을지는 몰라도 아마도 기준치 이하라고 나는 믿고 있기 때문이다.

지금까지 건설현장에 대한 비리나 부실공사 여부는 TV나 신문에서 보도된 것을 접해 보았지만 '레미콘' 강도에 대한 문제점을 파헤치는 기사는 본 적이 없다. 아마도 정부기관이나 수사당국에서 한 번쯤은 확인하고 넘어가야 할 문제라고 생각한다.

담고 싶고 버리고 싶은 것들

지은이 / 장기현
발행인 / 김재엽
펴낸곳 / **한누리미디어**
디자인 / 지선숙

·

121-840, 서울시 마포구 잔다리로 35, 202호(서교동, 서운빌딩)
전화 / (02)379-4514, 379-4519
Fax / (02)379-4516
E-mail/hannury2003@hanmail.net
http://hannury/kt114.net

·

신고번호 / 제300-2006-61호
등록일 / 1993. 11. 4

·

초판발행일 / 2015년 6월 20일

·

값 15,000원

ISBN 978-89-7969-505-2 03810